BROOKE SKIPSTONE

Embrasser Mes Blessures

Skipstone
PUBLISHING

First published by Skipstone Publishing 2019

Copyright © 2019 by Brooke Skipstone

Première édition par Skipstone Publishing 2019

Copyright © 2019 par Brooke Skipstone

Couverture par Cherie Chapman © ccbookdesign

Traduction française par Cléo-Margaux Lepage

Première édition

Imprimé aux États-Unis d'Amérique

First edition

ISBN: 978-1-7331488-4-9

This book was professionally typeset on Reedsy.
Find out more at reedsy.com

Contents

Foreword

Avant-propos de l'Auteur

Ce livre contient des scènes d'abus sexuel, d'automutilation et de suicide. Il ne devrait pas être lu par des adolescents souhaitant se mettre à l'abri de dures réalités que d'autres subissent peut-être seuls. Ni par quiconque souhaite rester dans l'ombre, bien qu'il ait le pouvoir de faire la lumière. Toutefois, si vous souffrez secrètement ou si vous voulez aider ceux dans ce cas, lisez cette histoire et partagez-la.

Je vis dans un État où les adultes sont trois fois plus souvent victimes de viol, et les enfants six fois plus que la moyenne nationale. Cinquante pour cent des femmes en Alaska subissent des violences sexuelles une fois dans leur vie, de la part de leur partenaire, d'étrangers, ou les deux. Pourtant, la plupart de ces histoires restent confortablement cachées derrière des graphiques et des feuilles de calcul.

Aux États-Unis, une fille sur quatre et un garçon sur six sont victimes d'agressions sexuelles avant d'avoir dix-huit ans. Ça fait beaucoup d'adolescents qui souffrent d'un problème « caché » pour que celui-ci reste en marge des consciences, et pourtant il est là – sous forme de statistiques sans visages, sans cris.

Vingt-cinq pour cent des filles (bien plus, dans certains États) et environ dix pour cent des garçons s'auto-mutilent, un nombre qui ne cesse d'augmenter. Beaucoup de nos jeunes se taillladent et se brûlent. Pourtant cette activité reste non seulement secrète, mais aussi porteuse, pour certains, de l'image d'une aberration dégoûtante et perverse, dont on ne devrait pas parler, au risque d'infecter plus d'adolescents.

Pourquoi les histoires des adolescents qui traversent ces problèmes seraient-elles diluées, plaisantes, pleines d'allusions à ce qui se passe, mais sans les événements eux-mêmes ? Si elles nous sautaient à la figure en exigeant notre attention, peut-être qu'une plus grande prise de conscience mènerait à plus de dialogue, et donc, plus de prévention.

Est-ce que ces sujets sont inappropriés pour un public adolescent ? C'est une question ironique, puisque les jeunes sont souvent ceux qui doivent faire face aux agressions. Comme le disent les personnages de ce livre :

« *Comment est-ce que les gens normaux réagiraient si ces histoires étaient publiées et lues ?*

– Ils penseraient qu'elles sont... trop glauques. Même les adultes ne voudraient pas les lire. Il y a trop de sexe et de violence.

– Dis ça aux gamins des histoires. L'une des raisons pour lesquelles ça continue d'arriver, c'est parce que c'est gardé secret. On cache nos problèmes de tout le monde pour que les gens normaux puissent vivre dans leur monde imaginaire. »

De nombreux passages de ce livre sont difficiles à lire, et ils étaient difficiles à écrire. Mais il y a beaucoup de vérités dans ces pages, certaines sont profondément laides, et d'autres, magnifiques dans leur résilience. Comme le dit l'un des personnages, « *Il faut que je continue à croire que je peux encore aimer, et être aimé. On ne peut pas rester brisé pour toujours.* »

Et ils ne doivent pas être tus pour toujours. Les gens ont besoin de ressentir la douleur des autres.

Chapitre 1

Les doigts de Hunter tapaient furieusement sur son clavier, pendant que sa vision de deux adolescents couchant ensemble dans une cabine d'essayage envahissait son esprit, le contraignant à y assister.

Quand ils eurent fini, Parker se leva paniqué, en essayant de trouver ses vêtements dans la pile mélangée sur le sol.

— Faut que j'y aille, haleta-t-il. Faut que je parte.

L'autre garçon sourit, assis nu sur le banc.

— Ça va, Parker.

Il se leva et trouva les deux pantalons que Parker avait apportés avec lui, froissés sur le banc.

— Tu veux les prendre ?

— Non.

Parker remit frénétiquement ses sous-vêtements et enfonça ses pieds dans son pantalon. Son cœur battait la chamade ; il tentait désespérément de respirer.

Le garçon lui tendit sa chemise.

— Là. Mets ton bras.

Parker le regarda sourire, ses yeux s'attardèrent sur ses lèvres avant qu'il ne se force à regarder la chemise qu'on lui tendait. Le garçon aida Parker à fermer les boutons, mais quand ses doigts se promenèrent sur la chemise et sous sa taille, Parker s'écarta et s'assit sur le banc pour enfiler ses chaussettes et ses chaussures. Il essaya d'éviter son regard pendant que le garçon enfilait ses sous-vêtements et son pantalon. Ses joues étaient en feu, et il clignait des yeux pour retenir ses larmes. Il regarda le sol et secoua la tête, mais malgré sa culpabilité et la honte, il ne pouvait s'empêcher de penser à l'orgasme qu'il venait d'avoir, quelques minutes plus tôt. Il était certain qu'on avait entendu ses gémissements et ses grognements. Comment pouvait-il en être autrement ?

Parker se leva, se regarda dans le miroir, et se dirigea vers la porte. Le garçon se mit en face de lui.

– Hé, c'était sympa. Merci.

La poitrine de Parker se souleva et les larmes lui montèrent aux yeux.

– S'il te plaît, ne le dis à personne.

– Juste entre toi et moi.

Il ajusta le col de Parker.

– Peut-être qu'on se reverra.

Parker se précipita hors de la cabine, puis essaya de marcher lentement et calmement vers la sortie du magasin, certain que tout le monde le regardait partir.

C'était la septième vision que Hunter avait dû regarder aujourd'hui. Deux mois plus tôt, elles lui étaient apparues, elles jouaient et se répétaient dans sa tête jusqu'à ce qu'il les écrive en entier. Alors seulement, elles le laissaient tranquille , jusqu'à la prochaine.

D'abord, il entendait le martèlement, comme une balle qui rebondirait plusieurs fois contre un mur, puis il se voyait courir et trébucher le long du couloir d'une maison, devant une porte fermée. Une chambre ? Le mur au fond du couloir disparaissait toujours au moment où il le traversait. Puis l'histoire se jouait comme un film dans sa tête ; cette fois-ci, c'était dans la cabine d'essayage d'un grand magasin.

Hunter se disait qu'il avait déjà vu ce couloir et cette porte, mais il n'arrivait pas à se rappeler où.

Il regarda son écran et remonta jusqu'au haut de l'histoire – plusieurs pages de texte. Il écrivit la date et l'heure – le 5 avril, 2h15 du matin – puis ajouta un titre : Expérience sexuelle. Cabine d'essayage. Après l'avoir envoyée à son imprimante, il passa ses doigts dans ses cheveux blonds humides et emmêlés. Sa chemise était collante dans son dos. Après chaque vision, il était inondé de sueur. Il se frotta le cou, essaya de se détendre, mais son cerveau surchauffait, et ses yeux le brûlaient. Il savait qu'il n'arriverait pas à dormir.

Tant de ces histoires qu'il avait écrites le choquaient. Il avait vu des adolescents et des adultes nus qui pleuraient, grognaient, criaient, gémissaient de plaisir et de douleur. Parfois il voyait à peine l'écran d'ordinateur à travers ses propres larmes. Regarder ces deux garçons, en sachant que l'un était déchiré entre le plaisir et la honte, et que l'autre profitait pleinement de l'avoir chassé et consommé, cela lui inspirait des sentiments contradictoires, qu'il ne comprenait pas tous. Comment pouvait-il avoir de telles visions ? Comment son esprit, à dix-sept ans, pouvait-il inventer ces histoires alors qu'il n'avait aucune expérience semblable ?

À moins qu'il ait oublié.

Il essayait de se rappeler son passé, sa vie avant de déménager en Alaska. Où est-ce qu'il avait vécu ? Qui étaient ses amis ?

À quoi ressemblaient sa mère et son frère morts ?

Mais aucun souvenir ne lui revenait.

Il s'appuya sur son bureau, sa tête penchée entre ses épaules. Il ne se souvenait pas de la dernière fois qu'il avait dormi plus de quelques heures d'affilée. Il fallait qu'il trouve un moyen de bloquer ces visions.

Il avait parlé à son père de ses problèmes de sommeil, lui avait dit qu'il était dérangé par... quoi ? Des rêveries ? Des fantasmes ?

Son père lui avait donné des cachets de mélatonine. Hunter en avait pris deux à onze heures, et avait peut-être dormi une heure avant que le martèlement ne recommence. Il lui fallait quelque chose de plus fort ce soir, alors il monta sur une chaise et poussa l'un des panneaux du plafond au-dessus de son lit pour y trouver la petite flasque de whisky qu'il y avait cachée.

Sa prof d'anglais avait demandé à tout le monde de trouver quelque chose chez eux avec des souvenirs particuliers, pour un travail le lendemain.

Jusqu'ici, le fait qu'il ne possède rien de son passé l'avait simplement irrité. Mais à présent, avec toutes les histoires qui lui traversaient la tête, tous les traumatismes auxquels il avait assisté, il prenait conscience de tout ce qu'il ignorait. Son passé était comme une pièce vide.

Avant que son père ne revienne du travail, il avait fouillé sa chambre, à la recherche du moindre indice de son passé : une photo, un document, un souvenir, n'importe quoi. En cherchant dans son placard, il s'était trouvé en face d'un miroir en pied, au dos de la porte. Hunter avait regardé son reflet plusieurs secondes, puis enlevé son tee-shirt à manches longues, révélant un réseau de cicatrices au travers de sa poitrine et le long de ses bras. Il les voyait tous les jours après la douche, dans le miroir de la salle de bains, mais il n'y faisait jamais attention, elles n'étaient que les restes d'une chute à vélo sur les graviers – c'était ce que son père lui avait dit. Mais maintenant, cette histoire ne le satisfaisait plus. Les lignes étaient droites, nombreuses, alignées. Comment tomber sur du gravier aurait-il pu faire ça ? Peut-être à cause des rayons de ses roues ? Mais les rayons étaient à plusieurs centimètres les uns des autres, et ces lignes étaient très rapprochées.

Des zébrures plus larges couvraient ses poignets. Qu'est-ce qui les avait causées ? Est-ce que ça lui avait fait mal ? Comment pouvait-il ne pas s'en souvenir ?

Il avait fouillé la chambre pendant une heure, en faisant attention à tout remettre en place. Tout ce qu'il avait trouvé, c'était un couteau du Mont Rainer dans son fourreau, un petit morceau de fanon de baleine, et une boîte d'allumettes d'un hôtel à Deadhorse, en Alaska. Rien ne lui évoquait quoi que ce soit. Il avait tout caché sous son matelas.

Il avait aussi trouvé une bouteille de whisky Jameson que son père avait cachée dans une botte dans son placard. Hunter avait rempli son thermos et ajouté de l'eau dans la bouteille pour cacher son vol.

Hunter s'était assis à la table de la cuisine, la tapotant avec ses doigts, en attendant que son père rentre à la maison. Il brûlait d'impatience. Il lui fallait des réponses !

Au moment où la porte d'entrée s'était ouverte, Hunter s'était levé et avait bombardé son père de questions.

– Pourquoi est-ce qu'il n'y a aucune photo de famille à la maison ? Il n'y a pas un vieux jouet de mon enfance quelque part ? Pourquoi est-ce que je ne me rappelle pas les seize premières années de ma vie ?

Son père avait retroussé les lèvres et posé sur la table un sac de boîtes en polystyrène avec du poulet qu'il avait acheté à la cafétéria à côté de la base militaire aérienne où il était mécanicien. Joe faisait à peu près la taille de Hunter, il était taillé et en forme, avec une peau pâle qui restait dans un garage toute la journée plutôt d'être exposée au soleil scintillant du mois d'avril.

–Pourquoi est-ce que tu t'intéresses au passé, tout d'un coup ?

Joe alla à l'évier et se lava les mains.

Hunter avait mal à la tête, et pendant une seconde il pensa qu'il allait avoir une autre vision.

– J'ai écrit des histoires...

– Tu as toujours écrit des histoires.

– Celles-là sont différentes. Elles m'envahissent le cerveau. Je ne les contrôle pas. Parfois, elles ont quelqu'un que je connais – comme des gens que je vois au lycée tous les jours. Parfois non. Mais avant que je voie vraiment l'histoire, je suis dans un couloir et je vois une porte de chambre. Il y a des panneaux dessus – cinq, je crois – et une poignée en argent, pas un bouton de porte. Elle est toujours fermée. Et au bout du couloir, il y a un mur. Les histoires commencent toujours au moment où le mur disparaît.

– Il disparaît ?

– Ouais, comme s'il s'effaçait. Je veux savoir à quoi ressemblait notre maison, là où on vivait avant... Avant l'accident.

Joe secoua la tête avec lenteur.

– C'était qu'une maison, Hunter. Comme des milliers d'autres maisons.

Il se retourna vers l'évier, jetant le torchon sur son épaule.

– Pourquoi tu veux pas me dire ? cria Hunter. Est-ce que ce que je vois, c'est notre ancien couloir ? Dans l'ancienne maison, les portes avaient des poignées ?

– Peut-être. Je n'en suis vraiment pas sûr.

– Pourquoi tu veux pas m'aider ?

Joe plaqua le torchon sur le plan de travail.

– Parce que je ne veux pas me rappeler de cette maison !

Il se retourna et fixa Hunter en plissant les yeux.

– Rien. Et toi non plus, tu ne devrais pas le vouloir.

Hunter sentait les larmes rouler sur ses joues quand il se leva pour faire face à la colère de son père. Son visage ne montrait aucune compassion, aucune tendresse. Hunter n'avait aucun souvenir de son père le serrant dans ses bras, ni même en train de le toucher. Joe respira un peu plus lentement.

– C'est pour ton bien. N'essaie pas de te rappeler. Laisse le passé tranquille.

Il sortit sur la table les deux grandes boîtes en polystyrène, les couverts emballés, et une petite coupelle de sauce.

– Viens, on mange, avant que ça ne refroidisse.

Il tira une chaise et s'assit.

– Ma prof d'anglais veut qu'on trouve un objet qui signifie quelque chose de particulier pour nous. Pour une rédaction demain.

– Tout a brûlé dans l'incendie du box de stockage.

– Pourquoi est-ce que toutes nos affaires étaient dans un box ?

– Parce qu'on était en train de déménager, mais qu'on n'avait pas encore trouvé de maison.

– Et sur ton téléphone ? T'as pas des photos sur ton téléphone ?

– Comme je te l'ai déjà dit cent fois, j'ai perdu mon téléphone, et pour une raison que j'ignore, la sauvegarde n'a pas fonctionné. Donc mon nouveau téléphone n'avait rien, pas de photos, pas de contacts. Et c'était pénible.

Encore une fois, Hunter remarquait que son père n'était pas bouleversé par cette perte. Il répondait toujours sans aucune émotion, à part l'exaspération qu'on lui ait posé la question.

Hunter se frotta les yeux et se laissa tomber sur l'autre chaise. Il pensa à sa mère et à son petit frère, qui étaient morts dans un accident de voiture sur une route gelée. Quand ? Plusieurs années plus tôt. Il ne savait pas trop.

– Je ne me rappelle pas de quand ils étaient en vie.

Il avait comme un vide dans la poitrine.

6

– Je ne me souviens même pas de leurs noms.

Son père le fixa pendant plusieurs secondes.

– Tu peux pas me le dire ? demanda Hunter ; la lèvre de son père tremblait. Tu peux pas me dire leurs noms ?

Joe soupira en piquant dans sa nourriture.

– Savannah. Et Frankie.

Hunter s'attendait à ressentir quelque chose en entendant leurs noms, mais les mots le traversaient simplement.

– C'est tout ?

– Je suis désolé, Hunter, dit-il en levant les yeux vers son fils. Je n'ai rien d'autre à dire.

Il se mit à éviter son regard.

Ils mangèrent en silence.

Ça s'était passé huit heures plus tôt.

Depuis, Hunter avait tapé leurs noms sur Google pour chercher des images, des profils de réseaux sociaux, n'importe quoi. Des photos de filles et de femmes étaient apparues à l'écran, mais elles ne lui disaient rien.

Maintenant, Hunter était allongé sur son lit. Il but quelques gorgées de whisky en pensant que ça serait difficile à avaler, mais étonnamment, le liquide descendait agréablement dans sa gorge. Il se demanda pourquoi, puisqu'il n'avait jamais bu d'alcool. Du moins, il ne se rappelait pas l'avoir fait. Il but une autre gorgée et sentit une douce chaleur remonter le long de sa nuque, vers son cerveau qui s'engourdissait.

Il s'assit, but encore, regarda dehors. La pleine lune éclairait la neige autour de sa maison dans la forêt d'Alaska, comme en plein jour. Il marcha vers la fenêtre et l'ouvrit, invitant l'air froid à entrer, à engourdir son visage et sa poitrine. Il regarda le thermomètre cloué à un bouleau, dehors – moins douze degrés.

Il faisait si clair qu'il aurait pu marcher entre les arbres sans lampe de poche. Alors il se demanda s'il pouvait marcher assez loin dans les bois pour que les visions ne l'atteignent plus. Peut-être qu'il s'endormirait dans la neige et ne se réveillerait jamais. Il l'envisagea vraiment, mais il était trop fatigué pour descendre la façade par la fenêtre.

Il n'avait aucune idée de pourquoi les visions avaient commencé deux mois plus tôt, mais depuis, il n'avait plus touché au dossier plein d'histoires fantastiques et de dessins sur le monde de Marian qu'il avait commencé à créer. Hunter avait toujours été rêveur, et avait toujours écrit. La conseillère d'orientation disait qu'il était prédisposé à la rêverie, parce que les cinq premiers mois qu'il avait passés au groupe scolaire Clear Creek, il décrochait souvent en classe, et se mettait à écrire d'autres histoires sur les Trémariens, le groupe tentant d'éliminer la douleur et la peur de leur planète.

Ces histoires étaient tout ce qu'il lui restait de son passé, parce qu'il les avait cachées. Il ne les montrait jamais à son père. Il ne se rappelait plus pourquoi. Est-ce qu'il les avait montrées à sa mère ? Quand avait-il commencé à les écrire ?

Il ne s'en rappelait pas.

Il avait failli les laisser sous le matelas, dans la seule maison dont il se souvenait, à Washington, la dernière avant qu'ils n'emménagent ici. Il avait eu un déclic juste avant de quitter sa chambre et de monter dans le camion qui les emmènerait en Alaska. Il avait soulevé le matelas, pris les histoires, et les avait fourrées dans sa valise. Après l'emménagement, Hunter avait rassemblé les histoires dans une pochette qui était maintenant dans un trou derrière un petit tableau blanc qu'il avait cloué au-dessus de son bureau.

Mais ces histoires-là, c'étaient celles qu'il *choisissait* d'écrire. Les autres envahissaient son esprit comme des rêves la nuit, le forçaient à les regarder et à les ressentir.

Il regarda le tableau blanc. Quand avait-il commencé à les écrire ? Sûrement avant que sa mère et son petit frère ne meurent, Savannah et Frankie, il le savait maintenant. Il n'avait pas lu les histoires de son enfance depuis… quand ? Il n'en avait aucune idée. Peut-être qu'il devrait les relire. Peut-être qu'il y trouverait des indices sur… quelque chose.

Il brancha son téléphone et vit un texto de Jazz. *J'ai quelque chose à te montrer demain matin ! Essaie d'arriver en avance, pour une fois !* Jasmine était sa seule véritable amie au lycée. Elle avait aimé ses histoires sur Marian, mais il ne lui en avait plus montré depuis le début des visions. Jazz était terriblement intelligente. Peut-être qu'elle pourrait lire les histoires et deviner ce que c'était, sa vie, quand il les avait écrites. Mais d'abord il allait falloir lui parler des visions, ce qu'il avait évité de faire, par peur de son jugement. Qu' aurait-elle pensé de l'histoire qu'il venait de taper ?

Il but encore une gorgée de whisky et une confortable somnolence l'enveloppa. Avant de se laisser aller, il rangea le thermos dans son plafond et saisit la dernière histoire dans l'imprimante, avec l'intention de la punaiser au mur avec les douzaines d'autres. Mais un sommeil bienvenu s'abattit soudain sur lui, et il se laissa tomber sur son lit, les pages d'*Expérience sexuelle* glissant sur le sol.

Chapitre 2

Le matin suivant, Joe trouva son fils étalé en travers du lit, sourd au réveil qui sonnait sur son bureau. Pendant plusieurs secondes, il regarda la poitrine de Hunter pour vérifier qu'il respirait, une habitude qu'il avait prise il y avait longtemps, quand il s'inquiétait de ce qu'il trouverait en entrant dans sa chambre chaque matin – trouver son fils roulé en boule dans un coin, ou du sang coulant d'une nouvelle blessure, ou le regard hagard, fixé sur le plafond.

– Réveille-toi, Hunter ! Tu peux pas arriver en retard au lycée tous les jours !

Joe éteignit le réveil et poussa doucement le lit.

– Tu veux du café ?

Hunter se frotta les yeux et ôta les mèches de cheveux de son visage.

– Ouais.

Joe quitta la pièce pour aller faire une tasse de café. Quand il revint, Hunter était déjà sous la douche. Joe remarqua des feuilles sur le sol, deux, avec des entêtes. Il les ramassa et trouva une première page avec le titre : *Expérience sexuelle. Cabine d'essayage.* Expérience sexuelle ? Son cœur manqua un battement. Qu'est-ce que Hunter était en train d'écrire ?

Un adolescent avec deux pantalons sous le bras marchait le long d'une rangée de cabines d'essayage fermées, jusqu'à ce qu'il trouve une porte entrebâillée. Il l'ouvrit et vit un autre garçon de son âge en sous-vêtements. Sa peau était pâle, avec un tout petit peu de poils sur la poitrine. Le garçon avec les pantalons fixa les abdominaux de l'autre et la ligne de poils qui se glissait de son nombril à sous son slip. Il remarqua la bosse et se força à regarder à nouveau le visage de ce dernier. Celui-ci passa sa langue sur ses lèvres, comme s'il trouvait son hésitation amusante.

L'éclair d'un souvenir traversa l'esprit de Joe.

Le garçon aux pantalons cligna des yeux, sembla sortir de sa transe et se détourna.

– Pardon, dit-il en reculant pour sortir de la cabine.

– Hé, aucun problème. J'allais partir. Comment tu t'appelles ?

– Euh, Parker.

– Sympa, ton nom.

Le garçon décocha un grand sourire à Parker. Il avait un beau sourire, et Parker aimait la façon dont le coin de ses yeux se froissait, comme si ça rendait le bleu de ses iris plus profond.

– Tu peux utiliser cette cabine.

– La porte était ouverte. Je pensais qu'elle était vide.

Il sentait son sang pulser dans les veines de sa gorge.

– Tu peux la refermer maintenant, que personne d'autre n'entre, dit-il en riant. Sinon, on va être serrés.

– Tu as fini, c'est sûr ?

Le garçon s'approcha de lui.

– Hé, j'aime bien ces pantalons.

Il les prit des mains de Parker.

– J'allais essayer le même modèle, mais j'ai oublié de le prendre. Ça t'embête si... ? On fait à peu près la même taille.

Parker hésita. Il aurait dû partir, maintenant. Lui avoir donné les pantalons, ça le forçait à rester dans la cabine d'essayage. Il devait se contrôler pour maintenir son regard au-dessus de la ceinture du garçon. Il s'humecta les lèvres et déglutit.

– Non, vas-y.

Le garçon prit le pantalon kaki et rendit le jean à Parker.

– Super. Mais ne te gêne pas pour essayer celui-là, toi.

Parker le regarda se glisser dans le pantalon, une jambe après l'autre. Le garçon lui sourit.

– Tu devrais essayer le tien. Je parie qu'il t'ira bien.

Parker sentit une pression contre sa braguette. Son érection serait vraiment visible quand il attraperait le jean pour l'essayer.

Des perles de sueur se formaient sur le front de Joe. Il tendit l'oreille pour s'assurer que l'eau de la douche coulait toujours avant de lire les lignes suivantes.

Parker enleva ses chaussures, inspira un grand coup et défit sa boucle de ceinture. Il jeta un œil au garçon pour voir s'il était observé, mais celui-ci se regardait dans le miroir. Parker se tourna légèrement, enleva son pantalon, essaya de s'en débarrasser vite, mais il trébucha. Il jura tout bas et se pencha pour enlever une jambe, sautillant sur un pied. Puis il enleva l'autre. Parker ramassa rapidement le nouveau pantalon et le tint devant sa taille, cachant sa raideur en [GP1] dessous.

– Possible que je préfère celui-là, dit le garçon en se retournant vers Parker et en enlevant son pantalon.

Les yeux de Parker étaient fixés sur lui quand son boxer glissa le long de ses jambes.

Parker laissa tomber le pantalon sur le sol.

Le cœur de Joe cognait dans sa poitrine. *Comment ?* pensait-il. *Comment est-ce qu'il peut savoir ça ?* Joe approcha ses doigts du coin de la page, comme pour la tourner, mais il hésita. Des années plus tôt, il était tombé sur un garçon du nom de Parker dans une cabine d'essayage. Il croyait avoir enfermé ce souvenir comme dans un coffre-fort, destiné à ne jamais être ouvert. Il pensait honnêtement avoir oublié cet événement.

Et maintenant, il remontait à la surface.

Joe retourna la première page et lut la suite, mais il entendit des pas dans le couloir.

– Papa ? Qu'est-ce qu'il se passe ? demanda Hunter en entrant dans la chambre en boxer, un tee-shirt à manches longues dans la main. On dirait que tu vas t'évanouir.

Joe prit une grande inspiration et se racla la gorge, sentant sa propre érection croître dans son pantalon. Il avait peur que Hunter s'en rende compte, alors il secoua les feuilles de papier devant lui.

– Où est-ce que tu as trouvé cette histoire ?

– Elle m'est venue. Comme les autres.

Hunter grimaça.

– Tu l'as lue ?

Joe déglutit ; il avait la gorge sèche.

– Ouais. Une partie.

Il chercha quelque chose à dire.

– J'ai l'impression d'avoir déjà lu quelque chose de semblable.

Il lâcha les feuilles sur le bureau.

– Dépêche-toi. Tu vas être en retard au lycée.

Joe essaya de jeter un œil aux cicatrices sur les bras et la poitrine de son fils tandis que Hunter enfilait son tee-shirt. Il n'en vit pas de nouvelles, seulement les rangées de pâles zébrures, certaines plus larges que d'autres. Plusieurs fois par semaine, il vérifiait s'il y avait des couteaux dans la chambre de Hunter. Joe ne voulait pas que son fils recommence à se taillader, pas seulement à cause des pleurs et du sang, mais aussi parce que la culpabilité lui lacérait la conscience. C'était l'une des raisons pour lesquelles Joe avait cherché un traitement aussi drastique pour Hunter, un an plus tôt.

Après ça, Joe avait pu combler les souvenirs de Hunter avec n'importe quelle histoire. Les cicatrices de Hunter venaient d'un accident de vélo. Sa mère et son frère étaient morts dans un accident de voiture, sur une route verglacée. Ce n'était que récemment que Hunter avait commencé à poser des questions, et à se montrer sceptique quant aux réponses de Joe.

Hunter se tourna pour attraper sa chemise sur un crochet au mur. Pendant qu'il la boutonnait et enfilait son jean, Joe se promenait dans la pièce, et regardait toutes les feuilles.

– Il y en a tellement ! Tu t'es couché à quelle heure ?

– J'ai pas beaucoup dormi, ces derniers temps.

Joe se tourna vers son fils et vit la peau sombre sous ses yeux injectés de sang.

– La mélatonine n'aide pas ?

Hunter secoua la tête.

– J'ai l'impression que chaque fois que j'en tape une, il y en a une autre derrière qui prend sa place. Je croyais que t'allais m'emmener voir un médecin.

– Non. Je n'ai jamais dit ça, dit-il en se frottant la poitrine. C'est l'infirmière du lycée qui a dit ça. Elle y connaît rien.

– C'est une infirmière. Pourquoi tu ne m'emmènes pas ?

Joe avait déjà emmené Hunter voir des douzaines de psychologues et de psychiatres. Il n'y avait que le dernier qui avait fonctionné.

– Ça ne servirait à rien. Qu'est-ce que tu veux qu'il fasse, le docteur ? Te faire une piqûre pour calmer ton imagination débordante ?

Hunter baissa les yeux.

Joe se retourna vers le mur couvert de feuilles.

– T'es obligé de toutes les écrire ?

Hunter s'assit sur le lit.

– Je te l'ai expliqué, si je ne le fais pas, la même histoire continue à se dérouler dans mon cerveau. Je peux pas dormir, ni penser à autre chose.

Il remonta ses chaussettes, enfonça les pieds dans ses bottes, et ajouta :

– T'as dit que tu avais déjà lu celle-là ?

Joe sentit une sueur froide s'accumuler sous ses aisselles. Il sentait qu'il avait pâli, parce qu'il avait la nausée. Il continuait à tourner le dos à Hunter, en faisant semblant d'examiner les histoires sur le mur.

– Peut-être. C'était peut-être un truc à la télé. Je sais pas.

Il se gratta la barbe et en regarda une autre.

– C'est un peu inapproprié, comme sujet, tu crois pas ? dit-il, regardant alternativement Hunter et les feuilles. Qu'est-ce que tu connais à ce genre de choses ?

– Papa, je ne connais rien à la plupart de ce qui se passe dans mes histoires. Enfin, j'y connaissais rien, en tout cas. Cette histoire-là, elle était plutôt soft, par rapport aux autres. Je ne fais que décrire ce que je vois.

– En tout cas, si cette histoire était un film, je ne te laisserais pas le regarder.

– J'aimerais bien ne pas regarder, mais je n'ai pas le choix. Et les autres, c'est pareil. Deux garçons qui couchent ensemble. Un garçon et une fille. Deux filles. Un frère et une sœur.

– Est-ce que tu es dedans ? sursauta Joe.

– Non. Je vois et… je ressens. C'est pas que j'en ai envie. Parfois c'est assez dur à regarder.

Ses épaules s'affaissèrent. Joe montra les feuilles d'*Expérience sexuelle*.

– Celle-là, elle était dure à regarder ?

– C'était toujours mieux quede voir un viol, ou un enfant se faire agresser. Au moins, aucun des deux garçons ne forçait l'autre. Mais je me sentais mal pour Parker. Il était excité et honteux. Je suis presque sûr que c'était la première fois qu'il avait une relation avec un autre garçon.

Oui, ça l'était, pensa Joe.

– Ça ne te répugne pas de voir deux garçons coucher ensemble ?

Il fixa son fils, à l'affût d'un signe de dégoût.

– C'est gênant de voir des gens coucher ensemble, tout court, mais j'en ai vu tellement sur les deux derniers mois que ça ne me choque plus. Pourquoi ? Deux garçons ensemble, ça te dégoûte, *toi* ?

Ses yeux s'agrandirent.

– C'est pas ce que je préfère, essaya-t-il de dire en prenant l'air détaché et avec un clin d'œil. Je suppose que je suis vieux jeu.

À l'âge de son fils, Joe jouait à tous les sports, faisait des courses de voiture le week-end, et entretenait l'intérêt de deux ou trois filles. Plusieurs fois, Joe avait vu son enfant comme un fils à sa maman, et il ne pouvait pas s'empêcher d'être un peu déçu. Mais il savait que ce n'était pas de la faute de Hunter.

Joe se demanda si Hunter serait déçu, s'il connaissait la vérité sur son passé à lui.

La plupart du temps, Joe avait l'impression de vivre avec un étranger, il ne savait jamais de quoi lui parler, et ils se connaissaient à peine.

Jusqu'à ce qu'il lise cette histoire. Il voulut sonder un peu plus, pour s'assurer que son fils ne s'était pas rappelé de quoi que ce soit à propos de l'accident, quatre ans plus tôt :

– J'ai peut-être vu cette histoire dans un de ces films sur HBO. Peut-être que je me suis endormi devant et que t'as éteint la télé. J'essaierai de me rappeler.

– Dis-moi si ça te revient.

– Oui. Tu devrais y aller.

Hunter attrapa ses clés sur le bureau et commença à partir.

– Où est-ce que tu trouves ces noms ? demanda Joe d'une voix mal assurée.

Hunter s'arrêta à la porte, regarda son père et haussa les épaules.

– Je sais pas. C'est ceux qu'ils utilisent dans l'histoire.

– Il n'y a qu'un des deux garçons qui avait un nom, dans ton histoire. Pourquoi pas l'autre ?

Hunter secoua la tête.

– Je sais pas pourquoi, le nom ne m'est pas venu, ou il n'a pas été prononcé pendant l'histoire. Ça arrive. Faut que j'y aille.

Il fila hors de la maison. Joe entendit le moteur du pick-up s'éveiller en vrombissant, puis s'éloigner.

Joe regarda les feuilles qu'il tenait toujours et réalisa qu'il ne se rappelait pas de la suite des événements, à part ce qui était évident. Il lui manquait les détails. Peut-être qu'il aurait dû poser l'histoire et s'en aller.

Mais il ne pouvait pas. Lire l'avait excité, une sensation qu'il n'avait pas eue depuis plusieurs années – une urgence, un besoin auquel il n'arrêtait plus de penser. Il avait oublié ce qu'était l'envie.

Il tira son téléphone de sa poche et composa le numéro de son supérieur au travail.

– Salut, Matt, toussa-t-il. C'est Joe. J'ai vomi toute la nuit. Je crois qu'il vaut mieux que je reste à la maison aujourd'hui. Je sais pas si j'ai attrapé quelque chose ou si c'est un truc que j'ai mangé, mais je sais que toi et les autres gars n'en voulez pas.

Il l'écouta répondre.

– OK. Je te rappelle plus tard.

Il raccrocha.

Avant de tourner la page, il regarda toutes les histoires punaisées au mur.

Est-ce qu'il se retrouverait dans d'autres ?

Une idée lui traversa l'esprit et lui serra la gorge.

Est-ce que Hunter avait écrit sur sa mère ?

Chapitre 3

Le vent jetait les cheveux de Hunter devant son visage et sa bouche, cachant le duvet qui poussait à peine sur son menton. Il voyait encore l'air horrifié de son père quand il était entré dans sa chambre. *Pourquoi est-ce qu'il avait l'air d'avoir peur ?* Hunter décida qu'il devait lui en parler le soir même.

Il avait toujours l'impression que son père lui cachait quelque chose. Est-ce qu'il y avait vraiment eu un incendie ? Est-ce qu'il avait vraiment perdu son téléphone ?

Il vit des lapins cachés tous les cinquante mètres environ, au bord de la route de gravier qui sinuait au travers d'une forêt d'épicéas noirs et de trembles nus. C'était le début du mois d'avril dans les régions intérieures de l'Alaska, et des zones enneigées reposaient entre les arbres, fondant lentement en révélant la mort des mois passés. Le soleil, déjà éblouissant, clignota comme un stroboscope entre les arbres quand Hunter se mit à accélérer. Il se sentait mou, et tellement endormi. Pendant quelques secondes, il se laissa hypnotiser par la lumière aveuglante. Il entendait presque un martèlement en marge de sa conscience – **Da**mdamdamdam**Da**mdamdamdam**Da**mdamdamdam – et juste avant que le pick-up ne rate un tournant, il tourna violemment le volant vers la gauche, les pneus du côté droit éclaboussant de graviers le bord de la route.

Il se remit à respirer en reprenant le contrôle de son pick-up. Il ne voyait plus les rayons lumineux. Des centaines d'aulnes et de saules se penchaient sur cette portion de route, comme des chats cherchant à griffer le revêtement.

Ça faisait des mois que la neige les pliait vers le sol, et seulement maintenant, ils commençaient à se redresser, tandis que les jours se réchauffaient.

Ici, le printemps n'était pas une soudaine explosion de vie. Il fondait goutte à goutte de la neige sale au bord de la route, et se glissait dans les minuscules bourgeons en haut des saules, pour surgir en inflorescences duveteuses qu'on voyait à peine, d'en bas.

Hunter avait conduit sur cette route tous les jours depuis huit mois, après que lui et son père avaient déménagé de leur ville dans l'État de Washington. Son père avait dit qu'il voulait changer de paysage, et avait trouvé un travail de mécanicien dans une caserne reculée de l'Armée de l'Air, près de Clear Creek.

Hunter avait été heureux de partir. Rien ne le retenait là-bas – ni amis, ni souvenirs. Ils étaient arrivés à la fin du mois de juillet et avaient trouvé une maison la semaine suivante – isolée, loin de la route principale, à environ seize kilomètres du lycée le plus proche, à Clear Creek.

Il avait rencontré Jasmine Williams pendant la semaine d'intégration, au milieu du mois d'août.

Jazz disait qu'elle avait décidé de le prendre sous son aile parce qu'ils avaient le même nom de famille. Elle dévorait des romans de fantasy et de science-fiction, et s'était immédiatement montrée intéressée par les histoires de Hunter sur les Trémariens. Pour ce qu'il en savait, personne ne les avait jamais lues. Il se rappelait des premiers commentaires qu'elle lui avait faits, lorsqu'ils étaient arrivés dans le gymnase pour le match des portes ouvertes.

– Personne n'a de genre défini, dans cette histoire ? avait demandé Jazz.

Elle portait une ample robe à fleurs, rouge foncé, qu'elle avait trouvée dans un vide-grenier, serrée à sa taille (plutôt épaisse) avec une large ceinture de cuir à boucle argentée. Son pantalon à pattes d'éléphant émergeait de sous sa robe et couvrait le haut de ses rangers en cuir.

– Ouais, avait-il répondu en haussant les épaules. Le sexe est la cause de tous les problèmes du monde.

Ils marchaient vers le plus haut rang de l'amphithéâtre, dépassant élèves, parents et anciens élèves, et s'assirent l'un à côté de l'autre.

– *Tous* les problèmes ? grimaça Jazz. Je ne suis pas tout à fait d'accord, mais continue.

– Les Trémariens ont éliminé l'idée de genre dans leur culture et ont progressivement changé leurs corps, jusqu'à ce que leurs organes reproducteurs deviennent des structures vestigiales, comme l'appendice. Tu vois, genre atrophiés et inutiles. Ou en tout cas, les Trémariens se considéraient trop évolués pour les utiliser.

Elle regarda Hunter avec un haussement de sourcils et un léger sourire.

– Je sais ce que c'est qu'une structure vestigiale. Alors comment ils se reproduisent ? Et surtout, comment est-ce qu'ils ont des relations sexuelles, à moins qu'ils n'aient éliminé ça, aussi ?

– Pas de sexe, dit-il.

– Tu te moques de moi ? Quelles créatures se débarrasseraient volontairement des orgasmes ?

Hunter ouvrit la bouche, se sentant rougir.

– Parce que leurs dirigeants ont reconnu que tirer du plaisir d'un acte sexuel allait perpétuer les agressions envers les femmes.

– Seulement les femmes ?

– Parfois les hommes...

Hunter !

Il se retourna en entendant quelqu'un appeler son nom, mais il ne vit personne qui regardait vers lui dans le gymnase. Bizarre.

Il se retourna vers Jazz qui affichait un air perplexe :

– Désolé.

– Si on regarde ça d'un point de vue purement scientifique, dit Jazz, étant donné que je suis une scientifique en herbe... Je viens de lire un article qui dit que quarante à soixante pour cent des femmes n'ont pas d'orgasmes pendant leurs relations sexuelles avec des hommes, alors que les hommes en ont quatre-vingt-dix-huit pour cent du temps. Bien sûr, puisqu'on vit dans une société patriarcale et conservatrice, qui interdit une véritable éducation sexuelle à l'école, pourquoi les gars apprendraient quoi que ce soit d'utile à propos des besoins d'une femme ? L'article disait aussi que vingt pour cent des femmes, ou plus, n'ont pas d'orgasme de toute leur vie.

Elle rit légèrement.

– Pourtant, je pense que si les deux côtés atteignaient les quatre-vingt-dix-huit pour cent, ce serait mieux que tous les deux à zéros, tu penses pas ? En tout cas dans la vraie vie.

Il se mit à simplement la fixer. Jazz était tellement intelligente, et elle avait l'air de pouvoir parler de n'importe quoi. Elle le regarda dans les yeux.

– Tu trouves ça normal qu'il n'y ait que la moitié des femmes qui s'amusent pendant le sexe, alors que tous les hommes le font ? Tu trouves ça juste ?

– Non. Les deux devraient avoir la même chose, mais sur Marian...

– Je pense que tu as un point de vue intéressant et je serais ravie de lire tes autres histoires, mais je suis contente de ne pas vivre sur Marian. J'espère que mon futur amant s'intéressera au moins autant à mes ressentis qu'aux siens.

– Je l'espère aussi.

Son sourire s'élargit.

– C'est gentil de dire ça. Merci, Hunter.

Elle s'appuya brièvement contre lui, et il sentit une vague de chaleur remonter dans son bras.

Les haut-parleursperchés dans la charpente se mirent à cracher de la musique alors que sept pom-pom girls couraient sur le parquet brillant, secouant leurs couleurs en criant « Allez les Grizzlis ! »

– Oh, mon Dieu, se moqua Jazz. Ces filles sont des athlètes. Elles jouent au volley et au basket, mais elles se transforment en pom-pom girls stupides quand les garçons jouent. Combien de mecs font la même chose pour les matchs des filles ? Hum ? Devine.

– Aucun ?

– Bingo ! La moindre des choses, ce serait que les garçons fassent la chorégraphie pour les matchs des filles. Tu crois pas ?

Hunter sourit en imaginant l'équipe masculine en uniformes de pom-pom girls, à mettre l'ambiance pour la foule.

– Si, je suis d'accord. Au moins quatre-vingt-dix-huit pour cent des fois.

– Tope là !

Elle leva la main et il claqua la sienne.

Il aimait bien parler avec elle. On ne savait jamais quand elle allait le faire rire. Il ne se rappelait pas avoir parlé à d'autres filles avant.

– C'est cool de parler avec toi.

– Merci. Toi aussi t'es plutôt sympa.

Elle lui sourit et retira ses grosses lunettes rondes.

Hunter était frappé par la beauté de ses yeux vert bouteille en amande, encadrés de longs cils épais.

– Tu as de beaux yeux, lâcha-t-il.

– Je sais.

Elle remit ses lunettes.

– Mes lunettes sont là pour mettre en avant mes atouts, en tout cas, ce que je considère comme mon meilleur atout. Tout ce que j'ai d'autre est bizarre et amuse beaucoup les pom-pom girls et leurs amis, qui sont normaux, eux. C'est-à-dire qu'ils n'ont pas trop de taches de rousseur ou de boutons, que leurs corps s'affinent significativement au-dessus de leurs hanches, et qu'ils ont un IMC normal, ou sous la moyenne. Comme tu l'as remarqué, aucun de ces critères ne me correspond.

Il l'étudia. Elle était corpulente, grande, avec une poitrine développée, mais de petites mains, comparées au reste de son corps. Ses lèvres, en revanche, étaient pulpeuses, et elle portait un rouge à lèvres fuchsia.

Elle enleva ses lunettes et les remit :

– Tu préfères comment ? Avec ?

Elle les enleva.

– Sans ?

– N'importe. J'aime bien la couleur. Mais ça change trop la taille de tes yeux !

– Je sais. Je suis hypermétrope. Genre vraiment.

– J'avais vraiment pas fait attention. Je te trouve pas mal.

– Ben, merci. Je te trouve pas mal, moi aussi. Mais toutes les filles là-bas vont penser que tu es mieux que pas mal, et se demander pourquoi tu me parles, plutôt qu'à elles. Drew et Molly ont des copains, mais Tatiana est libre.

Hunter reporta son regard sur le parquet où les pom-pom girls enchaî-naient sauts et roues au rythme de leurs hymnes. Elles se ressemblaient toutes, sauf deux qui étaient plus petites que les autres.

– Je les connais pas. En plus, je pense pas être du genre à parler aux inconnus.

– Comment ça, tu ne *penses* pas ? T'en es pas sûr ?

– J'ai pas passé beaucoup de temps avec d'autres jeunes. J'étais scolarisé à la maison.

– Jusqu'à maintenant ?

– Ouais.

– Pourquoi ?

– Je sais pas trop. Tout ce que je sais c'est ce que mon père m'a dit.

– Il te l'a *dit* ?

Il la regarda, faillit répondre, *Ouais, parce que je me rappelle de rien,* mais se reprit à temps. Au regard bizarre qu'elle lui lançait, mieux valait faire comme s'il ne l'avait pas entendue.

La musique s'arrêta et les pom-pom girls coururent et firent des roues vers les gradins.

– Où sont tes parents ?

Hunter leva le bras pour montrer Joe du doigt.

– Mon père est là-bas, avec la casquette de baseball verte.

– Et ta mère ?

Il la regarda et se demanda s'il y avait autre chose à répondre que : *Elle est partie.* Mais elle était tellement sympa, et il n'avait personne d'autre à qui parler. Il inspira un grand coup :

– Ma mère et mon petit frère sont morts dans un accident de voiture sur une route verglacée, il y a quatre ans.

Elle resta bouche bée.

– Je suis désolée. Ça a dû être dur.

Qu'est-ce qu'il pouvait répondre ? Inventer une histoire sur à quel point ce furent des temps difficiles, alors qu'il ne s'en rappelait pas ? Elle verrait clair dans son mensonge et se demanderait pourquoi il ne ressentait rien. Il passerait pour un abruti.

– Je ne me rappelle de rien.

– Sérieux ?

– Sérieux. Comme un gros trou. En fait, tout ce qu'il s'est passé avant qu'on emménage en Alaska a disparu.

– Un traumatisme peut causer une perte de mémoire. Les gens avec un syndrome de stress post-traumatique sont soit obsédés par ce qu'il s'est passé, soit ils n'arrivent pas à s'en rappeler. Peut-être que c'est mieux de ne pas se souvenir.

– Tu penserais la même chose si tu ne pouvais pas te rappeler de la moitié de ta vie ?

– Parfois je me dis que ce serait bien.

Ils se regardèrent dans les yeux, jusqu'à ce que Jazz les baisse avec un grand soupir.

– Il y a beaucoup de choses dont j'aimerais bien ne pas me souvenir.

– Je suis désolé.

Elle le regarda et sourit :

– Merci.

Le nouveau proviseur du lycée de Clear Creek, M. Blake Bentley, s'avança sur le terrain de basketball, bruyamment applaudi. C'était un homme grand, la trentaine bien tassée, qui portait un jean et un tee-shirt des Grizzlis.

Il leva son micro :

– Comme vous le savez déjà, j'ai obtenu mon diplôme dans ce lycée il y a vingt ans. J'ai passé trop de temps à « l'extérieur », à l'université et à fonder une famille, mais je suis ravi de rentrer enfin à la maison.

Hunter chuchota :

– Qu'est-ce qu'il veut dire, à l'extérieur ?

– C'est ce qu'on dit en Alaska pour le sud du 48ᵉ degré.

Hunter secoua la tête. Jazz sourit :

– Tu sais, les États à l'extérieur de l'Alaska.

Blake continuait :

– J'espère que nous aurons un public aussi nombreux et bruyant à tous les matchs qu'on accueillera !

– Ce serait le cas si vous étiez dans l'équipe ! hurla un des anciens élèves, provoquant les rires de la foule.

— Je ne pense pas que je serais à la hauteur auprès de notre équipe. J'aimerais vous entendre applaudir, pas rire.

Mme Christian, la Présidente de l'association des parents d'élèves, se leva.

—Je me rappelle encore de votre panier à trois points qui nous a fait gagner !

— Moi aussi, crièrent quelques personnes ; beaucoup applaudirent.

Blake sourit :

— Je pense que votre souvenir est inexact. J'ai fait un tir à trois points pour égaliser à la mi-temps, et j'ai raté ce même tir à la fin du match. On l'a perdu de deux points.

— Vous l'avez gagné, crie Mme Christian, on s'en rappelle tous !

Beaucoup crièrent leur approbation.

— Eh bien, ça me va si c'est ce que vous retenez ! dit-il en entrant dans le cercle central. Où est-ce que j'étais quand j'ai tiré ? Ici ?

— De l'autre côté de la ligne.

— Allez plus à droite.

Blake se déplaça dans la direction indiquée jusqu'à ce que Mme Christian se lève à nouveau.

— C'est là ! Juste là où vous êtes !

Elle fut suivie par cris et applaudissements.

— OK ! cria Blake. À chaque match qu'on accueillera ce semestre, on fera un concours. Deux dollars de participation. La première personne qui réussira un tir de cet endroit remportera la moitié de la mise. L'autre moitié sera reversée à l'association sportive.

Une partie du public se leva pour crier son enthousiasme.

— C'est intéressant, dit Jazz. Il se rappelle de ça comme d'un échec, et les autres, comme de la meilleure chose qu'il ait jamais faite. Comment les deux peuvent avoir des souvenirs aussi différents ?

— Au moins, il se rappelle quelque chose.

— Oui, mais il préférerait avoir un autre souvenir. Il y a des souvenirs que je préférerais ne pas avoir, et toi, d'autres que tu voudrais. On penserait que ce n'est pas si compliqué, la mémoire. Les choses se sont passées, ou pas.

Non ?

— Ou elles disparaissent, perdues à jamais. Comment on fabrique des souvenirs, de toute façon ? Où est-ce qu'on les stocke ?

Jazz rougit :

— C'est ça !

— C'est ça quoi ?

— Je ferai ça pour mon projet de science. Je ferai quelque chose sur la mémoire, comment on fait des souvenirs. Où on les garde. Merci, Hunter.

Il fronça les sourcils.

— Qu'est-ce que j'ai fait ?

— Tu m'as donné cette idée géniale.

Elle lui tendit la main :

— Amis ?

Hunter sourit et la lui serra.

— Ouais. Amis.

— Tu as un beau sourire, Hunter. Tu devrais le sortir plus souvent.

Elle lui sourit aussi, ses joues remontaient jusqu'à ses lunettes.

— J'aime bien ton sourire aussi.

— Cool.

Un ballon de basket rebondit sur la route, et Hunter réintégra le présent d'un coup. Il écrasa la pédale de frein et sentit son estomac bondir dans sa poitrine. D'où pouvait-il venir ? Il chercha si quelqu'un marchait au bord de la route, mais il roulait lentement, sans voir personne. Une maison apparut entre les arbres à sa droite. Il vit un vieux panier de basket accroché au-dessus de la porte du garage.

Un gros camion qui arrivait dans la direction opposée klaxonna en fonçant sur le ballon, le faisant éclater. Le bruit le fit sursauter et il tourna le volant, arrêtant le pick-up au bord de la route, vers l'allée menant à la maison.

Pour une raison qu'il ignorait, le ballon lui semblait important, même s'il ne savait pas pourquoi. Il essayait de trouver un rapport...

Il se tordait les mains sur le volant, le regard perdu à l'avant de son pick-up. Parfois, il se disait qu'il devenait fou. Il avait l'impression de ne pas pouvoir contrôler son cerveau ni ses pensées. À n'importe quel moment, des gens surgissaient et faisaient ou disaient des choses dans sa tête. Est-ce que ce ballon était réel ? Comment est-ce qu'un ballon pouvait atterrir tout seul sur la route ?

Après avoir regardé la maison une fois de plus, il réintégra la route principale, et bifurqua bientôt vers celle qui menait au lycée.

Il y avait des choses dont il se souvenait facilement ; d'autres, c'était le trou de mémoire. La veille, en cours d'anglais, Mlle Tucker leur avait demandé de se souvenir d'un endroit spécial de leur enfance et de le décrire en utilisant les cinq sens. Il avait essayé, encore et encore, de penser à un endroit, mais rien ne lui était venu à l'esprit, alors il avait inventé. Elle leur avait aussi demandé de décrire le visage de quelqu'un du lycée sans regarder autour d'eux dans la classe. Il avait décrit Jazz avec facilité, mais il ne se rappelait pas d'une personne qu'il aurait rencontrée avant elle. Ensuite, elle leur avait donné le devoir sur l'objet à ramener, et rien de ce qu'il avait trouvé la veille ne lui évoquait quoi que ce soit.

À part cette pochette. Mais tout ce dont il pouvait parler, c'était des histoires à l'intérieur, pas de la raison pour laquelle elles étaient importantes, ou quand il les avait commencées, ou pourquoi la guerre qui y faisait rage concernait le genre des gens, et pas autre chose. Sa poitrine lui semblait vide, et un épuisement insupportable l'envahit. Il vit le virage arriver, et avec une soudaine prise de conscience, il appuya sur l'accélérateur, roulant de plus en plus vite vers les arbres bordant la route. *Je peux continuer à rouler tout droit et en finir maintenant.* Il n'avait pas peur, il se sentait juste engourdi, ses yeux perdus dans le vague.

Pourquoi ne pouvait-il pas être normal ? Il écrasa la pédale plus fort. Pourquoi ne se rappelait-il rien ? Pourquoi devait-il assister à tant de souffrances ? Pourquoi est-ce que son cerveau était attaqué par les histoires des autres, alors qu'il ne se rappelait pas des siennes ?

Il se sentait comme hypnotisé par le grondement du moteur et les arbres dont l'image grandissait vers lui. Il ferma les yeux et s'imagina en train de voler.

Son téléphone se mit à vibrer. Il tressaillit mais continua à rouler. Il vibrait toujours. Il secoua la tête, réalisa qu'il allait peut-être manquer le virage, et sentir son estomac plomber sa poitrine quand il freina fort et tourna le volant.

Il ralentit et regarda le message de Jazz sur son écran. *Tu es où ?*

Il se rappela de ce que Jazz lui avait dit des mois plus tôt : « Il y a beaucoup de choses dont j'aimerais bien ne pas me souvenir ».

Il ne lui avait jamais demandé de quoi elle parlait. Pourquoi ? Parce qu'il était tellement plongé dans ses propres problèmes qu'il ne faisait de la place pour personne d'autre. À quel point pouvait-il être égoïste ? Elle s'inquiétait pour lui, elle était contente de le voir. Est-ce qu'elle sourirait toujours quand il serait mort ?

Il passa le virage et roula vers le lycée. Il fallait qu'il soit un meilleur ami pour elle.

Chapitre 4

J azz attendait Hunter devant les portes du groupe scolaire, qui accueillait de la maternelle au lycée les 150 jeunes de la petite ville de Clear Creek et des villages à seize kilomètres tout autour de la route principale. Elle tapait ses grosses bottes sur le revêtement de métal à l'entrée, faisait les cent pas en se demandant ce qui le mettait en retard. Ses vers plats avaient régénéré leurs têtes et leurs queues, et ils se rappelaient encore ce qu'elle leur avait appris avant de les décapiter. La mémoire existait donc en dehors du cerveau ! Génial, non ? Elle avait hâte de le lui dire.

— Mademoiselle, il faut aller en classe, dit Patty, la secrétaire, de sa voix grave et traînante. C'était une femme assez grande, avec un large sourire, née au Texas, qui se maquillait avec un trait d'eye-liner bleu foncé, portait de grandes boucles d'oreilles créoles et des colliers fantaisie en argent. Elle adorait les enfants, et la plupart le lui rendaient, y compris Jazz.

— Il faut que je montre quelque chose à Hunter. C'est tellement cool !

— Mr. Roberts approuve le fait que tu ne sois pas encore en classe ?

— Il est au courant. Il a dit que c'était d'accord.

Elle avait gagné sa place au concours de sciences de l'État un mois plus tôt, et elle voulait vraiment aller au concours international l'année suivante, qui serait sa dernière chance avant d'obtenir son diplôme. Ça lui permettrait peut-être de remporter une bourse, ou de l'argent pour l'université. Mr. Roberts, son professeur de sciences, lui avait laissé un coin du laboratoire de l'école pour y faire ses expériences, même pendant les vacances d'été. Elle avait été embauchée en tant qu'assistante à l'agente d'entretien, donc elle aurait accès au bâtiment pendant le mois d'août. Jazz se redressa et mit ses mains sur la porte vitrée quand elle vit son pick-up arriver sur le parking.

Jazz regarda Hunter se garer et courir vers la porte principale. Il avait l'air agité et maladroit, comme toujours lorsqu'il courait, mais Dieu qu'il était mignon ! Elle adorait ses longs cheveux en bataille, ses sourcils épais surmontant ses sombres yeux marron. Et sa bouche était magnifique – ses lèvres pleines et douces. C'était le seul garçon de l'école qui ne la trouvait pas bizarre parce qu'elle aimait les sciences, et qui lui souriait avec sincérité. Il était son seul véritable ami. Avant qu'il n'arrive en août, les seules personnes qui s'intéressaient à elle étaient les professeurs, et Patty.

Au moment où il allait appuyer sur la sonnette d'entrée, Jazz ouvrit la porte de l'intérieur.

– Salut, Hunter !

La chaleur sur ses joues lui indiqua qu'elle rougissait par-dessus son large sourire.

– Salut, Jazz. Je suis désolé d'être en retard. Je sais que tu voulais que j'arrive tôt.

– C'est pas grave. J'ai quelque chose à te montrer, dit-elle en lui attrapant le bras.

– Faut que j'aille en classe, haleta-t-il.

– Patty a dit qu'elle te donnerait un mot de retard. Allez !

Jazz le tira dans le couloir.

– J'ai jamais dit ça ! s'exclama Patty au moment où les deux ados lui couraient devant.

– Vous savez que vous le ferez ! cria Jazz par-dessus son épaule.

Elle le traîna le long du couloir, jusqu'au département des sciences, ouvrit la porte du labo, et l'emmena au bout de la pièce, près de la hotte et d'une petite paillasse contre un mur – son repère. Un des néons clignotait au plafond. Elle regarda au-dessus de sa tête.

– Ça va pas le faire. Je ne peux pas avoir une autre variable. J'en parlerai à Mr. Roberts plus tard pour qu'il le fasse réparer.

Elle enleva précautionneusement le cache d'une petite portion d'étagère pour révéler une série de boîtes de pétri contenant de petits vers bruns.

— Ta-dam ! dit Jazz.

Chaque boîte contenait des morceaux de ruban adhésif coloré, avec des noms et des dates. Une fiche avec la légende du code couleur pendait à un crochet.

Hunter se pencha et fronça le nez.

— Des vers ? C'est toi qui les as faits ?

— En quelque sorte. Je les ai entraînés avec de la nourriture et des lumières, jusqu'à ce qu'ils se rappellent quoi faire dans différents environnements pour trouver à manger. Donc si leurs souvenirs étaient stockés dans leur cerveau, qui ressemble au nôtre, on penserait qu'après avoir été décapités, le cerveau régénéré dans leur nouvelle tête ne se rappellerait pas de cet entraînement. Et pourtant, si !

D'excitation, elle agitait les mains en l'air.

— Ah ouais ?

— Ouais ! En tant que groupe, ils n'y sont pas aussi bien arrivés que le groupe de contrôle qui avait été entraîné mais pas décapité, mais ceux qui ont régénéré leur tête s'en sont aussi bien sortis que ceux qui ont régénéré leur queue. Et les deux groupes de vers qui ont été régénérés ont trouvé leur nourriture plus vite qu'un groupe de vers non entraînés...

— Ce qui veut dire ?

— Ce qui veut dire que leur mémoire n'est pas que dans leur cerveau !

Elle se mit sur la pointe des pieds ; elle sentait une sorte de chaleur se diffuser dans tout son corps.

— Si ça avait été le cas, ceux qui ont eu de nouveaux cerveaux ne se seraient pas rappelé de leur entraînement. Tu vois ce que je veux dire ? La plupart des gens pensent que les souvenirs sont stockés dans le cerveau, mais ils sont peut-être gardés dans d'autres parties du corps, ou en dehors.

— Sur les vers, oui. Mais les humains ?

— Ça pourrait être la même chose. Je n'ai pas encore réfléchi à une expérience, dit-elle en se rapprochant de lui pour arranger le col de sa chemise. Mais je cherche des volontaires pour m'aider.

Elle lui toucha le bout du nez :

— Tu pourrais ?

– Bien sûr. Sauf si tu comptes me trancher une partie du corps.

Elle se rapprocha, contente de le taquiner, le fixant dans les yeux :

– D'abord, je t'entraîne, ensuite, je tranche.

Elle ramassa une règle sur une table à côté d'elle et la tapota dans sa main.

– Tu réagis mieux à la carotte ou au bâton ? s'avança-t-elle vers lui, secouant la règle. Pour les vers, j'ai utilisé de la lumière vive et du foie cru.

Il recula en gloussant.

– C'est lequel, la récompense ?

– Le foie, évidemment. Mais pour toi...

Elle pensa à tant de choses qu'elle n'oserait pas lui dire.

– Qu'est-ce que tu penses de cookies maison aux pépites de chocolat ? Je peux te les amener chez toi.

– Cool. Ça me plairait bien.

Elle s'amusait tellement avec lui.

– Quand est-ce que tu me montres d'autres histoires sur les Trémariens ? J'en ai pas lues depuis un moment.

Une expression peinée passa sur son visage.

– J'ai dû commencer à écrire autre chose.

– Tu as *dû* ? Pourquoi ?

– Je t'expliquerai plus tard. Quand tu m'amèneras les cookies, ça te va ?

– Ok.

Elle le vit froncer les sourcils et frissonna.

– Ça va ?

– Oui. Enfin, pas vraiment.

– Qu'est-ce qui va pas ?

Elle faillit lui prendre la main, mais se retint, et serra les siennes contre sa poitrine.

– Ce matin j'ai réalisé que je ne t'avais jamais demandé les choses dont tu ne veux pas te rappeler. De la première fois qu'on a parlé. Dans le gymnase il y a des mois. Je t'ai dit que je voulais me souvenir de mon passé, et tu as dit qu'il y avait des choses que tu voulais oublier. C'était quoi ? Et désolé de ne pas te l'avoir demandé avant.

Ses yeux s'agrandirent et son cœur s'emballa. *Comment tu te rappelles de ça ?*

– Il y a plein de choses, Hunter, mais aucune qui te concerne.

Jazz vit ses épaules s'affaisser, et sentit une vague de peur. Est-ce qu'elle l'avait vexé ?

– Pourquoi tu y penses maintenant ? Je veux dire, j'adore le fait que tu tiennes suffisamment à moi pour me le demander, mais qu'est-ce qui t'y a fait penser ?

Hunter se mordit la lèvre et grimaça.

– J'ai pas beaucoup dormi. J'ai essayé de trouver un objet de mon passé dans la chambre de mon père, mais les quelques trucs que j'ai trouvés ne signifiaient pas grand-chose. Et je pense qu'il me ment sur... la raison pour laquelle on est venus.

Son menton tremblait. Elle se rapprocha de lui, incapable de résister, cette fois, et tendit la main vers la sienne. Il se raidit, elle s'arrêta.

– Ça t'embête ?

– Non.

Elle prit ses deux mains dans les siennes ; elle les sentait trembler.

– Je suis ton amie, Hunter. Tu traverses quelque chose, et je veux t'aider.

Elle plongea son regard dans ses yeux bruns et les vit tressaillir.

– Tu veux venir déjeuner chez moi ? J'ai un reste de spaghettis aux boulettes de viande.

Il regarda leurs mains enlacées et sourit.

– Ce serait super. J'ai oublié d'amener un truc à manger aujourd'hui. Heureusement que le lycée nous autorise à rentrer à la maison pour le déjeuner.

– Bien, dit-elle en serrant ses mains, avant de les lâcher. Tu devrais aller en classe.

– Ouais, merci.

Il se dirigea vers la porte, et se retourna :

– Alors à quoi ça sert, le cerveau, si ce n'est pas pour stocker les souvenirs ?

– C'est un récepteur et un émetteur, comme une télé. Il reçoit un signal, et un film-souvenir se déroule dans ta tête.

Ses yeux s'agrandirent et il la fixa, bouche bée.

– Ça va ?

– Ouais. Faut que j'y aille.

Il quitta la pièce.

Elle pensait qu'il serait enthousiasmé ou admiratif devant ses découvertes, mais il avait l'air terrifié. Pourquoi est-ce qu'il avait *dû* écrire autre chose ? Il y avait quelque chose qui n'allait pas dans la tête de Hunter. Elle l'avait senti dès leur rencontre. Il disait qu'il ne se rappelait pas de son passé, et pourtant il avait l'air de le hanter.

Elle savait quel genre de cauchemars le passé pouvait engendrer.

Chapitre 5

Hunter se dépêchait d'aller au bureau de Patty. Il lui fallait un mot de retard, mais il n'arrêtait pas de penser aux mots de Jazz – *un film-souvenir se déroule dans ta tête.* C'est exactement ce qu'il vivait. Mais les souvenirs ne lui appartenaient pas. À qui étaient-ils ?

– Doucement, Hunter, cria Patty alors qu'il traversait sa porte.

– Je suis désolée. Jazz me montrait ses vers. Elle a découvert un truc incroyable.

– Alors tu reviendras m'en parler plus tard.

Elle lui tendit un papier.

– Tu sais que cette fille t'aime bien, hein ?

Les yeux de Hunter allaient et venaient entre le mot de retard et les yeux de Patty.

– En tant qu'amis. On est amis.

Patty gloussa :

– Mon Dieu, comment les garçons peuvent-ils être aussi aveugles ? Plus qu'en ami, Hunter. Crois-moi sur parole. Maintenant, file !

Il fixa Patty en reculant hors de son bureau. *Elle m'aime bien ?* Il se rappela la chaleur de ses mains contre les siennes quelques minutes plus tôt. Et les chatouillis qui montaient dans ses bras.

Sans le faire exprès, il bouscula l'infirmière devant le bureau.

– Oh, pardon, Mlle Green.

Elle était si petite et nerveuse qu'il se demandait comment elle tenait encore debout, après qu'il lui fut rentré dedans.

35

– C'est pas grave, Hunter, dit-elle en redressant ses lunettes. Est-ce que ton père t'a dit quoi que ce soit à propos de prendre un rendez-vous chez le médecin ?

– Ouais.

Il fallait qu'il aille en classe, et il ne voulait pas qu'elle rappelle son père.

– Il a dit qu'il allait voir ça.

Elle lui fit un sourire hésitant :

– Assure-toi qu'il le fasse.

Il hocha la tête et courut vers la classe de Mlle Tucker, les gloussements de Patty derrière lui. Il s'arrêta à la porte et inspira profondément, plusieurs fois, en espérant que la classe ne serait pas entièrement silencieuse au moment où il y entrerait. Il ouvrit la porte et vit tout le monde le regard fixé sur des écrans d'ordinateur, à travailler à leurs descriptions.

Sauf Eric, qui reluquait Mlle Tucker marchant dans la classe. Il avait l'air dans une sorte de transe, la bouche ouverte.

Hunter marcha silencieusement vers Mlle Tucker et lui donna le mot. C'était une jeune enseignante, qui remplaçait Mlle Hartland, partie s'occuper de ses parents malades dans le Wisconsin. Tous les garçons disaient que Tucker était canon et ressemblait à une lycéenne. Sa façon de parler doucement, en prenant de grandes inspirations, donnait lieu à de nombreux commentaires et imitations dans la cour.

– Tu as choisi ton objet particulier hier soir ? chuchota-t-elle avec un sourire.

– Oui.

– OK, alors tu sais quoi faire.

Alors qu'il se dirigeait vers sa table au fond de la classe, il vit Eric se tourner entièrement pour reluquer les fesses de Tucker.

– Eric ? Tu as une question ? demanda Tucker, les sourcils levés et les bras croisés.

Eric sortit de sa rêverie.

– Non.

– Alors pourquoi tu ne te mets pas au travail ?

Il continua de la fixer jusqu'à ce qu'elle fasse un mouvement circulaire de la main, lui indiquant de se retourner. Puis elle se rendit à son bureau.

Après que Hunter se fut assis, Eric se tourna vers lui et ricana :

– T'as dû avoir un rendez-vous bien chaud hier soir, hein, Hunter ? Garçon ou fille ? Ou alors Jazz ?

Les autres gloussèrent. La plupart du temps, il ignorait totalement Hunter, mais quand il était en retard, Eric lui disait généralement quelque chose.

Hunter eut un sourire en coin, il ne se laissait pas atteindre.

– Désolé, Eric, je ne révèle rien. Et Jazz a tout d'une fille.

– Oh oh ! glissa Lonny, assis de l'autre côté de Hunter. Il t'a eu là, mon grand !

– Les garçons, dit Tucker dans un souffle rauque, vous avez un travail à faire.

Eric fixa Hunter pendant qu'il ouvrait son ordinateur, puis regarda par la fenêtre.

Hunter avait décidé d'inventer une histoire sur le couteau du Mont Rainier. Lui et Joe y étaient allés plusieurs fois, entre père et fils, pour camper et randonner. *Comme par hasard*, pensa-t-il. Ou peut-être qu'ils y étaient vraiment allés. Comment il le saurait ?

Sans prévenir, le martèlement commença. *Merde !* Il fallait qu'il fasse ce devoir. Quand les histoires avaient commencé à lui venir, il y en avait une ou deux par jour, et généralement pas pendant les cours. Maintenant, elles arrivaient en permanence. Ses notes avaient dégringolé.

Il ferma les yeux et essaya de visualiser le Mont Rainier dans sa tête. À la place, il se vit marcher dans le même couloir, passer la porte sur sa droite. Puis il s'arrêta. Il entendait quelque chose derrière la porte. Un rire ? Le bruit s'évanouit. Il longea le couloir, passa à travers le mur et se retrouva devant un chalet qui était à deux pâtés de maison du lycée. Eric venait de l'arrière de la maison, se glissant discrètement entre des saules. Il regarda des deux côtés de la rue, puis alla frapper à la porte.

Mlle Tucker ouvrit la porte en jogging et débardeur.

–Salut, Eric. Merci d'être venu.

Eric remarqua son maquillage, et une forte odeur de vanille. Pour lui ? *se*

37

demandait-il. Sûrement.Il lui fit son sourire spécial.

– Vous avez dit que vous aviez besoin d'aide.

– Entre.

Elle tint la porte pour qu'il puisse passer, et il dut la frôler pour aller à l'intérieur.

– Désolée, c'est le bordel.

Sa respiration semblait encore plus forte que d'habitude.

– Je me suis dit que tu pouvais m'aider à déballer. Les déménageurs ont tout largué comme ça avant même que je puisse leur dire où mettre les affaires.

– Pas de souci.

Eric vit des cartons partout, certains étaient ouverts, d'autres encore fermés. Cet endroit avait toujours été une espèce de décharge sombre et encombrée.

– T'as l'air d'être le plus costaud du lycée.

Elle lui fit un clin d'œil, il acquiesça.

– Peut-être.

Eric parcourut la pièce et retira sa veste, révélant un débardeur en nylon. Il contracta les muscles de ses bras en posant sa veste sur une chaise.

– Je suis venu ici plusieurs fois. Il y a beaucoup de gens qui ont loué cette maison.

Il s'étira, dévoilant une partie de son torse. Il vit que ses yeux s'attardaient dessus.

– Le loyer est correct.

Elle fronça le nez :

– Ça sent un peu le vieux bois, quand même.

Il se rapprocha d'elle.

– L'odeur de vanille le masque bien.

– Tu aimes ? lui dit-elle en tendant la main.

– Ça vient de vous ?

Il pencha son visage sur son bras.

– Hmm.Ça sent vraiment bon.

Il s'approcha de son cou.

– Ça sent encore meilleur ici.

Il sentait la chaleur qui irradiait de sa peau.

– Je me demande si le goût est aussi bon que l'odeur.

Il se contenait pour ne pas l'embrasser dans le cou. Elle rit et se recula.

– C'est un nouveau gel douche que j'ai acheté. Je l'adore. Je t'ai dit après la classe que je te donnerais vingt dollars en échange de ton aide.

Eric vit ses yeux s'attarder sur ses abdominaux.

– Je suis pas venu pour l'argent, dit-il. Vous avez quel âge, d'ailleurs ?

– Vingt-deux.

Il regardait la façon dont ses lèvres se tendaient sur le « deux ».

– Quel âge, vous avez dit ?

– Vingt-deux.

– C'est drôle de vous voir le dire. Quel âge ?

Si elle le répétait, il l'embrasserait.

Elle se mordit la lèvre et sourit.

– Et toi, tu as quel âge ?

– Dix-huit ans. Vous n'avez pas l'air assez âgée pour enseigner. Je veux dire, votre corps, oui, mais votre visage vous donne un air vraiment plus jeune.

– C'est censé être un compliment ou un reproche ?

Elle se pencha pour ramasser un petit carton. Il voyait ses seins, ronds et pleins, se pencher avec elle.

– Juste une observation. Hmmm. J'aime bien votre haut.

Elle leva les yeux avant de se redresser, et vit ce qu'il fixait. Elle posa une main sur le haut de sa poitrine et tourna la tête.

– Merci.

Elle se leva, et repoussa ses longs cheveux.

– J'ai commencé la fac à dix-sept ans, j'en suis sortie à vingt-deux, et j'ai été remplaçante à Anchorage avant de venir ici.

– Vous devez être aussi intelligente que belle.

Elle sourit.

– Merci encore.

Il se rapprocha tout près d'elle.

– Si vous n'étiez pas ma prof, je vous proposerais de sortir ensemble.

Elle rougit.

– Si tu n'étais pas mon élève, j'accepterais.

Ils se sourirent.

Le regard d'Eric se déplaça lentement vers le bas, puis remonta.

– *Cela dit, là tout de suite, je suis seulement un ami venu vous aider, pas votre élève. Et je pense qu'on peut être bons amis, en dehors du lycée.*

Elle s'assit sur le canapé.

– *On n'est pas au lycée, là.*

Elle tapota le coussin, et il s'assit à côté d'elle. Elle posa sa main sur son genou, l'attira contre elle, et y fit de petits cercles avec ses doigts.

– *On n'est clairement pas au lycée, fit-il avec un sourire en coin.*

– *Peut-être que demain, tu te vanteras auprès de tes camarades d'avoir passé l'après-midi à aider ta prof mignonne.*

– *J'ai pas dit que vous étiez mignonne.*

Elle leva les sourcils, et croisa les bras.

– *Tu ne me trouves pas mignonne ?*

– *Mieux que mignonne. Mais avec ce jogging que vous avez mis, c'est difficile de dire à quel point vous l'êtes.*

Elle se leva.

– *Je ne mets pas ça à la maison, d'habitude.*

Elle enleva lentement le jogging pour révéler un shorty moulant.

– *C'est juste que j'aime me mettre à l'aise, quand je peux.*

Elle posa sa main sur sa hanche.

– *Alors, mignonne, ou pas ?*

Il se leva et s'approcha d'elle. Il avait tellement envie de la serrer contre lui que ça lui faisait mal.

– *Je pense que vous êtes la fille la plus canon de la ville.*

– *Vraiment ? minauda-t-elle.*

Elle glissa ses doigts le long de l'ourlet de son débardeur, joua avec. Il posa ses mains sur ses hanches et l'attira à lui.

– *Peut-être que je devrais commencer par la chambre.*

Elle leva le visage vers lui et ses lèvres frôlèrent les siennes :

– *Je crois que tu peux m'aider, là-bas.*

Eric humecta ses lèvres.

– *C'est quoi, votre prénom ?*

– *Vanessa.*

– Vanessa ; il l'embrassa. J'aime beaucoup.

Elle lui prit la main et l'entraîna dans le couloir.

– Comment ça va, Hunter ? demanda Mlle Tucker en s'approchant de lui.

Son cœur battait la chamade. Il ne l'avait pas entendu arriver[GP1] . Il sauvegarda rapidement le document et se l'envoya par mail.

– Tu tapais des cascades de mots. Je peux voir ce que tu as écrit ?

Elle se pencha vers son écran.

Hunter essaya de parler, mais il avait le souffle coupé. Il attrapa l'écran de son ordinateur portable à deux mains, et déglutit.

– J'ai pas encore fini.

Il commença à fermer l'ordinateur.

Elle posa son pouce sur le haut de l'écran pour le relever.

– C'est pas grave. Un bon texte n'est jamais fini.

Hunter voulait s'enfuir, mais elle s'était agenouillée près de sa table, lui coupant la sortie. Il essaya de la regarder sans tourner la tête. Elle allait forcément entendre son cœur qui s'emballait ! Il ferma les yeux et essaya de penser à autre chose, mais tout ce qu'il voyait, c'était Vanessa et Eric se déshabiller l'un l'autre dans sa chambre, malgré ses efforts pour les ignorer, ou se concentrer sur Mlle Tucker à côté de lui.

Il regarda Eric qui avait mis ses écouteurs et hochait la tête au rythme de la musique.

– Où est-ce que tu as entendu cette histoire, Hunter ?

Sa voix était tremblante.

Il la regarda, vit une veine gonflée sur son front. Elle était toute rouge, et elle avait les larmes aux yeux. Elle avait l'air terrifiée.

– Ça vient d'apparaître dans ma tête. Ça m'arrive souvent, dernièrement.

– Ça, c'est apparu dans ta tête ? chuchota-t-elle brusquement. Sérieusement ? Tu me crois stupide ?

Elle baissa la voix et lui parle à l'oreille.

– Eric t'a dit quelque chose ?

– Eric et moi, on parle pas vraiment.

– Pourquoi tu as utilisé ces noms ?

– J'écris juste ce que je vois et ce que j'entends.

– Ça n'est pas arrivé, Hunter. Je ne sais pas d'où tu tiens cette histoire, dit-elle en regardant Eric avec colère, mais ça n'est pas arrivé.

– Ce n'est qu'une histoire, Mlle Tucker, dit-il pour la rassurer.

Il voyait Vanessa et Eric s'embrasser sur le lit. Les battements de son cœur lui serraient la gorge.

– Je ne sais pas d'où ça m'est venu.

Il les entendait gémir. Une sueur froide lui dégoulinait dans le dos.

Est-ce qu'il imaginait tout ça ? Ou est-ce que ces rêves étaient plus que ça ? Et s'ils étaient réels ? Si Eric et Mlle Tucker avaient vraiment... ?

Ses yeux s'étrécirent.

– Tu en as écrit d'autres ?

Il déglutit et hocha la tête.

– Oui.

– Comme celle-ci ?

– Aucune autre avec... quelqu'un qui porte votre nom.

Son chuchotement semblait encore plus énervé quand elle s'approcha à nouveau de son oreille.

– Je ne m'appelle pas Vanessa. D'où tu tiens ça ?

– C'est ce que vous... ce qu'a dit Mlle Tucker... dans l'histoire...

– Tu as montré ces histoires à quelqu'un ?

Il pensa à son père, mais techniquement, ce n'était pas lui qui lui avait montré l'histoire.

– Non.

Sa réponse sembla l'apaiser. Elle se redressa et regarda autour de la classe.

– Continuez à travailler, tout le monde.

Elle posa ses mains sur ses jambes et se pencha jusqu'à ce que ses yeux soient à la hauteur des siens.

– Tu me rendrais le service de ne montrer ça à personne d'autre ? S'il te plaît ?

Son décolleté pendait, révélant sa poitrine difficilement retenue par son soutien-gorge rose. Comment est-ce qu'elle pouvait ne pas se rendre compte de ce qu'il voyait ? Il leva les yeux vers les siens, elle sourit :

– S'il te plaît ?

– Oui.

Il abaissa l'écran de son ordinateur et regarda sa table.

– Ça t'embêterait de supprimer cette histoire ? Hunter, s'il te plaît, regarde-moi.

Il leva les yeux. Elle essayait de sourire, mais ses lèvres tremblaient.

– Tu la supprimeras ? S'il te plaît ?

Dans sa tête il voyait Eric et Vanessa se frotter l'un à l'autre. Vanessa haletait.

La cloche sonna.

Il tressaillit.

– D'accord, mais je dois y aller.

– Promis ?

– Promis.

– Merci.

Elle se leva :

– Tout le monde m'écoute ? Envoyez-moi ce que vous avez fait sur ma Dropbox avant de rentrer chez vous ce soir.

Hunter s'écarta rapidement d'elle et rejoignit la foule qui quittait la classe. Lonny se pencha vers lui et lui dit :

– Elle t'a laissé regarder ses nichons un bon moment. Comment t'as réussi à faire ça ? Mec, tu transpires comme un porc !

Il s'en alla en riant.

Quand il sortit de la classe, Hunter se retourna et vit Mlle Tucker parler à Eric à son bureau. Il levait les mains en secouant la tête. Tucker tendit violemment la main vers la porte, la pointant du doigt. Eric s'écarta.

Dans la tête de Hunter, elle était allongée sur le dos, Eric serré contre elle, caressant son visage, se frottant à elle pendant qu'elle gémissait.

La scène avait l'air tellement réelle.

Comment était-ce possible ?

Chapitre 6

Quand il vit Eric quitter la pièce, Hunter se retourna et marcha vers le foyer, bousculant quelques autres lycéens et s'excusant au passage.

– Hé, Hunter ! cria Jazz depuis la zone qu'ils appelaient la Fosse. C'était un espace rond et creux, de la profondeur d'une marche, installé dans le foyer, en face des bureaux de la vie scolaire, avec des bancs arrondis tout autour.

–Viens là.

Elle lui sourit en tapotant le banc sur lequel elle était assise. Il revoyait Vanessa tapoter le canapé. Il secoua la tête.

Juste au moment où Hunter allait descendre la marche, il sentit quelqu'un lui foncer dans le flanc, son estomac s'écraser au moment où il tomba et s'effondra sur le sol de la Fosse. Une vive douleur éclata dans son genou. Pendant une seconde, il crut qu'il allait vomir.

Il entendit Eric dans son dos :

– Pardon, mec. Je devais pas bien regarder devant moi.

Et il se mit à rire.

– Putain ! cria Jazz. Hunter, ça va ?

Il voyait ses rangers s'approcher de lui.

– T'es un gros con, Eric !

Les rangers s'éloignèrent de lui en courant.

Hunter essayait de se relever quand il entendit un bruit sourd.

– Hé, va te faire foutre, connasse ! cria Eric.

Hunter se retourna et vit Eric se tenir le pied. Jazz avait serré les poings, prête à le frapper. Elle allait s'attaquer à Eric ? C'était dingue. Comment elle pouvait être aussi dure à cuire ?

M. Bentley sortit de son bureau.

– Ça suffit ! Tous les deux, vous venez avec moi.

Bentley se retourna et marcha lourdement vers son bureau, suivi d'Eric et de Jazz.

Hunter ramassa son ordinateur et remonta la marche, la tête baissée, penché pour se frotter le genou, avant de s'avancer vers le bureau. Il voulait expliquer à Bentley ce qu'il s'était passé, pour que Jazz n'ait pas d'ennuis, mais la porte de Bentley se referma au moment où il arrivait à la hauteur de Patty.

– Où est-ce que tu vas ? demanda Patty.

Il essayait de respirer calmement.

– Il faut que je parle à M. Bentley.

Patty se fendit d'un grand sourire.

– Je t'avais dit que cette fille t'aimait bien. Heureusement qu'elle n'a pas cassé le pied d'Eric. Vas-y, entre.

Elle décrocha son téléphone, appuya sur une touche et dit quelque chose que Hunter n'entendit pas, au moment où il frappait à la porte de Bentley.

– Entrez, dit Bentley.

Hunter ouvrit la porte.

– Est-ce que ça va ? demanda Jazz.

– Ouais. Merci.

Hunter regarda Eric.

– C'est quoi, ton problème ?

Eric allait répondre quelque chose, mais sembla se rattraper. Il répondit :

– C'était un accident. Je regardais juste pas où je mettais les pieds.

– Conneries, grogna Jazz. Je t'ai vu lui foncer dedans.

Elle avait l'air prête à lui écraser le pied une deuxième fois.

– Jazz, dit Bentley en se penchant sur son bureau, même si c'est ce que tu as vu, tu sais qu'agresser Eric n'est pas la bonne chose à faire. Oui ou non ?

Les yeux de Jazz s'étrécirent et elle rougit immédiatement.

– Hunter aurait pu se briser la nuque !

– Oui, ou non ?

Elle regarda Eric.

– Oui.

Bentley sourit.

– Bien. Qu'est-ce que tu aurais dû faire ?

Jazz se leva :

– Lui foutre un coup de pied dans les couilles !

Eric sauta de sa chaise, les poings serrés.

– Essaie seulement, grosse truie !

Bentley explosa :

– Assis, Eric !

Jazz fondait sur Eric au moment où Hunter s'interposa, tourné vers elle. Il posa ses mains sur ses épaules.

– Ça va, Jazz, dit-il. J'adore le fait que tu veuilles me défendre, mais il ne vaut pas la peine que tu te blesses ou que tu t'attires des ennuis.

Jazz arrêta de regarder Eric pour fixer ses yeux sur ceux de Hunter.

– D'accord ? demanda Hunter en réalisant depuis combien de temps il lui tenait les épaules. Il tressaillit et retira ses mains.

Elle hocha la tête et attrapa ses poignets, les maintenant sur ses épaules.

– D'accord.

Son estomac était serré. Pourquoi est-ce qu'il l'avait touchée ? Il sentait la sueur perler à son front.

– Eric, Jazz et toi me retrouverez après les cours pour vingt minutes de colle, dit Bentley.

Eric râla :

– J'ai un entraînement !

– Vingt minutes. S'il y a encore des disputes ou des menaces entre vous aujourd'hui, ce sera une exclusion. C'est bien clair ?

– Oui, répondit Eric.

– Jazz ? demanda Bentley.

Elle serra les mains de Hunter, avant de les lâcher.

– Oui.

– OK. Il faut que je parle à Hunter. Eric, va en cours.

Eric marmonna quelque chose, poussa sa chaise et quitta la pièce.

— Jazz.

— Ouais, OK, grommela-t-elle.

Puis, tout bas, à Hunter :

— On se parle après les cours ?

— Oui.

Elle lui sourit une dernière fois avant de quitter la pièce. Il sentait encore ses mains sur les siennes alors qu'il fixait la porte.

— Assieds-toi, Hunter, dit Bentley.

Il se retourna pour s'asseoir.

— Qu'est-ce que tu écrivais pendant le cours de Mlle Tucker ?

Le pouls de Hunter s'emballa et il sentit des picotements sur sa peau. *Comment savait-il ça ?* Il fixait Bentley.

— Tous les ordinateurs de l'école ont un système de contrôle, et je peux voir ce qu'il se passe sur vos écrans en cliquant sur vos noms. Le département me demande de le faire régulièrement pour m'assurer que nos élèves se concentrent sur leurs activités scolaires, et n'utilisent pas les ordinateurs de façon inappropriée. J'ai jeté un œil à d'autres écrans de la classe de Mlle Tucker avant de voir le tien. Ce que tu écrivais m'a interpellé.

Hunter sentit sa gorge se serrer ; il essaya de déglutir.

— J'en ai déjà parlé à Mlle Tucker. J'ai des histoires qui surgissent dans ma tête depuis un moment. Je ne sais pas d'où elles viennent.

— Et comme par hasard, tu écrivais une histoire sur Eric et Mlle Tucker ?

Bentley plissa les yeux.

— Oui, monsieur. Elle m'est juste venue.

— Une telle histoire pourrait leur causer beaucoup de problèmes, à lui et Mlle Tucker. Est-ce que tu as des raisons de penser qu'elle a eu lieu ?

— Non ! L'histoire m'est juste venue. Je l'ai inventée.

— Qu'étais-tu censé être en train de faire ?

Hunter baissa la tête.

— Je devais décrire un objet qui est spécial à mes yeux.

— Je vois. Tu vas supprimer cette histoire maintenant, et envoyer une lettre d'excuses à Mlle Tucker, ainsi que la description que tu étais censé écrire, avant de quitter le lycée ce soir.

— Oui. D'accord.

— Tu peux la supprimer, maintenant ?

— Oui.

Je ne veux pas être mêlé à ça. Il ouvrit son ordinateur et glissa le fichier dans la corbeille.

— Vide la corbeille, s'il te plaît.

Hunter s'exécuta.

— Tu ne parleras à personne de cette histoire. C'est compris ?

— Oui, monsieur.

— Ms. Tucker n'a pas besoin de ce genre de rumeurs sur elle et ses élèves. Maintenant, va en classe.

Hunter se leva.

— Demande un mot de retard à Patty.

— Oui, monsieur.

Il quitta le bureau et s'approcha de Patty.

— Il me faut un mot de retard.

Son cerveau travaillait à toute vitesse. Si l'histoire de sexe entre Tucker et Eric n'était pas réelle, alors d'où venait-elle ? Comment avait-il pu l'inventer ?

Il vit Anthony, un sixième, pleurnicher sur une chaise, dans un coin. Hunter haussa les sourcils à l'attention de Patty, qui chuchota :

— Des camarades de classes qui l'embêtent à propos du feu de l'été dernier.

Elle lui donna un billet de retard.

— Jazz avait l'air contente quand elle est sortie de là, le taquina Patty. Je lui ai demandé pourquoi. Elle a dit « Il m'aime bien ». Tu lui as dit ?

Patty s'adossa à sa chaise, les yeux pétillants de victoire.

Jazz pense que je l'aime bien ? Est-ce que je l'aime bien ?

— Non, mais je l'ai empêchée de donner un coup de pied entre les jambes d'Eric.

— Et ?

— Je l'ai retenue par les épaules. Ensuite, elle m'a tenu les mains.

Il se rappela sa propre peur quand il avait réalisé qu'il était en train de la toucher, mais ça avait semblé si naturel de le faire. Pourquoi ? Il ne se rappelait pas de quiconque qui l'aurait touché avant Jazz.

Patty se mit à sourire jusqu'aux oreilles.

— Vous êtes mignons ensemble, tous les deux.

Il sortit du bureau et se dirigea vers sa classe d'histoire, jusqu'à ce qu'il voie Mlle Tucker marcher dans sa direction, une pile de papiers dans les mains. *Qu'est-ce qu'elle va dire ?*

— Mlle Tucker, j'ai supprimé l'histoire. Je suis désolé de l'avoir écrite.

Elle sembla l'étudier.

— Je ne sais pas à quel jeu vous jouez, Eric et toi. Il a dit qu'il ne t'avait rien raconté.

— Il ne m'a rien raconté. Il m'a poussé dans la Fosse après le cours. On n'est pas amis.

Elle croisa les bras et pinça les lèvres.

— Pour ton information, il est venu chez moi ce week-end pour m'aider à déplacer des cartons et des meubles. Mlle Fenster était là pour aider aussi. Elle aurait giflé Eric et appelé la police s'il avait fait quelque chose du genre que tu racontes dans cette histoire. Manifestement, Eric a une imagination débordante. Ou peut-être que c'est ton cas.

— Je ne sais pas quoi vous dire, Mlle Tucker. Je suis désolé. Je ne savais pas qu'il était venu chez vous ce week-end.

Elle haussa les sourcils et secoua la tête. Elle ne croyait pas un mot de ce qu'il disait.

— Vous voulez toujours que je vienne dans votre classe après les cours ?

— Non, mais si j'entends encore parler de cette histoire, je t'emmène voir M. Bentley.

— Il est déjà au courant.

— Quoi ?

Ses narines se dilatèrent.

— Il surveillait mon écran quand je l'écrivais. Il me l'a fait supprimer.

Elle porta une main à sa gorge.

— Mon Dieu ! Il est au courant ?

— Il n'y a pas cru, je vous le promets.

Elle serra les dents et tourna les talons.

L'estomac de Hunter palpitait pendant qu'il reculait dans le couloir en la regardant foncer vers la salle de photocopies. Comment est-ce qu'il allait pouvoir arranger les choses avec elle ?

Il se retourna, marcha jusqu'à la porte de la salle de classe et l'ouvrit. La salle était plongée dans l'obscurité, et tout le monde regardait une vidéo. Hunter agita son mot de retard de façon à ce que M. Flynn puisse le voir. Il hocha la tête et lui fit un signe de main vers un siège vide. Au moment où il passait devant, Eric attrapa son bras et le tira de façon à ce que le visage de Hunter soit à sa hauteur.

– Fais pas le con avec moi, Hunter, grogna-t-il.

– C'est pas mon intention, mais réponds juste à une question.

– Quoi ?

– Est-ce qu'il y avait Fenster chez Tucker quand tu y es allé ce week-end ?

– Ouais. Qui te l'a dit ? T'occupe pas de mes affaires, Hunter.

– Les garçons ! cria M. Flynn. Baissez d'un ton.

– Pardon, dit Hunter en s'asseyant. On fait quoi ? demanda-t-il à Lonny, qui était assis à côté de lui.

– On prend des notes pour un quiz sur cette vidéo.

Hunter ouvrit son ordinateur et regarda les images bouger sur le logiciel de l'ENT. Quelque chose à propos de la Constitution de l'Alaska. Tout en regardant, il réalisa que ses visions n'étaient pas comme des films dans sa tête. Il en faisait partie. Il voyait tout en trois dimensions, et il sentait les odeurs, comme la vanille sur le cou de Tucker.

Il ouvrit l'histoire d'Eric et Vanessa qu'il s'était envoyée par mail et y jeta un œil. Peut-être qu'ils mentaient tous les deux. Mais ils avaient tous les deux vu que Fenster était là. Il était perdu.

Les coups recommencèrent. *Merde ! Encore.*

Il se fixa sur la vidéo et essaya de se concentrer, mais le rythme résonnait de plus en plus fort. Il se vit marcher dans le couloir et s'arrêter à la porte. Il écouta, mais n'entendit rien. Il avança la main vers la poignée en argent, puis vit le mur disparaître au bout du couloir. Il aperçut un jeune garçon assis sous le porche d'une petite maison, en train de jeter des cailloux sur l'allée. Hunter se détourna de la porte et s'approcha du garçon.

Des moustiques zonzonnaient autour du visage du garçon ; transpirant, il était assis sur le porche de sa maison près de la Route des Parcs, au début du mois de juin. Le soleil lui réchauffait le dos et il chassait les insectes qui volaient près de ses oreilles. Le garçon se leva et frappa à la porte d'entrée.

Une voix d'homme cria de l'intérieur de la maison.

– Tu restes dehors !

– Je m'ennuie ! Je veux regarder la télé !

Le garçon entendit un bruit de pas s'approcher rapidement, alors il descendit en courant les marches du porche et se trouva dans le jardin. Un homme en boxer ouvrit la porte et se mit à le regarder.

– Anthony, je suis parti pendant une semaine et je veux pouvoir parler avec ta mère, donc il faut que tu trouves une façon de t'occuper dehors.

– Combien de temps ?

– Environ une demi-heure.

– Pourquoi je peux pas regarder la télé pendant que tu lui parles ?

– Anthony, je t'ai déjà dit quoi faire. Va chercher les cendres dans le barbecue, mets-les dans la brouette, mouille-les bien et verse ça derrière les arbres.

– Gordon, je suis prête. Viens me chercher ! appela la mère d'Anthony depuis l'intérieur de la maison.

Anthony vit un large sourire s'étirer sur le visage de son père quand il se retourna vers la porte.

– J'arrive, Ariel.

Puis il aboya à son fils :

– Au boulot !

– Oui, Papa.

Gordon s'élança à l'intérieur de la maison et ferma la porte derrière lui.

Anthony se traîna jusqu'au tonneau métallique qui servait de barbecue, dans le jardin. Il s'arrêta à deux pas et se détourna, inspirant profondément et lentement. Soudain il leva le genou, se tourna vers le tonneau avec un coup de pied latéral en criant « Kiai ! »

Le tonneau se renversa avec un bruit sourd. Il alla chercher une pelle, s'agenouilla pour gratter les cendres au fond du tonneau, puis les ramassa pour les verser dans la brouette. Des nuages de cendres, et peut-être un peu de fumée, s'élevaient du tas. Il retourna vers la maison, prit le bout du tuyau d'arrosage, et le tira jusqu'à la brouette. À trois mètres, le tuyau, emmêlé se tendit. Il alluma l'eau et essaya de l'envoyer dans la brouette. Après quelques minutes passées à rater la pile de cendres, il jeta le tuyau d'arrosage et s'approcha de la brouette, qu'il poussa vers les arbres. Au bout du jardin, près d'un compost de pelouse tondue, il la leva pour la vider. Après l'avoir secouée, il la ramena vers la maison.

Il ne vit pas le feu avant d'avoir atteint le porche avec la brouette et de s'être retourné. Le tas d'herbe était en flammes ! Il se tint la tête et se tira les cheveux, retenant un cri. Qu'est-ce qu'il devait faire ?

Il ramassa le tuyau et courut vers les arbres jusqu'à ce qu'il se bloque, le faisant chuter sur le sol. Il se précipita vers l'endroit où le tuyau faisait un nœud et essaya de dégager de la longueur en le démêlant.

Le feu s'était étendu jusqu'à deux arbres, et un souffle de vent l'attisa.

Ses narines se dilatèrent et il se mit à crier :

– Papa ! Papa !

Il attrapa la brouette, la poussa jusqu'au tuyau et la remplit à moitié, les yeux rivés sur le feu. Il lui fit traverser le jardin en courant. Le temps qu'il les atteigne, les flammes dansaient au-dessus de sa tête. Il essaya de se rapprocher, mais la chaleur le brûla, alors il jeta la brouette aussi fort qu'il le put et battit en retraite. Quand la brouette se retourna en répandant l'eau dans l'herbe, à plusieurs mètres des flammes, il retourna en courant vers la maison, en criant :

– Papa ! Papa !

Il cogna à la porte et essaya de l'ouvrir, mais son père l'avait fermée de l'intérieur. Haletant, il frappa plus fort, en criant. Il s'effondra sur ses genoux en cognant à la fenêtre de l'entrée.

Enfin, la porte s'ouvrit.

– Bordel, qu'est-ce que tu veux ? cria son père, à moitié penché hors de la maison.

Anthony montra le feu.

– Bordel de merde !

Gordon courut sur le porche en boxer, puis retourna en trombe à l'intérieur.

Après une minute, il ressortit en pantalon, en essayant d'enfiler ses chaussures. Il cria vers l'intérieur :

– Appelle les pompiers ! Il y a le feu !

Gordon courut au tuyau d'arrosage, jura en voyant le nœud, tira et poussa vivement jusqu'à ce qu'il puisse amener le bout jusqu'au bord du jardin. Il jeta l'eau aussi loin qu'il le pouvait, mais les flammes s'étaient déjà déplacées vers le Nord. Elles se répandaient rapidement à cause du vent qui les poussait sur l'herbe sèche, vers un autre bosquet d'arbres.

Il lâcha le tuyau et se précipita vers son fils.

– Je t'avais dit de bien mouiller les cendres avant de les jeter !

– J'arrivais pas à défaire le nœud !

– Alors t'aurais pas dû les jeter, abruti !

Il attrapa la ceinture de son fils et lui mit plusieurs fessées. Le garçon se laissa tomber sur l'herbe en pleurant. Gordon s'agenouilla en se tenant la tête.

– Gordon ! Qu'est-ce qu'il s'est passé ? cria Ariel depuis le porche, vêtue de la chemise de Gordon.

– Ton fils a mis le feu !

Il attrapa le tee-shirt d'Anthony et traîna rudement son fils en pleurs vers le porche, où il le poussa vers sa femme.

– Mets-le dans sa chambre et ne le laisse pas sortir. Et rhabille-toi !

Anthony s'accrocha à sa mère en pleurant, surveillant d'un œil son père qui courait vers le garage, en sortait un extincteur et une pelle, et courait à nouveau vers le feu, pendant que les sirènes des pompiers hurlaient au bout de la route.

– Hunter ! Hunter ! criait le prof à l'avant de la classe.

Hunter cligna des yeux et vit tous les autres penchés sur leurs bureaux.

– Mec, prends ça, dit Corey, qui était assis à côté de lui, en lui tendant une feuille de papier.

Hunter prit la feuille de sa main et regarda le prof.

– Vous avez quinze minutes pour répondre au questionnaire. Vous pouvez utiliser vos notes.

Hunter regarda la feuille et réalisa qu'il avait raté toute la vidéo. Avant qu'il ne commence à inventer des réponses, il envoya sa dernière histoire et celle qui concernait Eric et Tucker à Jazz, avec en objet du message « Ne l'ouvre pas tout de suite ». Il avait besoin de son aide pour y voir clair, mais comment est-ce qu'il allait lui expliquer ça ? Elle penserait qu'il était fou. Il fallait qu'il lui parle.

Tout en écrivant des réponses au hasard à chaque question, il se rappela l'été précédent, quand ils roulaient en revenant de Fairbanks pour la première fois, vers leur nouvelle maison. Un grand feu s'était étendu des deux côtés de la route principale, sur environ dix-neuf kilomètres, jusqu'au bord de Nenana. Les pompiers étaient encore en train d'éteindre des foyers isolés quand ils étaient passés en voiture. Il se rappelait avoir suivi la région noircie, et avoir remarqué que ses méandres s'arrêtaient à côté d'une maison – la même maison qu'il venait de voir dans son histoire. Un froid soudain l'envahit.

C'était réel, c'était vraiment arrivé.

Si c'était le cas, comment l'autre histoire pouvait ne pas l'être ?

Chapitre 7

Joe se demandait si Hunter réaliserait qu'une histoire ou deux manquaient à son mur. Les deux qu'il avait à la main devaient disparaître.

Il avait sérieusement pensé à toutes les brûler, de la même façon qu'il avait brûlé les photos de familles et tous leurs souvenirs des années plus tôt. Sauf que cette fois, Hunter avait toujours les fichiers sur son ordinateur.

Les médecins l'avaient prévenu des impacts que pouvaient avoir certains déclencheurs sur sa mémoire. Ils lui avaient dit que tous les progrès que Hunter avait faits par rapport à son syndrome de stress post-traumatique pouvaient s'évanouir rapidement s'il voyait une photo de sa mère ou de son petit frère. Qui pouvait savoir quel objet aurait une signification particulière pour lui ? Il avait mieux valu tout brûler que laisser un élément qui aurait pu déclencher à nouveau les cris, la dépression et l'auto-mutilation.

L'histoire dans sa main gauche racontait l'incident de la cabine d'essayage, qu'il avait enfoui profondément dans son passé, confiné dans la honte, l'incompréhension et la peur. Pendant des semaines après ça, il avait eu peur que quelqu'un les ait entendus, mais il ne s'était rien passé. Il avait redoublé d'efforts pour parler de sexe avec des filles en face de ses amis, lâchant même qu'il avait eu des relations sexuelles avec une ou deux. Dans les douches des vestiaires, il maintenait son regard bien au-dessus de la taille, refusant de s'amuser à retirer les serviettes des secondes, ou de faire des blagues sur la taille de leur pénis.

Il n'avait jamais admis, ni aux autres ni à lui-même, à quel point il s'était senti excité par Parker. Il se raisonnait en se disant qu'il avait été attiré parce que c'était interdit.

L'histoire dans sa main droite décrivait un autre événement, un qu'il avait totalement oublié avant de le lire. Pendant un voyage avec son équipe de basket, ils dormaient dans la bibliothèque du lycée qui les accueillait, et il s'était passé autre chose. Un de ses coéquipiers dormait sur un lit de camp, juste à côté de Joe qui était allongé sur son sac de couchage posé au sol. Il pensait qu'il était en train de faire un rêve érotique avec une fille, quand il se réveilla et vit la main de Sam, tendue en dehors du lit de camp, et qui tenait son érection. Joe essaya de ne pas bouger, bien que son cœur battait la chamade. Il gardait les yeux fixés sur la main en essayant de reprendre son souffle. Il cherchait le moindre signe qui lui montrerait que Sam était éveillé, et regarda autour de lui pour voir si quelqu'un d'autre avait vu. Tout était calme et silencieux, à part la pulsation sous sa ceinture. Il essaya de s'écarter de la main de Sam, mais entendit le garçon marmonner dans son sommeil, et sentit sa main le tenir plus fermement. Joe essaya de penser à autre chose pour que son érection parte, mais il n'y arriva pas. Il essayait de nier son excitation, mais il n'y arrivait pas.

Puis il fut certain que la main de Sam avait bougé. Et encore. Joe regarda autour de lui une fois de plus, puis prit la main de Sam et l'écarta doucement de lui. Joe se leva rapidement et quitta la bibliothèque silencieusement pour se rendre aux toilettes. Il s'enferma dans une cabine et essaya de respirer plus lentement.

Une minute plus tard, il entendit la porte des toilettes s'ouvrir, et un bruit de pas. Puis il vit des pieds nus sous la porte. C'était Sam.

– Hé, Joe, ça va ? T'as besoin d'aide ?

Tout ça, et tout ce qu'il s'était passé ensuite, se trouvait dans l'histoire qu'avait écrite son fils, et cette fois, il avait utilisé le prénom de Joe. L'histoire datait d'il y avait un mois. Joe ne voyait rien dans le comportement de Hunter des dernières semaines qui suggérerait qu'il soupçonnait son père d'être le jeune garçon de l'histoire.

Un homosexuel. Quelque chose qu'il avait désespérément essayé de cacher à son père, et de se cacher à lui-même. Son père l'aurait tué s'il l'avait suspecté.

Il avait continué à nier ce qu'il était pendant des années, s'était même marié et avait eu des enfants, mais il n'avait jamais ressenti la même excitation qu'avec Parker et Sam. Ou avec un autre homme à Fairbanks, quatre ans plus tôt.

Il s'était lassé de faire semblant d'aimer les relations sexuelles avec sa femme au moment où il avait commencé à travailler à Prudhoe Bay. Un jour, sur le chemin du retour, son avion avait été détourné à Fairbanks à cause d'un volcan au Sud d'Anchorage qui crachait des cendres. Ce jour-là en attendant d'obtenir une correspondance pour rentrer, il s'était rendu dans un bar et avait rencontré Stanley, un détective en civil. Joe avait passé la nuit chez Stanley. Lors des déplacements suivants, il s'était assuré de passer au moins une journée à Fairbanks sur le chemin de l'aller et du retour de Prudhoe.

Il ne savait pas si Savannah avait commencé à boire avant ou après ce changement. Elle l'avait accusé d'avoir une relation avec une femme, évidemment. Quand un détective privé lui avait parlé de Stanley, elle l'avait menacé de le dire à ses fils. Elle l'avait traité de « pédale » – comme si elle était en position de le juger.

Il l'avait insultée de noms pires encore, et avait menacé d'appeler la police.

D'où Hunter tenait ces histoires ? Comment est-ce qu'il pouvait être au courant de ce qu'il s'était passé ?

Quelque chose d'horrible était en train d'arriver à Hunter. Aucun jeune normal n'aurait dû avoir à écrire ces histoires jour après jour, témoin des détails intimes de la vie des autres. Après en avoir lu une trentaine ce matin-là, Joe n'arrivait pas à croire que Hunter ne soit pas devenu fou. Des histoires de douleur et d'agressions et de déceptions, et pourtant, aucune d'entre elles n'était comparable à l'horreur des propres expériences de Hunter, qui étaient la raison de tout ça.

Et elles étaient toutes certainement aussi réelles que celles qui concernaient Joe.

Son fils voyait les souvenirs des autres ! Pas seulement des moments de tous les jours. Non, ceux-ci étaient douloureux, traumatisants, ou des souvenirs rendus excitants par l'interdit.

De beaucoup de façons, ils ressemblaient à l'expérience de Hunter.

Pourquoi est-ce que Hunter avait vu ces souvenirs-là du passé de Joe ?

Et s'il en avait vu d'autres ?

Les souvenirs de Hunter avaient été effacés, mais pas ceux de Joe. Il tremblait à l'idée que Hunter en sache plus sur lui et Stanley à Fairbanks. Ou sur ce qu'il s'était vraiment passé le jour de la mort de Savannah et Frankie.

Comment tout ça était-il possible ?

Il fallait qu'il appelle le Dr. Ru.

Joe était allé voir ce docteur en dernier recours, il savait que ses méthodes étaient inhabituelles, même dangereuses. Mais Hunter avait passé plus de trois ans à crier ou dans un état d'hébétude, ou à essayer de se suicider, alors quel autre choix pouvait bien avoir Joe ? Il n'était pas assez stupide pour penser que son fils était guéri et n'aurait pas d'autres problèmes, mais le trouver envahi de souvenirs étrangers n'était sur aucune liste de possibilités.

En tout cas, pas sur celle de Joe.

Après sa dernière séance avec Hunter, Ru lui avait dit de le contacter si son fils avait l'air de retrouver la mémoire.

– Comment je le saurai ? avait demandé Joe.

Ru avait répondu que Hunter pouvait devenir violent, ou déprimé. Joe n'avait vu de signes ni de l'un ni de l'autre, mais Ru avait ajouté : « ou n'importe quel autre comportement inhabituel ». Alors que Joe se remémorait la conversation, il réalisa que Ru s'attendait clairement à ce que Hunter change d'une façon ou d'une autre. Mais qu'il se mette à voir les souvenirs des autres ? Certainement pas.

Joe avait caché son vieux téléphone dans la semelle cassée d'une botte, fixée avec de l'adhésif renforcé. Il l'avait récupéré et l'avait laissé en charge une vingtaine de minutes. Il ouvrit la liste de ses contacts, trouva le numéro personnel de Ru, et appela depuis la cuisine.

Le téléphone sonna plusieurs fois avant de tomber sur le répondeur.

« Veuillez laisser un message. »

Joe s'éclaircit la gorge.

– Bonjour, Dr. Ru, ici Joe Williams. Vous avez soigné mon fils, Hunter, il y a un an, pour supprimer ses souvenirs de la mort de sa mère et de son frère. Il faut que je vous parle d'un comportement bizarre de Hunter ces deux derniers mois...

Il y eut un déclic au bout de la ligne, et la voix de Ru se fit entendre.

– Allô ? M. Williams ? Ici le Dr. Ru.

Joe reconnaissait la voix de Ru, bienveillante, avec un accent asiatique.

– Oh, allô, répondit Joe, je...

– Je vais vous appeler depuis une autre ligne. Merci de raccrocher et de répondre au prochain appel.

– D'accord.

Joe raccrocha et jeta un œil par la fenêtre.

Son téléphone sonna, affichant un numéro qu'il ne connaissait pas. *Pourquoi est-ce qu'il devait appeler d'un autre numéro ?* Il décrocha.

– Allô ? Dr. Ru ?

– Oui, Joe. Comment puis-je vous aider ?

– Est-ce que je dois utiliser ce numéro pour vous contacter à l'avenir ?

– Oui, merci. Qu'est-ce que fait Hunter qui vous inquiète ?

Joe s'assit à la table de la cuisine et lui parla des histoires de Hunter, mais ne lui indiqua pas le contenu des deux qui venaient de sa jeunesse.

– Est-ce que vous avez déjà eu des cas similaires ? demanda Joe.

Ru ne répondit pas immédiatement.

– Quelques patients ont vu leurs vieux souvenirs et ne les ont pas reconnus. Un autre garçon s'est plaint à ses parents qu'il entendait des voix, mais je ne lui ai pas directement parlé et je ne connais pas les détails. Comment savez-vous que ce sont de vrais souvenirs, et pas seulement des fantasmes ?

Il se pinça le haut du nez, entre les deux yeux.

– Parce que deux d'entre eux sont de moi. Et tous les détails concordent.

– Est-ce que vous avez les moyens de vérifier une autre des histoires ?

– Non. Pas entièrement, mais certaines semblent venir de personnes qu'il a rencontrées, certaines d'amis à moi. Je n'ai pas encore tout lu. J'ai peur qu'il se souvienne de sa mère et de sa mort par mes souvenirs à moi, même s'il n'a plus les siens.

– Est-ce qu'il vous a donné des raisons de penser que sa mémoire revenait

?

– Oui. Il dit qu'il voit un couloir et une porte avec une poignée avant que ses visions ne commencent. Il m'a demandé si notre ancienne maison avait des poignées aux portes. C'est le cas. Mais c'est tout ce dont il a parlé. Dr. Ru, comment Hunter peut-il voir mes souvenirs ?

Ru attendit un peu avant de répondre.

– Peut-être que je devrais voir Hunter. Vous vivez toujours à Washington ?

– Non. On a déménagé l'été dernier.

– Où est-ce que vous vivez maintenant ?

Sans savoir pourquoi, Joe hésita.

– Suffisamment loin pour que revenir vous voir soit extrêmement complexe.

– Je vois. Ça a l'air assez grave, Joe. Est-ce que vous avez parlé à quelqu'un d'autre de ces histoires ?

– Non.

– Est-ce que Hunter sait que ce sont de vrais souvenirs ?

– Je ne pense pas. On n'en a pas parlé. Il sait que j'ai lu une des histoires, mais pas pour les autres.

– Est-ce que vous avez remarqué un point commun à toutes les histoires ? Est-ce qu'il y a quelque chose qui les lie entre elles ?

Joe se sentit rougir.

– Oui. Beaucoup de sexe, et la plupart du temps en cachette, ou de façon inappropriée.

– Donnez-moi un exemple.

– De l'inceste, de l'homosexualité. Des choses comme ça.

– Je vois. Peut-être qu'elles sont en rapport avec des facettes de ses vrais souvenirs.

Joe pensa à l'histoire et vit des similarités avec la situation de Hunter. Il se leva et regarda par la fenêtre.

– Maintenant que vous le dites, je vois un rapport.

– Je ne saurais pas expliquer pourquoi il voit les souvenirs d'autres personnes, mais peut-être que les souvenirs de Hunter lui reviennent. Est-ce que je pourrais lui parler ?

Joe hésita. Hunter ne se rappelait ni de Ru, ni de son traitement.

— Ce ne serait pas un peu gênant, étant donné que Hunter ne se rappelle pas de vous ?

— Vous pourriez lui dire que je suis un psychiatre et que je veux lui parler de ses histoires. Il n'a pas besoin de savoir en quoi je suis lié à son passé. Je pense que me parler pourrait aider Hunter.

Joe espérait une autre option, une qui n'allait pas accidentellement déclencher les souvenirs de Hunter.

— Il n'y a rien d'autre qu'on puisse faire ?

Ru resta silencieux un instant.

— Il y a... une autre solution.

Joe trouva qu'il n'avait pas l'air très sûr de lui.

— Vous pourriez essayer de réinitialiser la puce dans son cerveau.

Joe sursauta.

— Il a une puce ? Vous m'aviez parlé de ça ?

Là encore, Ru attendit un peu avant de répondre.

— Je suis certain de l'avoir fait. La puce ne fait rien actuellement, mais elle peut être activée.

— Qu'est-ce que ça ferait ?

— Restaurer ses souvenirs à ce qu'ils étaient au moment où il a quitté mon bureau.

— Donc en gros, pas de souvenirs.

— C'est à peu près ça.

Joe se rappelait de comment était Hunter après le traitement. Il se rappelait de Joe et de quelques informations sur lui-même, mais à part ça, il était comme un bébé dans un corps d'adolescent.

— Comment je fais ça ?

— Je peux vous envoyer les instructions par e-mail. Est-ce que votre ancienne adresse est toujours la bonne ?

— Oui.

— Je vous envoie les instructions dans quelques minutes.

— Est-ce que ça nécessitera qu'on voie un autre docteur ?

— Non. Vous pouvez le faire vous-même. J'ai fait en sorte que la procédure soit simple, tout en ayant peu de chance d'être lancée accidentellement.

— Est-ce qu'il y a le moindre risque à faire la réinitialisation ? Est-ce que ses souvenirs pourraient revenir si je le fais ?

— Réinitialiser la puce n'est pas dangereux pour Hunter, et il n'y a pas de raison que ses souvenirs reviennent.

— D'accord.

— Joe, si Hunter voit vraiment les souvenirs d'autres personnes, c'est d'un intérêt majeur pour la science. Peut-être même pour le gouvernement. Imaginez comment on pourrait exploiter cette aptitude.

— Où est-ce que vous voulez en venir ?

— Je veux dire que ce serait sûrement mieux pour Hunter que son talent reste secret.

Joe réfléchit. D'un côté, les capacités de Hunter pouvaient lui rendre la vie plus compliquée, et même dangereuse. D'un autre côté, ça valait peut-être beaucoup d'argent.

— Qu'est-ce que vous feriez si vous aviez un patient avec le talent de Hunter ?

— Ma priorité, comme toujours, est d'assurer la sécurité et le bien-être de mes patients. En sus, j'essaierais de découvrir les facteurs qui affectent les souvenirs qu'il voit, comme la proximité avec la personne, le type de souvenir, et cetera. Et enfin, s'il peut apprendre à contrôler l'acquisition de souvenirs, et si d'autres personnes peuvent apprendre à le faire aussi. Mais tout ceci n'est certainement pas dans l'intérêt de Hunter. Est-ce que ces souvenirs le dérangent ?

— Oui. Il n'arrive plus à dormir. Il semble qu'ils arrivent de plus en plus souvent. Et il semble bien décidé à obtenir des informations sur son passé.

— Vous allez devoir décider de ce qui est le mieux pour lui, Joe. Peut-être qu'il faut tenter la réinitialisation. Comment était-il avant que les souvenirs ne commencent à arriver ?

— Il avait l'air d'aller. Il passait beaucoup de temps à écrire à son ordinateur, mais il n'avait pas l'air si désespéré. Il avait vraiment l'air en meilleure forme que maintenant.

– Sur quel ordinateur est-ce qu'il écrit ces histoires ?

– C'est un ordinateur de l'école. Tous les élèves s'en voient confier un pour l'année.

– Peut-être qu'il vaudrait mieux qu'il utilise son propre ordinateur pour s'assurer que ces histoires ne sont pas lues par d'autres. Pour sa propre sécurité. Que pensez-vous qu'il se passerait si les histoires de Hunter étaient révélées au grand jour ? Surtout si certains reconnaissaient leurs souvenirs, tout comme vous.

L'esprit de Joe se remplit de voitures de patrouilles dont les gyrophares éclairaient sa maison, et de coups énervés frappés à sa porte. *Quelle est la peine encourue pour le vol de souvenirs ?* se demanda-t-il.

– Je comprends. Je vais lui donner un autre ordinateur.

– Je vous envoie les instructions tout de suite. N'hésitez pas à me dire si vous avez besoin de quoi que ce soit d'autre.

– Merci, M. Ru. Votre aide compte beaucoup.

Il raccrocha.

Joe se mit à fixer le vide devant lui, sans rien regarder en particulier. Il chercha vaguement une chaise sur laquelle s'asseoir et faillit tomber par terre quand il la manqua. Que devait-il faire ?

S'il ne faisait rien, les chances que Hunter se mette à voir ses souvenirs augmentaient, tout comme les chances que d'autres personnes découvrent les capacités de Hunter.

S'il réinitialisait la puce, les choses allaient revenir à la normale, quelle que soit la normalité dans la vie de Hunter. Ou pas. Peut-être que tous ses souvenirs allaient lui revenir. Ru n'avait pas l'air certain du résultat attendu.

Son téléphone bipa. Joe ouvrit le mail de Ru :

La puce de Hunter peut être réinitialisée par un certain son. Étant donné que la musique, surtout une chanson en particulier, a joué un grand rôle dans la relation de Hunter avec sa mère, j'ai programmé la puce de façon à ce qu'elle se réinitialise quand il entendra les premières notes de cette chanson, jouées à l'envers, plusieurs fois. Une enceinte placée au-dessus de son oreille droite, contre sa tête, tandis que le début de la chanson joue à l'envers, déclenchera la réinitialisation. Assurez-vous qu'il n'entende que les notes à l'envers.

Joe connaissait la chanson – « Whole Lotta Love » des Led Zeppelin. L'un des goûts qu'il avait eus en commun avec Savannah était Led Zeppelin, et le bon vieux rock. Frankie et Hunter avaient dû entendre l'album *Mothership* un millier de fois. Maintenant, Hunter n'écoutait plus de musique. Il n'avait pas de chansons sur son téléphone ni son ordinateur. Joe ne l'avait jamais entendu allumer la radio dans la voiture.

Maintenant, il comprenait pourquoi.

Les cheveux sur la nuque de Joe se dressèrent quand il réalisa que Ru avait agi de façon très suspecte. Pourquoi est-ce qu'il lui avait envoyé les instructions par mail au lieu de les lui dire pendant l'appel ? Et pourquoi est-ce qu'il n'avait pas donné le titre de la chanson ? Est-ce qu'il s'inquiétait d'être découvert ? Par qui ? Qui s'intéresserait au titre de la chanson ?

Est-ce que son téléphone était sur écoute ? Ou celui de Ru ? Qui ça pouvait intéresser ?

Et pourquoi Ru avait-il appelé d'un autre téléphone ? Et la puce électronique. Joe se serait rappelé si Ru lui avait parlé de mettre un implant dans le cerveau de son fils. Donc, Ru avait menti. Pourquoi ?

Peut-être qu'il devait acheter un autre téléphone, ainsi qu'un autre ordinateur. Il allait à Fairbanks. Maintenant. Il avait encore des histoires à lire, alors il retira en hâte tous les papiers du mur de Hunter et les rangea dans un carton, qu'il emmena dans son pick-up. Il expliquerait la situation à Hunter par messages.

Et lui dirait quoi ?

Son fils n'était pas prêt à entendre la vérité sur la mort de sa mère.

Il ne le serait jamais.

Cinq minutes plus tard, il quittait l'allée de la maison. Il y avait un peu plus d'une heure de route jusqu'à Fairbanks et pour réfléchir à ce que lui et Hunter allaient faire.

Chapitre 8

Jazz attendait à l'extérieur de la salle de classe quand Hunter en sortit, le regard braqué sur le sol, sans regarder où il allait. Son cœur manqua un battement ; elle tendit la main vers son bras.

— Hunter ? Ça va ?

Il s'arrêta, leva la tête et lui sourit, mais ses yeux restaient figés.

— Je viens de rater un contrôle. Je t'ai envoyé deux histoires.

— Je sais, mais tu as dit de ne pas les ouvrir. Qu'est-ce qu'il se passe ?

Ses épaules s'affaissèrent et il s'appuya contre le mur. Elle voulait vraiment lui faire un câlin, mais ils ne se touchaient jamais vraiment. Parfois il semblait s'approcher d'elle et se retenir, comme s'il avait peur.

Il se redressa du mur.

— Viens, on va au gymnase. Juste une minute.

Ils marchèrent côte à côte, forçant les autres à se décaler sur leur chemin. Le hall devant le gymnase était vide.

Hunter serra son ordinateur contre sa poitrine et eut un gros soupir.

— Je continue à avoir des visions à n'importe quelle heure. Je les écris et quand je suis chez moi, je les imprime. Les deux que je t'ai envoyées, c'était pendant des cours ce matin, il y en a une à propos de Eric et Mlle Tucker. L'autre parle de comment le feu de Parks Highway a commencé, au Sud de Nenana.

— Ouais, le père a accusé son fils de l'avoir démarré.

— Il n'y a pas que ça. J'ai vu comment ça s'était passé. C'était dans ma tête, Jazz.

Ses yeux s'écarquillèrent. Il continua :

– Les histoires se déroulent dans ma tête, comme un film, exactement comme tu disais ce matin.

Jazz vit ses yeux injectés de sang. Il battait rapidement des paupières. Elle avait mal pour lui.

– Depuis combien de temps ?

– Depuis deux mois. Une nuit, je venais de finir une histoire des Trémariens, et j'ai entendu un son. Comme un battement. Ensuite j'ai vu un couloir et une porte, et ensuite l'histoire a commencé. Elle continuait à tourner en boucle dans ma tête, encore et encore, jusqu'à ce que je me décide à l'écrire. Une fois que je l'avais fait, j'ai arrêté de la voir. Mais il y a autre chose de vraiment bizarre. J'ai écrit une histoire pendant le cours d'anglais aujourd'hui qui parlait de Eric et Mlle Tucker qui couchaient ensemble chez elle, ce week-end.

– Ils couchaient ensemble ?

– Ouais. J'ai tout vu. Juste au moment où j'écrivais comment ils couraient vers la chambre, Tucker est venue à mon bureau voir comment j'avançais. Elle a lu l'histoire et a paniqué. Elle voulait que personne d'autre ne la lise. Elle s'est énervée contre Eric après le cours, et c'est pour ça qu'il m'a poussé dans la Fosse. Ils ont tous les deux dit qu'il ne s'était rien passé entre eux. Mais je les ai vus, Jazz, je les ai vus comme j'ai vu Anthony allumer le feu. Pourquoi est-ce que mon cerveau inventerait une histoire avec Tucker et Eric en train de niquer ?

Jazz voyait la douleur et la panique sur son visage, et remarqua une veine qui pulsait dans son cou. Elle lui prit la main.

– Comment l'une des deux peut être vraie et pas l'autre ? demanda Hunter. Tu sais comment Anthony a allumé le feu ?

– Apparemment, il a jeté des charbons ardents entre des arbres.

– OK. Ça, je l'avais pas su, mais c'est exactement ce que j'ai vu dans l'histoire. Son père l'a obligé à rester dehors pendant qu'il couchait avec sa femme à l'intérieur. Il a dit à Anthony de jeter les cendres du tonneau métallique dans les bois pour lui donner une occupation, pour qu'il n'entre pas dans la maison.

– Vraiment ? Le père a dit qu'Anthony avait fait ça tout seul.

– Pas dans l'histoire que j'ai vue.

Il jouait nerveusement avec ses pieds, essayait de déglutir. Il avait l'air désespéré, presque affolé. Elle s'inquiétait pour lui, elle en avait mal à la poitrine.

– Tu me crois ?

– Évidemment que oui !

Est-ce que c'était vraiment le cas ? Ça avait l'air dingue. Mais il l'avait toujours écoutée quand elle avait eu besoin de parler, lui avait toujours souri quand il la voyait. Elle ne le laisserait pas tomber maintenant.

– Je m'inquiète pour toi.

– *Je* m'inquiète pour moi.

Son regard s'agitait et sa respiration s'accélérait.

– Ce matin j'ai eu envie de rouler droit vers les arbres. Je pouvais plus supporter tout ça. Et mon téléphone a vibré en recevant ton message.

– Hunter ! sursauta-t-elle, puis elle le prit dans ses bras. Non, non, non. Tu ne fais pas ça.

– J'ai besoin d'aide. J'ai besoin de parler à quelqu'un.

Il la serra contre lui, de toutes ses forces.

Jazz sentit une bouffée de panique, mais aussi une vague de chaleur quand elle le sentit l'étreindre. C'était quand, la dernière fois que quelqu'un lui avait fait un câlin de compassion ? Elle ne s'en rappelait pas. Les larmes se mirent à couler sur ses joues et son estomac se retourna. Hunter était son seul ami, et il avait failli mourir ce matin ! Elle ne pouvait pas le perdre.

– Hunter, je vais t'aider. On peut parler chez moi pendant le déjeuner. Il reste juste une heure de cours à passer. D'accord ?

Elle se recula et prit son visage entre ses mains :

– D'accord ?

– D'accord. Merci.

Il essuya sa joue, d'une main.

– Et tu pourras me dire ce que tu as envie d'oublier.

Jazz sourit :

– Ça marche. Et promets-moi que tu ne vas pas foncer dans les arbres ou un truc comme ça. Je ne supportais pas que tu sois blessé.

– On prend ta voiture. C'est toi qui conduis.

Elle le serra fort, une fois de plus. La cloche se mit à sonner.

– Faut qu'on aille en maths, dit-elle en lui prenant la main. Viens.

Ils coururent dans le couloir jusqu'à la porte de Mlle Fenster. Jazz serra sa main avant de la lâcher, ouvrit la porte et entra, en essayant d'ignorer la moue de Fenster. Hunter la suivait de près.

Il n'y avait pas de chaises vides côte à côte, alors Jazz s'assit dans le rang du fond pendant que Hunter s'installait sur le rang devant elle, sur le côté.

* * *

Hunter voyait encore le visage de Jazz qui souriait à travers ses larmes. L'adrénaline circulait dans tout son corps. Elle allait l'aider.

Il essaya de se concentrer sur la leçon de Fenster mais n'y arrivait pas. Des scènes lui traversaient la tête. Le feu, la réaction de Tucker après avoir lu son histoire, le ballon de basket sur la route, l'expression de son père ce matin. Il sentit une boule de papier percuter sa nuque. Il se retourna et vit Jazz devant son ordinateur ouvert, qui lui faisait signe d'en faire autant. Il souleva l'écran et vit le petit point rouge sur l'icône de sa messagerie.

Un mail de Jazz : *Je peux ouvrir les fichiers maintenant ?*

Oui, répondit-il. Au moins, maintenant, Jazz connaissait le contexte dans lequel il avait écrit ces histoires. Il avait quand même l'impression de se mettre à nu devant elle. Est-ce qu'elle comprendrait qu'il n'inventait pas les histoires, et qu'elles luiapparaissaient ?

Il jeta un œil aux deux documents qu'il lui avait envoyés, en se demandant comment elle allait réagir. Il en était à la moitié de l'histoire d'Anthony quand le martèlement commença. Il se prit la tête dans les mains. Le son était bien plus fort et plus rapide que d'habitude. Il avait l'impression d'entendre deux rythmes simultanés, à des vitesses différentes.

– Hunter ! Suis, un peu ! cria Fenster.

– Oui, madame.

Il essaya de la regarder écrire des chiffres sur le tableau interactif et de les recopier sur son ordinateur.

Puis il se vit marcher dans le couloir et s'arrêter à la porte.

– C'est quoi ton problème ? criait une femme. J'ai attendu deux semaines pour ça ? Je n'en peux plus !

Il entendit une porte claquer à l'intérieur. Puis le silence.

Il marchait et le couloir se transforma en une allée de graviers, devant une maison, dans les bois. La lune était presque pleine, elle éclairait les primevères et les pissenlits chétifs de chaque côté du gravier. Il se mit à écrire.

Jazz massait les épaules d'une femme fatiguée, hagarde, penchée sur la table de la cuisine. On entendait en sourdine le bruit d'une douche qui coulait. Elle portait une chemise de nuit abîmée. Un peu de fard à paupières bleu soulignait ses yeux injectés de sang ; son rouge à lèvres se craquelait aux coins de sa bouche, qui se tendait de temps en temps pour boire à la paille dans un grand verre à côté d'elle.

– Jazz, tu devrais devenir masseuse. Ça fait vraiment du bien.

– Penche-toi, Maman.

Sa mère se plia vers l'avant pendant que Jazz pressait lentement ses muscles, lui faisant pousser de petits grognements. Jazz lui massa le crâne, puis passa ses ongles dans son dos plusieurs fois.

– Ça va mieux ?

– Hmm.

Elle mit un peu plus de Coca-cola dans son verre et but une gorgée de plus.

– T'en veux ?

Elle tendit son verre à Jazz.

– Oui, dit-elle en aspirant une gorgée ; elle grimaça. Y a beaucoup de vodka là-dedans, Maman.

Beaucoup trop !

– Je sais. J'avais la main qui tremblait quand j'ai versé la vodka, et j'en ai mis plus que ce que je voulais.

Jazz leva les yeux au ciel, but une gorgée de plus et posa le verre sur la table. Elle savait pourquoi sa mère buvait, mais quand elle était ivre, elle le laissait lui faire n'importe quoi.

Le bruit de la douche s'arrêta. Elles levèrent les yeux toutes les deux vers la porte au bout du couloir de la cuisine.

– Ça ira ? demanda Jazz.

– Oui, ma chérie.

– Ne te laisse pas faire, ce soir.

Sa mère alluma une cigarette, souffla la fumée au-dessus de sa tête, et but encore un peu. Jazz fronça le nez, chassa la fumée avec sa main, et embrassa sa mère sur le front.

– Je serai pas loin.

Jazz sortit de la pièce et s'assit sur le canapé du salon, à l'écoute.

Elle entendit bientôt une porte s'ouvrir et sut que Leon allait sortir de la salle de bains. Jazz le trouvait dégoûtant – il était poilu et couvert de tatouages, avec le crâne rasé, avec une chaîne en argent qui pendait sur son gros torse fripé. Et il croyait qu'il était un genre de cadeau que Dieu aurait fait aux femmes. Pourquoi est-ce que sa mère s'accrochait à de tels connards ?

– T'es déjà soûle, hein ? ricana-t-il. Ça vaut le coup de rentrer à la maison pour te voir, Claire. Tu pourrais pas t'arranger un peu ? Faire quelque chose avec tes cheveux ? Mettre un petit truc sympa ? Faire comme si tu t'intéressais ne serait-ce qu'un peu à moi ?

Il frappa la table du plat de la main. Tous les sens en alerte, Jazz s'assit plus droite sur le canapé et posa la main sur son sac, près d'elle.

– T'as bu combien, aujourd'hui ?

Jazz l'entendait marcher.

– C'est presque de la vodka pure. Et t'as bu ça toute la journée, c'est ça ?

Jazz entendit sa mère glapir et serra les dents. Allez, Maman, te laisse pas faire !

– C'est ça, hein ? T'étais belle, avant. C'était sympa de passer du temps avec toi. Maintenant t'es juste une grosse pocharde moche. J'ai même plus envie de rentrer à la maison.

– Alors ne rentre pas, marmonna-t-elle doucement.

Jazz sourit un peu, et se prépara à la réponse. Elle savait ce qu'il allait faire.

– C'est ça que tu veux ? cria Leon. Tu veux que je m'en aille. C'est ça ?

Sa mère glapit une nouvelle fois.

– Réponds !

– Non, Leon, j'attends ton retour tous les soirs. J'sais pas ce que je ferais sans toi, gloussa-t-elle.

Jazz ouvrit son sac à dos quand elle l'entendit la gifler, et le bruit d'un verre qui se brisait sur le sol. Elle se leva, montra les dents, les muscles tendus.

– À toi de nettoyer ça, grogna Leon.

– C'est toi qui l'as fait, dit Claire d'une voix tremblante. Pourquoi ce serait à moi de nettoyer ?

– Parce que c'est ta faute si je l'ai fait. Maintenant, nettoie !

Jazz entendit sa mère crier et trébucher. Elle mit la main sur son sac. Elle entendit une chaise être traînée sur le sol. Allez, Maman ! Défends-toi.

– J'aimerais ne jamais t'avoir rencontrée, pétasse ! Tu m'as pourri la vie. Toi et ton horrible fille. Maintenant, nettoie ce merdier !

Jazz entendit ce qui ressemblait au bruit de la table poussée à travers la pièce, puis un cri de sa mère. Se sentant bouillir, Jazz sortit un pistolet de son sac.

Sa mère criait.

– Ah ! Arrête ! Je t'en prie ! Je vais nettoyer.

– Dépêche-toi, pétasse !

Jazz fit irruption dans la cuisine en tenant le pistolet à deux mains devant elle. Leon avait soulevé une chaise au-dessus de sa tête, prêt à la jeter sur sa mère qui pleurait sur le sol de la cuisine.

– Va-t'en, grogna Jazz à Leon en pointant le pistolet sur sa tête, et en se rapprochant lentement de lui.

– Je t'ai dit de t'en aller !

– Jazz, non, supplia Claire.

– Il ne te fera plus de mal. Plus jamais.

Elle arma le chien du pistolet et se planta bien en face de lui, les pieds écartés.

– Je vais te tirer dessus.

Leon sourit et secoua la tête.

– On aura tout vu. Jazz s'est trouvé une arme, rit-il. Mais je ne crois pas que tu vas tirer.

Il fit un pas vers elle. Jazz sourit et appuya sur la détente, envoyant une balle passer près de sa tête et se ficher dans le mur.

Leon tressaillit et se tourna.

– Putain, sale gosse !

Plissant les yeux, Jazz respira plus lentement et s'assura qu'il n'aurait aucun doute sur ses intentions :

– La prochaine c'est pour ta tête. Maintenant, va-t'en !

Claire se redressa du sol.

– Va-t'en ,Leon !

– J'ai pas de fringues !

Jazz arma le chien à nouveau. Elle brûlait d'envie de tirer. Son sang battait dans ses oreilles. Claire marcha vivement vers la salle de bains et en sortit avec un jean, une chemise et des chaussures.

– Tiens, dit-elle en les lâchant sur le sol.

– Tu t'habilles et tu pars, dit Jazz. Je ne me répéterai pas.

Elle garda le pistolet pointé sur sa tête pendant qu'il enfila maladroitement son jean et sa chemise.

– Y a des trucs à moi, ici ! cria-t-il en enfilant ses chaussures.

– On s'arrangera avec la police pour qu'ils envoient quelqu'un quand tu viendras récupérer tes affaires, dit Jazz. À part pour ça, tu ne reviendras jamais ici. Si je te vois tourner autour de ma maman, je te tire dessus. Pigé ?

– Vous, les deux cinglées, vous vous méritez l'une l'autre. Amuse-toi bien avec ta pocharde de mère.

Jazz agita le pistolet en direction de la porte :

– Dehors !

Il s'élança hors de la maison, sauta dans son pick-up, et partit.

Claire tomba dans les bras de Jazz en pleurant.

– C'est bon, Maman. Il est parti.

Les mains de Jazz tremblaient. Elle guida sa mère jusqu'à une chaise et l'aida à s'asseoir.

– Il ne te frappera plus, lui dit-elle avec la gorge serrée.

Elle avait les jambes tremblantes et essayait de reprendre son souffle.

– Merci, Jazz. Je suis désolée. Je suis tellement désolée.

Elle mit sa tête dans ses bras, secouée de spasmes, pendant que Jazz lui caressait la tête.

Hunter cria :

– Non !

Il se mit à tousser et à s'étouffer.

– Dégueu ! cria quelqu'un.

Il se retourna pour regarder Jazz, les larmes aux yeux.

– Hunter ? Qu'est-ce qu'il ne va pas ? demanda Jazz.

Elle avait le visage gris.

Il se remit à tousser, puis se leva.

– Je me sens pas bien.

– Alors tu vas aux toilettes. Tu n'as pas intérêt à vomir ici ! cria Fenster.

Il attrapa son ordinateur et fonça hors de la pièce. Trébuchant dans le couloir, toussant et pleurant, il arriva aux toilettes et trouva une cabine ouverte. Il se laissa tomber sur le sol, son ordinateur grinçant sur le carrelage, et se pencha sur les toilettes. Son corps était secoué de spasmes ; son visage tremblait contre ses bras appuyés à la cuvette.

Il cracha, et essaya de respirer plus profondément. Après une minute, il se redressa pour s'asseoir sur les toilettes, la tête dans les mains.

Quand il fut un peu calmé, il déchira un morceau de papier toilette pour se moucher. Il en tira encore un peu pour s'essuyer le visage. Il attrapa son ordinateur et le posa sur ses genoux.

Il ouvrit l'écran et commença à taper le reste du rêve. Il fallait qu'il s'en débarrasse.

Jazz aida sa mère à se relever et l'emmena dans sa chambre au bout du couloir. Elle tira les couvertures et aida Claire à s'asseoir, puis l'embrassa sur la joue pendant qu'elle pleurait.

Jazz retourna à la cuisine et sortit un verre et la bouteille de vodka du placard. Encore une fois, elles allaient manquer d'argent. Elle avait l'impression que son cerveau était embrumé. Elle se versa un verre d'alcool, ajouta de la glace, et s'assit à la table, les yeux fixés à travers la fenêtre. Qu'est-ce qu'elles allaient faire, maintenant ? Sa mère allait dormir, et Jazz allait boire pour oublier. Elle se sentait si vide, si seule. Des larmes lui embrouillaient les cils pendant qu'elle essayait de penser à ses grands-parents.

La scène s'effaçait dans son esprit, mais le visage de Jazz restait plus longtemps, comme éclairé par un minuscule projecteur, puis se brouillait lentement vers l'obscurité. Hunter ne l'avait jamais vue avoir l'air aussi triste. Elle était toujours heureuse, elle souriait toujours quand il la voyait. Maintenant, il avait une assez bonne idée du genre de souvenirs qu'elle voulait oublier.

La sueur lui dégoulinait dans le cou. Il prit plus de papier et s'essuya le front.

– Hunter ? appela Jazz de devant les toilettes.

– Ouais ! Je suis là.

Il sauvegarda le fichier et ferma l'ordinateur.

La porte s'ouvrit brusquement.

– Tu es où ?

Hunter se leva et ouvrit la porte de sa cabine.

– T'as pas le droit d'être là.

– D'après qui ?

Elle courut vers lui et le serra dans ses bras.

– Ça va ?

Elle enleva ses mains de son dos.

– Tu es trempé.

– Ouais. Ça m'arrive tout le temps quand les visions s'en vont. Désolé.

– Ça me dérange pas.

Elle le serra à nouveau dans ses bras.

– Allez, viens. Faut qu'on sorte de là.

Sa main dans la sienne, elle le tira vers la porte de sortie du bâtiment.

Chapitre 9

Hunter s'assit sur le siège avant de la vieille Ford Ranger de Jazz, serrant son ordinateur contre sa poitrine pendant que Jazz manœuvrait pour sortir du parking de l'école. Est-ce que son histoire était vraie ? Est-ce qu'elle avait menacé Leon avec un pistolet, avait même tiré vers lui ? La vie qu'elle avait dû subir avec sa mère et Leon avait l'air horrible. Et l'alcool. Est-ce que Jazz buvait ?

Il ne pouvait pas se débarrasser de la dernière image de Jazz assise à la table de la cuisine avec un verre de vodka, avec un air si épuisé, vaincue. Comment pouvait-elle subir ça à la maison et être aussi joyeuse et attentionnée à l'école ?

Jazz était sa meilleure amie, mais ils n'avaient jamais parlé de problèmes à la maison. Il n'avait jamais parlé du silence entre lui et son père. Elle n'avait jamais parlé de sa mère ou de Leon. La science, ce qui se passait dans le monde, les rumeurs de l'école, et ses histoires avec les Trémariens leur prenaient tout leur temps. Maintenant, il réalisait que tout ceci était une façade. La réalité était bien plus simple.

Mais comment pouvait-il savoir si ce qu'il voyait était la réalité ?

Toutes les histoires qu'il avait vues aujourd'hui concernaient quelqu'un dont il avait été proche physiquement. Deux des trois histoires avaient une fin tragique, pendant que la troisième semblait presque trop parfaite. Eric et Vanessa étaient tous les deux consentants dans leur jeu de séduction, sans hésitation et sans doutes, même si c'était l'histoire d'un élève et d'un professeur ayant des relations torrides. Il n'y avait pas de conflit, contrairement à celle qu'avait lue son père.

Pourquoi ?

Il fallait qu'il découvre si ces histoires étaient réellement arrivées ou pas.

— Pourquoi tu dis rien, Hunter ? demanda Jazz en ralentissant à l'un des cinq panneaux stops de la ville, et en le regardant. Ses sourcils se froncèrent et elle pinça la bouche.

— J'essaie juste de comprendre des choses.

Il lui rendit son regard.

— Je peux te poser une question personnelle ?

— Évidemment.

— Combien de temps est-ce que Leon a vécu avec ta mère et toi ?

Sa mâchoire sembla se décrocher.

— Bien trop longtemps. Comment tu sais, pour lui ?

— Il était dans la dernière histoire que j'ai écrite. Et ta mère aussi.

Ils se regardèrent dans les yeux pendant quelques secondes, jusqu'à ce que Jazz détourne la tête et porte son attention sur la route, traversant l'intersection.

— Hunter, c'est trop bizarre.

— Tu trouves ?

— Tu as eu trois visions ce matin ?

— Ouais.

— C'est normal ?

— Non. J'en ai jamais eu autant avant l'heure du déjeuner. Je sais pas comment je vais pouvoir assurer mes notes si ça continue à m'arriver.

— J'étais dans l'histoire ?

— Oui, pas qu'un peu.

— J'étais habillée ?

Elle le regarda et lui fit un clin d'œil.

— Oui. Pourquoi tu demandes ?

— Après avoir lu celle sur Eric et Vanessa, je me posais la question. Peut-être que tu aurais des fantasmes sur moi aussi.

— C'était pas un fantasme, Jazz !

— OK, détends-toi.

76

— Comment est-ce que je saurais pour Leon ? Explique-moi ça. Tu ne m'en as jamais parlé. Ni dit que ta mère buvait des vodka-coca.

Jazz ralentit juste avant la fin de la route et se mit à le regarder.

— Ni que tu bois, toi aussi.

Ses yeux s'agrandirent légèrement.

— T'as vu ça ?

— Ouais.

Jazz expira lentement en bifurquant vers l'allée de graviers qu'on voyait à peine, derrière les arbres, et roula vers la maison, cachée de la route. Elle mit la voiture au point mort et tourna la clé.

— Qu'est-ce qu'il se passait dans l'histoire ?

— Je t'en parlerai à l'intérieur. Il faut d'abord que je vérifie quelque chose.

— Tu penses que tu arriveras à manger un peu ?

— Ouais.

— Au fait, c'est le bordel chez moi. Je suis pas très ordonnée, en dehors du labo. Je vis toute seule depuis plusieurs semaines.

— Où est ta mère ?

Jazz soupira.

— Elle a fini par aller en cure de désintox. Elle est alcoolique, je suppose que tu le savais déjà.

— Désolé.

— J'ai dit à personne qu'elle était partie. Il n'y a pas grand-monde qui s'en serait rendu compte de toute façon puisqu'elle quittait à peine la maison, sauf pour aller au bar. Je me suis dit qu'elle finirait par se tuer avec tout cet alcool, alors j'ai fini par la convaincre d'y aller.

Jazz ouvrit la porte du pick-up et marcha vers le chalet, Hunter sur ses talons. Des gouttes d'eau dégoulinaient de paquets de neige agglutinés sur le toit. La porte d'entrée s'ouvrit sur le vestibule où elle enleva ses bottes et sa veste. Hunter fit de même.

Jazz s'arrêta net et regarda la cuisine.

— Putain de merde ! On se rend pas compte du bordel qu'on a mis, jusqu'au jour où on le montre à quelqu'un d'autre.

La gazinière était couverte de casseroles et de poêles, tandis que le plan de travail et l'évier étaient remplis de vaisselle sale. Dans un coin, une poubelle en métal débordait d'emballages de nourriture pliés, qui n'entraient plus à l'intérieur. Il y avait une pile de vêtements sur la table, surmontée d'un grand soutien-gorge rouge.

Hunter ouvrit grand les yeux.

– Ouah !

Jazz rougit et attrapa rapidement les vêtements.

– Oups. J'ai oublié de les ranger hier soir.

– T'inquiète pas pour le bordel. Si je vivais ici tout seul, ce serait en pire état.

Elle emmena les vêtements dans une autre pièce.

Hunter marcha le long du mur sur sa gauche et promena ses doigts près de l'encadrement de la porte, entre la hauteur de sa poitrine et au-dessus de sa tête.

Jazz revint :

– Tu fais quoi ?

– Là.

Il pouvait glisser son petit doigt dans un trou, à hauteur de ses yeux.

– C'est quoi ?

– Tu sais pas ? C'est toi qui l'as fait.

– Comment ?

Elle avait le regard vide. L'histoire était forcément vraie, puisqu'il y avait le trou qu'avait fait la balle.

– Quand est-ce que Leon est parti ?

Jazz le scruta, puis regarda le plafond. Elle fronçait les sourcils.

– Je me rappelle pas.

– C'est quoi ton dernier souvenir de lui ?

– Il revenait du travail, il puait et il était couvert de saletés, comme d'habitude. Je faisais la vaisselle. Maman cuisinait, mais elle a laissé brûler le dîner. Il l'a insultée et il a disparu dans la salle de bains pour aller prendre une douche.

– Alors pourquoi est-ce qu'il ne vit plus ici ?

Jazz essaya de réfléchir.

78

– Peut-être que tu devrais me le dire.

Hunter ouvrit son téléphone et trouva le fichier.

– Lis ça.

Jazz s'assit à table en face de l'ordinateur. Tandis qu'elle lisait, elle rougit, sa respiration s'accéléra, et toutes ses émotions passaient sur son visage, comme si elle revivait la scène. Après quelques minutes, elle s'adossa en arrière sur la chaise et se tint la tête dans les mains. Elle prit plusieurs inspirations profondes et se leva.

– Ok. C'était impossible que j'oublie cette histoire, mais je l'ai fait. Et pendant que je lisais, le souvenir est revenu d'un coup dans mon cerveau.

Elle alla vers le mur avec le trou et mit son petit doigt dedans. Après quelques secondes, elle se retourna avec un spasme.

– Je sais ! J'essayais de me rappeler quand est-ce que j'aurais pu penser à Leon et Maman en ta présence. C'était juste après que tu m'as dit que tu avais pensé à foncer dans les arbres ce matin. J'ai tout de suite pensé à ma mère qui pleurait, qui disait combien elle était malheureuse avec Leon, et qu'elle voulait juste faire plonger sa voiture d'une falaise. C'était juste avant que Leon ne rentre à la maison, la toute dernière fois.

Le sang lui montait à la tête. Il leva les deux mains.

– Ça veut dire que mes histoires sont réelles, et qu'elles sont déclenchées par des personnes proches de moi qui pensent à un souvenir avant que je le voie.

Jazz s'approcha de lui.

– Tu as vu Anthony aujourd'hui ?

– Oui. Il pleurait dans le bureau de Patty quand j'ai quitté Bentley.

– Peut-être que les petits l'ont embêté et traité de pyromane. Les gamins l'ont embêté toute l'année à cause du feu. Donc les trois histoires d'aujourd'hui concernaient des gens que tu as vus.

– Oui, mais pourquoi eux ? Combien d'autres personnes j'ai vues aujourd'hui ? Cinquante ? Cent ?

Hunter se laissa tomber sur une chaise près de la table.

– Pourquoi ces trois-là ?

– Je sais pas encore. On dirait que quand les souvenirs te rentrent dans la tête, ils quittent le cerveau qui les a créés. Me demande pas encore comment, mais je le découvrirai. Tiens, j'ai faim. Je vais réchauffer les restes d'hier soir, si ça t'embête pas. C'est difficile de garder un corps aussi beau sans le nourrir beaucoup, ricana-t-elle. J'ai des spaghettis aux boulettes de viande, ou des boulettes de viande aux spaghettis. Tu as une préférence ?

Hunter gloussa.

– Les deux me vont.

– Génial. Facile à contenter. C'est une qualité que j'aime chez un homme.

Elle ouvrit le réfrigérateur, sortit un plat en verre recouvert de film plastique, et le glissa dans le micro-ondes. Elle revint vers lui, les yeux au plafond, clairement en train de réfléchir.

– On récapitule. Tu as écrit trois histoires aujourd'hui. Les souvenirs de qui ?

– Qu'est-ce que tu veux dire ?

– Eh bien, celui où j'étais était manifestement mon souvenir de ce qu'il s'est passé. J'ai entendu des cris et des meubles bouger en étant assise au salon. Je ne l'ai pas vu quand il l'agressait. Ton histoire était écrite de mon point de vue. Si je demandais à Maman de décrire l'événement, elle s'en souviendrait. Tu as pris mon souvenir, pas le sien, ni celui de Leon.

– C'était le souvenir d'Eric. L'histoire commençait avec lui, dehors. Et le feu, c'était le souvenir d'Anthony.

Hunter se rappela l'expression de son père le matin même. Il eut un frisson quand la possible explication à cette réaction se déroula dans sa tête.

– J'ai écrit une histoire hier soir à propos d'un garçon qui s'appelait Parker, qui entrait dans une cabine d'essayage et y trouvait un autre garçon. En sous-vêtements. Ils ont couché ensemble. J'ai trouvé mon père en train de lire cette histoire ce matin, il avait l'air effrayé. Avant que je parte, il m'a demandé pourquoi le deuxième garçon n'avait pas de nom. Pourquoi ça l'intéressait ? À ce moment-là, je me suis dit que c'était une question bizarre, mais maintenant je crois qu'il avait peur que je réponde que le deuxième garçon s'appelait Joe.

Il sentit le sang lui monter au visage.

– Mais cette histoire était du point de vue de Parker. C'était le souvenir de

Papa ! Ça expliquerait ses réactions.

Il vit que Jazz lui souriait.

— Mais pourquoi est-ce qu'il se serait appelé Parker dans ce souvenir ?

— Mécanisme de défense, dit Jazz. Peut-être que dans sa tête, il nie être le garçon qui est allé dans la cabine d'essayage. Il se dit que c'était quelqu'un d'autre qui s'appelait Parker, et je parie que c'est le vrai nom du deuxième garçon. Il a eu peur que tu ne voies un de ses secrets bien enfouis, un dont il ne voulait sûrement pas se rappeler.

— Au moment où il lisait, le souvenir lui est revenu ?

— Sûrement, et c'est pour ça qu'il a eu peur. Quand j'ai lu ton histoire à propos de Leon, j'ai eu un sentiment trop bizarre. C'était comme si ça arrivait encore, mais pour la première fois. D'habitude les souvenirs s'appauvrissent et quand on y pense, on ne ressent pas les mêmes émotions que la première fois. Mais quand j'ai lu ton histoire, j'y étais. Je parie que ton père s'est senti pareil.

Le micro-ondes sonna. Elle attrapa un torchon et deux fourchettes et retira le plat.

— Le déjeuner est servi !

Elle posa le repas sur la table et s'assit.

— Mmh, ça ressemble remarquablement au dîner d'hier soir.

Elle tint les deux fourchettes dans sa main :

— Choisis ton arme.

Hunter sourit et lui prit l'une des fourchettes.

Jazz piqua une boulette de viande et porta la fourchette à ses lèvres.

—Eric faisait quoi quand tu es arrivé en cours ce matin ?

— Il matait Tucker. Il en tombait presque de sa chaise quand elle se déplaçait dans la salle.

— Il fantasmait sur elle. C'est ça, l'histoire que tu as reçue.

— Je croyais que je voyais des souvenirs.

Il enroula des spaghettis sur sa fourchette et les enfourna dans sa bouche.

Les yeux de Jazz s'agrandirent d'excitation :

— Les fantasmes et les souvenirs se fabriquent dans la même partie du cerveau. Un groupe de scientifiques de l'Institut National de la Santé a fait des scanners cérébraux à des gens qui faisaient une tâche réelle, et à des gens qui imaginaient qu'ils faisaient cette tâche. Il n'y avait pas de différence dans l'activité cérébrale ni dans la zone concernée. Quand on imagine quelque chose, pour le cerveau c'est pareil que si ça arrive vraiment. Les deux intègrent nos souvenirs. Comme la version de Bentley de son tir pendant le match, contre la version de ses fans.

– Comment tu peux savoir ça ?

– Parce que, dit-elle en piquant une autre boulette de viande, j'ai lu des centaines d'articles sur la mémoire pour mon projet en sciences. Je suis censée savoir ça.

Elle attrapa la boulette de viande avec ses dents, la mâcha et l'avala.

– Attends, dit Hunter. Mlle Tucker a dit qu'elle ne s'appelait pas Vanessa. Eric a inventé ça.

– C'est plus sexy que son vrai prénom.

– Qui est ?

– Mary.

– Ben, putain.

Hunter enroula une nouvelle fournée de spaghettis.

– C'est toi qui as fait ça ?

– C'est une vieille recette de bolognaise familiale, des boulettes de viande surgelées, et des spaghettis cuits jusqu'à ce qu'ils se collent à la porte du placard quand je les lance.

Il gloussa.

– Tu lances les pâtes ?

– Pas toutes, andouille. Juste quelques-unes. En fait, je crois qu'il y en a encore une collée au placard à droite de la gazinière, dit-elle en le montrant du doigt. Maintenant, revenons à notre deuxième question.

– Qui était ?

Il coupa une boulette de viande en deux et en piqua une moitié.

– Pourquoi ces histoires ? Pourquoi est-ce que tu as vu ces souvenirs de ces personnes, et pas de quelqu'un d'autre ?

– Je sais pas.

– Il y a du sexe dans toutes tes histoires ?

Il cligna des yeux plusieurs fois et se gratta le menton.

– Pas dans celle avec Anthony. Non, c'est pas vrai. C'est pour ça que Anthony a dû rester dehors. Mais dans la tienne, non.

– Il y en aurait eu si je n'étais pas venue avec un pistolet. Il allait la frapper tout en couchant avec elle.

Hunter s'étouffa un peu en avalant la nourriture.

– Il avait déjà fait ça ?

– Oui, mais au début je savais pas. Quand j'ai vu ses bleus, j'ai parlé à Maman. Je lui ai dit de lui tenir tête et de venir me voir si elle avait besoin d'aide. Elle savait que j'avais une arme.

Jazz mangea une autre boulette de viande.

– Tu gardais une arme ? Pourquoi pas elle ?

– Parce que ça lui fait peur. Je pense qu'on devrait regarder tes autres histoires.

– T'as qu'à venir chez moi après le lycée.

– J'adorerais.

Elle le fixa intensément.

– Combien de tes histoires ont du sexe dedans ?

– Je sais pas.

– Fais une estimation. La moitié ? La plupart ?

– Sûrement la plupart.

Jazz plissa les yeux.

– Pourtant tes histoires sur les Trémariens se passent dans un monde sans genres, qui a banni le sexe.

– Ils ont essayé, mais les Dumariens ont résisté, alors il y a une guerre.

– Une guerre entre ceux qui veulent éradiquer le sexe et ceux qui refusent. Tu es pour quel côté ?

– Les Trémariens.

– Vraiment ? La dernière que j'ai lue parlait des Dumariens qui essayaient de survivre. Ils n'étaient pas méchants. J'étais triste pour eux, même.

Hunter laissa tomber sa fourchette et prit sa tête dans ses mains.

– Je sais pas.

– Tu penses que le sexe, c'est mauvais ? Tu m'as dit il y a des mois que le sexe était à l'origine de tous les problèmes du monde. Tu le crois ?

– Les Trémariens le croient.

– Qu'est-ce que *tucrois* ? Tout le sexe de ces quatre histoires est interdit ou sale, ou a causé un incendie, ou était une excuse pour blesser une femme. Où est le bon sexe ?

Hunter s'appuya en arrière et secoua la tête.

– Ça existe ?

– Je peux te poser une question perso ?

– Oui.

– Tu as déjà eu une relation sexuelle ?

Hunter entendit un cri, un long « Aaaah ! ». Il se couvrit les oreilles en grimaçant.

– Hunter ? Ça va ?

Il sentit les mains de Jazz sur les siennes, et son cœur battre la chamade.

– Hunter, s'il te plaît ! Qu'est-ce qu'il ne va pas ?

Hunter attrapa ses mains dans les siennes, essaya de respirer.

– J'ai entendu un cri, et ensuite un martèlement. Au début de chaque histoire, je suis dans un couloir devant une porte de chambre. Juste avant que je voie ton souvenir, j'ai entendu une voix à travers la porte. Elle disait « J'ai attendu deux semaines pour ça ? » et ensuite j'ai entendu une porte claquer.

– C'était qui ?

– Je sais pas, dit Hunter en se levant. J'ai demandé à mon père ce matin si notre ancienne maison avait des poignées aux portes au lieu des boutons de porte parce que celle de ma vision a une poignée. Il ne voulait pas répondre. Je pense que je suis dans mon ancienne maison au début de chaque histoire.

– Est-ceque ça pourrait être la voix de ta mère ?

– Je sais pas. Je me rappelle pas d'elle.

– « J'ai attendu deux semaines pour ça », ça ressemble à quelqu'un qui serait contrarié par une réponse sexuelle qu'on lui fait... ou une absence de réponse.

– Qu'est-ce que tu veux dire ?

– Comme si elle voulait du sexe mais qu'il n'était pas intéressé.

Il repoussa ses cheveux de son visage.

— Pourquoi je vois les souvenirs des autres et pas les miens ?

— Je pense que tu vois des morceaux de tes souvenirs. La femme a crié sur l'homme parce qu'il ne s'intéressait pas à elle. Ensuite, tu as vu le souvenir où Leon criait sur ma mère parce qu'il la trouvait laide et sans attraction sexuelle. Peut-être qu'il y a un rapport entre tes souvenirs oubliés et ceux que tu vois.

Il s'assit à côté d'elle.

— Il faut que je sache ce qui m'est arrivé. Pourquoi ma mère et mon frère sont morts dans un accident de voiture, *si* c'est ce qu'il s'est passé.

Un homme au regard torve apparut dans l'esprit de Hunter au moment où Jazz fermait les yeux. Elle se frotta le visage.

— Peut-être que quand tu sauras, tu le regretteras.

Hunter faillit décrire ce qu'il venait de voir, mais décida de ne pas le faire. Il allait juste la gêner. Il hésita avant de demander :

— Toi, tu as déjà couché ?

Jazz soupira.

— Rien dont j'ai envie de me rappeler. Peut-être que si on continue à traîner ensemble, tu verras tous mes souvenirs et tu me les enlèveras.

Hunter sentit une bouffée d'enthousiasme.

— C'est ce que tu veux ?

— J'ai pas tellement envie que tu les connaisses, mais j'aimerais bien qu'ils disparaissent.

— Peut-être que la prochaine fois, je te ferai pas lire l'histoire.

Elle se leva.

— Hunter, c'est vraiment trop bizarre !

— Je sais. Pourquoi ça m'arrive, à moi ?

— Je sais pas, mais je vais trouver. Je suis désolée, Hunter, mais j'ai besoin de boire un coup.

Elle alla vers le placard où Hunter savait qu'elle cachait son alcool, sortit une bouteille de vodka, prit une canette de Coca dans le réfrigérateur et la versa dans un verre avec de la glace. Ensuite elle ajouta un peu de vodka et remua le mélange avec une cuillère. Puis elle but un bon tiers du verre d'une traite.

Hunter sentit son souffle s'arrêter dans sa poitrine quand il la vit faire.

— Tu bois toujours pendant la pause déjeuner ?

— Non. Et je suis désolée que tu aies à voir ça, mais tu vas sûrement voir pire, Hunter. Tu ne m'aimerais probablement plus beaucoup quand tu auras tout vu.

Elle but une autre gorgée.

Hunter se déplaça à côté d'elle, les mains enfoncées dans ses poches, et se pencha légèrement vers elle, touchant presque son épaule avec la sienne, puis se redressant.

— Jazz, tu es ma meilleure amie et la personne la plus gentille que je connaisse. Je n'arrive pas à croire que tu ferais quoi que ce soit de mauvais. Leon méritait qu'on pointe une arme sur lui. Tu aurais tiré ?

— Oui, s'il n'était pas parti.

Hunter déglutit et haussa les sourcils.

— Tu aurais réussi à le faire ?

— Je sais que j'aurais réussi. J'en doute pas une seconde.

Elle croisa son regard en continuant à boire dans le verre. La force avec laquelle elle avait répondu le laissait comme étourdi. *J'en doute pas une seconde ?*

— Il a essayé de revenir ?

— Non.

Elle avala le reste du liquide.

— C'était pas ton père, hein ?

— Non. C'était juste l'un des connards auxquels ma mère s'accrochait.

Elle posa le verre sur le plan de travail.

— Je n'ai jamais connu mon père. Je ne crois pas que Maman l'ait vraiment connu non plus.

Elle remit du Coca dans le verre.

— Elle a dit qu'elle avait sûrement été violée à une fête de la fac. Elle s'est réveillée avec des bleus et les vêtements déchirés qui sentaient le vomi et le sexe.

Elle fit tourner les glaçons au fond de son verre.

86

– Elle a appelé ses parents depuis la fac et a dit qu'elle allait se suicider.

Elle secoua la tête et but une gorgée.

– Ils ont foncé là-bas et l'ont ramenée à la maison. Maman a dit qu'ils n'étaient pas très contents, surtout quand ils ont appris qu'elle était enceinte de moi.

Elle ricana et secoua la tête.

– J'ai décidé d'être conçue au pire moment possible. Ils se sont occupés de Maman jusqu'à ce que je naisse. Elle a vécu chez eux et ailleurs, en alternant, jusqu'à mes douze ans.

Elle but encore. Il serra ses mains sur son ventre et demanda :

– En alternant ?

– Ouais. Parfois on vivait chez un des copains de Maman, mais on revenait toujours chez ses parents pour une raison ou une autre. Enfin, en fait, toujours pour la même raison. Les hommes étaient des merdes et Maman ne pouvait pas garder un boulot à cause de son alcoolisme.

Elle essuya la sueur sur son front. L'envie de la serrer dans ses bras était presque insupportable. Il tint ses bras plus fort.

– Où est-ce qu'ils vivent ?

– En Oregon.

– Pourquoi tu es ici ?

– Parce qu'il s'est passé quelque chose de vraiment moche, et qu'on a dû déménager loin.

– Vraiment moche ?

– Je veux pas y penser, parce que tu le verras, et je veux pas que tu le voies.

– D'accord, mais pourquoi vous êtes venues ici, en particulier ?

– Elle a décroché un boulot à la base militaire, et elle s'est fait virer. Ensuite elle a eu un autre boulot à un restaurant-bar, et elle s'est fait virer.

– Comment vous faites ?

– Elle se met avec des mecs jusqu'à ce que je les fasse partir... ou... qu'il se passe quelque chose.

Elle détourna le regard et but. Il sentait une larme couler sur sa joue.

– Comment tu achètes à manger, maintenant qu'elle est en cure ?

– Avant qu'on quitte mes grands-parents, Mamita, ma grand-mère, m'a donné une carte de crédit et un téléphone, et m'a dit que je pouvais utiliser la carte autant que je le souhaitais, mais de ne pas en parler à Maman. Je les appelle de temps en temps, et ils envoient de nouvelles cartes à l'école, pour moi. Quand j'ai convaincu Maman d'aller en cure, elle a dit qu'on pourrait peut-être venir les voir quand elle irait mieux.

– Ça te plairait ?

– Ouais. Il y a eu des fois où j'ai eu envie de quitter Maman pour retourner chez eux, mais je ne ferais jamais ça. Elle continuerait à trouver des connards pour la battre. Elle serait morte sans moi.

Elle serra ses bras autour d'elle. Hunter la regarda, un peu étourdi, et secoua lentement la tête.

– Tu dois en avoir beaucoup, des souvenirs que tu veux oublier.

– Ouais, dit-elle en essuyant une larme dans son œil gauche. Cette nuit-là, Leon n'était pas si terrible, par rapport aux autres fois.

– Tu ne te sens pas seule ici, à vivre sans personne ?

– Tu plaisantes ? rit-elle en se levant. Je fais des fêtes tous les week-ends. Des gens viennent ici tout le temps.

Hunter fronça les sourcils avant de comprendre ; il sourit. Jazz s'appuya à la gazinière.

– En fait, tu es la première personne du lycée qui entre dans cette maison.

Hunter s'avança vers elle.

– J'aurais voulu venir plus tôt, et dans de meilleures circonstances.

– Moi aussi, Hunter. Moi aussi.

Elle finit son verre et le posa sur le plan de travail.

– On devrait sûrement retourner au lycée.

Hunter se sentait tellement triste pour son amie. Il n'avait jamais imaginé que sa vie en dehors de l'école puisse être aussi difficile. Il lui prit les mains.

– Je veux que tu saches que rien de ce que je verrai de ton passé ne changera notre amitié, et si c'est mauvais, je ne te ferai pas lire l'histoire.

Elle l'attira à elle.

– Oh, Hunter, tu vas voir des choses horribles. Y compris moi sans mes vêtements.

Hunter s'écarta et sourit.

– Pourquoi serait-ce si horrible ? Ton soutien-gorge était vachement gros. Je ne m'en doutais pas du tout. T'es toujours cachée sous tes vêtements.

Elle se mit à rire.

– On remarque pas ma poitrine parce que tout ce que j'ai est gros. Mes seins, mes fesses, mon ventre, mes jambes, tout. Ce qui est un problème dans notre culture grossophobe. Si je n'étais grosse que des seins, je serais canon. Mais comme tout le reste l'est aussi, je ne le suis pas.

– Moi, je te trouve canon.

Il regarda ses beaux yeux verts puis ses belles lèvres pleines.

– J'aime ton sourire, et tes yeux, et ta joie de vivre, même quand tu fais semblant.

– Je *suis* joyeuse quand tu es là. Je fais pas semblant. Je m'amuse avec toi. Et je ne veux pas que ça change, mais je sais que ça va changer, dit-elle en touchant sa joue. Tu vas voir des choses laides sur moi.

–Peut-être de mauvaises choses que d'autres t'ont faites, mais pas de laideur. Tu es une belle personne, Jazz.

Ça faisait tellement de bien de dire ça.

Elle le serra dans ses bras.

– J'espère que tu le penseras toujours.

– En plus, je suis sûr que quand je me souviendrai de ce qu'il m'est arrivé, ce sera pas joli non plus. Sinon, pourquoi je m'en rappellerais pas ? Pourquoi est-ce qu'on oublierait des souvenirs heureux ?

Ils étaient toujours dans les bras l'un de l'autre. Hunter sentait la forme de ses seins contre sa poitrine. Il devait pencher sa tête en avant pour que sa joue touche la sienne. Il sentait aussi son ventre contre le sien. Il bougea ses mains et sentit l'agrafe de son soutien-gorge sous ses vêtements. Il ne s'attendait pas à ce qu'elle soit si grande. Il laissait ses doigts explorer.

Jazz s'écarta et eut un sourire timide.

– Oui ? Qu'est-ce que tu fais, Hunter ?

– Ton agrafe est...

Il vit Jazz rougir.

– Elle est quoi ?

Hunter détourna le regard ; il croyait avoir entendu une voix de femme.

Hunter, viens m'aider, s'il te plaît.

– Hunter ? appela Jazz. Qu'est-ce qui ne va pas ?

Dans sa tête, Hunter voyait une agrafe de soutien-gorge noir en dentelle, et la peau blanche dessous. Sa respiration s'accélérait. Il entendit encore la voix de femme. *Allez, mon bébé. S'il te plaît.* Elle riait. Hunter lâcha Jazz. Il voyait ses mains attraper l'agrafe pour la fermer. Ses doigts sentaient la chaleur sur son dos, il regardait toute la peau nue. Il ferma l'agrafe. *Merci, mon bébé.* Il sentit ses lèvres s'attarder sur sa joue.

– Hunter ?

Jazz posa ses mains sur ses deux joues.

– Qu'est-ce qu'il se passe ?

La vision disparut, et il vit le visage de Jazz devant le sien.

– Qu'est-ce qu'il s'est passé ? Hunter, dis-le-moi.

Pâle, les lèvres tremblantes, il croisa son regard.

– Une femme...

– Qui ?

– Je ne sais pas. Elle me demandait de fermer son soutien-gorge.

Doucement, elle demanda :

– Tu le faisais ?

– Oui.

– Elle portait un haut ?

– Non. Sa robe était grande ouverte.

– Elle avait le soutien-gorge quand elle t'a demandé ça ?

– Oui, plus ou moins.

– Donc tu l'as accroché, dans son dos ?

Il hocha la tête.

– Et ensuite ?

– Elle a dit « merci » et m'a embrassé sur la joue. Longtemps.

– C'était ta mère ?

Il chercha son regard.

– Je... je ne sais pas. Elle était assez vieille pour l'être. Elle m'appelait mon cœur.

Chapitre 10

Joe acheta un nouvel ordinateur pour Hunter, quelques clés USB, un téléphone sans forfait, et installa des VPN sur tous les appareils pour cacher leur localisation et les adresses IP. Un technicien du magasin d'informatique lui avait assuré que ce VPN empêcherait quiconque de localiser ses téléphones, y compris le vieux qu'il cachait de Hunter. Les avertissements de Dr. Ru l'avaient rendu paranoïaque, il avait peur que quelqu'un ne trouve Hunter pour exploiter sa capacité.

Même s'il ne voulait pas que Hunter vive quelque chose de si invasif, il avait surtout peur que d'autres découvrent la vérité sur lui-même, ses actes passés, son rôle dans la mort de sa femme, ou ce qu'il considérait avoir été son rôle.

Pendant que les histoires de Hunter passaient à la photocopieuse et se faisaient relier dans deux carnets à spirale, Joe attendait assis dans son pick-up, parcourant de vieilles photos sur son téléphone : Savannah, Hunter, et le petit Frankie avant l'accident, avant que leur monde ne soit détruit. La dernière fois qu'il avait essayé de voir ces photos, il était dans une chambre d'hôpital, un an et demi plus tôt, pendant que Hunter se remettait de la procédure que le Dr. Ru avait recommandée.

Joe n'avait jamais essayé de suivre une thérapie. Il était capable de surmonter ça, se disait-il, et aux autres aussi. Mais surtout, il ne voulait dire la vérité à personne. Joe savait que sa honte était en partie irrationnelle, mais la raison pure avait rarement la moindre chance contre les larmes, les cris et la culpabilité.

Joe savait qu'il n'allait pas bien. Maintenant, il se rendait compte qu'il aurait dû trouver quelqu'un pour l'aider.

Quand les enfants étaient petits, lui et Savannah les emmenaient faire du camping. Leurs parcs nationaux préférés étaient le Mont Rainier et le Parc National Olympique. Tous les ans, Savannah insistait pour emmener toute la famille en ferry jusqu'à Victoria, afin de passer la journée au milieu des magnifiques fleurs des Jardins Butchart. Il avait des centaines de photos de sa famille sur les terrains de camping, sur les sentiers, dans la neige, dans la nature, et des centaines d'autres dans l'environnement structuré, féerique et multicolore des Jardins. Sur les images, on voyait une jeune famille heureuse.

Ensuite il avait été muté, et leurs vies avaient changé. Ils quittèrent la ville et le travail de Savannah, la forçant à passer la journée avec les enfants, dans une petite maison, à l'intérieur du pays. Finalement, Joe avait décroché un travail à Prudhoe Bay, en Alaska, avec une très bonne paie, mais il était en déplacement deux à trois semaines à la suite, puis à la maison pendant ces mêmes durées. Même s'il payait le voyage, Joe gagnait assez d'argent pour régler leurs immenses dettes qui avaient été la source de plusieurs disputes pendant les premières années de leur mariage. Les choses avaient l'air de s'arranger dans la maison des Williams.

Mais ce n'était pas le cas.

La dernière photo qu'il avait d'eux était devant leur maison, l'été. Joe avait dit qu'il voulait l'imprimer en grand pour l'accrocher dans sa chambre à Deadhorse. Savannah était en short et débardeur, assise sur un banc peint, avec leur fils de huit ans, Frankie, sur sa jambe droite, qui la tenait d'un bras, le menton posé sur son épaule, un grand sourire aux lèvres. Hunter était debout à côté d'elle, et son autre bras était passé autour de sa taille. Hunter avait treize ans, il la surplombait, torse nu, vêtu d'un short de sport, une main posée derrière sa tête, et l'autre tenant un ballon de basket. Son corps était tourné vers elle mais son visage regardait l'appareil photo, avec une expression dont Joe savait qu'elle allait devenir son sourire narquois.

À ce moment-là, Joe n'avait rien pensé de particulier de cette photo, sinon que ses fils étaient beaux et que sa femme avait l'air heureuse. Cependant, quand il reçut l'impression en grand et l'accrocha à son mur à Deadhorse, il s'interrogea sur certains détails. Quand un de ses collègues nota l'érection visible à travers le short de Hunter, si près du visage de sa mère qui avait maintenant l'air de rire, même d'y faire une œillade, Joe déchira la photo.

Il se dit que l'image était de mauvaise qualité, et que la lumière était inégale à cause des arbres, donc ce qu'avait vu son collègue n'était pas réel. Il fixait la photo sur son téléphone, maintenant, et résista à l'envie de zoomer. Pourquoi se torturer encore ?

Il fit défiler d'autres photos jusqu'à trouver celles de Stanley. Le coeur de Joe manqua un battement. Cet homme était magnifique, surtout sans vêtements. Stanley avait été marié à une femme pendant deux ans avant de réaliser qu'il ne pourrait pas faire semblant pendant plus longtemps. Après que Frankie et Savannah étaient morts, Joe avait arrêté de voir Stanley. Rien de ce qui était arrivé n'était de sa faute, mais Joe savait que les disputes entre lui et Savannah avaient contribué à l'entraîner vers sa mort. Il s'était dit plusieurs fois qu'il aurait dû continuer à faire semblant, qu'il avait été égoïste de vouloir la passion, le plaisir.

D'autres fois il se disait qu'il n'aurait jamais dû faire semblant, que son lâche déni de sa véritable identité avait été la cause de tout le sang, les cauchemars, l'angoisse insupportable qui les avaient suivis, lui et Hunter, pendant quatre ans après cette horrible journée du mois de mai.

Il n'avait pas revu Stanley depuis avant l'accident, même s'il lui avait parlé plusieurs fois. Chaque fois qu'il avait essayé d'expliquer à Stanley pourquoi il ne pouvait plus le voir, son coeur se serrait et le brûlait tant cet homme lui manquait. Comment pouvait-il ressentir un tel désir alors que sa femme et son enfant venaient de mourir ? Il ne supportait pas l'idée que quelqu'un puisse l'accuser d'en être la cause. Il se cacha derrière l'auto-sacrifice, la figure d'un père qui ne vivait plus que pour garder son fils en vie.

Maintenant, il se demandait s'il avait fait une erreur. Peut-être qu'il aurait dû tout dire à Hunter, le présenter à Stanley, avouer à son fils que lui aussi avait des pulsions. Qu'elles étaient souvent incontrôlables, que ni les règles ni les conventions ne les influençaient.

Mais Joe se cachait ses propres sentiments, les cachait à son fils, et maintenant il vivait dans un purgatoire de tâches de vie quotidienne, qui menaient à d'autres tâches et ce jusqu'à ce qu'il se demande s'il était encore en vie.

Jusqu'à ce qu'il ait lu l'histoire de Hunter et qu'elle eut ravivé ses passions. Joe ne se pensait pas capable de se résigner à la pénibilité de sa vie telle qu'elle était avant ce matin-là.

Les photos suivantes étaient celles que Savannah avait trouvées sur son téléphone. Elle se plaisait que ses deux semaines de travail étaient devenues seize jours, de façon à ce qu'il passe une journée à Fairbanks à l'aller et au retour. Elle l'avait accusé d'avoir une liaison, ce qui aurait expliqué le manque d'intérêt qu'il lui portait sexuellement. Quand elle avait trouvé les photos de Stanley, nu, les disputes s'étaient emballées et les menaces de le dénoncer à leurs fils avaient commencé.

Quand Frankie avait confirmé ce que Joe commençait à suspecter entre Hunter et Savannah, la colère de Joe s'était transformée en haine et en un dégoût terriblement profond. Il savait qu'une partie de lui était soulagée de sa mort. Et cette partie-là le remplissait de honte et de terreur.

Il était coincé avec un fils qu'il connaissait à peine, qui apprendrait la vérité tôt ou tard, et cela l'obligeait à vivre dans la peur d'être découvert, et dans la culpabilité. Il avait songé à tout dire à Hunter et en finir, mais Hunter avait dix-sept ans, il était toujours à la charge de Joe, et bien qu'il ne puisse pas dire en toute vérité qu'il aimait son fils, il ne voulait pas le voir souffrir plus ce que qu'il avait déjà vécu. Joe ne pouvait envisager de ressentir plus de culpabilité ; le vase était déjà sur le point de déborder.

Les possibilités ?

Réinitialiser la puce électronique et espérer.

Continuer à vivre avec Hunter et espérer que ses souvenirs à lui ne deviennent pas les histoires de son fils.

Dire à Hunter que le téléphone de Joe avait été tracé après qu'il eut parlé à Ru, donc Hunter et lui devaient vivre séparés pendant un petit temps. Des personnes mal intentionnées risquaient de trouver Hunter par le biais de Joe, donc il allait les éloigner en déménageant, ce qui éviterait que Hunter ne voie les souvenirs de Joe.

Cela lui semblait être l'option la plus risquée.

Il retourna au magasin de photocopies et récupéra les histoires de Hunter reliées, et rangées par ordre chronologique.

Il fallait qu'il trouve une boutique de musique où il pourrait trouver quelqu'un pour lui jouer l'un des riffs de guitare les plus connus au monde, à l'envers, pendant qu'il enregistrerait.

Après ça, il finirait de lire les histoires et déciderait quoi faire.

Chapitre 11

Jazz commençait à penser que Hunter avait subi des abus de la part de sa mère. Chacune des histoires contenait du sexe, pourtant son monde imaginaire était sans genre. En tout cas, les premières histoires qu'il lui avait montrées. Mais les quelques dernières racontaient une guerre civile entre la procréation traditionnelle et des méthodes artificielles. Est-ce qu'un garçon dont la mère aurait abusé ne se cacherait pas dans un monde sans sexe ?

Surtout si la seule sexualité qu'il avait connue avait été illégale, ou forcée.

Et si la vérité était si horrible, ça serait logique que Hunter doive aborder le sujet de façon indirecte, à travers les expériences des autres. Donc toutes ses histoires commençaient avec un bref aperçu de sa propre vie, avant de plonger dans le souvenir de quelqu'un d'autre, qui était, d'une certaine façon, relié à son passé, qu'il ne pouvait pas encore voir.

Qui d'autre que sa mère lui aurait demandé d'agrafer son soutien-gorge, et l'aurait appelé *mon bébé* ?

Il n'avait pas parlé d'autres femmes dans sa vie. Et quelle mère ferait ça, si elle n'avait pas d'autres projets ?

— Comment ça va ? demanda-t-elle à Hunter qui regardait à travers le pare-brise en silence, sur le chemin du retour vers le lycée.

— J'arrive pas à la sortir de ma tête.

— Son visage, ou son dos ?

— Son dos.

Jazz se rendait compte qu'il voyait encore son visage. Même s'il avait les

96

yeux ouverts, il ne regardait pas la réalité.

– Elle portait une robe ?

– Oui.

– C'était ouvert jusqu'à où ?

– Jusqu'en bas.

Il la regarda et baissa les yeux.

– Je voyais ses sous-vêtements. Je voyais ses épaules.

– Comment tu te sentais ?

Il se redressa et se tourna vers elle.

– Si c'était ma mère, pourquoi ? Pourquoi elle aurait fait ça ?

– Je sais pas, Hunter. Comment tu te sentais ?

– J'avais peur. J'étais énervé, vraiment stressé. Comme maintenant. Mon cœur s'emballe et n'arrive pas à se calmer.

– Tu te rappelles d'une autre femme qui t'appelait mon bébé ?

– Non. Et quelle mère appelle encore son fils adolescent mon bébé ? Quel ado accepterait ça ?

Jazz attendit que le quad de Kelly tourne vers le parking avant de le suivre avec son pick-up. Kelly et Skylar étaient au collège et prenaient leur déjeuner chez eux, comme la plupart des élèves avant les cours de l'après-midi. Il y avait presque autant de quads sur le parking que de voitures et de pick-up.

Jazz roula à côté de Eric et de sa petite-amie, Drew, qui semblaient se disputer devant sa voiture.

– Qu'est-ce qu'ils ont ? demanda Jazz.

Elle se gara et ouvrit rapidement la portière. Hunter descendit de son côté.

Eric essaya d'attraper les bras de Drew, mais elle se dégagea violemment et se détourna vers le bâtiment.

– Dispute d'amoureux, chuchota Jazz à Hunter tandis qu'ils marchaient vers l'entrée.

– M'approche pas ! cria Drew à Eric quand il claqua sa portière.

– Drew ! Attends ! appela Eric.

Elle se retourna et le fixa, repoussant ses longs cheveux de son visage.

– T'es dégueulasse !

Elle courut vers l'entrée, ouvrit la porte à la volée, et disparut à l'intérieur.

Jazz et Hunter se mirent à fixer Eric.

– Qu'est-ce que vous regardez ? leur aboya-t-il.

– Pas grand-chose, ricana Jazz.

Elle et Hunter entrèrent dans le bâtiment et se dirigèrent vers le gymnase pour leur cours d'EPS.

Hunter s'arrêta dans le hall du gymnase.

– Le martèlement commence. Il faut que je m'assoie.

– Je dirai à M. Harris que tu te sens mal. Assieds-toi là et je reviendrai te voir dans quelques minutes.

Hunter s'assit et ouvrit son ordinateur.

– Tu sais déjà qui est dans l'histoire ?

Hunter respirait avec difficulté. Il ferma les yeux.

– Ce sera eux.

– Ça ira ?

– Oui.

Jazz serra son épaule et courut vers les vestiaires des filles. Si Hunter était en train d'écrire quelque chose à propos de Drew et Eric, Jazz voulait voir comment Drew allait réagir. Peut-être que Drew allait pouvoir lui raconter le souvenir avant de l'oublier.

Dans le vestiaire des filles, elle trouva Drew qui pleurait, assise sur un banc entre deux rangées de casiers. Deux autres filles finirent de se changer et sortirent. Elle entendit quelqu'un fermer une porte de toilettes.

Jazz s'assit à côté de Drew.

– Ça va ?

– T'en as quelque chose à faire ? cracha-t-elle en se détournant.

– Eric est un connard. Il a poussé Hunter dans la Fosse ce matin. On est tous les deux collés après les cours.

– Pourquoi t'as été collée, toi ?

– Parce que je lui ai écrasé le pied et je l'ai menacé de lui envoyer un coup de pied dans les couilles.

– On devrait lui couper, lâcha Drew. C'est un malade.

– Tu... tu veux en parler ?

Elle prit une grande inspiration et se tourna vers Jazz.

– Il est venu chez moi pendant la pause déjeuner. Ma petite sœur Kelly et sa copine Skylar sont venues juste après. Je faisais des sandwiches pour le déjeuner quand Kelly a demandé à Eric de l'aider à enlever la neige du trampoline pour qu'elles puissent sauter dessus. Quelques minutes plus tard je suis allée à la porte de derrière lui dire que le repas était prêt, et il était là, sous le porche, à regarder les deux filles sauter sur le trampoline en filmant leurs pulls qui rebondissaient à cause de leurs seins. Skylar ne met pas encore de soutien-gorge. Elles savaient pas qu'il les regardait. Je l'ai appelé, et il est rentré avec une érection énorme. Je lui ai dit « Putain de merde, Eric ! » et il a dit « J'ai fait quoi ? » et j'ai dit « Pourquoi tu bandes comme ça ? » et il a dit « Je bande pas. » Je lui ai dit « Eric, je sais quand tu bandes, putain ! Tu t'excitais à regarder des filles de douze ans faire du trampoline ? ». Je lui ai dit de supprimer la vidéo tout de suite pour que je voie qu'il le faisait. Il a juré et a dit « T'es folle, Drew, j'ai rien fait ». Quand il a supprimé, je lui ai dit « Maintenant, tu m'amènes au lycée et tu ne reviens plus jamais ».

Elle se prit la tête dans les mains et se mit à pleurer. Pendant que Jazz lui tenait les épaules, elle eut l'impression d'entendre quelqu'un vomir, et juste après, la chasse d'eau des toilettes.

– Je suis désolée, Drew. Au moins tu l'as vu, et tu peux mettre les filles en garde contre lui. Tu devrais le dénoncer.

Elle arrêta de pleurer et regarda Jazz avec une expression interloquée. Elle se dégagea de ses bras et se leva.

– Pourquoi tu me tenais ?

Jazz entendit un bruit de chasse d'eau, encore.

– Tu pleurais.

– Je pleurais ?

Tatiana passa à côté d'elles et ouvrit son casier. Jazz la regarda poser une brosse à dents sur l'étagère du haut, attraper une bouteille d'eau puis fermer la porte. Elle devait sentir le regard de Jazz parce qu'elle se tourna vers elle, haussa les sourcils et demanda :

– Quoi ?

Jazz secoua la tête. Tatiana se détourna et partit en dévissant le bouchon de la bouteille et en avalant un peu d'eau.

Jazz se retourna vers Drew.

– Tu étais pas en colère contre Eric ?

– Il a fait quoi ?

Jazz la fixa. Drew avait oublié tout ce qu'elle lui avait dit. Est-ce que Hunter avait fini d'écrire l'histoire, et ainsi volé le souvenir de Drew ? De la même façon qu'il avait volé le souvenir de Jazz en train de tirer sur Leon ? *Qu'est-ce que je lui dis maintenant ?*

– Eric a poussé Hunter dans la Fosse ce matin.

Drew secoua la tête et grimaça.

– Pourquoi il aurait fait ça ?

Molly ouvrit la porte des vestiaires.

– Hé, le prof veut savoir pourquoi vous êtes en retard.

– On arrive, cria Drew.

Elle regarda Jazz.

– Tu te mets pas en tenue de sport ?

– Non, faut que j'aille voir comment va Hunter.

– Comme tu veux.

Jazz sortit du vestiaire en trombe.

– Jazz, où tu vas ? cria M. Harris.

– Hunter était malade avant le déjeuner, et je l'ai laissé dans le hall. Faut que j'aille voir comment il va.

– Peut-être qu'il devrait aller voir l'infirmière, dit Harris.

– Je lui dirai.

Jazz sortit du gymnase et trouva Hunter en train de taper à l'ordinateur.

– Montre-moi.

Haletant, il lui tendit l'ordinateur.

– Je viens de finir.

Jazz parcourut l'histoire de Drew et Eric.

– Drew m'a raconté ça dans les vestiaires. Et ensuite, elle a oublié me l'avoir dit. Tu as piraté le souvenir, Hunter.

Jazz tapa quelques touches pour imprimer le document à la bibliothèque.

– Viens.

– Tu fais quoi ? dit-il en se levant pour la suivre.

– Faut qu'on lui rende.

Ils se hâtèrent dans le couloir vers la bibliothèque et attendirent à côté de l'imprimante qu'elle sorte l'histoire de Hunter. Jazz prit les feuilles.

– Je lui montrerai après les cours.

– Et tu vas lui dire quoi ? demanda-t-il sur un ton crispé. Hunter t'a volé un souvenir, mais tu peux le récupérer ?

– Qu'est-ce qu'on peut faire d'autre ? Eric sait que ça s'est passé. Il va s'attendre à ce que Drew soit en colère contre lui. Qu'est-ce qu'il va penser quand elle l'embrassera près de son casier à la récré comme d'habitude ? En plus, Eric est un pervers qui ne devrait pas pouvoir s'approcher de Kelly ou de Skylar.

– OK. Mais si tu parles à Drew des histoires et de moi, tout le monde saura.

Jazz réfléchit une seconde.

– Peut-être que je devrais lui dire que j'ai écrit ça sur ce qu'elle m'a raconté. Je l'ai écrit parce qu'elle a eu un trou de mémoire dans les vestiaires, et j'étais inquiète.

– Je sais pas.

Hunter n'avait pas l'air convaincu.

Le téléphone de Hunter bipa. Il le sortit de sa poche et vit la notification sur l'écran. « Papa. » Hunter entra son code et ouvrit le message. Lui et Jazz le lurent ensemble.

Je rentre à la maison depuis Fairbanks, donc je serai là plus tard que d'habitude. J'ai pris toutes tes histoires avec moi parce que je voulais les lire et je voulais qu'elles restent en sécurité.

Il faut que tu fasses très attention à qui est au courant. J'ai trouvé au moins trois histoires qui sont en fait de véritables souvenirs de personnes avec qui je partage un morceau de mon passé. Peut-être que toutes les histoires sont réelles. Je ne sais pas ce qu'il t'arrive ni pourquoi, mais tu peux imaginer ce qu'il pourrait t'arriver si ton aptitude venait à être connue.

Je t'ai acheté un nouvel ordinateur. Je ne pense pas que ce soit une bonne idée d'avoir ces histoires sur l'ordinateur de l'école. Si tu as une clé USB, tu devrais transférer les fichiers dès que tu peux, et supprimer les originaux.

On parlera de tout ça ce soir.

Peut-être que tu devrais rentrer plus tôt aujourd'hui.

– Ouah, dit Hunter.

Il capta le regard de Jazz :

– La vie vient de se compliquer encore un peu. Tu es sûre que tu veux être impliquée là-dedans ?

– Je veux t'aider, sourit-elle timidement. En plus, il y a des souvenirs dont j'aimerais me débarrasser.

– Merci, Jazz.

Il posa son front contre le sien, en lui tenant la nuque.

– Tu es une bonne amie.

Jazz ricana.

– Tu gouttes sur mon torse.

– Merde. Je suis désolé.

Il essaya d'essuyer la sueur, puis réalisa qu'il venait de toucher son décolleté. Il se dégagea vite, le regard fixé sur les gouttes qui se fondaient dans son haut, et leva les yeux vers les siens.

– Je suis vraiment désolé.

Jazz gloussa.

Il toucha ses lunettes :

– Tes verres sont mouillés.

Toujours souriante, elle dit :

– Tu leur as goutté dessus de l'extérieur, ou je les ai embués de l'intérieur ?

– Je sais pas. Peut-être les deux. Tu devrais les essuyer.

Elle retira ses lunettes et les sécha avec un pan de la chemise ouverte qu'elle portait par-dessus son haut en synthétique.

– Donc on fait quoi, maintenant ?

Elle remit ses lunettes.

– Écris à ton père et demande-lui d'appeler Patty pour lui dire que tu dois partir plus tôt. Je retourne en sport trouver un moyen de parler de cette histoire à Drew. Il ne faut pas qu'elle oublie ce qu'il s'est passé. Je te retrouve chez toi après les cours.

– Tu es collée.

– Merde.

Elle tapa du pied par terre.

– Et c'est avec ce connard de Eric.

Il lui tint les épaules.

– Je peux aller chez toi et t'attendre là-bas. Papa a dit qu'il ne serait pas rentré avant un bon moment. Je peux nettoyer ta cuisine.

Elle se mit à rire.

– Je rentre ce soir, pas dans une semaine.

– Je nettoierai ce que je peux. Il me faut une clé ?

– Non. Je ne verrouille jamais, sauf la nuit.

– T'as une clé USB ?

– En fait, oui.

Elle en pêcha une dans une de ses poches de jean.

– Je sauvegarde tous mes fichiers du labo dessus, donc je la perds pas.

– Et tes vers ? Je veux pas embrouiller ton expérience.

– Tu es vraiment attentionné, Hunter. Vraiment. Mais je pense que je préfère travailler avec des mémoires d'humains, maintenant. Elles sont bien plus intéressantes.

Hunter fourra la clé USB dans sa poche.

– Donc j'ai encore écrit une histoire qui parlait de sexe, même si c'était plus tordu que la normale. Enfin, si la normale existe vraiment.

– Elle doit exister quelque part.

Elle leva les yeux vers les siens.

– Je l'espère.

Leurs yeux allaient et venaient sur le visage l'un de l'autre. Ses yeux à elle trouvèrent sa lèvre supérieure en forme d'arc de Cupidon, et sa lèvre inférieure, pulpeuse, pleine. Puis ses sourcils, très épais, et ses cils, tellement longs. Puis ses fossettes. C'était le garçon le plus mignon qu'elle avait jamais vu.

Et il avait l'air d'aimer la regarder.

Pourtant, tous deux se débattaient contre les démons du passé. Son ventre se serra. Qu'est-ce qu'il penserait quand il verrait les siens ?

Elle caressa sa joue.

– Oublie pas d'écrire à ton père.

– D'accord.

Elle prit la direction du gymnase.

Chapitre 12

Hunter alla à la Fosse, s'assit, et transféra toutes ses histoires, plus tout ce qu'il avait écrit sur les Trémariens, sur la clé USB de Jazz. Il retira la clé, la réinséra pour vérifier que tous les documents y étaient, et en ouvrit quelques-uns. Assuré que les fichiers étaient en sécurité, il supprima ensuite chaque document de son ordinateur.

– Hunter ! appela Patty du bureau derrière lui.

Il se leva.

– Ton père a appelé, il veut que tu rentres chez toi.

– D'accord.

– T'es malade ?

– Ouais. J'ai la tête en vrac.

– J'espère que tu me l'as pas donné. File ! Et ne reviens pas demain si tu es encore malade. Je me suis tout juste remise de la grippe la semaine dernière.

– Oui, madame.

– Bon rétablissement, Hunter.

– Merci.

Hunter sortit et monta dans son pick-up. En roulant vers la maison de Jazz, il pensa au prélude à l'histoire de Drew et Eric. Cette fois, quand il avait marché vers la porte du couloir, il avait entendu une femme gémir de plaisir et respirer rapidement, puis de la musique, ou quelque chose qui y ressemblait. Des percussions rapides dans le fond et le son d'une ruche d'abeilles qui enflait par vagues, pendant qu'une autre voix criait plusieurs fois « Aaaah, aaah, aaaah ! ». Puis une mitraillette, ou peut-être une batterie rapide. Puis les sons disparaissaient.

Cela avait quelque chose de familier, mais il ne se rappelait pas le contexte.

Il fallait qu'il affronte son père en ce qui concernait son passé. Hunter avait des hallucinations et il entendait des voix. Quelque chose d'horrible avait dû lui arriver des années plus tôt. Sinon, pourquoi est-ce que ses souvenirs auraient disparu ?

La voix qui le remerciait d'agrafer son soutien-gorge était la même que la voix qui gémissait derrière la porte. Du moins, elles étaient similaires.

Un mauvais pressentiment se nichait quelque part près de lui, une présence suffocante prête à le faucher et l'écraser. Il savait que c'était là, mais il n'avait aucune idée de ce que c'était.

Il se gara dans l'allée de Jazz et prit son sac et son ordinateur à l'intérieur, où il sentit une odeur de fleurs ; c'était l'odeur de Jazz – riche, sucrée, et fruitée – légèrement mélangée à de la sueur.

Elle portait toujours des vêtements lourds – des sweats, des tops en velours, des robes à manches longues. La seule peau qu'elle révélait était celle de son cou, de son visage et de ses mains. Jazz s'habillait différemment des autres filles à l'école.

Il posa ses affaires sur la table de la cuisine et s'approcha de l'évier. Presque tout était encroûté de vieille nourriture. Après avoir ouvert les placards, il conclut que chaque assiette, casserole et ustensile qu'elle possédait était sale. Hunter gloussa. Jazz ne nettoyait que quand elle y était obligée. Il avait appris à laver chaque ustensile à mesure qu'il les utilisait, ce qui signifiait que la plupart des plats et ustensiles de sa maison n'étaient jamais utilisés. Ce n'était visiblement pas la façon de faire de Jazz. Ou peut-être que l'absence de sa mère était la raison de tout ça.

Malgré sa confiance et son agressivité apparentes, Jazz avait l'air aussi solitaire et en attente d'amitié que lui.

Il remplit les éviers, les casseroles et les poêles avec de l'eau chaude et savonneuse pour que tout trempe un peu avant qu'il essaie de les frotter. Il vida la poubelle, ce qui nécessita un autre sac pour mettre tous les restes de nourritures et les boîtes que le premier sac ne pouvait pas contenir. Après avoir enlevé ce qui débordait, il trouva une bouteille de vodka vide, le goulot vers le haut, dans le sac.

Quelle quantité Jazz buvait-elle par jour ? Et quand est-ce que ça avait commencé ?

Il se doutait de pourquoi elle buvait. Devoir gérer les compagnons de sa mère, tous semblables à Leon, avait dû faire des dégâts collatéraux. Le fait qu'elle l'ait averti qu'il allait voir des choses horribles, qu'elle serait nue suggérait... quoi ? Des scènes d'agression sexuelle par Leon ou par d'autres ? Le souvenir de Jazz qui tenait son pistolet lui fit se demander comment quiconque pourrait s'en tirer après l'avoir agressée. Mais peut-être qu'elle n'avait eu l'arme qu'après.

Hunter ouvrit le placard contenant l'alcool et trouva trois bouteilles, deux neuves et une à moitié vide. Un verre à shooter était posé à côté. Il se souvint avoir bu le whisky de son père et avoir été surpris de ne pas s'étrangler dessus. Il versa un peu de vodka dans le verre et la but.

Sa gorge se réchauffait et le liquide s'infiltrait dans sa bouche, et il réalisa qu'il avait déjà bu ça avant. Mais quand ?

Il remplit le verre à shooter et renversa l'alcool dans sa bouche, fermant les yeux alors qu'il faisait tourner le liquide autour de sa langue et l'avalait. Son cou se détendit et l'engourdissement relaxant s'étendit à ses épaules. Il n'avait pas conscience d'être si crispé.

Il en versa encore dans le verre et marcha le long du couloir qui, il le savait, menait à la chambre de Jazz. Il se tint devant la porte ouverte et se pencha vers l'intérieur. Ses vêtements propres étaient empilés sur le lit – un nœud de draps, une couverture, un gros ours en peluche, et quelques oreillers – et des piles de sous-vêtements traînaient un peu partout sur le sol. Hunter but un peu plus de vodka.

Ses vêtements débordaient des tiroirs ouverts de sa commode. Une pile de livres était appuyée à une lampe sur sa table de chevet. Dans une flaque presque sèche de liquide se tenait un verre, rempli au tiers de ce qui ressemblait à du Coca dilué, sûrement un reste de la nuit dernière.

Elle avait bu pour s'endormir, exactement comme il l'avait fait la nuit précédente.

Ensuite il vit le poster accroché au plafond au-dessus de son lit – un gars musclé, pectoraux et abdominaux durs et saillants, nu avec juste un cache-sexe, qui lui souriait de là-haut.

C'était l'homme de ses rêves, à Jazz ? Quelqu'un avec qui elle aurait souhaité être ? Ou coucher ?

Qu'est-ce que Jazz avait pu penser de lui, qui écrivait des histoires sur un pays sans sexe, maintenant qu'il voyait sous quoi elle dormait chaque nuit ? Elle avait parlé de l'inégalité des genres face aux orgasmes durant leur première conversation, pendant que lui considérait l'ampleur du désir sexuel comme un facteur de résistance contre les Trémariens.

La réalisation qu'il n'avait jamais vraiment pensé au sexe le frappa de plein fouet. Il avait dix-sept ans, et il ne se rappelait pas avoir fantasmé sur une fille, ou une femme. Il n'imaginait même pas dormir sous le poster d'une femme nue.

Pourquoi ?

Quand il avait vu le soutien-gorge de Jazz et, plus tard, quand il l'avait senti sous sa chemise, il avait eu un flash-back d'une femme, peut-être sa mère, lui demandant de fermer son soutien-gorge. Tous ses sens s'étaient électrifiés quand il avait senti les seins de Jazz contre son torse, mais il avait eu plus de sensations quand il avait vu le dos nu de la femme. La vision lui avait coupé le souffle.

Il lui était évident qu'il n'avait réprimé aucun désir ou aucun sentiment sexuel depuis des années. Pourquoi ?

Parce qu'il lui était arrivé quelque chose. Quelque chose de sexuel qu'il avait oublié, ou banni de son esprit.

Ensuite il vit deux posters de Einstein accrochés au mur de l'autre côté du lit. Un avec sa langue tirée sur son menton, dingue et rebelle. L'autre avec une pipe dans sa bouche, sérieux et intelligent.

La personnalité de Jazz était complexe, c'était le moins qu'on puisse dire.

Au bout du couloir, après la salle de bains, il vit une autre porte, légèrement entrouverte – la chambre de sa mère. Il l'ouvrit et fut immédiatement frappé par l'étouffante odeur de cendrier froid. Il alluma la lumière.

Il vit deux cadres sur le mur opposé, remplis de plusieurs photos de Jazz et de sa mère à des âges différents. Il ne put s'empêcher de rentrer dans la pièce.

Au centre de l'un des cadres, il y avait une grande photo de ce qui devait être les grands-parents de Jazz, portant un bébé. Une Jazz bien plus jeune et plus fine, ainsi que sa mère, se tenaient à côté d'eux.

Qui était le bébé ?

Il but le reste de la vodka en se tournant pour voir s'il y avait d'autres photos. Il vit une pile de CDs et un lecteur poussiéreux sur la commode.

Il avait une envie incontrôlable de regarder les CD. Les doigts tremblants, il fouilla la pile jusqu'à voir la couverture rouge sang del'album *Mothership*.

Le nom pulsait dans son cerveau, encadré de lumières clignotantes et de corps tournoyants.

Il sortit le disque et lut le titre des chansons, avec l'impression d'entendre un rythme et une voix derrière chacun des mots.

Le titre de la numéro cinq – « *Whole Lotta Love* » – lui frappa la poitrine et il retint sa respiration, jusqu'à ce qu'il puisse insérer le disque sous le couvercle qui se soulevait trop lentement, et qu'il claqua avant qu'il n'ait eu le temps de s'ouvrir entièrement.

Hunter appuya sur le bouton jusqu'à ce que « 5 » apparaisse sur l'écran, appuya sur « Play » et tourna le bouton du son jusqu'au maximum.

* * *

Quand Jazz trottina du gymnase aux vestiaires, elle vit Drew rire avec Eric, tandis que le professeur Harris menait les exercices d'étirements. Eric avait dû venir pendant qu'elle parlait à Drew, et passer devant Hunter sans le voir pendant qu'il tapait son histoire.

Quand elle s'assit devant son casier pour défaire les lacets de ses bottes, l'histoire de Hunter sur le banc juste à côté d'elle, elle entendit la chasse d'eau des toilettes, après un bruit de gorge. Quelques secondes plus tard, elle entendit à nouveau la chasse d'eau. Tatiana sortit d'une cabine avec une brosse à dents à la main et vit Jazz. Tatiana cacha la brosse à dents contre son bras en souriant à Jazz.

– Tu es malade ? demanda Jazz en enfilant ses baskets.

— Un truc que j'ai mangé, je pense.

Elle avait l'air un peu hésitante quand elle marcha vers son casier. En cachant le contenu avec son corps, elle leva la main qui tenait la brosse à dents vers l'étagère du haut. Elle ferma la porte et se tourna vers Jazz qui la regardait.

— Des questions ? demanda Tatiana.

Jazz secoua la tête. Elle se disait que Tatiana pouvait devenir mannequin : grande, mince, belle. Jusqu'à aujourd'hui, elle ne savait pas qu'elle se purgeait en utilisant une brosse à dents pour se faire vomir. Maintenant elle savait pourquoi Tatiana était souvent en retard en sport ou avait besoin d'aller aux toilettes plusieurs fois pendant les cours. Jazz se demanda pourquoi elle avait commencé. Mais là encore, pourquoi les choses commençaient-elles ? Quelque chose lui était arrivé.

— Tu as entendu ce que m'a dit Drew ? demanda Jazz, se demandant si elle remarquerait la perte de mémoire de Drew.

— Sur Eric, le pervers ? Oui. Et ensuite, elle a eu l'air d'oublier ce qu'elle venait de dire.

— Elle est là-bas à rigoler avec Eric maintenant, comme s'il ne s'était rien passé.

— Bizarre.

En passant devant Jazz, Tatiana se pencha légèrement sur les papiers posés sur le banc. Jazz s'en rendit compte et saisit l'histoire.

— Des questions ?

Elle se colla un faux sourire aux lèvres.

— C'est quoi ?

— Une histoire qu'a écrite Hunter. Il veut que je la lise.

— Il a écrit une histoire sur Drew et Eric en train de se disputer ?

Jazz sentit un frisson sous ses côtes. Elle ne savait pas quoi dire.

— Il est mignon, dit Tatiana, mais un peu bizarre à mon goût. À toute.

Elle retourna au gymnase.

Quand Jazz arriva sur le terrain, Harris lui ordonna de faire cinq tours en courant. Argh ! Elle n'était pas taillée pour la course. En faisant les tours de terrain, elle gardait un œil sur Drew, en essayant de décider quand et comment elle allait lui parler de l'incident du trampoline. La fille en colère et écœurée, qui avait traversé l'entrée d'un pas décidé une demi-heure plus tôt, avait repris son caractère taquin, profitant de chaque occasion de s'assurer que Eric avait son attention portée sur elle.

Après les tours et des exercices pour se préparer aux prochains concours d'athlétisme, Harris leur laissa une pause pour boire. Drew se rendait aux vestiaires, donc Jazz la suivit.

Elle se dirigea vers le lavabo pendant que Drew fermait une porte de toilettes. Jazz s'aspergea le visage d'eau et tira quelques serviettes en papier du distributeur.

– Hé, Drew. Je réfléchissais à ce dont tu m'as parlé avant le cours.

– De quoi tu parles, Jazz ?

– De Eric qui regardait Kelly et Skylar sauter sur le trampoline.

– OK. C'était quand, ça ?

– Tu me l'as dit avant les cours. Tu as hurlé sur Eric au parking et tu as couru jusqu'ici.

– Tu fumes quoi, Jazz ? J'ai envie de chier, donc tu pourrais te dépêcher de partir ?

– Oui, Drew.

Jazz quitta la pièce et se rendit sur le terrain.

Eric marcha vers elle.

– Où est Drew ?

– Elle pose une pêche.

– Pourquoi tu te changes jamais avant le sport ? C'est dégueulasse de passer l'après-midi dans tes vêtements pleins de transpi.

– Comme ça tu pourrais mater mes seins ? Oh non, c'est vrai, tu aimes regarder les seins des petites filles. Surtout quand elles rebondissent.

Jazz se détourna.

– Hé ! Pét...

Jazz se retourna.

– Dis-le, Eric, s'il te plaît. Comme ça, aucun d'entre nous n'aura à te voir demain. Peut-être même pour trois jours.

Elle se prenait des remarques à propos du fait de ne pas se changer pour le sport depuis des années. Mais se mettre en tenue de sport aurait donné lieu à encore plus de commentaires. Sa mère avait fini par parler à Patty, lui expliquer que Jazz avait une maladie de peau qui était gênante, et le personnel avait arrêté de l'ennuyer, mais les ados comme Eric lui en faisaient encore baver de temps en temps. Elle aurait bien voulu que le problème ne soit qu'une maladie de peau.

Jazz entendit un troupeau de gamins pénétrer le gymnase et se retourna. Les quatrièmes attrapèrent des ballons de basket sur une étagère et les lancèrent vers les trois paniers de l'autre côté du terrain. Plusieurs classes partageaient l'emplacement chaque jour, surtout quand la neige recouvrait l'essentiel de la cour.

Elle vit Kelly et Skylar jouer l'une contre l'autre et s'approcha d'elles.

– Hé, Kelly ! Drew m'a dit que vous aviez pu faire du trampoline à midi. Ça a dû être sympa.

Jazz se demandait si les filles avaient vu que Eric les regardait.

Kelly attrapa le ballon et sembla prête à lâcher une remarque bien sentie, mais la ravala. Elle soupira :

– Ça allait.

Jazz souffla et se jeta à l'eau :

– Ça aurait été mieux si Eric ne vous avait pas fixées, hein ?

Les yeux de Kelly s'agrandirent.

– Comment tu sais ?

– Drew me l'a dit. Vous saviez qu'il avait pris des photos de vous ?

– Non ! Ce pervers !

– Drew lui a fait supprimer.

Elle se rapprocha de Jazz.

– T'es sûre ?

– Tu veux aller lui demander ? Viens.

Tandis que Jazz emmenait les filles vers les vestiaires, elle vit Eric jouer au basket à l'un des paniers sur le côté.

Drew sortait tout juste des vestiaires. Elle sourit à sa sœur.

– Hé, sœurette ! Ça va ?

– Eric nous prenait en photo pendant qu'on sautait sur le trampoline ?

Drew fronça les sourcils, perdue.

– Oui, dit Jazz. Drew l'a surpris en train de le faire sous le porche.

– Ton copain est un pervers, Drew, dit Kelly. Après avoir enlevé la neige, il voulait plus partir.

– Ouais, dit Skylar. On lui a dit de s'en aller plusieurs fois avant qu'il le fasse.

– C'est ce que tu m'as raconté avant la classe, Drew, dit Jazz.

Elle tira les feuilles pliées de sa poche arrière et lui tendit. Pendant une seconde, elle hésita, en se demandant s'il était nécessaire que Drew lise l'histoire, mais elle s'inquiétait que sa mémoire ne revienne pas entièrement tant qu'elle ne l'aurait pas fait.

– Va lire ça, s'il te plaît... seule. J'ai écrit ce que tu m'avais dit.

Drew prit les feuilles lentement, et regarda vers Eric.

Jazz vit que Tatiana les surveillait du coin de l'œil.

– Allez, les filles, dit Jazz. On y retourne avant que Mlle Sally se mette en colère.

Elle les raccompagna vers leurs cours.

Tatiana la rejoignit au moment où Jazz se retournait.

– Ça, c'était intéressant, dit Tatiana. Je croyais que Hunter voulait que tu lises l'histoire, pas que tu la donnes à Drew.

Jazz se racla la gorge et essaya de sourire.

– Son histoire à lui, elle est dans mon casier.

– Donc Drew t'a parlé de Eric, et ensuite elle a oublié. Et les deux premières lignes de l'histoire de Hunter parlent de Eric et Drew qui se disputent. En tout cas, c'est ce que j'ai lu. Est-ce que Drew va s'en rappeler, maintenant ?

Jazz essuya ses paumes moites sur son pantalon et regarda autour d'elle pour voir si quelqu'un les observait.

– J'espère, pour le bien de sa sœur et de Skylar. Pas toi ?

Tatiana se rapprocha de Jazz et baissa la voix.

– Oui, mais pourquoi elle a oublié ce qu'il venait de se passer ? Elle était en colère à cause de ce qu'il a fait chez elle. Ensuite elle est venue au lycée et elle t'en a parlé. Et elle a oublié. Et maintenant tu lui donnes une histoire qu'a écrite Hunter... Quand est-ce qu'il l'a écrite ?

Est-ce qu'elle devait nier et s'en aller ? Ou est-ce que ça la ferait parler à Drew de ce qu'il s'était passé ? Elle regarda la belle Tatiana dont personne ne se doutait qu'elle se purgeait tous les jours, et sut qu'il devait y avoir quelque chose qu'elle avait envie d'oublier. Jazz pesait son envie de protéger Hunter contre le besoin d'aide criant de Tatiana.

– Il l'a écrite pendant que Drew me racontait l'histoire.

– Il était dans les vestiaires ?

– Non, il était dans le hall devant le gymnase.

– Alors comment il a pu... ?

Elle se détourna de Jazz puis la regarda à nouveau.

– Vous faites quoi, toi et Hunter ?

– Peut-être un truc qui t'intéresserait, Tatiana. Peut-être qu'on peut en parler plus tard ?

Elle cherchait son regard, essayait de percer le masque de joie qu'elle portait toujours.

– Toutes les deux, on cache aux autres les trucs qu'on se fait. Pour des raisons qu'on ne veut pas que les autres sachent. Des raisons qu'on veut oublier.

Le visage de Tatiana se détendit, perdit le sourire faux qu'elle affichait toujours, et elle haussa un sourcil.

– On peut oublier ?

– Peut-être. Je t'en parlerai plus tard. Est-ce qu'on peut garder ça secret pour l'instant ?

– Oui.

Plus tard, Jazz vit Drew crier sur Eric près de son casier, et le traiter de pervers. Tatiana regarda aussi, avant de s'approcher de Jazz.

– Elle a eu l'air de s'en souvenir, hein ?

Pendant les deux cours qui suivirent, Jazz sentait le regard de Eric brûler dans son dos.

Après les cours, elle s'assura d'arriver au bureau de Bentley avant lui, pour éviter de le croiser dans le couloir. Bentley lui dit de s'asseoir dans un coin du bureau. Une minute plus tard, Eric entra.

– Tu es en retard, aboya Bentley.

– J'ai eu un souci avec ma copine. Désolé.

Bentley montra une chaise du doigt. Eric s'assit.

Jazz ouvrit son ordinateur et commença une recherche sur la perte de mémoire. Elle vit qu'elle n'avait pas fermé l'histoire de Hunter sur Eric, qu'elle avait lue en cours de maths. Le document Word était ouvert sur la gauche de son écran, partiellement recouvert par la fenêtre du navigateur Safari.

Eric ouvrit violemment son ordinateur et passa son doigt sur le pad.

Une minute plus tard, Bentley se leva.

– Je reviens. Interdiction de parler le temps que je serai parti.

Il quitta son bureau.

Eric se mit à la fixer.

– Tu lui as dit quoi ? grogna-t-il.

Jazz leva les yeux et sourit. Elle mit un doigt sur ses lèvres.

– Chut.

– Elle allait bien jusqu'à ce que tu lui parles ! Connasse !

– Eric ! cria Patty depuis son bureau. Tais-toi. Je viens d'ajouter dix minutes à ta colle.

Eric serra les dents et tourna son bureau vers le mur.

Jazz cliqua sur l'histoire de Hunter par inadvertance, la plaçant au premier plan. Elle la regarda quelques secondes.

Bentley revint, s'assit à son bureau et ouvrit son ordinateur. Après quelques minutes, il regarda Jazz.

– Où est-ce que tu as eu ça, Jazz ?

L'estomac de Jazz se serra et la peur commença à lui brûler la poitrine.

– Ne me mens pas. Je vois tout sur mon écran.

Eric se tourna vers Jazz.

– Je l'ai eu par mail, dit Jazz.

– J'ai dit à Hunter de supprimer ce fichier, dit Bentley.

– Il l'a fait, mais il m'en avait déjà envoyé une copie. Je suis désolée. J'aurais dû le supprimer.

Bentley les regarda.

– Puisque vous êtes là tous les deux, je veux une explication sur cette histoire. Eric, qu'est-ce que tu as à dire ?

Eric secoua la tête :

— Je ne sais pas du tout de quoi vous parlez.

Bentley fit un signe de tête à Jazz.

— Envoie-le sur mon imprimante.

Jazz appuya sur les touches et rapidement l'imprimante derrière Bentley cracha le document. Il prit les feuilles, y jeta un œil et les donna à Eric.

— Voilà l'histoire que Mlle Tucker a lue sur l'ordinateur de Hunter ce matin.

Quand Eric lut la première page, son visage rougit. Il leva brièvement les yeux après avoir commencé la deuxième page, puis se cacha derrière les feuilles. Lentement, il posa les feuilles sur son bureau et regarda vers le plafond.

Jazz sentait son coeur marteler sa poitrine alors qu'elle jetait des coups d'œil rapides à Eric.

— Eric ? demanda Bentley. Où est-ce que Hunter a eu cette histoire ?

— De ma tête, monsieur. Je ne lui ai jamais parlé. Je ne sais pas comment il a pu savoir...

Bentley s'appuya sur son bureau.

— Que tu fantasmais sur Mlle Tucker ?

— Oui, monsieur. Mais je ne lui ai rien dit. Ni à personne.

Il jeta regard appuyé sur Jazz.

Bentley se tourna vers elle.

— Pourquoi est-ce qu'il t'a envoyé une copie ?

Jazz déglutit et essaya de parler calmement.

— Je pense qu'il avait peur parce que Mlle Tucker a commencé à la lire. On est amis.

— Qui d'autre connaît cette histoire ?

— Juste Hunter, moi, Mlle Tucker, et Eric, dit Jazz. Personne d'autre.

— Et ça restera comme ça, dit Bentley. Jazz, supprime ce fichier et le mail. Eric, rends-moi ça.

Pendant qu'Eric lui tendait les feuilles, il les regardait sévèrement.

— Aucun d'entre vous ne reparlera de ça. Jazz, tu diras la même chose à Hunter.

– Oui, monsieur, répondit Jazz.

– Jazz, c'est fini pour toi. Tu peux partir.

Jazz se leva et quitta le bureau. Pendant qu'elle marchait jusqu'à sa voiture, elle réalisa qu'elle avait fait trois grosses erreurs : Tatiana avait vu l'histoire à propos de Eric après le déjeuner, Drew l'avait lue, et Jazz avait été vue en train de lire celle à propos de Eric et Tucker. Pourquoi avait-elle fait ça ? Elle espérait qu'elle n'avait pas rendu la vie de Hunter plus difficile.

– Jazz !

Tatiana la salua à travers la vitre de sa voiture puis ouvrit la portière.

– T'as dit qu'on pourrait parler, alors je t'ai attendue.

– Salut, Tatiana.

– Je suis sûre que tu as vu ce qu'il s'est passé entre Drew et Eric, après que tu lui as donné cette histoire.

– Oui.

– Est-ce qu'elle se serait rappelé ce qu'il s'est passé après le déjeuner si elle ne l'avait pas lue ?

– Sûrement que non. On n'en est pas encore sûrs.

– On ? Genre, toi et Hunter ?

– Ouais. Écoute, Tatiana, c'est tout nouveau pour nous. On essaie encore de comprendre ce qu'il se passe. Peut-être que dans un ou deux jours on en saura plus. Tu peux venir manger chez moi demain midi ?

– Oui. Est-ce qu'avec Hunter vous avez fait en sorte que Drew oublie ce qu'il s'est passé ?

– Hunter l'a fait, mais il n'a pas fait exprès. Il a vu le souvenir de Drew dans sa tête.

Tatiana pinça les lèvres et plissa les yeux.

– Comment ça ?

– On sait pas, mais ça continue à lui arriver.

– Est-ce que Hunter peut me prendre un souvenir ?

Jazz la regarda se mordre la lèvre inférieure tandis qu'elle ne la lâchait pas des yeux. *Cette fille est désespérée.* Est-ce que Hunter voudrait que Jazz protège son secret, ou qu'elle lui donne une chance de l'aider ? Elle savait qu'elle connaissait la réponse.

– Je pense que oui. Il peut essayer.

Tatiana attrapa la main de Jazz.

– D'accord. Je serai là demain.

– On peut garder ça entre nous ?

– Ouais. Tu vas garder mon secret aussi, hein ?

Jazz hocha la tête.

– Merci.

Elle serra la main de Jazz et retourna à sa voiture.

Jazz lui fit un signe de main quand elle manœuvra pour partir. *Est-ce qu'elle va en parler à quelqu'un d'autre ?*

Chapitre 13

Le riff le plus connu du monde (comment savait-il ça ?) s'échappait des enceintes : d'abord Jimmy Page à la guitare, puis John Paul Jones à la basse, puis la voix de Robert Plant qui criait les mots. Il était surpris de connaître leurs noms. Le temps que John Bonham vienne s'écraser dans l'enregistrement avec sa batterie, les hanches de Hunter ondulaient en rythme sous ses mains qui s'élevaient vers le plafond, et il secouait la tête, ses lèvres articulant les paroles.

Il se retourna, toujours en train de danser, les yeux fermés, sentant la musique dans toutes les parties de son corps.

Il se sentait libre, agile, électrifié !

Il se tourna encore, ouvrit les yeux, et la vit danser dans le miroir – une superbe femme blonde, qui secouait ses cheveux longs d'une épaule à l'autre, et le transperçait de son regard bleu acier, tout en lui envoyant chaque mot de la chanson avec ses lèvres rouge sang, secouant ses hanches à chaque lever de son talon, le pointant d'un doigt orné de longs ongles rouges.

Ses seins lourds se balançaient sans attache sous son débardeur. Elle se tourna, mit ses mains sur ses hanches, et remua les fesses, à peine couverte par un short de yoga.

Hunter était hypnotisé, il la fixait, le souffle court. Elle sortit du miroir pendant l'instrumental comme un animal en chasse, souriant de malice et de séduction, ondulant si près de lui qu'il pouvait sentir sa chaleur, et respirer son odeur de patchouli et de pétales de roses. Elle se pencha vers lui, le forçant à reculer en posant ses mains sur sa poitrine. Il s'avança pendant qu'elle se penchait en arrière, en secouant les épaules et en bougeant sa poitrine sous son débardeur. Ils se tenaient les mains et tournaient lentement l'un autour de l'autre, secouant la tête, remuant le bassin, alors que les cris orgasmiques de Plant leur emplissaient les oreilles. Quand Bonham clôtura cette simulation sexuelle par un roulement de batterie, Hunter et la femme sautèrent côte à côte et se déhanchèrent l'un vers l'autre au rythme de chaque explosion de batterie et de guitare, jusqu'à ce que Page commence son solo. Ils sautaient dans toute la pièce et répétèrent le même mouvement de hanches – six fois – jusqu'à ce que la voix de Page s'élève au-dessus du vacarme.

Hunter et la femme tournoyaient l'un autour de l'autre, les yeux dans les yeux, en louvoyant. Les mains de la femme s'agitaient sauvagement, et elles frôlaient souvent ses fesses ou son entrejambe. Quand Plant rugit d'extase à la fin du morceau, la femme cria :

– Bouge pour moi !

La femme bougeait ses épaules et ses hanches. Hunter regardait sa poitrine, hypnotisé.

– Bouge, mon bébé ! lui cria-t-elle. Elle attrapa son bassin et le fit bouger d'avant en arrière, les mains baladeuses. Hunter hoqueta, s'écarta, mais elle le suivit, répétant les mêmes mouvements.

À la fin de la chanson, la femme lui sourit sournoisement, le regard braqué sur son érection. Elle retourna dans le miroir, se déhanchant ostensiblement, en riant. Hunter ne pouvait s'empêcher de regarder ses fesses, quand les notes douces de guitare de la chanson suivante retentirent.

Il allait lui crier quelque chose –

– Hunter ?

Il tourna la tête vivement et vit Jazz dans l'encadrement de la porte, un sourire aux lèvres, tandis que ses yeux se déplaçaient vers sa ceinture.

Maintenant, elle regardait vraiment.

– Tu faisais quoi ?

Hunter baissa les yeux et réalisa que son érection se voyait à travers son pantalon.

Il s'approcha du lecteur et arrêta la musique.

– Je suis désolé.

Il gardait son corps dans la direction de la commode, en essayant de ne pas penser à ce qu'il sentait appuyer contre la poignée d'un tiroir.

– Pourquoi ne m'as-tu jamais dit que tu dansais ? C'était génial.

– Depuis combien de temps tu es là ? dit-il en récupérant maladroitement le disque pour le ranger dans son étui. Il avait la tête qui tournait.

– Depuis le solo de guitare. Ma mère mettait tout le temps cet album.

– Oh, mon Dieu, dit-il en se tenant la tête. Je suis tellement désolé. J'aurais pas dû venir ici.

Elle s'appuya au cadre de la porte.

– C'est vrai, mais j'aurais fait pareil. Quand tu es parti, je me suis demandé ce que je ferais si tu m'envoyais toute seule chez toi. J'explorerais, parce que je tiens à toi et que je veux mieux te connaître.

Elle s'approcha de lui.

– Tu danses bien, Hunter. Tu as appris tout seul, ou quelqu'un...

La réalisation de qui était la femme le heurta de plein fouet. Il regarda le miroir et vit son expression horrifiée – les yeux écarquillés et la bouche ouverte comme pour crier. Son cœur battait la chamade et son estomac se serrait. Ses genoux se dérobèrent et il glissa sur le sol.

Lui et sa mère dansaient tout le temps sur cette chanson.

– Hunter ! cria Jazz en se précipitant vers lui. Tu te sens mal ?

– Ma mère, hoqueta Hunter. C'est elle qui m'a appris. On dansait ensemble sur cette chanson, presque tous les jours.

Il pouvait presque sentir l'onde de choc traverser le cerveau de Jazz.

– Tu dansais comme ça avec elle ? dit Jazz lentement, sa voix presque dénuée du dégoût que Hunter pensait lui inspirer.

– Je l'ai vue dans le miroir, et d'un coup elle dansait à côté de moi. Je me rappelais pas à quoi elle ressemblait avant ça.

Jazz tendit une main vers lui.

– Me touche pas ! cria-t-il en s'écartant. Je suis désolé. Je... je peux pas.

Il se passa la main dans les cheveux ; il tremblait.

– Je me sentais tellement bien en dansant. Elle me touchait comme si elle ne faisait pas exprès. Elle essayait de m'exciter, mais elle faisait comme si elle ne s'en rendait pas compte. Elle n'avait pas de soutien-gorge, et elle portait un short très court.

Son visage se tordit de douleur.

– Je voulais pas qu'elle parte, mais je me sentais tellement mal. Je me sentais sale, et ça la faisait rire. Bordel ! Elle voulait que son fils de treize ans bande en la regardant !

– Je suis désolée, Hunter.

– Tu crois que c'est vraiment ça que ma mère m'a fait ? Ou peut-être que c'est ce que je voulais qu'elle fasse, et je me sentais coupable de le vouloir ?

– Je sais pas, Hunter. Je pense que ça veut dire que tu savais qu'elle n'avait pas à faire ça. Tu essayais de la toucher ?

– Non. Mais j'en avais envie. J'arrêtais pas de regarder son corps.

– C'est peut-être à cause de la vodka.

Hunter écarquilla les yeux et se redressa précipitamment. Il vit le verre à shooter et l'attrapa rapidement.

– Je l'ai déjà vu, Hunter. Tu en as bu combien ?

– Pas beaucoup, dit-il en regardant le sol. Je pense que je buvais, avant. Je pense qu'elle buvait plus que moi. Je sais pas si elle m'en donnait, ou peut-être que j'en piquais. Comment est-ce que tu as commencé, toi ?

Jazz détourna le regard.

– Au début j'en piquais seulement parce que Maman et ses copains buvaient et faisaient tout le temps la fête. Et ensuite, c'est devenu un genre de soutien à cause des... trucs qui me sont arrivés.

– Tu en bois combien par jour ?

Jazz évitait son regard.

– Plus que ce que je devrais.

Il la voyait rougir.

– Je suis désolé, Jazz. Je te juge pas. Je suis seulement surpris.

– Ouais, lâcha-t-elle. Je suppose que je suis simplement comme ma mère.

Elle s'assit sur le lit.

– Je bois le soir pour réussir à m'endormir. C'est tout. Enfin, ce midi aussi j'ai bu, mais en général, c'est seulement le soir. J'arrive pas à calmer mon esprit quand je vais au lit. Des trucs du passé qui n'arrêtent pas de tournoyer dedans. Maintenant, quatre doses de vodka dans du Coca, ça m'assomme jusqu'au lendemain matin.

Il s'assit sur le lit avec elle.

— J'ai trouvé le whisky de mon père hier et j'en ai bu pour la même raison. Je me suis demandé pourquoi c'était facile pour moi de le boire. Alors j'ai essayé la vodka. Pareil. Facile.

— Ta mère buvait ?

— Ouais.

— Elle était peut-être soûle quand elle dansait avec toi.

— Ce serait mieux ?

— Non, mais ça pourrait vouloir dire qu'elle ne se rendait pas compte que ce qu'elle faisait n'était pas bien.

Elle lui prit la main.

— Chacun a sa propre douleur à gérer, Hunter. Mais on y répond tous de façon similaire. Soit on se fait du mal, ou bien on en fait aux autres, ou les deux. La seule chose sur laquelle on peut compter dans la vie, c'est ressentir de la douleur.

— Ou rien.

— Ou rien. Ce qui peut être pire.

Elle secoua la tête.

— J'ai lu un sondage d'adolescents récemment. Soixante-dix pour cent d'entre eux considèrent que l'anxiété et la dépression est un problème majeur de leurs camarades. Je me demande qui sont les trente pour cent qui ont des amis heureux.

Ils se regardaient l'un l'autre, à travers le miroir. Hunter se demanda ce qu'elle pensait vraiment de lui. Jazz se leva du lit.

— Mais ressentir la faim, c'est plus facile à gérer. T'as faim ?

Hunter se mit à rire.

— Même si c'était le cas, il n'y a pas une seule assiette propre dans toute la maison.

— Alors aide-moi à les laver. Je pensais que j'allais rentrer à la maison et trouver la cuisine propre. Tu peux imaginer ma déception.

Elle lui prit la main.

– On sort d'ici. Je supporte pas l'odeur de cigarette.

Elle le devança dans le couloir, passa devant sa chambre et s'arrêta, les sourcils levés, en le regardant en coin.

– Tu es entré dedans ?

– Non, mais j'ai regardé.

– Donc tu as vu Alessandro ? rit-elle en le pointant du doigt. Il... en a bien trop vu. Heureusement qu'il ne peut pas parler, dit-elle avec mélancolie. Même si parfois, j'aimerais qu'il le puisse.

– Tu voudrais qu'il dise quoi ?

Jazz soupira profondément, croisa les yeux de Hunter puis les baissa.

– Je voudrais... Je voudrais qu'il dise « malgré tout ça, je t'aime ».

Elle lui tint les mains et cligna des yeux pour chasser des larmes.

– Hunter, j'espère que quand tu verras mes souvenirs, tu ne partiras pas en courant.

– Tu ne t'es pas enfuie quand tu as vu les miens. Malgré tout ce qu'il s'est passé jusqu'ici, je suis toujours ton ami.

Il lui embrassa la main.

Elle sourit.

– Et je suis la tienne – jusqu'ici.

Elle lui embrassa la main aussi.

Chapitre 14

Pendant qu'ils dînaient de ragoût de bœuf en conserve et de pain, Jazz raconta à Hunter ce qui s'était passé entre Tatiana, Drew et Eric. Elle avait peur que Eric vienne s'expliquer avec Hunter le lendemain, et elle pensait que Bentley serait encore plus fouineur que d'habitude et surveillerait leurs ordinateurs. Que se passerait-il quand Hunter allait écrire une nouvelle histoire à l'école ?

Hunter lava leurs bols dans l'évier.

– J'irai pas demain. Patty croit que je suis malade, et Papa veut que je reste à la maison. Mais quand il comprendra que je vois des souvenirs des personnes qui sont près de moi, je ne pense pas qu'il voudra qu'on reste dans la même maison.

Il lui tendit un bol.

– Pourquoi ?

Elle essuyait le bol avec un torchon.

– Il ne veut pas que je sache ce qu'il s'est passé. Je vais le voir, de la même façon que je l'ai vu coucher avec Parker.

– D'accord. Vous serez tous les deux dans la même maison ce soir, et demain il part au travail. Tu fais quoi ensuite ?

– Je viendrai ici.

Il lui donna l'autre bol et quelques cuillères.

– Pourquoi ?

Il secoua ses mains pour chasser l'eau.

– Je suppose que je découvrirai ce que sait Alessandro.

Elle sécha le bol.

— Il est pas réel, andouille.

— Mais toi si. Tu peux rester là aussi.

Jazz mit un poing sur sa hanche et haussa les sourcils.

— C'est un rendez-vous ?

— Oui. On peut se poser au salon. Tu revivras tes horribles souvenirs, et j'essaierai de t'en débarrasser.

— Tu veux vraiment essayer ?

— Oui. Et je promets de ne pas m'enfuir.

— Cool. Je ferai le petit-déjeuner.

Elle accrocha le torchon, rangea les bols et ferma le placard.

— J'ai invité Tatiana à déjeuner. Elle veut que tu essaies de supprimer un souvenir. Je me demande ce qu'il raconte ?

— La même chose que tous les autres. Quelque chose de mal, qu'elle a fait ou que quelqu'un lui a fait.

Il se sécha les mains.

— Tu as une explication sur pourquoi c'est en train de m'arriver ?

— En fait, je crois que oui. J'ai revu certains articles que j'ai utilisés pour mon projet et j'en ai trouvé d'autres pendant le dernier cours de la journée. La plupart des scientifiques pensent que les souvenirs sont stockés dans le cerveau, que chaque expérience provoque la construction de réseaux neuronaux, mais personne n'a trouvé un endroit particulier du cerveau où des souvenirs particuliers seraient rangés. D'autres pensent que les souvenirs sont des hologrammes – comme la projection de Princesse Leia dans Star Wars – formés par tout le cerveau. Et comme les hologrammes, chaque partie du souvenir contient tout le souvenir, donc une lésion cérébrale ne cause pas forcément une perte de mémoire.

Hunter se gratta la tête.

— En quelle théorie tu crois ?

Elle sentit une vague d'adrénaline et s'approcha de lui.

— Ben, il y a une autre idée intéressante. Les souvenirs pourraient être stockés en dehors du cerveau, dans une autre dimension, comme un halo autour de nous, et ils sont liés à chaque autre souvenir, formant un

inconscient collectif, ou une source de rêves, où les souvenirs interagissent.
J'adore cette idée !

Ses cheveux se dressaient sur son crâne.

– En gros, le cerveau transmet et reçoit des souvenirs. Une fois que tu
crées un souvenir, il est attaché au cerveau qui l'a vécu. Ton souvenir ou ton
fantasme est emmêlé à ton cerveau à toi, donc quand tu t'en rappelles, le
souvenir se rejoue dans ta tête. C'est comme sauvegarder des vidéos sur un
cloud et les restaurer ensuite sur ton téléphone. Tu récupères *tes*souvenirs,
pas ceux de quelqu'un d'autre, parce que chaque séquence commence avec
ta propre combinaison de 1 et de 0. Tu comprends ce que je veux dire ?

– Ouais. C'est dingue.

Elle applaudit.

– Cool. Ton cerveau, on ne sait pas pourquoi, ne se rappelle pas ses propres
souvenirs. Les codes ne correspondent plus entre ta mémoire et ton cerveau.
Ou, plutôt, ton cerveau ne cherche plus un code spécifique. Maintenant, il
accepte presque chaque code. Mais, et c'est là que c'est vraiment intéressant,
les seuls souvenirs que tu reçois sont liés avec le contenu ou le thème des
souvenirs que tu as perdus.

Elle se sentit de plus en plus excitée ; elle venait d'avoir une idée.

– C'est pour ça qu'autant de tes histoires parlent de sexe, mais pas de
n'importe quelle relation sexuelle. Ta mère t'a peut-être agressé, ou pas,
mais quelque chose s'est passé qui n'est pas normal entre une mère et son
fils, donc les souvenirs que tu attrapes parlent de sexe entre une prof et
son élève, ou d'Eric le pervers qui s'excite sur des filles de douze ans. Il y a
une raison pour laquelle aucun de tes souvenirs, jusqu'ici, ne présentait un
rassemblement joyeux, ou une grosse victoire sportive. Cela ne correspond
pas à tes souvenirs perdus.

Elle le regarda, pensive.

– C'est comme si ton cerveau cherchait tes souvenirs mais ne pouvait
trouver que ceux qui ont un rapport avec.

– Alors, pourquoi j'ai vu ma mère danser avec moi ?

– Parce que cette chanson était un déclencheur. C'est tellement fort que
ça a recouvert ce que fait ton cerveau pour ignorer tes souvenirs.

Hunter leva les mains au ciel.

– C'est pour ça que Papa s'est débarrassé de toutes les photos, ou les a cachées. Et de mes vêtements. Et des CD. Il ne voulait pas que quelque chose déclenche mes souvenirs.

Elle hocha la tête.

– Toutes tes histoires venaient de quelqu'un dont tu étais proche, à un moment ou à un autre. Et ils étaient sûrement en train de penser à leur souvenir avant qu'il apparaisse dans ton esprit. Tu n'attrapes pas les souvenirs de quelqu'un qui vit en Californie, par exemple. Tu as vu le souvenir de Drew parce qu'on était à côté d'elle, et elle était forcément en train de penser à ce qu'il s'était passé.

– Alors pourquoi j'ai vu ton souvenir d'avoir tiré sur Leon ?

Elle inspira profondément et réfléchit avant de répondre.

– Il y a plusieurs hypothèses. Peut-être parce que je défendais ma mère. Parce qu'elle buvait. Parce que les relations sexuelles entre Leon et elle relevaient de l'agression, et que j'ai pu l'empêcher. Peut-être que tu as réussi à empêcher ta mère de profiter de...

– Ou peut-être que quelqu'un m'a empêché de coucher avec elle. Peut-être que Leon, c'est moi. Ce serait une putain d'ironie, non ?

Il secoua la tête.

– On ne le saura pas tant que tu n'auras pas retrouvé tes souvenirs, ou que je n'aurais pas lu toutes tes histoires et décrypté les liens.

– Quand je reçois le souvenir de quelqu'un, la personne l'oublie. Pourquoi ?

– Ce n'est qu'une idée, mais je pense qu'une fois que le souvenir se joue dans ta tête, il s'y emmêle, ce qui veut dire qu'il devient le tien. Il se lie et se ré-encode à ton cerveau. Quand tu as reçu le souvenir de Drew et le fantasme de Eric, ils ne s'en rappelaient plus. Comme s'ils avaient envoyé une vidéo sur ton téléphone et n'arrivaient plus à la retrouver.

– Mais les téléphones envoient des copies, pas l'original. Ils gardent les vidéos.

– Oui. Mais si le cerveau ne stocke pas les souvenirs, alors il n'a pas de copie. Donc ils perdent le souvenir jusqu'à lire ton histoire. Une fois que leur cerveau voit ce qu'il s'est passé, ça s'encode sur lui. Vous en avez chacun une copie dans vos esprits.

Il hocha la tête et sourit.

– T'es un génie. Mais si ça m'est arrivé, ça a dû arriver à d'autres avant. Comment je pourrais être le premier ?

– On n'est pas sûrs que tu le sois.

– D'accord, mais pourquoi moi ?

– Demande à ton père quel traitement tu as suivi. Tu as dit que tu ne te rappelais de rien avant il y a un an, alors pourquoi c'est arrivé ? Comment ? J'ai fait des recherches là-dessus, aussi. Il y a plusieurs méthodes utilisées pour traiter le syndrome de stress post-traumatique, mais la plus extrême est l'électroconvulsivothérapie, les électrochocs. Tu ne te rappelles pas avoir eu une opération, ou été à l'hôpital ?

– Non. Les électrochocs ? Dans quel état j'étais pour que Papa pense que j'avais besoin de ça ?

– Tu devrais lui demander.

– *On* devrait lui demander.

– Tu veux que je vienne avec toi ?

– Oui. Déjà, je ne devrais plus conduire seul, maintenant. Je pourrais avoir une hallucination ou décider de me jeter dans le décor. Ensuite, j'ai besoin que tu sois là. Je veux pas faire ça tout seul.

Jazz était heureuse qu'il veuille être avec elle. Elle n'avait pas envie d'être seule, elle non plus. Elle sourit et attrapa son sac, puis stoppa net.

– Qu'est-ce qu'on fera quand tu me ramèneras ici ? Faudra encore que tu conduises jusqu'à chez toi après m'avoir déposée.

– On verra. Viens juste avec moi. S'il te plaît.

– Est-ce que ton père sait qui je suis ?

Elle espérait que oui, que Hunter lui avait parlé d'elle.

– Je pense pas. On parle à peine.

– Il sera fâché que je sois au courant pour tes histoires ?

– Je me rappelle pas de la dernière fois que je l'ai vu heureux, donc plus de malheur, ça ne devrait pas le déranger. Attends.

Il retourna dans la chambre de sa mère et revint avec l'album *Mothership*.

– Je pense pas que tu devrais le mettre pendant que tu conduis.

– Je compte pas le faire. C'est pour lui montrer.

– Pourquoi ?

– Pour prouver que je sais quelque chose sur Maman. Peut-être qu'il m'en dira plus.

Ils montèrent dans le pick-up, et bientôt, Hunter quittait la ville. Jazz n'avait jamais été conduite par un garçon et n'avait jamais eu de rendez-vous, non plus. Évidemment, elle n'avait jamais eu un garçon chez elle non plus.

Le voir danser était fabuleux. La seule chose qui l'avait empêchée de le rejoindre, c'était la gêne. C'était une chose de danser seule avec Alessandro. C'en était une autre de faire bouger son corps devant un vrai garçon, surtout un qu'elle aimait bien. Elle cachait toujours ses formes derrière ses vêtements et forçait les gens à se concentrer sur sa personnalité affirmée, pleine d'esprit, de sarcasme et d'intelligence. Mais danser mettait son corps en avant. Elle s'était regardée bouger dans le miroir, mais avait vite ressenti le dégoût d'elle-même. Être imposante et pulpeuse, c'était une chose. Être couverte d'escarres et de cicatrices, c'en était une autre.

Comme ça devait être merveilleux de bouger son corps au rythme de la musique sans inhibition, sans avoir peur de la critique ! Ce sentiment ne devrait pas être réservé aux gens beaux et talentueux.

Son téléphone vibra. Elle le sortit de son sac et regarda l'écran. Elle avait reçu une alerte à propos d'une fusillade dans un lycée.

Jazz lut les gros titres.

– Il y a eu une fusillade au bal d'un lycée de Washington, près de Bremerton.

– J'habitais pas loin.

Il passa un dos d'âne.

– Le tireur était en première. Il a ramené un pistolet au bal dans le gymnase. Il a tiré sur des élèves et des adultes. Ça dit pas combien.

– Ils l'ont attrapé ?

– Il est mort. Mais ça dit pas s'il s'est tué ou si la police lui a tiré dessus.

– C'est complètement fou. Il avait des problèmes mentaux ?

Elle le regarda par-dessus le téléphone.

— On a tous des problèmes mentaux, Hunter.

— Oui, mais pas assez pour tirer sur des élèves pendant un bal.

— Espérons que c'est vrai.

Hunter grimaça.

— Tu penses que quelque chose comme ça pourrait arriver ici ?

— Facilement.

— Mais tu peux pas rentrer dans les bâtiments sans que Patty te vérifie sur l'écran de surveillance.

— En quoi ça empêche un étudiant d'apporter un flingue au lycée dans son sac ? Je l'ai fait plusieurs fois sans faire exprès.

Il donna un coup de volant en tournant la tête vers elle.

— Tu as amené un flingue au lycée ?

Les roues rebondirent sur les bandes rugueuses.

— Reste sur la route, Hunter.

Il se décala un peu sur la gauche.

— Je porte toujours mon arme.

Elle souleva son sac.

— Je le laisse dans ma voiture en général pendant les cours, mais parfois j'oublie.

— Ho. Tu es pleine de surprises, Jazz.

— Et pas toi ?

— Oui, mais je me promène pas avec une arme.

— Alors je te protégerai. Tu ne seras jamais sans défense si on t'attaque.

Plus jamais, pensa-t-elle.

Jazz vit Hunter qui la regardait dans un coin de son champ de vision. Elle posa un pied sur la boîte à gants, se mordit l'ongle du pouce, regarda à travers le pare-brise.

— Beaucoup de gens portent une arme en Alaska, Hunter. Au supermarché, à Subway, à la librairie, accrochée à leur jambe ou glissée dans leur ceinture.

— Où est-ce que tu as eu une arme ?

— Je l'ai prise à mes grands-parents quand j'avais douze ans.

— Tu l'as prise ?

– Ouais. J'en avais besoin.

Elle le regarda.

– C'est l'un des souvenirs que je veux oublier, dit-elle avant de détourner les yeux pour regarder la route. La montagne est de sortie.

Denali, le plus haut sommet d'Amérique du Nord, scintillait de rose dans le ciel, à soixante kilomètres de là. Couvert de neiges éternelles, il présentait un dénivelé de 5500 mètres de la base au sommet, une élévation plus abrupte que celle du Mont Everest. Un seul nuage sombre en cachait le sommet.

Hunter ralentit et s'arrêta au bord de la route.

– C'est joli. Je ne l'ai vu que quelques fois.

Jazz se redressa sur son siège.

– On ne sait jamais quand la montagne va se révéler. Elle peut rester cachée pendant des semaines, et boum, elle te saute au visage, remplit tout le ciel.

Elle se tourna vers lui.

– Un peu comme la vérité. Elle peut se cacher un petit moment, mais elle te saute dessus quand tu t'y attends le moins.

Hunter regardait à travers le pare-brise.

– Comme voir la façon dont ma mère et moi dansions ensemble.

– Tu n'es pas certain que ce soit toute la vérité. Je pense que c'est beaucoup plus compliqué que ce que tu crois.

– Quoi que ce soit, je veux savoir.

Il vérifia que personne n'arrivait et se réinséra sur la route principale. Jazz retira ses lunettes pour en essuyer les verres.

– Tu es déjà allé au parc national ?

– Non. Juste ma maison, le lycée, et Fairbanks.

– Maman m'a emmenée deux fois. On devrait aller au Wonder Lake ensemble en juin. On voit la montagne juste en face du camping, de l'autre côté du lac. À l'aube, c'est rose comme ça et ça a l'air bien plus grand.

Elle remit ses lunettes et le regarda.

– J'adorerais voir ça avec toi.

– Tu viens de m'inviter à un rendez-vous ?

– C'est la deuxième fois aujourd'hui.

Hunter fronça les sourcils.

Jazz sourit :

– Le déjeuner de demain ?

– Oh, oui. Et maintenant je t'emmène chez moi pour que tu rencontres mon père. On commence à être un véritable couple.

Ils se sourirent et Hunter quitta la route principale pour rouler vers sa maison. Quelques minutes plus tard, il s'engageait dans l'allée.

– Il n'est pas là.

Hunter se gara et sortit du véhicule.

Jazz ouvrit sa porte et vit une petite maison de plain-pied, d'un bleu passé, avec un vieux toit en ardoise composite qui tenait encore grâce à des plaques de mousse. De la neige s'était accumulée tout autour de la maison, ponctuée de bouleaux et d'épicéas.

– Entre, l'appela Hunter en lui tenant la porte ouverte.

À l'intérieur, elle vit des murs nus entre quelques fenêtres habillées par de petits volets et des rideaux courts et abîmés. Il y avait un faux plafond dont plusieurs panneaux étaient tachés de jaune et de brun, à cause de fuites dans le toit. La pièce avait l'air rangée parce qu'il n'y avait rien dedans, et non pas parce qu'elle était bien agencée.

– C'est clairement mieux rangé que ma maison, dit Jazz. Ça a dû te traumatiser de rentrer chez moi.

– J'aimais bien. Ta personnalité est partout.

Jazz s'avança en regardant autour d'elle.

– Vous vivez ici depuis longtemps ?

– À peu près neuf mois.

Jazz réalisait à quel point la vie de Hunter était une page blanche. Rien autour d'elle ne donnait d'indices sur les gens qui vivaient là.

– Montre-moi ta chambre.

Hunter ouvrit la porte de sa chambre et alluma la lumière. Son lit n'était pas fait, mais à part ça, sa chambre aurait pu être occupée par des centaines de personnes différentes. Rien ne faisait penser à Hunter, à part le vide dans la chambre.

– Où sont toutes tes affaires ? Vous avez des choses stockées ailleurs, ou tout est là ?

— Ce qu'on avait dans un box a brûlé avant qu'on ne vienne ici. Du moins, c'est ce que dit Papa.

Il s'assit sur son lit.

— Je ne le crois pas.

Puis, en montrant le mur du doigt :

— Il y avait des dizaines d'histoires punaisées à ce mur ce matin. Je me demande s'il les a toutes lues.

Jazz alla à la commode et ouvrit le tiroir du haut.

— Tu cherches quelque chose ?

Elle se tourna avec un sourire malicieux.

— Tes secrets.

Elle enleva une pile de boxers et en déplia quelques-uns. Il était en stretch, d'un gris et bleu acier.

— Hum.

Elle en mit un à hauteur de ses yeux.

— Taille M. Gris, gris, gris, bleu, gris, gris. Où est celui qui a des rayures rouges ? Ou le petit slip moulant ?

— Désolé.

— C'est vrai que ce n'est pas très excitant.

Elle ouvrit un autre tiroir.

— Oh, des tee-shirts. Et regardez ces couleurs ! Gris, gris, gris, brun, brun foncé, gris. La plupart avec des manches longues.

Hunter se tint brutalement la tête.

— Qu'est-ce qu'il se passe ?

Elle s'approcha de lui. Il la regarda avec des yeux emplis de douleur.

— Une autre histoire. Il faut que je m'assoie.

Il sortit son ordinateur et le posa sur son bureau. Jazz se tint près de lui, en lui massant légèrement les épaules. Elle essayait de voir ce qu'il écrivait, alors que des perles de sueur s'accumulaient sur son front. C'était forcément un de ses souvenirs. Mais lequel ?

Et qu'est-ce qu'il penserait d'elle après ?

Chapitre 15

Cette fois, Hunter n'avait pas seulement entendu un martèlement. Il avait entendu le riff d'intro de « Whole Lotta Love », accentué par le bruit d'une balle lancée contre un mur, plusieurs fois. Il s'était vu marcher le long du couloir et s'arrêter à la porte. De l'intérieur, il entendait sa propre voix hurler « Non ! ». Et des bruits de lutte. Et sa voix : « Bordel, Hunter ! ». Puis le silence. Hunter se détourna de la porte et se dirigea vers le bout du couloir, qui se changeait en un autre long couloir. Il vit une fille effrayée, debout à la porte d'une cuisine, en train d'écouter.

Elle portait un peignoir, qu'elle avait serré tout près contre son corps prépubère. Elle entendit le bruit d'une gifle, et sa mère crier de l'autre côté du mobile-home.
— Maman, dit-elle à travers ses dents serrées.
Sa mère hurla encore. La fille se mordit le poing.

Hunter s'arrêta. C'était Jazz, quand elle était bien plus jeune.
— Il faut que tu ailles t'asseoir sur le lit.
— Pourquoi ?
— S'il te plaît.
Jazz s'assit en le regardant. Hunter détourna l'écran d'ordinateur pour qu'elle ne puisse pas le voir.

Jazz entendit encore sa mère.
— Micah ! Je me sens pas bien. Attends que le bébé soit né. S'il te plaît.

– T'es dégueulasse de toute façon. Je vois pas pourquoi quelqu'un aurait envie de te baiser.

La fille entendit la porte claquer et la femme pleurer. Puis un bruit de pas qui la fit reculer dans le couloir.

Elle entendait le bruit que faisait Micah en trébuchant dans la cuisine. Il donna un coup de pied dans une chaise.

– Putain de merde ! hurla-t-il.

Elle entendit de la glace qui tombait dans un verre, peut-être deux. Puis une canette de soda qu'on décapsulait. Elle connaissait ces bruits. Il allait boire, puis venir dans sa chambre.

Son coeur battait furieusement alors qu'elle se rendait rapidement et en silence dans sa chambre au bout du long couloir, de l'autre côté du mobile-home. Après avoir fermé la porte derrière elle, elle mit la main sous son oreiller et sortit un pistolet. Tremblant violemment dans sa main, l'arme se pointa sur la porte. Elle serrait les dents.

– Jasmine, chantonnait Micah. Jasmine. Un si beau nom pour une si belle fille.

Jasmine n'arrêtait pas de trembler. Qu'est-ce qu'ils lui feraient si elle lui tirait dessus ? Peut-être qu'elle pourrait le convaincre de ne pas coucher avec elle. Elle l'avait déjà fait. Elle rangea le pistolet sous l'oreiller.

– Jas... mine.

Il frappa à la porte.

– Hé, tu es réveillée, ma puce ? Je t'ai apporté un verre. Je me suis dit qu'on pouvait boire un petit verre ensemble.

Sa voix se fêla :

– Je suis vraiment fatiguée, Micah. Je crois que j'ai de la fièvre.

– Alors on est deux, ma puce. Penser à ton superbe cul me donne la fièvre.

Il ouvrit la porte et entra en trébuchant.

– Je t'ai apporté quelque chose.

Il posa la bouteille de vodka et les deux verres de coca et de glace sur sa commode.

Jazz le trouvait dégoûtant, avec de longs cheveux gras, une barbe clairsemée autour de sa mâchoire et de sa bouche large, qu'il n'avait jamais l'air de réussir à fermer.

– *Maman va accoucher d'un jour à l'autre, Micah, gémit Jazz.*

– *Oui, mais elle a déjà dit ça il y a deux semaines.*

Il versa de la vodka dans les deux verres.

– *Le bébé est en retard. Le docteur a dit que si les contractions ne commençaient pas demain, il les provoquerait.*

– *C'est bon à savoir, grommela Micah, mais ça ne m'aide pas pour ce soir.*

Jasmine était tellement nerveuse qu'elle en tremblait. Une larme roula sur sa joue quand elle serra son peignoir plus près de son corps.

Il lui tendit un verre.

– *Allez. Prends-le.*

Il sourit.

– *Et pourquoi est-ce que tu prends cet air effrayé ? Tu fais comme si c'était la première fois, Jasmine.*

Elle cligna des yeux et les larmes se mirent à couler ; son cœur lui donnait l'impression qu'il allait lui sortir de la poitrine. Elle s'était dit qu'elle ne le laisserait plus jamais la baiser. Sa bouche était sèche. Elle prit le verre et but une gorgée.

– *Voilà, c'est bien. Bois tout ce que tu veux. Détends-toi, petite.*

Il but son verre cul sec et commença à déboutonner sa chemise.

Le verre cogna contre ses dents quand elle but une autre gorgée.

– *Tu m'as dit que tu ne le ferais plus. Tu as dit que tu laisserais Maman tranquille si je le faisais.*

– *Oui, je l'ai dit, mais c'était tellement bien avec toi.*

Il la regarda de la taille au visage, la tête dodelinant entre ses épaules.

– *Et tu as eu l'air d'aimer ça.*

Il peinait à ouvrir les boutons.

– *Je t'entends encore couiner.*

Il gloussa et arracha sa chemise, envoyant les boutons rebondit sur le sol. Elle s'écarta.

– *Ça m'a fait super mal, et je saigne encore !*

– *Ça fait toujours mal la première fois.*

Il enleva sa ceinture.

– *Ça faisait encore plus mal la deuxième fois !*

– Bois assez et tu ne sentiras rien.

Il baissa son pantalon.

– Tu avais promis ! cria-t-elle.

– Et elle avait promis qu'elle ne serait plus enceinte maintenant. Enlève ton peignoir. Tu sais que tu en as envie. Tu veux juste crier un peu pour pouvoir te dire que tu as essayé de m'en empêcher. Parce que tu ne veux pas admettre la vérité. Tu as aimé ça, Jasmine. Je l'ai vu.

Il gloussa en essayant de retirer son pantalon, trébuchant en enlevant un pied. Puis il sourit et s'approcha.

Elle but une longue gorgée et essaya de reprendre le contrôle de sa respiration. Elle voulait que sa main arrête de trembler.

– C'est bien. Allez, finis ton verre.

Elle but le reste et se sentit prête. Elle lui sourit.

– Tu avais raison, Micah. Je veux vraiment le faire. Plus que tout.

Son sourire s'étala sur son visage et sa langue pendait sur sa lèvre inférieure.

Elle ouvrit son peignoir, révélant ses sous-vêtements. Elle regarda ses yeux la mater. C'était tellement facile de distraire ce connard.

En se forçant à avoir l'air douce et séduisante, elle posa une main sur sa hanche.

– Il y a de la crème sur ma commode. Tu peux aller la chercher, Micah ? Ce serait plus facile pour nous deux.

– Bien sûr, ma puce.

Il se retourna et s'avança vers la commode. Jasmine mit la main sous son oreiller et en tira le pistolet.

– Elle est où, Jasmine ? Je ne vois...

Elle arma le chien et tint le pistolet à deux mains devant elle, concentrée, brûlant d'envie d'appuyer sur la détente.

Il se retourna violemment, vit l'arme et la pointa du doigt.

– C'est quoi cette merde ?

Elle renifla :

– C'est ce que tu mérites, Micah.

Elle lui tira en plein dans la poitrine. Le bruit était bien plus fort que ce à quoi elle s'attendait, mais elle ne lâcha pas son arme.

Il grogna et trébucha en arrière contre la commode. Ses yeux s'écarquillèrent en voyant Jasmine s'avancer de deux pas. Son sang traversait sa chemise et lui coulait entre les doigts.

– S'il te plaît... non...

Elle avait la gorge en feu, et ses yeux le transperçaient. Ses doigts se serrèrent sur la détente ; elle lui parla lentement, chaque mot gorgé de haine.

– Combien de fois est-ce que je t'ai dit « s'il te plaît, non » ?

Il leva une main comme pour arrêter la balle.

– Je suis désolé, Jazz. Je suis désolé !

– Tu l'es pas assez.

Elle tira encore, et il tomba au sol dans un grognement sanglant.

Jasmine tenait encore l'arme pointée vers lui. Sa jambe tressauta. Il gémit. Puis le silence.

Elle avait envie de crier, de se cacher sous les couvertures, mais il fallait qu'elle parte. Maintenant.

– Jazzy ! cria sa mère. C'était des coups de feu ?

Jazz regarda sa mère de l'autre côté du couloir, en chemise de nuit, qui bougeait difficilement.

– Je l'ai tué, Maman.

Les yeux de sa mère s'agrandirent.

– Pourquoi ? Qu'est-ce qu'il t'a fait ?

– Il m'a violée, deux fois, et je ne voulais pas me laisser faire une fois de plus. Son menton se mit à trembler.

– J'ai... j'ai essayé de le garder loin de toi, mais il... n'arrêtait pas de te frapper ou de me violer.

Elle prit une grande inspiration. Sa mère entra dans la chambre et vit Micah mort sur le sol. Elle serra Jazz contre elle.

– Je suis tellement désolée, Jazz.

Jazz pleura contre sa mère.

– Il faut qu'on parte maintenant, Jazz. Change-toi. Je vais chercher ma valise d'hôpital.

Elle tint le visage de Jazz à la hauteur du sien et la regarda dans les yeux.

– Tu es tellement courageuse, Jasmine. J'aurais dû le faire moi-même. Dépêche-toi.

– Je vais le brûler avec la caravane.

Elle ramassa la bouteille de vodka.

Sa mère se mit à se tenir la poitrine, les yeux exorbités.

– Oui. Il faut qu'on le fasse. Essuie tes empreintes de la bouteille, Jazz, et mets-la près de sa main. Mais change-toi d'abord.

Sa mère se hâta dans le couloir, se tenant aux murs.

Après s'être changée, Jazz essuya la bouteille de vodka avec son peignoir et renversa ce qu'il restait d'alcool sur les vêtements de Micah. Elle posa la bouteille sur le sol près de lui et prit sa main pour la placer sur la bouteille.

Elle gratta une allumette et la jeta dans sa chambre. Le « whoosh » du feu recouvrit immédiatement Micah. Jasmine courut dans le couloir, attrapa la valise de sa mère, lui donna les clés de la voiture, et la guida par la porte de devant.

– Allez, on y va.

Le temps que Jasmine jette la valise sur le siège arrière et monte avec sa mère, l'arrière du mobile-home était en feu.

Elles regardèrent toutes les deux le feu à travers le pare-brise. Sa mère démarra la voiture.

– Crève en enfer, Micah.

Elle recula, fit demi-tour et accéléra pour quitter l'allée.

Jasmine se retourna et regarda les flammes engloutir la caravane. Une fois qu'elles eurent quitté les collines, elle ne voyait plus qu'une lueur jaune, bientôt avalée par l'obscurité.

Hunter sentait l'artère de son cou qui pulsait. Il regarda Jazz et la vit comme la petite fille qu'elle était. Comment avait-elle pu traverser ça ? Son menton tremblait et il frissonna. Ses yeux s'emplirent de larmes.

– Tu vas l'imprimer ? demanda Jazz.

– Pas maintenant.

Il ferma l'écran de son ordinateur.

– Tu me voles une histoire, Hunter ?

– Pour l'instant.

– Elle était si terrible ?

– Elles le sont toutes.

Il repoussa sa chaise et se leva.

— Comment tu fais pour ne pas être tout le temps en train de pleurer ? demanda-t-il en essuyant une larme et en s'approchant d'elle. Comment tu fais pour ne pas mourir ?

Il lui tint les mains. Elle commençait à avoir les larmes aux yeux.

— Je pleure la nuit. Je bois. Parfois je fais d'autres choses. Mais je crois que j'en ai moins besoin quand tu es avec moi.

Il tint sa tête et posa son front contre le sien.

— Tu dois vraiment être forte, pour vivre avec tous ces souvenirs.

— Tu pourrais me les enlever.

— Tu veux que je le fasse ?

— Je ne sais pas. Peut-être que je dormirais mieux. Mais tu les aurais à ma place. Tu prends les pires moments de tout le monde, leurs cauchemars. Jusqu'où est-ce que tu pourras encaisser ?

— Je ne sais pas.

— Laisse-moi le lire, Hunter.

— Non. Pas maintenant. Peut-être jamais. Je ne veux pas qu'il retourne dans ta tête.

La lumière des phrases traversa la fenêtre. Ils entendirent les pneus sur le gravier.

— Il est rentré.

Hunter lui prit la main et l'emmena au salon, où ils attendirent l'arrivée de Joe.

Chapitre 16

Hunter se sentait bien plus à même de gérer son père en ayant Jazz à ses côtés. Jusqu'ici, son père ne l'aidait pas. Pourquoi voulait-il garder le secret sur le passé de Hunter ? Qu'est-ce qu'il cachait ? Il n'était pas un parent attentionné. Il était un ennemi.

Un grand sac à la main, Joe ouvrit la porte et fixa Jazz, les yeux écarquillés.

— C'est qui ?

Hunter sentit ses mains trembler quand les doigts de Jazz se glissèrent entre les siens. Il inspira un grand coup.

— Jasmine Williams. Tout le monde l'appelle Jazz. C'est ma meilleure amie. On est dans la même classe au lycée.

— Salut, Jazz. Je m'appelle Joe.

Il tendit sa main.

Jazz sourit et s'approcha. Ils se serrèrent la main.

— Ravie de vous rencontrer, Joe. Votre fils est quelqu'un de génial.

— Ah, vraiment ?

Il ferma la porte d'un coup de pied et posa ses affaires sur la table. La cuisine était silencieuse, si ce n'était le bruit du réfrigérateur qui recommençait un cycle. Joe haussa les sourcils à l'intention de Jazz :

— Et pour quelle raison ?

— L'une des nombreuses raisons, c'est qu'il m'a vue dans le pire état possible et qu'il veut toujours être mon ami.

Il eut l'air effrayé.

— C'est-à-dire ?

– Il a vu certains de mes mauvais souvenirs.

Joe plissa les yeux en regardant Hunter, secoua légèrement la tête, et se retourna vers Jazz.

– Tu es au courant pour les histoires ?

– Il en a écrit quatre aujourd'hui.

– Sans compter celle que tu as lue ce matin, lâcha Hunter en serrant les dents.

Il regardait son père et sentait sa poitrine se comprimer.

Joe lui jeta un regard paniqué avant de se tourner vers Jazz.

– Depuis quand es-tu au courant ?

– Depuis aujourd'hui.

Il regarda Hunter.

– Et en quoi c'était une bonne idée de le lui dire ?

– Parce que c'est mon amie, et elle tient à moi. En fait, on se parle l'un à l'autre.

Hunter n'avait pas résisté à lancer cette pique à son père. Ils se fixèrent.

Joe tourna son regard vers Jazz.

– Quelqu'un veut un café ? Moi, j'en ai besoin.

Il mit une nouvelle capsule dans la machine, posa une tasse, et appuya sur le bouton.

– Je prendrai un verre de Jameson avec de la glace, ironisa Hunter.

Joe toussa avant de se retourner.

– Quand est-ce que tu as commencé à boire ?

– Tu connais la réponse, dit Hunter. Il y a des années. Je ne sais juste pas si Maman m'en donnait ou si c'était moi qui le lui volais.

Joe essayait de s'éclaircir la gorge.

– Tu as fouillé mes affaires ?

– Pas aujourd'hui. Mais oui, je l'ai fait. Je cherchais des réponses, mais rien de ce que j'ai trouvé n'avait une signification particulière.

Hunter remarqua que son père se détendait légèrement et souriait, et il sut ce qu'il s'apprêtait à lui lancer.

– Pourquoi est-ce que tu as soudain eu besoin de réponses ?

– Parce que je voyais des événements, ou des morceaux d'événements de mon passé. Cette porte de chambre avec la poignée dont je te parlais ? J'ai entendu la voix de Maman derrière, aujourd'hui.

Il serra les lèvres.

– Comment tu reconnaîtrais sa voix ?

– Parce que je l'ai vue, aujourd'hui.

Il sortit le disque de *Mothership*de sa poche de veste et le posa sur la table. Hunter regarda les yeux de son père s'agrandir. La voix de Hunter était à peine un murmure, mais dans le silence ambiant, elle résonnait comme un cri.

– On dansait là-dessus, surtout sur la cinquième chanson.

Joe hoqueta en fixant le CD.

– Tu l'as trouvé ici ?

– Non. Tu as *brûlé*tout ce qui pouvait déclencher mes souvenirs. Je l'ai trouvé chez Jazz. Dans la chambre de sa mère.

La main de Joe tremblait quand il ajouta du sucre à son café.

– Hunter, je t'en prie, crois-moi quand je te dis que tu ne veux pas connaître les réponses à tes questions. C'est mieux que ces souvenirs aient disparu.

Il lâcha la cuillère sur le plan de travail avec trop d'élan, et elle tomba sur le sol. Il se massa la nuque.

– Est-ce que ma mère a profité de moi ? demanda Hunter en tapant du poing sur la table. Quand on dansait sur « Whole Lotta Love », elle essayait de me séduire. Elle essayait de m'exciter. Combien de temps tu as été au courant ?

Joe se frottait le visage avec force, comme s'il essayait d'en essuyer toute la douleur.

– Hunter, je t'en prie, fais-moi confiance. Tu ne veux pas savoir.

– Te faire confiance ?

Hunter sentait son cœur cogner dans sa poitrine.

– Je suis sûr que tu as menti pour l'incendie. Et pour ton téléphone.

Il poussa l'une des chaises devant lui.

– Pourquoi est-ce que je devrais te faire confiance ?

La main de Joe tremblait en tenant la tasse de café dans laquelle il essayait de boire. Il leva son autre main pour la maintenir, puis la posa sur le plan de travail.

– Il t'a montré ses cicatrices ? demanda Joe à Jazz.

Jazz croisa les bras.

– Non.

– Hunter, ordonna Joe, enlève ta chemise.

– Pourquoi ? cracha-t-il. Qu'est-ce que ma chemise a à voir avec ce que m'a fait ma mère ?

– Fais-le. Je veux que tu voies une raison pour laquelle il ne faut pas que tu aies les réponses à tes questions. Enlève ta chemise.

Hunter regarda Jazz, qui hocha la tête. Il déboutonna lentement sa chemise et la lâcha sur le sol.

Joe croisa les bras.

– Et le tee-shirt. S'il te plaît.

La poitrine de Hunter se souleva sous une grande inspiration et il enleva lentement son tee-shirt à manches longues. Jazz hoqueta et porta les mains à sa bouche.

Hunter tressaillit en l'entendant et regarda les cicatrices sur ses bras et sa poitrine, des rangées et des rangées de crevasses et de zébrures.

Il se tourna vers Jazz.

– Je suis tombé à vélo sur une route couverte de graviers. Je m'en rappelle pas.

– Non, Hunter, dit Jazz en s'approchant pour l'enlacer. Ce n'est pas ce qu'il s'est passé.

– Comment tu sais ?

– Parce que j'ai les mêmes cicatrices.

– Quoi ? hoqueta Hunter.

Elle posa ses doigts sur les cicatrices de sa poitrine.

– Je me scarifie, Hunter. Tu le faisais aussi.

– Quand ?

Hunter regarda son père qui frotta ses yeux et se détourna. Il répondit par-dessus son épaule.

– Un peu avant qu'elle ne meure, la plupart après. J'ai cru deux fois que tu mourrais des saignements.

Hunter leva ses mains tremblantes pour les poser sur les épaules de Jazz. Sa gorge se serrait.

– Tu as les mêmes cicatrices que moi ?

Elle rougit.

– Plus que toi. J'en ai sur les jambes, jusqu'aux chevilles.

Hunter secoua la tête lentement, la bouche ouverte, il essayait de parler, mais finit par tousser. Il avait les larmes aux yeux.

– Pourquoi est-ce que tu t'es mutilée ?

Son menton se mit à trembler :

– Pour arrêter la douleur.

Il essaya de déglutir.

– Comment ça peut arrêter la douleur ?

– Parce que je peux me concentrer sur les coupures et j'arrête de penser à ce qu'il y a dans ma tête.

Elle s'accrocha à lui, pleurant dans son cou.

– Je te prendrai tous les souvenirs de toutes ces coupures.

Il toucha doucement ses bras.

– Je verrai toutes les nuits et tous les jours où tu l'as fait, et tu ne t'en rappelleras plus.

Jazz sourit à travers ses larmes.

– Peut-être qu'un jour tu me diras que j'ai eu un accident il y a longtemps, comme t'a dit ton père. Il a pris tes souvenirs pour la même raison que tu ne veux pas me faire lire celui que tu viens de voir.

Joe se retourna.

– Comment est-ce qu'il t'a pris un souvenir ?

Jazz caressait l'arrière de la tête de Hunter.

– Quand il a écrit mon souvenir, je l'ai perdu. Je ne me rappelais plus l'événement. Quand j'ai lu l'histoire, le souvenir est revenu. C'est arrivé trois fois aujourd'hui.

Hunter se détacha de Jazz et regarda son père.

– Si tu n'avais pas lu cette histoire ce matin, tu aurais oublié Parker.

Le visage de Joe perdit toute couleur et il fixa son fils, puis jeta un œil à

Jazz, avant de les baisser sur le sol.

– Tu es tombé sur un garçon en sous-vêtements quand tu étais ado. J'imagine que tu en as honte et que tu ne voulais pas que je le sache, mais au moins, toi et ce garçon, vous étiez consentants pour coucher ensemble. Personne ne t'a violé ou agressé comme ce que j'ai vu dans tellement d'autres souvenirs, y compris les miens. Que tu me dises la vérité ou non, je finirai par voir tes souvenirs. Quand je les écrirai, tu les oublieras, et je saurai la vérité.

Hunter fixa Joe dans les yeux.

– D'une façon ou d'une autre, je découvrirai la vérité. Alors pourquoi tu ne me la dis pas ?

Joe montra les cicatrices de son fils.

– Parce que je ne veux pas être responsable de ça, ou pire.

Il se frotta le visage.

– Écoute, il y a un moyen d'arrêter tout ça. J'ai parlé à ton docteur aujourd'hui, et je lui ai décrit les histoires. Il m'a dit de réinitialiser ton implant.

– Il a un implant ? demanda Jazz.

– Oui. Ne me demande pas comment ça marche, mais c'est censé empêcher les souvenirs de revenir. Ru... Je veux dire, ton docteur, a dit que réinitialiser la puce supprimerait les histoires et tes souvenirs.

Joe s'essuya la bouche. Il n'avait pas du tout l'intention de dire ce nom.

– Ru ? demanda Jazz. C'est le nom du docteur ? Comment Ru a supprimé ses souvenirs ?

– Ça a pris trois ans de thérapie, et plusieurs docteurs différents.

– Quoi d'autre ? Des électrochocs ? demanda Jazz.

Il soupira et s'assit.

– Seulement parce que rien d'autre ne fonctionnait.

– Ça supprimera les souvenirs de quand ? demanda Hunter. Ceux d'avant il y a trois ans, ou tous ceux que j'ai avant que tu ne réinitialises ?

– Je ne sais pas, Hunter. Après la procédure, tu étais comme une page blanche. Alors peut-être que ça supprimerait tout ce qu'il y a avant la réinitialisation.

Il regarda Jazz et ajouta :

– Mais ce ne sera probablement que ce qui a été supprimé la dernière fois. Je crois que c'est ce qu'il a dit, dit-il en s'approchant de Hunter. Tu veux que les histoires continuent, ou pas ?

Hunter pensait que son père insistait trop en faveur de la réinitialisation. Pourquoi ? Lentement, il demanda à son père :

– Tu ne veux pas que je prenne tes souvenirs ? Ils t'ont fait tellement de mal.

Joe se frotta le visage.

– J'aimerais vraiment oublier. J'ai failli demander au docteur de me faire la même chose. Mais il fallait que l'un d'entre nous sache qui nous étions.

Hunter s'approcha de la table. C'était insensé. Pourquoi est-ce que son père voudrait oublier les mêmes souvenirs qui faisaient tant de mal à lui ? Ou alors, son père lui cachait quelque chose.

– D'accord, mais je finirais par voir tout ce dont tu te rappelles, et tu aurais l'esprit en paix.

Joe regarda son fils et prit dans sa main l'un des cahiers à reliure en spirale qu'il avait fait avec les histoires de Hunter.

– J'ai lu toutes ces histoires aujourd'hui. Et maintenant je sais que tous les mauvais souvenirs de ces gens ont disparu. Est-ce qu'ils se sentent mieux ? On ne sait pas, et comment on le saurait ? Mais imaginons que ne pas avoir à se souvenir et à revivre la nuit où on a été violé soit une bonne chose. Est-ce que c'est une bonne chose pour *toi* de connaître ces souvenirs ? Je ne pense pas que tu puisses assimiler toutes les erreurs, les échecs et les horreurs de tout le monde sans en souffrir. Je pense qu'il faut qu'on essaie la réinitialisation.

Hunter secoua la tête.

– Pas maintenant. Même si je ne peux rien faire d'autre, j'aiderai Jazz. Elle ne mérite pas ce qui lui est arrivé. C'est une victime, comme la plupart des personnes de ce livre.

Il regarda Jazz.

– Je peux dormir chez toi ?

Ses yeux s'agrandirent.

– Qu'est-ce que tu veux dire.

– Emménager chez toi. Juste pour quelque temps.

– Parce que... ?

– D'abord, parce que Papa n'a pas l'air de vouloir que je voie ses souvenirs. Et je veux t'aider, dit-il en lui prenant les mains. Et aussi, j'ai besoin que tu m'aides.

Elle serra ses doigts et hocha la tête.

– D'accord.

– Je prends des affaires ce soir et je reviens demain pour le reste. Papa, tu n'auras plus à t'inquiéter que je voie ce qu'il y a dans ta tête. C'est d'accord ?

Il les regarda tous les deux et soupira.

– Pour quelques jours, pourquoi pas.

Il ouvrit le sac :

– Il y a un nouvel ordinateur là-dedans. Tu ne peux pas écrire ces histoires sur celui du lycée. Tes histoires et une autre version reliée sont là aussi. À part Jazz, est-ce que quelqu'un d'autre est au courant ?

– Non, répondit-elle rapidement.

Hunter lui jeta un regard. Joe se leva :

– Bien. Il faut que vous fassiez très attention à ce que cela reste secret.

– Pourquoi ? demanda Hunter.

– Parce que les gens vont avoir peur de toi et te voudront mort, ou enfermé. Ils feront des expériences sur toi, ou ils feront la queue pour que tu leur enlèves leurs mauvais souvenirs. Il faut que tu fasses attention. J'appellerai Patty demain et je dirai que tu ne peux pas venir pendant quelques jours. Tiens, de l'argent.

Il sortit ton portefeuille et en tira quelques billets.

– La famille de Jazz ne compte pas payer pour nourrir une bouche supplémentaire, je présume.

Hunter secoua la tête.

– Jazz n'a pas...

Jazz l'interrompit.

– Merci, Joe. Ma mère appréciera le geste.

Jazz haussa les sourcils à l'intention de Hunter.

— Tu es sûre que ça la dérangera pas ? demanda Joe.

Jazz sourit.

— Elle aime bien Hunter. Elle sera ravie qu'il reste avec nous.

— D'accord.

Hunter lui attrapa la main.

— Viens, Jazz, aide-moi à faire mes affaires.

Il commença à l'emmener vers sa chambre.

— Hunter, dit Joe après avoir ramassé ses vêtements. Pourquoi tu ne te rhabilles pas ?

Il les lui lança.

— Pour toi ou pour Jazz ?

— Les deux.

Hunter emmena Jazz à sa chambre. Quand il ferma la porte, Jazz l'attrapa pour le serrer dans ses bras.

— J'y crois pas. Tu es génial.

— Au moment où j'ai écrit ma dernière histoire, j'ai su que voir tes souvenirs n'était pas une malédiction. Je peux t'aider, Jazz.

— Tu l'as déjà fait.

Elle toucha sa joue et ses cheveux.

— Je peux t'embrasser ?

Hunter plongea dans ses yeux verts et sourit.

— Oui.

À cet instant il réalisa qu'il n'avait jamais été embrassé sur la bouche, parce qu'il ne savait pas quoi faire.

Ils posèrent leurs lèvres les unes contre les autres pendant quelques secondes, et la chaleur enfla dans son corps, jusqu'à ce que Jazz bouge et pose sa joue contre la sienne.

Hunter se serra contre elle.

— Je suis désolé. Je sais pas trop quoi faire.

Elle le serra plus fort et soupira.

— C'était bien mieux que tous les baisers imaginaires d'Alessandro réunis.

Elle se dégagea de lui.

– Je pense que je vais le décrocher ce soir.

Elle regarda ses cicatrices et en toucha une sur sa poitrine.

– Tu ne savais pas ce que c'était ?

– Je savais ce qu'il m'avait dit. Il m'a dit que ça dégoûterait les autres jeunes et de ne jamais les montrer à personne. Comme tu l'as vu, je ne porte que des tee-shirts à manches longues.

Il se glissa dans ses vêtements.

– J'ai une valise.

Il ouvrit son placard et sortit un vieux sac de sport à roulettes. Il le posa sur le lit et l'ouvrit.

– Prends-moi des sous-vêtements et des tee-shirts. Et des chaussettes. Je m'occupe des pantalons et des chemises.

Après quelques minutes à remplir son sac, Hunter décrocha le tableau blanc et prit son dossier sur les Trémariens.

– Je ne voulais pas qu'il soit au courant pour ça. J'avais peur qu'il les brûle comme le reste.

Il monta sur le lit et récupéra le thermos d'alcool dans le plafond.

– Comme le reste ? demanda Jazz après les avoir rangés dans la valise.

– Ouais.

Il souleva son matelas et prit le fanon de baleine, la boîte d'allumettes et le couteau.

– C'est quoi, ça ?

– Ce que j'ai trouvé hier en fouillant ses affaires. Les seuls éléments de mon passé qui ont survécu à l'incendie. Et je ne me rappelle de rien les concernant.

Il les jeta dans le sac.

– Oh, j'oubliais. Mon imprimante et du papier. Je vais les emmener au pick-up. Tu peux prendre la valise ?

– Ouais.

Quand ils sortirent de la chambre de Hunter, Joe les regarda.

– Besoin d'un coup de main ?

– Je crois qu'on se débrouille, répondit Hunter.

Jazz posa la valise et tendit la main à Joe.

– J'ai été ravie de vous rencontrer, Joe. Merci de vous être occupé de Hunter.

Il se leva et lui serra la main.

– Merci de tenir à lui.

Hunter fit un signe de tête à son père.

– Je reviens tout de suite.

Ils sortirent de la maison et chargèrent tout dans l'habitacle. Jazz grimpa sur son siège, un sourire aux lèvres.

– Attends-moi une minute, dit Hunter.

Il rentra et trouva son père en train de rincer sa tasse.

– Vous avez tout pris ? dit Joe sans se retourner.

– Non, mais j'ai tout ce dont j'ai besoin pour l'instant.

Il fixait le dos de Joe.

– Tu me caches quelque chose, Papa. Tu ne t'es pas du tout interposé quand j'ai dit que j'irais chez Jazz. Ça n'a aucun sens que tu ne veuilles pas perdre ces souvenirs. Ou alors, ça veut dire que c'est quelque chose que tu ne veux vraiment pas que je sache.

Joe se retourna. Il avait le visage tiré, fatigué.

– Je ne veux pas que tu saches quoi que ce soit. C'est pour ça que je t'ai parlé de la réinitialisation.

– Et si j'étais d'accord, je ne saurais jamais ce que tu caches. Mais une fois que je le saurai, tu ne t'en rappelleras pas. Ça n'a aucun sens.

Joe évita le regard de Hunter.

– Ça... ça en aura quand tu sauras.

Il se retourna vers l'évier.

– Bon... je t'appellerai. Merci pour l'ordinateur.

Il commença à partir.

– Hunter, dit Joe en se retournant. Je sais qu'on n'est pas très proches, et que tu as besoin de... plus que ce que je t'ai donné. Jazz a l'air d'être une bonne fille. Et elle tient à toi. Prends soin d'elle.

– Je vais la sauver.

– Et qui est-ce qui te sauvera toi ?

– Elle, peut-être.

Il quitta la maison.

Chapitre 17

Jazz se rongeait l'ongle du pouce en regardant le coucher de soleil ensanglanter le ciel. Hunter dormait chez elle ce soir. Où est-ce qu'il allait dormir ? Est-ce qu'il partageait la même excitation, les mêmes vagues de nervosité qu'elle ? Il n'y avait pas d'autre garçon dans sa vie qu'elle inviterait à dormir chez elle. Seul avec elle. Mais cette situation ne s'était jamais présentée, non plus. Elle avait toujours été inquiète qu'aucun garçon ne veuille d'elle, même si tous ses secrets restaient cachés. Même si elle trouvait un garçon qui acceptait son apparence, comment ne serait-il pas consterné et dégoûté par ses cicatrices ? Même elle avait du mal à les regarder.

Mais Hunter en avait aussi.

Il avait pleuré pour elle, il ne l'avait pas fuie. Ils partageaient déjà tant de sombres secrets, et pourtant il voulait venir chez elle.

Incroyable.

Hunter sortit de sa maison et sourit en marchant vers elle.

— Comment ça s'est passé ? demanda Jazz pendant que Hunter démarrait le pick-up.

Elle tenait le carnet de ses histoires reliées sur ses genoux.

— C'était un peu bizarre. Il pense que t'es une bonne fille et m'a demandé de bien m'occuper de toi.

Elle se mit à rire.

— Tu le feras ?

Il sourit.

– Je lui ai dit que je te sauverais.

Il roula le long de l'allée.

– En remplissant un autre de ces cahiers de tous mes mauvais souvenirs ?

– Si c'est ce qu'il faut. Pourquoi est-ce qu'ils devraient te hanter plus longtemps ?

Elle essaya d'imaginer ce que ça ferait de se réveiller demain en ne se souvenant pas des cauchemars du passé. Elle avait essayé de faire semblant, de se cacher derrière un masque de confiance et de répartie, d'essayer de ne penser qu'à la science et à son projet. Mais les moindres petites choses lui faisaient penser à ce qu'il s'était passé. Et même si ça ne le faisait pas, elle rentrait à la maison et il n'y avait rien, juste Alessandro – un faux amour, du faux sexe, une fausse paix – jusqu'à ce que la seule chose qu'il reste dans sa vie soit une lame devant une traînée de sang.

Et si tous les mauvais souvenirs disparaissaient ? Est-ce que Hunter pouvait faire ça pour elle ? Peut-être, mais comment pourrait-il supporter le poids de leurs souvenirs à tous les deux ? Est-ce qu'elle voudrait qu'un ami puisse lui prendre sa fièvre ou son mal de ventre si ça signifiait qu'il allait mourir de sa maladie ?

Mais il voulait le faire pour elle. Il voulait l'empêcher de souffrir.

Elle regarda son beau profil.

– Et toi ? Comment je peux te sauver ?

Il arrêta la voiture avant de s'insérer sur la route.

– En étant là quand je me rappellerai mon passé.

– Je serai là.

– Et en tenant toujours à moi quand tu seras au courant du pire.

– Je pense que plus on partage de choses, et plus on sera proches l'un de l'autre.

Hunter la regarda au fond des yeux.

– Envers et contre tout ?

Jazz sentait la chaleur dans tout son corps.

– Envers et contre tout.

Pendant qu'ils roulaient sur la route principale, Jazz ouvrit le cahier rempli des histoires de Hunter et commença à les lire. La première histoire parlait de

Stewart qui faisait un appel vidéo Face-Time avec Molly, tard le soir, tandis qu'ils se masturbaient ensemble. Sa mère était entrée dans la chambre au pire moment possible. Gêne, culpabilité, déception, choc et cris avaient suivi. Jazz se demanda si Steward était plus mal à l'aise avec sa mère sans ce souvenir, en ne sachant pas pourquoi elle le regardait différemment. Son souvenir de l'événement était parti, mais la réaction de sa mère était certainement toujours là.

C'était l'histoire qui avait tout démarré, la première à se frayer un chemin dans son cerveau et à l'empêcher d'écrire sur les Trémariens. Toutes ces histoires étaient liées aux souvenirs perdus de Hunter, d'une façon ou d'une autre.

Est-ce que la fille était un genre de substitut de sa mère ? Était-ce un fantasme que Hunter aurait voulu vivre ? Est-ce que sa mère l'avait surpris en train de se masturber en pensant à elle et l'avait humilié ? Ou est-ce que la réaction de la mère dans cette histoire représentait la culpabilité de Hunter envers ce que lui et sa mère faisaient ?

Elle se rappela que Hunter avait dit avoir été scolarisé à la maison. Ce qui signifiait qu'il était à la maison avec sa mère et son frère toute la journée, pendant que son père travaillait. Quelque chose était arrivé pendant que Joe était parti de la maison. Quelque chose qui était certainement venu nourrir la culpabilité de Hunter.

Et comment sa mère et son frère étaient-ils morts ? Pourquoi Hunter n'était-il pas dans la voiture avec eux ? Jazz soupçonnait que leur mort ne soit pas un simple accident de la route.

L'histoire suivante parlait d'une fille que son père surprenait à une foire en train de porter une tenue très courte. Elle ne s'attendait pas à ce qu'il soit là. Il l'avait vue flirter avec des hommes plus vieux, et elle montrait presque tout. Ce qui était intéressant, c'est qu'elle était en colère contre lui, pas honteuse. Elle l'avait accusé d'avoir tout gâché, comme toujours, de l'empêcher de s'amuser, et de l'épier, comme si ça avait été lui le pervers parce qu'il l'avait surveillée.

Peut-être que le père de l'histoire ressemblait à Joe, ayant surpris sa femme et Hunter en train de... quoi ? Ce qui était intéressant, c'était que la fille de l'histoire ne niait pas son comportement. Elle n'avait pas agi de façon inappropriée. *Lui* l'avait fait, parce qu'il l'avait surveillée. Quel genre de dispute avait éclaté entre les parents de Hunter ?

— Il y a quelqu'un chez toi, dit Hunter en se garant dans l'allée de Jazz. Tu attendais de la visite ?

— Tu plaisantes ?

Jazz se redressa et regarda à travers le pare-brise.

— C'est le pick-up de Eric. Qu'est-ce qu'*il* veut ?

— Sûrement rien de bon.

Hunter se gara, et aussitôt Eric émergea de son véhicule et marcha vers lui d'un pas déterminé.

Jazz sauta de sa portière.

— Tu veux quoi, Eric ?

— Je veux parler à Hunter, pas à toi, grogna-t-il.

Hunter ouvrit sa porte et le fixa.

— Quoi que t'aies à me dire, tu peux le dire devant nous deux.

Jazz fixa Eric des yeux pendant qu'il la dépassait pour s'approcher de Hunter.

— Vous vivez ensemble, maintenant ? ironisa Eric.

— Je ne fais que lui rendre visite, dit Hunter.

— Je savais pas où tu habitais, Hunter, alors j'ai demandé aux autres où vivait Jazz. Je me suis dit qu'elle saurait peut-être où est ta maison.

— Quel esprit d'analyse, Eric, lança Jazz. Tu as un bel avenir de stalker devant toi.

— Et j'ai compris autre chose, Hunter. Tu as écrit une histoire pendant le premier cours de la journée et ensuite, Tucker m'a allumé après le cours. J'avais aucune idée de quoi elle parlait. Ensuite, je t'ai vu taper à l'ordinateur comme un fou pendant le sport. Je m'attends à ce que Drew soit en colère contre moi, mais quand elle sort du vestiaire, elle fait comme si tout était normal. Comme si rien ne s'était passé pendant le déjeuner. Mais ensuite, Jazz lui dit quelque chose, et elle se remet en colère. Et aussi, dit-il en sortant des feuilles de sa poche, j'ai trouvé ça dans le casier de Drew après avoir quitté le bureau de Bentley. Je suppose que tu as écrit ça aussi. Quand Bentley m'a montré les feuilles imprimées par Jazz pendant l'heure de colle, je me suis rappelé mon fantasme sur Tucker. Donc quand Jazz a montré ces feuilles à Drew, elle s'est rappelé. Ce qui veut dire, dit-il en enfonçant son doigt dans la poitrine de Hunter, que tu peux entrer dans la tête des gens et leur voler des souvenirs.

Hunter sourit.

– Et comment je ferais ça, Eric ?

– Je sais pas, mais j'ai besoin que tu le refasses.

Ils se regardèrent dans les yeux plusieurs secondes. Jazz vit Eric passer de la colère à la supplication. Hunter se balança d'un pied sur l'autre avant de baisser les yeux.

– Je ne contrôle pas ce que je vois. Les histoires surgissent juste dans ma tête.

– Drew t'a foncé dedans, et deux minutes plus tard tu écrivais ça, dit-il en secouant les feuilles. Tu peux faire pareil pour moi !

Eric avait l'air prêt à se battre, mais il laissa retomber ses épaules.

– S'il te plaît. Il faut que tu m'aides.

– Il y a un souvenir dont tu veux te débarrasser, Eric ? demanda Jazz doucement.

– C'est entre Hunter et moi, Jazz. Toi, tu te casses !

Hunter passa un bras autour de Jazz pour la rapprocher de lui.

– La fais pas chier. On est ensemble là-dedans. Écoute, j'ai jamais essayé de voler un souvenir. Ça se passe, c'est tout. Je sais pas si je...

– Tu peux essayer ! Sinon, j'amène ça à Bentley demain, et je dis à tout le monde ce que tu fais.

– Tu veux que Bentley lise ça ? demanda Jazz. Je crois pas, non.

Eric serra les dents et donna un coup de pied dans une pierre, l'envoyant entre les arbres.

– Écoute, j'ai besoin d'aide. Il faut que tu essaies. Je t'en prie.

– On sait pas trop comment ça marche, dit Jazz. Tu t'imaginais en train de coucher avec Tucker pendant le début du cours de ce matin ?

– Qui ne le fait pas ? railla Eric.

– Pourquoi vous allez pas tous les deux vous asseoir dans le salon, dit Jazz, pour voir ce qu'il se passe ?

Jazz ouvrit la porte arrière du pick-up et en sortit l'imprimante. Hunter la prit et se dirigea vers la maison. Jazz se pencha pour attraper le sac de sport.

– Je vais le prendre, dit Eric.

– T'es pas obligé.

– J'ai dit que j'allais le faire.

Il se pencha à côté d'elle et attrapa le sac.

– Pourquoi t'as donné cette histoire à Drew ?

– Parce qu'il fallait qu'elle sache ce qu'il s'était passé. Et sa sœur t'a vu en train de la mater. T'as un gros problème, Eric.

Ses yeux s'agitèrent puis il les braqua au sol.

– Je sais. J'essaie de l'arranger.

– Je ne dirai rien à personne, et Hunter non plus. On a déjà nos propres problèmes à gérer.

Eric hocha la tête et alla à la porte d'entrée. Jazz prit son sac à dos et ferma les portières. Une fois à l'intérieur, Eric demanda :

– Où est-ce que je mets ça ?

Jazz et Hunter se regardèrent.

– Où est-ce que tu veux qu'on le mette, Hunter ? demanda Jazz, les sourcils levés et la tête légèrement penchée.

– Ici, c'est bien, dit Hunter. Je le déplacerai plus tard. On va s'asseoir.

Eric lâcha le sac et suivit Hunter dans la pièce suivante.

– Je fais du café, dit Jazz. Une fois que les garçons furent sortis de la cuisine, elle ramassa le sac et avança dans le couloir. Elle s'arrêta dans sa chambre. Est-ce qu'elle le rangeait là ? Qu'en penserait-il ? Où est-ce voulait-elle qu'il dorme ?

Son cœur palpita quand elle se posa cette question. À côté d'elle. Qu'il la prenne dans ses bras. Peut-être qu'il l'aime.

Elle décida de poser le sac dans sa chambre et de dire ensuite qu'elle l'avait mis là parce qu'elle pensait qu'il voudrait dormir sur le canapé. Elle ne pouvait juste pas le poser dessus tout de suite. Il pourrait décider plus tard.

Elle espérait que le souvenir d'Eric – si Hunter pouvait le voir – le montrerait en tant que victime, et pas lui en train de faire du mal à une petite fille. Elle ne pensait pas pouvoir supporter de savoir ça sur lui.

Chapitre 18

Hunter s'assit sur une chaise, son ordinateur sur les genoux. Eric s'installa sur le canapé, les yeux au plafond.

— Je fais quoi, maintenant ?

— Je sais pas trop. C'est la première fois que j'essaie de voir le souvenir de quelqu'un. Drew pensait encore à ce qu'il s'est passé quand elle nous a dépassés à midi, donc essaie peut-être de penser à un souvenir. Je sais que c'est difficile, mais je ne sais pas quoi te dire d'autre.

Eric se pencha en avant et prit sa tête dans ses mains.

Le roulement de batterie endiablé inonda immédiatement le cerveau de Hunter, le riff de Bonham avant le solo de Page. Il entendit le ballon cogner contre le mur, puis le cerceau d'un panier de basket. Il se vit devant son ancienne maison, lancer le ballon contre le panier. Il entendit sa mère l'appeler. Il entra dans la maison et longea le couloir vers la porte, légèrement entrebâillée. Il l'ouvrit.

— Maman ? appela-t-il.

La pièce était vide. Il entendit le bruit d'une douche et vit la porte de la salle de bains ouverte. Il y vit sa mère, debout devant le miroir, en culotte et débardeur. Elle commença à l'enlever. Il se retourna et frappa à la porte.

— Maman ? Je suis là. Tu m'as appelé ?

— Je voulais juste savoir où tu étais, mon bébé. J'ai quelque chose à te montrer. Tourne-toi.

Hunter quitta précipitamment la pièce et claqua la porte. Il l'entendit rire.

– Tu sais que t'en as envie, mon bébé !

Il courut jusqu'au mur, qui s'ouvrit sur une chambre.

À côté de lui, il y avait un lit une place, occupé par un Eric plus jeune, certainement âgé de onze ou douze ans. Il était appuyé sur un oreiller contre le mur, et lisait un livre.

De l'autre côté de la chambre, un adolescent plus vieux et plus grand, était allongé sur le dos, un ordinateur posé sur son torse. Il regardait l'écran, la bouche ouverte. Sa main droite faisait des soubresauts sous les draps et il gémissait :

– Oh putain.

Eric l'entendit et tourna la tête. Il regarda, fasciné. Il avait vu Buddy faire ça plusieurs soirs, mais il n'avait jamais eu le courage de lui en parler.

– Hé, Buddy. Tu fais quoi ?

Buddy tourna violemment la tête vers Eric.

– Pourquoi t'es encore réveillé, petit con ? Tourne-toi vers le mur et dors !

– J'arrive pas à dormir, surtout avec le bruit que tu fais.

Eric se redressa sur son lit.

– Tu regardes quoi ?

Il se doutait que c'était une sorte de pornographie. Il n'en avait jamais vu et se demandait ce qui pouvait faire gémir son frère comme ça.

Buddy se remit à regarder l'écran. Il bougea sa main plus vite sous les couvertures.

– Je te montre, mais avant, tu vas me chercher la crème sur la commode.

Excité, Eric repoussa ses draps et alla chercher la bouteille. Il était en slip, sans tee-shirt. Il s'approcha du lit et tendit le flacon.

– Avant tout, tu me promets que tu ne parles de ça à personne, sinon, je ne te montre rien.

– D'accord. C'est promis.

– Et je te casse la gueule si tu en parles.

– Je dirai rien !

Buddy se décala sur sa droite et fit de la place à Eric.

– Viens sous les draps avec moi.

Eric monta dans le lit. Buddy sortit sa main de sous les draps et la tendit à Eric.

– *Mets-m'en un peu.*

Eric appuya sur le flacon et remplit la main de Buddy de crème, avant qu'elle ne disparaisse sous les draps. Buddy se mit à grogner.

– *Montre-moi, supplia Eric.*

Buddy tourna l'écran vers Eric qui écarquilla les yeux, bouche ouverte. Eric vit deux jeunes filles nues sauter sur un trampoline. Elles étaient jumelles, elles avaient dix ou onze ans. Elles riaient en sautant l'une autour de l'autre.

Ce n'était pas ce à quoi il s'attendait.

– *Buddy, où est-ce que tu as eu ça ?*

– *Tu aimes ?*

Pas vraiment, pensa-t-il.

– *Ouais. Bien sûr. Mais les filles sont hyper jeunes.*

– *C'est le but, petit frère. C'est tout l'intérêt. Regarde.*

Les filles s'allongèrent sur le dos.

– *Eric, mets de la crème sur tes mains.*

– *Quoi ?*

– *Tu fais ce que je te dis, ou tu retournes te coucher.*

Eric se mit de la crème sur les mains.

– *Maintenant tu les mets sous la couette et tu me touches.*

– *Quoi ?*

– *Fais-le !*

Jazz revint dans la pièce avec des tasses de café et s'arrêta net quand elle vit l'expression de Hunter. Il secouait la tête. Ils regardèrent tous les deux Eric qui se cachait le visage derrière les mains, la respiration lourde, chargée de sanglots. Hunter était horrifié pour Eric, mais les filles ? Qui les filmait ? Est-ce qu'elles savaient ce qu'elles étaient en train de faire ?

Hunter se remit à regarder son ordinateur et continua à écrire.

* * *

Jazz savait que Hunter voyait le souvenir, un qu'il n'avait pas envie de regarder. Son visage avait l'air si désolé, si peiné. Elle recula avec les tasses, en regardant les larmes couler sur le visage de Hunter. Elle se détourna et repartit à la cuisine.

Est-ce qu'elle voulait connaître le souvenir de Eric ? Non. Pourquoi est-ce qu'elle aurait besoin de plus de cauchemars ? Est-ce qu'elle avait envie que Eric voie l'un de ses souvenirs ? Non.

Elle s'assit à la table de la cuisine et sirota son café. Son téléphone vibra dans sa poche. Elle le sortit et vit un message de Mamita.

Comment ça va ? Comment va ta mère ?

Jazz répondit. *Toujours en désintox. Je vais peut-être aller la voir ce week-end.*

Puis une photo de sa petite sœur apparut à l'écran. La petite Rosie, cinq ans maintenant.

Jazz se rappela une nuit de hurlements entre sa mère et ses grands-parents. Mamita disait que Jazz et Maman devaient partir. Elles ne pouvaient plus rester avec eux. Papita tenait le bébé. Maman criait qu'elle ne laisserait pas Rosie.

– Tu n'emmèneras pas ce bébé, dit Mamita. Tu ne peux pas t'en occuper pour le moment. Laisse-la-nous , et vois comment les choses évoluent.

– Je veux pas partir ! cria Jazz.

Mamita la prit dans ses bras.

– Tu ne peux pas rester ici, Jazzy. Laisse faire le temps. Peut-être que dans un an ou deux, tu pourras revenir, mais pour l'instant, tu dois partir.

Jazz ne se rappelait pas pourquoi Mamita l'avait fait partir, mais elle avait le sentiment de comprendre.

Peut-être que Mamita savait que Maman ne pourrait pas s'en sortir seule.

Jazz agrandit la photo de Rosie. Elle était tellement mignonne ! Jazz avait demandé à Mamita si elles pouvaient s'appeler via Face-Time, mais elle avait refusé. Jazz savait qu'ils n'avaient pas parlé de sa mère à Rosie, pas même de Jazz.

Et pourquoi le feraient-ils ? Les cinq dernières années avaient été un cauchemar. Les dernières semaines étaient la période la plus longue passée sans qu'un connard ne vive ici.

Jazz écrivit le message. *Maman a dit que quand elle sera sortie, on pourrait peut-être venir vous voir.*

Jazz fixa l'écran, dans l'espoir de recevoir une réponse positive, mais rien n'arrivait. Elle soupira et sentit sa gorge se serrer comme d'habitude. Elle essayait de déglutir. Encore une fois, elle avait l'impression d'être une petite fille qui espérait de l'attention et de l'affection. Encore une fois, il fallait qu'elle réprime sa douleur et son deuil, et se concentre sur quelque chose qui avait du sens : la science.

Elle ouvrit son ordinateur et alla sur Quora.com, pour poser la question « Est-ce que les souvenirs sont stockés en dehors du cerveau ? ». Elle lut les réponses en diagonale, suivit les liens vers des articles de revues scientifiques, des étapes qu'elle avait déjà suivies des centaines de fois. Rien dans la littérature n'expliquait ce qui était en train d'arriver à Hunter, et pourtant ses visions étaient réelles. Il supprimait les souvenirs. Elle en avait eu la preuve.

Comment pourrait-elle savoir qu'il avait supprimé un de ses souvenirs si elle ne l'avait plus ?

Parce que le souvenir était revenu quand elle avait lu son histoire. L'impact de la balle dans le mur était réel. Elle ne se rappelait plus l'avoir fait quand il lui avait demandé, mais elle s'était rappelée quand elle avait lu son histoire. Pourtant, elle n'avait aucune idée de quel souvenir il avait pu supprimer quand ils étaient chez son père. Est-ce qu'elle se sentait différente ? Oui, mais cette différence était difficile à expliquer. Comme si un poids lointain, une pression à laquelle elle s'était habituée, avait disparu. Comment elle le savait ? Elle ne se rappelait pas le sentiment précis qui accompagnait ce poids, mais elle se sentait différente, moins accablée, comme si elle respirait mieux.

Elle trouva la question que posait un scientifique, sceptique à l'idée que les souvenirs puissent exister en dehors du cerveau : « Est-ce que quelqu'un dans le monde s'est déjà promené et est tombé sur le souvenir de quelqu'un d'autre ? » Oui. Hunter l'avait fait. Plusieurs fois. Semblait-il plus facile d'imaginer qu'il plongeait dans le cerveau de quelqu'un par télépathie que de dire qu'il piratait les souvenirs pendant que quelqu'un s'en rappelait hors de son cerveau ?

Si les souvenirs existaient dans une autre dimension, ils pouvaient interagir. Les rêves étaient peut-être un voyage inconscient dans les rêves des autres. Une inspiration soudaine pouvait être le résultat de plusieurs souvenirs réagissant les uns avec les autres. Et l'idée d'un inconscient collectif était plus facile à expliquer.

Son cerveau faisait tournoyer ces pensées et ces possibilités quand elle entendit parler au salon. Elle ferma son ordinateur et se leva de sa chaise. Les garçons entrèrent dans la cuisine.

Eric avait l'air plus détendu, mais Hunter traînait des pieds. Ses épaules étaient affaissées, et il avait le regard vide. Il leva la tête quand il entra dans la cuisine et regarda Jazz avec des yeux qui semblaient hantés. Il repoussa ses cheveux humides de son front.

– Tu peux garder ça, dit Eric, en posant l'histoire de Drew sur la table. J'essaie d'arranger tout ça.

– Je sais. Tu me l'as dit. C'est bien, Eric.

Elle lui tendit la main.

– Sans rancune ?

– Ouais.

Il lui serra la main et recula pour les regarder tous les deux.

– Je ne sais pas ce qu'il se passe entre vous deux, ni pourquoi vous faites ça. Mais je ne veux pas que vous rentriez dans ma tête, sauf si je vous le demande. C'est clair ?

Il tremblait et respirait vite.

– C'est clair ?

Jazz voyait ses yeux s'agiter.

– Hunter ne rentre pas dans ta tête, Eric.

– Alors comment est-ce qu'il fait ça ? gémit-il. C'est à moi de décider ce qu'il peut voir.

– Je veux pas voir ce qu'il y a dans ta tête, Eric, dit Hunter. Mais je le ferai, pour t'aider.

– Comment tu fais ? Comment tu vois mes souvenirs ?

Jazz s'approcha de Eric.

– Je vais essayer de t'expliquer. Tes souvenirs à long terme ne restent pas dans ton cerveau. Du moins, c'est la théorie sur laquelle je m'appuie. Quand tu penses à un élément de ton passé, tes neurones s'allument de la même façon qu'ils l'ont fait quand le souvenir s'est formé, et ça le ramène dans ton esprit. C'est comme télécharger une photo que tu as sauvegardée sur un cloud. L'image sur le téléphone est floue et incomplète. Ça utilise moins de mémoire comme ça. Hunter intercepte le souvenir avant qu'il ne se forme dans ton esprit.

Eric plissa les yeux et secoua la tête.

— Pourquoi est-ce que le souvenir s'en va, déjà ? Il n'y a pas assez de place ?

— Techniquement, si. Mais tu te fais tout le temps de nouveaux souvenirs. Comme là, tout de suite. Ton cerveau fait un film avec tout ce qu'on fait et ce qu'on dit, il utilise les mêmes neurones que ceux dont il a besoin pour les souvenirs d'avant. Ça rend sûrement les choses plus faciles si les vieux films sont stockés ailleurs plutôt que là, à encombrer le processus de fabrication de nouveaux souvenirs.

— Comment tu sais ça ?

— Je ne le *sais* pas. Les scientifiques en sont encore aux hypothèses. Ce qu'ils savent, c'est que si tu as des lésions cérébrales, tu peux perdre la parole, ou l'ouïe, ou l'équilibre, mais tu ne perds pas des souvenirs en particulier. Pourquoi ? Parce qu'il est possible que ces souvenirs existent en dehors du cerveau, et que le cerveau serve à communiquer avec ce genre de cloud qu'on a tous. Certaines scientifiques pensent que le cerveau est un émetteur et un récepteur, plutôt qu'un disque de sauvegarde. Quand on vieillit, on perd notre capacité à émettre et à recevoir les signaux. On ne perd pas la mémoire. On perd la connexion – c'est une panne de communication.

— Je vois toujours pas pourquoi Hunter intercepte mes souvenirs.

— Parce que la plupart des souvenirs de Hunter ont été effacés il y a un an. Son cerveau envoie des signaux, mais il ne reçoit rien. Sauf des souvenirs qui ont une sorte de lien avec ceux qu'il a perdus.

Eric tourna vivement la tête vers Hunter.

— Tu regardais de la pornographie infantile ?

— Non, dit Hunter. Mais j'ai été maltraité par quelqu'un de ma famille. Du moins, je pense que c'est ce qu'il s'est passé.

Jazz hocha la tête :

– Hunter voit des éléments de son passé avant de voir le souvenir de quelqu'un d'autre. Et une fois que ce souvenir est dans son esprit, ce n'est plus le tien. Comme si quelqu'un piratait ta photo avant que tu ne puisses la télécharger entièrement.

Eric secoua la tête.

– Donc si je ne pense pas au souvenir, tu ne le verras pas ?

– C'est ce qu'on pense, dit Hunter.

– D'accord. Je peux revenir demain après les cours ? Tu peux m'en prendre un autre.

Hunter se frotta la nuque.

– J'essaierai. Envoie un texto avant.

– Ouais.

Il lui tendit la main :

– Merci, mec.

Hunter la lui serra et posa son ordinateur fermé sur la table.

Eric les regarda tous les deux, fit un signe de tête, et sortit. Une minute plus tard, sa voiture partait.

– Tu as une sale tête, dit Jazz. Tu veux du café ? Un truc ?

– Un câlin.

Jazz le serra contre lui.

– C'était si terrible que ça en a l'air ?

– C'était pire. Son frère le maltraitait et lui faisait regarder de la pornographie infantile. Il y avait deux petites jumelles. Eric et son frère se masturbaient en regardant plusieurs vidéos. Jazz, tu ne me croirais pas si je te disais ce que faisaient les filles. Il y a deux petites filles, quelque part dans le monde, dont on a profité à plusieurs reprises, qui étaient filmées, pour que des gens comme Buddy et Eric puissent se toucher en les regardant, en les violant encore et encore. C'est horrible.

Il s'écarta d'elle et se mit à faire les cent pas dans la cuisine, de plus en plus en colère.

– Et le pire, c'est que personne n'est au courant, sauf les malades qui regardent ça en ligne, mais ils se fichent de ces filles. Tout le monde se fiche de toi, de moi, ou de ce qui a pu arriver à Tatiana. Ou à aucun des milliers d'enfants qui se font agresser. Et pourquoi ça ? Parce que la plupart des gens ne savent pas. Peut-être qu'ils ne veulent pas savoir. Comment est-ce que les gens normaux réagiraient si ces histoires étaient publiées et lues ?

Jazz secoua la tête :

– Ils penseraient que c'est inapproprié de montrer ça à des adolescents. Les histoires sont trop glauques. Même les adultes ne voudraient pas les lire. Il y a trop de sexe et de violence.

– Dis ça aux gamins des histoires. Une des raisons pour lesquelles ça continue à arriver, c'est parce que c'est gardé secret. Si Eric essayait d'expliquer à ceux de sa classe ce qu'il s'est passé, ils le traiteraient de pervers. Si toi ou moi, on montrait nos cicatrices à tout le monde, ils paniqueraient et nous traiteraient de fous. On cache nos problèmes de tout le monde pour que les gens normaux puissent vivre dans leur monde imaginaire.

Il commença à enlever sa chemise.

– Je les cacherai plus.

Il lâcha ses vêtements sur la table.

– J'imagine que je saurai bientôt pourquoi et comment je me les suis faites.

Il leva les bras pour examiner ses cicatrices. Il en trouva une sur chaque poignet qui étaient plus prononcées que les autres.

– Ça devait être des plaies plus profondes.

Jazz porta tendrement chaque poignet à ses lèvres, et embrassa ses cicatrices.

– Ton père a dit qu'il a cru deux fois que tu allais mourir. Peut-être que c'était après ces deux-là.

– Tu aurais honte d'être vue avec moi si mes cicatrices étaient apparentes ?

– Non, Hunter. Je serais fière que tu sois assez courageux pour les montrer.

Il tint sa tête contre sa poitrine.

– Eric veut continuer à me voir jusqu'à ce que tous ses souvenirs avec les jumelles soient partis. Au début, je me suis dit que je n'étais pas capable de le faire. Mais il faut que je le fasse. C'est une victime. Il a besoin d'une deuxième chance. Et il faut que je sache si ces filles sont encore des esclaves.

Elle passa ses doigts dans ses cheveux.

– Tu es quelqu'un de fantastique pour avoir essayé, Hunter. Qui d'autre accepterait les pires souvenirs des gens ?

– Toi. Si tu pouvais le faire, tu le ferais.

– Pour toi, oui. Pour Eric, je ne sais pas.

– Même si Eric ne se rappelle pas, ça lui est quand même arrivé. Le fait qu'il ne se souvienne pas d'une situation où il a été maltraité n'annule pas l'impact que ça a eu sur sa vie. Si ?

– Qui sait ? Mais ça arrêtera de le hanter. Je vois encore... Beaucoup de choses devant lesquelles j'aimerais pouvoir fermer les yeux pour... toujours.

Il tint son visage à la hauteur du sien.

– Je t'enlèverai tous tes mauvais souvenirs. Tu oublieras pourquoi tu as fait chacune de ces blessures. Les cicatrices finiront par s'effacer, et tu seras réparée. Je te le promets.

– Oh, Hunter.

Est-ce qu'il en était capable ?

– Montre-les-moi. S'il te plaît.

Le cœur de Jazz se mit à cogner. Elle ne les avait jamais montrées à personne.

– S'il te plaît.

Elle croisa les bras pour attraper le bas de son tee-shirt. Puis elle le retira, le serrant contre sa poitrine.

Les yeux de Hunter ne laissèrent paraître aucun choc, quand il vit deux fois plus de cicatrices sur ses épaules et sur ses bras qu'il n'en avait sur le corps. Ni quand il vit les marques récentes, bordées de bleus, qui tranchaient sur sa peau pâle. Son menton se mit à trembler.

– Oh, Jazz. Je les réparerai toutes.

Il embrassa les cicatrices de chaque épaule jusqu'à ce qu'elle se mette à sangloter, et la serra pour qu'elle pleure contre lui.

– Je sais ce que j'ai à faire, dit-il. Peu importe que les visions soient difficiles à vivre, peu importe la souffrance que je devrai supporter, je te prendrai ta douleur et je la prendrai à tous ceux qui veulent que j'essaie.

Elle voulait qu'il lui prenne ses souvenirs. Ce serait son choix et elle saurait qu'elle lui avait donné ses cauchemars. Contrairement à ce qui était arrivé à Hunter, qui n'avait jamais donné son accord, qui avait perdu tous ses souvenirs, les bons et les mauvais, perdus à jamais.

Hunter lui caressa les cheveux.

– Je ne veux pas être réinitialisé. Je prendrai ce que je peux et je les écrirai. Peut-être qu'un jour, d'autres les liront et sauront ce que vous avez traversé.

Ils restèrent ensemble un peu plus longtemps, respirant à l'unisson. Enfin, Hunter enleva ses mains de son dos et lui fit lever la tête vers lui.

– J'aime bien te faire un câlin.

Jazz enleva le tee-shirt qu'elle tenait entre eux deux et posa sa peau contre la sienne. La chaleur était réconfortante, mais oppressante aussi. Elle sentait son désir enfler en elle.

Puis Hunter se détacha, respirant difficilement.

– J'ai peur.

– De quoi ?

– Comment est-ce que Eric peut avoir des relations sexuelles normales après ce qu'il a traversé ? Comment tu le peux, toi ? Ou moi ? J'ai vu tellement de gens coucher ensemble pendant les deux derniers mois, tout était secret, la plupart du temps c'était non consenti, ou illégal. Comment je peux te toucher sans penser à tout ça ? J'arrête pas de voir les petites filles du souvenir de Eric... qu'on forçait à faire des choses horribles. J'ai l'impression qu'une partie de nos vies a été malmenée tellement de fois qu'elle s'est brisée. Comment on peut guérir de ça ?

Elle se rapprocha de lui et toucha sa poitrine, le cœur battant la chamade.

– En trouvant quelqu'un pour embrasser mes blessures, embrasser les tiennes et voir au-delà.

Hunter s'essuya le front et chassa des larmes en même temps.

– On est brisés. Jazz, regarde-nous ! Regarde...

Hunter reprit sa chemise mais la lâcha immédiatement, comme s'il renonçait.

Elle posa sa main sur son torse avec légèreté, sur son cœur. Elle s'arrêta à une irrégularité, une crevasse dans sa peau.

– On n'est pas seulement ça, Hunter.

Jazz s'approcha encore et bougea sa main pour apposer ses lèvres là où elle avait posé les doigts. Elle leva les yeux, puis tout le visage. Ils se faisaient face.

– Il faut que je continue à croire que je peux encore aimer et être aimée, que je peux partager mon lit avec quelqu'un de réel, pas seulement une affiche. On ne peut pas rester brisés pour toujours.

– Je pense que guérir fera encore plus mal que la blessure de départ.

– Peut-être. Mais à ce moment-là, on était seuls. Maintenant on est ensemble.

– Avant que le souvenir de Eric ne commence dans ma tête, j'ai vu ma mère... presque nue. Je suis entré dans sa chambre et je l'ai vue se changer à travers la porte de la salle de bains. Je me suis détourné et elle s'est moquée de moi. Elle a dit que je voulais la regarder.

Jazz voyait tellement de souffrance sur son expression.

– Peut-être que ce n'est pas elle qui m'a agressé. Peut-être que c'est moi.

Il attrapa sa tête dans ses mains et les serra.

– J'aimerais tellement connaître la vérité.

– Ça va finir par te revenir.

– Tu penses qu'on pourra devenir normaux un jour ?

– Peut-être pas normaux, quoi que ça veuille dire, mais capables d'aimer et d'être aimé ? Oui.

– Et ta mère ? Tu penses qu'elle peut guérir ?

– Peut-être. Si elle arrive à ne pas boire. Si elle peut oublier certaines choses. Peut-être qu'elle pourrait être avec Rosie.

– Qui ?

– Ma petite sœur.

Jazz voyait le cerveau de Hunter réfléchir derrière ses yeux.

– Elle est dans le souvenir que tu as pris ?

– Non. Mais ta mère était enceinte. Et j'ai vu la photo dans la chambre de ta mère.

– On a dû laisser Rosie là-bas. Mamita nous a forcées à partir. Je ne me rappelle pas pourquoi.

Hunter hocha la tête et regarda ailleurs.

Jazz lui toucha la joue.

– Est-ce que j'ai envie de savoir pourquoi ?

– Pas maintenant.

– D'accord.

– Donc Rosie c'est une petite Jazz, sans les souffrances ?

Jazz sortit son téléphone et lui montra.

– C'est une photo d'elle.

– C'est vrai qu'elle te ressemble.

– J'aimerais bien la voir.

Elle serra son téléphone contre sa poitrine.

– On ira voir ta Mamita quand ta mère sera revenue.

Jazz écarquilla les yeux.

– *On* ira ?

– Tous ensemble.

– Ce serait vraiment super.

Elle l'embrassa sur la joue.

– Je vais prendre une douche et changer de vêtements. J'ai posé ton sac dans ma chambre – pour le moment. Tu peux choisir où tu veux dormir. Il y a un édredon et des couvertures dans le placard du couloir. Fais ton lit où tu veux.

– J'aimerais bien mon thermos.

Elle avança dans le couloir, vers sa chambre.

– Il est là-dedans.

Hunter la suivit.

– Tu es fatigué ? demanda-t-elle en prenant des vêtements dans un de ses tiroirs.

Hunter s'assit à côté de son sac.

– Oui, mais mon cerveau, non.

Il défit le sac et sortit son thermos. Il ouvrit le couvercle et but une gorgée.

– Tu peux rester là si tu veux. Même t'allonger sur mon lit. Si tu veux pas que Alessandro te regarde, tu peux le décrocher. Je pense pas en avoir encore besoin.

Hunter lui sourit.

– Je crois qu'il faudrait que je me mette sérieusement au sport pour prendre la place d'Alessandro.

– C'est juste un faux corps pour fantasmer dessus, Hunter. Le plaisir qu'il m'a aidé à créer écartait les démons pour quelques minutes, c'est tout. Toi, tu peux te débarrasser entièrement des démons. Je te choisirais plutôt qu'Alessandro, à n'importe quel moment. Du jour ou de la nuit.

Elle lui fit un clin d'œil et quitta la pièce.

Chapitre 19

Hunter but une autre gorgée dans le thermos. Le bruit de la douche lui parvint bientôt. Il ferma les yeux et son nez s'emplit de Bombshell Seduction – le parfum préféré de sa mère. Il était debout dans la pièce, face à la porte.

– J'ai quelque chose à te montrer. Tourne-toi.

Il avait le tournis, et l'arrière de sa gorge le brûlait. Il savait ce qu'il verrait s'il se tournait. Pourquoi lui faisait-elle ça ? Il était de l'autre côté de la porte et il l'entendait rire.

Le bruit d'un ballon de basket qu'on dribblait dans l'allée détourna immédiatement ses pensées.

– Hé, Hunter ! appela son petit frère par la porte d'entrée qui était ouverte. Viens jouer à TRAIN !

Hunter traversa le couloir et sortit par la porte. Frankie avait huit ans, il était un peu potelé, avec un visage rond et des cheveux qui lui couvraient le front et les sourcils. Après quelques parties avec son frère, Hunter entendit sa mère l'appeler.

– J'ai besoin de toi, Hunter.

Hunter lança la balle à Frankie et rentra dans la maison. Où était-elle ?

– Je suis là, mon bébé.

Il entra dans sa chambre et la vit debout devant le miroir de son armoire, l'arrière de sa robe rouge ouvert et le soutien-gorge défait.

– Tu peux me l'accrocher et monter la fermeture ? Mon vernis à ongles n'est pas sec et je ne veux pas l'abîmer.

Sa robe était plongeante à l'avant. Au moment où il s'approchait d'elle, elle se pencha pour enlever une poussière dessus. Hunter vit ses seins se balancer, à peine retenus par le soutien-gorge. Elle leva les yeux et vit son regard dans le miroir.

— Je croyais que ça t'intéressait pas, mon bébé.

Elle sourit en replaçant l'avant de sa robe.

— Ça fait plaisir qu'au moins un homme dans cette maison apprécie ma silhouette. Ton père s'en fiche. Agrafe-le, s'il te plaît.

Hunter sentait sa peau chaude sous ses doigts quand il tira les deux parties du soutien-gorge l'une vers l'autre.

— C'est bon, dit-il. C'est fait.

— Maintenant monte la fermeture. Fais doucement. Cette robe est plus serrée que la dernière fois que je l'ai mise.

Hunter attrapa la fermeture et vit le haut de sa culotte. Son cœur cognait dans sa poitrine quand il fit disparaître le bas de son dos. Il ferma lentement jusqu'à arriver en haut.

— On voit la bretelle de mon soutien-gorge ?

Il voulait regarder ailleurs, mais il n'en était pas capable.

— Oui.

— Alors ça ne va pas marcher. Je vais devoir faire sans soutien-gorge. Ouvre la robe et dégrafe-le.

Hunter fit ce qu'elle demandait. Elle le regardait dans le miroir.

— Tu peux regarder si tu veux.

Il se retourna et fixa le mur. Il entendait le bruit de sa robe qui bougeait.

— Tu peux te retourner, mon bébé.

Il se retourna et vit le soutien-gorge sur la commode.

— Ferme la robe.

— Tu vas quelque part ? demanda-t-il quand il atteignit le haut de la fermeture.

Elle se retourna et posa une main sur sa hanche.

— Je suis comment ?

Il vit sa langue passer sur ses dents.

– Belle. Magnifique.

Elle l'était. Il n'avait jamais vu une femme plus belle qu'elle.

– Tu es trop gentil.

Elle posa ses mains de chaque côté de son cou.

– Tu es un si beau jeune homme. Celle qui t'aura sera une sacrée chanceuse.

Elle l'embrassa sur la joue et serra sa tête contre sa poitrine.

Son parfum lui donnait le tournis.

– Tu vas où ?

Elle s'écarta.

– Je sors. J'ai besoin de faire une pause, alors j'ai appelé une amie et on se voit pour sortir ce soir.

– C'est qui ?

– Sois pas si curieux. Tu ne la connais pas.

Elle prit son sac sur la chaise et alla à la porte.

– Allez. Sors de là. Il faut que je vous parle, à toi et à Frankie.

Ils passèrent le couloir et sortirent par l'avant de la maison.

– Frankie, viens là.

Frankie et Hunter se tenaient devant leur mère.

– Vous serez sages. Je rentre vers dix heures.

– Oui, Maman, répondirent les deux frères.

– Frankie, tu fais ce que te dit ton frère et tu es au lit à neuf heures.

Frankie grommela.

Elle embrassa chacun des deux garçons sur le front et s'avança vers la voiture. Elle démarra en leur faisant un signe de main.

À onze heures et demie ce soir-là, Hunter était assis à la table de la cuisine, et attendait que sa mère rentre à la maison. Il savait qu'elle ne sortait pas avec une amie. Elle et son père s'étaient disputés avant qu'il parte à Prudhoe Bay deux jours plus tôt. Hunter se rappelait l'avoir entendue hurler « Si tu ne t'intéresses pas à moi, je trouverai quelqu'un qui le fera! » Donc il avait compris ce qu'elle était en train de faire.

Et si elle trouvait un autre homme ? Est-ce qu'elle les laisserait, lui et Frankie, avec leur père ? Est-ce qu'il s'inquiétait pour sa mère, ou est-ce qu'il était jaloux ? Peut-être qu'elle faisait ça pour qu'il ait encore plus envie d'elle.

Est-ce qu'il voulait qu'elle reste parce qu'elle lui manquerait en partant, ou parce qu'il voulait qu'elle continue à essayer de le séduire jusqu'à ce qu'il se laisse faire ? Alors, ce ne serait plus sa faute, si ? Était-ce vraiment mal ?

L'idée qu'elle pouvait partir le faisait se sentir vide à l'intérieur. Il se mordit la lèvre. Que pourraient penser les gens s'ils savaient à quoi il pensait ?

Il vit des lumières s'approcher de la maison – de deux voitures. Pourquoi deux ?

Elles se garèrent dans l'allée. Un homme sortit de la voiture de sa mère et se précipita vers la porte passager. Hunter sortit sous le porche.

– Salut, gamin. Viens aider ta mère.

L'homme ouvrit la porte de la voiture pour révéler sa mère, avachie sur le siège, les jambes écartées. Hunter courut vers elle. Elle tourna mollement sa tête vers lui et sourit.

– Hunter, mon bébé ! Tu aurais dû voir danser ta mère. Tous les hommes du bar me fixaient.

Elle se mit à rire.

L'homme regarda Hunter et secoua la tête.

– Jack et moi, on l'a ramenée, parce qu'elle voulait conduire, alors qu'elle est vraiment ivre. Tu peux l'aider à sortir ? Elle m'a déjà attiré des ennuis avec ma femme.

Hunter se pencha dans la voiture.

– Maman ? Tu peux marcher ?

– Oui, mon bébé.

Elle posa son pied droit sur l'allée, faisant remonter sa robe à mi-cuisse. Elle se mit à rire.

– C'est pas le mouvement le plus féminin que j'aie fait de ma vie.

Elle traîna sa deuxième jambe hors du véhicule et Hunter la soutint.

– Voilà ses clés, dit l'homme en les mettant dans la main de Hunter.

– Merci de l'avoir ramenée, dit Hunter.

– Vous voulez venir à l'intérieur ? leur demanda sa mère.

– Non, madame.

– Dégonflés !

– Allez, Maman.

Il l'aida à monter les marches du perron.

– Y en a pas un qui a des couilles.

Hunter avait l'un de ses bras autour de ses épaules et lui tenait la taille d'une main, alors qu'elle trébucha dans les escaliers du perron, puis en entrant dans la maison.

– Mon bébé, tu es si fort.

Elle lui embrassa la joue, fort, longtemps.

– Et si beau.

Elle l'embrassa encore.

Il ne pouvait pas s'empêcher d'être fier de ses compliments. Personne d'autre ne faisait attention à lui.

– Je te ramène à ta chambre.

– C'est ce que j'ai essayé de faire dire à ces hommes toute la nuit. Mais ils ne faisaient que regarder, jamais toucher.

Hunter ouvrit la porte et alluma la lumière.

– Ça ira ? demanda Hunter en l'asseyant sur son lit.

– Je veux pas aller me coucher. La nuit ne fait que commencer !

Elle se leva et enleva ses chaussures à talons. Puis elle remonta sa robe pour enlever son collant résille.

– Accroche ça à ma chaise, mon bébé.

Elle le jeta à Hunter. Elle essaya d'attraper sa fermeture éclair, mais n'y parvint pas.

– Mon bébé, viens ouvrir ma robe.

Elle lui présenta son dos et tint ses cheveux en l'air. Hunter descendit la fermeture. Elle enleva les bretelles de sa robe et les fit tomber sur sa taille. En se retournant, elle dit :

– Mon bébé...

– Maman !

Savannah baissa les yeux et couvrit sa poitrine.

– Oups ! J'avais oublié que j'avais pas de soutien-gorge ce soir.

Hunter baissa les yeux.

– Je t'en prie, Hunter, ne regarde pas ailleurs. Je t'en prie.

Hunter n'arrivait plus à respirer correctement. Il leva lentement la tête et les yeux vers sa poitrine.

Elle laissa ses bras retomber le long de son corps. Hunter la fixait.

– Viens, mon bébé, dit-elle en le serrant contre elle. Avant, tu les touchais tous les jours. Maintenant, tu n'es plus censé le faire, mais j'ai tellement besoin d'être touchée.

Elle s'écarta de lui.

– Tu peux me toucher, Hunter ?

Hunter fit bouger ses mains de son dos à ses flancs, puis à ses seins.

– Oui, mon bébé. C'est ça que je veux.

Elle l'embrassa sur les joues, puis prit ses mains dans les siennes et les embrassa.

– Ta mère est tellement seule, tellement seule. Je n'arrive plus à dormir la nuit, et je pleure. On a tous besoin d'être touchés, Hunter.

Elle posa ses mains sur ses seins.

Hunter avait l'impression qu'il allait s'évanouir.

– Tu m'aimes, mon bébé ?

– Oui.

– Tu me rends si heureuse. Je n'ai pas été heureuse depuis tellement, tellement longtemps. Tu veux que ta mère soit heureuse ?

– Oui.

Elle l'embrassa sur le front et l'attira contre elle.

– J'ai envie de boire. Va chercher la bouteille et sers-nous deux verres de glaçons avec du Tonic. Il faut que je me change. Vas-y.

Hunter se détourna et sortit de la chambre. Il avait déjà préparé des verres pour sa mère, et il avait volé des gorgées d'alcool, par-ci par-là. Il coupa un citron et inhala son parfum – propre et acide. Puis il pressa le citron au-dessus des glaçons dans chaque verre, en les entendant craqueler. Il ajouta de la vodka, et but les gouttes qu'il restait au fond du verre à shooter qui lui servait à doser, en les sentant brûler légèrement. Le Tonic pétilla et bouillonna quand il défit le bouchon. Il versa un autre verre de vodka et le but cul sec. Après avoir tout mis sur un plateau, il l'emmena à la chambre.

Juste avant qu'il entre, « Whole Lotta Love » s'échappa des baffles.

Elle lui tournait le dos, se déhanchant en rythme. Elle était habillée comme la fois où elle était sortie du miroir : sans soutien-gorge, un tee-shirt court, un short de yoga. Il lui tendit un verre, qu'elle but en trois gorgées. Il but le sien rapidement et sentit le mélange lui brûler la gorge puis la poitrine.

Ensuite, ils dansèrent comme avant, ses mains effleurant son entrejambe, caressant sous son tee-shirt, pendant qu'elle lui souriait, qu'elle s'amusait à faire ce qu'elle faisait, qu'elle fixait son érection grandissante. Il n'arrivait pas à arrêter de regarder son corps.

— Fais-nous d'autres verres, mon bébé.

Il versa plus de vodka et plus de Tonic. Elle s'approcha du lecteur de CD et appuya sur un bouton jusqu'à ce que Hunter entende l'intro de « Stairway to Heaven ». Elle alluma les ampoules du miroir de sa commode, et éteignit la lumière de la pièce. Quand il lui tendit son verre, elle ondulait au rythme de la musique, éclairée par-derrière, comme une femme dans un rêve.

Elle but puis posa son verre, tendit les bras, l'appela à elle. Elle le tira contre elle. Hunter sentait chaque partie de son corps qui la touchait. Ils ne bougeaient pas les pieds, se serraient juste le plus possible l'un contre l'autre. Elle était si chaude, si douce.

Il fondait en elle. Il aimait sa mère. Elle l'aimait. Pour la majeure partie, il avait chaud et se sentait bien. Mais une partie de lui ressentait du désir. Et cela l'effrayait.

Elle lui frotta le dos. Il frotta le sien. Elle attira ses fesses vers elle. Il sentait son érection contre elle tandis qu'elle bougeait son bassin contre le sien. Après le solo de guitare, elle leva les mains autour de sa tête, balançant les bras en rythme, les cuisses et le bassin toujours appuyés contre le sien. Quand la chanson s'acheva, elle chuchota dans son oreille :

— Tu es le plus beau des garçons. Je t'aime, mon bébé.

— Je t'aime aussi.

Elle embrassa son front et l'attira vers le lit.

— Je veux pas dormir seule ce soir. Tu veux bien dormir dans mes bras ? Comme on faisait avant ?

Il hocha la tête.

Elle tira les draps et s'installa. Il se glissa à côté d'elle. Elle lui faisait face, sourit et embrassa son nez, ses joues, son cou. Elle passa une main sous son tee-shirt, frotta sa poitrine, puis son ventre.

Hunter avait le cœur qui cognait dans la poitrine. Il essaya de déglutir, mais sa bouche était trop sèche.

– J'ai besoin de toi, mon bébé. J'ai tellement besoin de toi.

Ses mains passaient sur son ventre.

– Tu as envie de moi ?

Elle descendit les mains.

– Tu as autant envie de moi, que moi de toi ?

Elle toucha son érection.

– Oui, tu en as envie, mon bébé. Mon Dieu, Hunter, comme je t'aime !

Elle mit sa main dans son slip. Hunter sentit une bouffée de panique. Il se dégagea.

– Non, mon bébé, laisse-toi faire.

Elle le tint dans sa main.

– Maman. Non ! Je t'en prie !

Il se dégagea.

– Tu en as autant envie que moi.

Elle le tint encore.

Hunter était tellement perdu. Il aurait facilement pu se laisser faire, mais au fond de lui, il savait que ce n'était pas bien. Sa mère était ivre. Il était ivre. Il fallait qu'il parte.

– Maman, non. S'il te plaît.

– Pourquoi ? supplia-t-elle.

– Non.

Il saisit son bras pour écarter sa main.

– Putain, Hunter !

– Maman, c'est pas bien. Je t'en prie.

– Petit bâtard. Tu es bien comme ton père. Dégage de ma chambre !

Sa colère le paralysa.

– Maman, je t'en prie.

– Dégage de là. Maintenant !

Hunter sortit du lit en trébuchant. Elle le fixa, la respiration haletante, les lèvres découvrant ses dents.

– Je suis désolé.

– Apporte-moi mon verre.

Il se précipita vers son verre et lui apporta. Elle le but et le lui tendit. Il le remplit à nouveau et le lui donna.

Elle en but la moitié.

– Il faut que je trouve quelqu'un qui veut de moi. Il faut que je sorte de là.

Elle s'appuya sur la tête de lit.

Hunter n'arrivait plus à bouger. Est-ce qu'il avait eu raison ?

– Emporte la bouteille avec toi. Sinon, je vais tout boire.

Hunter prit son verre, la bouteille de vodka et celle de Tonic sur le plateau, et s'approcha de la porte.

– Hunter.

Est-ce qu'elle allait être en colère ? Ou s'excuser ? Ou pleurer ?

– Oui.

Sa voix le glaça :

– On ne reparlera jamais de ça. Tu m'entends ?

– Oui, Maman.

– Jamais.

Hunter sortit de la chambre en trébuchant. Il ferma la porte et s'y appuya. Le détestait-elle, maintenant ? Il rejoignit la cuisine dans un nuage de brume et s'assit à la table. Il but trois autres verres avant de s'effondrer.

Le lendemain matin, sa mère cogna sur la table pour le réveiller. Elle ne dit rien, et le regarda comme s'il était un étranger. Pas de sourires, pas de « mon bébé », pas de câlins.

Frankie entra dans la cuisine en courant et lui fit un câlin. Il se plaignit qu'il avait eu un cauchemar, qu'il avait eu peur.

– Oh, non ! s'écria Savannah. Si ça t'arrive encore, viens dans ma chambre me faire un câlin.

Elle humidifia ses cheveux et leur passa un coup de brosse, en regardant dans la direction de Hunter sans le voir.

Le message était clair : ne plus jamais parler de l'incident, plus de danse, plus de contacts. Plus rien du tout. Maintenant, son frère était le préféré. Hunter était le paria qui ne s'était pas soumis à sa mère.

Chapitre 20

Jazz tenait la serviette autour de son corps quand elle s'approcha du miroir en pied qui était accroché à la porte de la salle de bains, recouvert d'un peignoir, qu'elle laissait toujours là pour en masquer la vie. Son cœur cognait dans sa poitrine quand elle prit le peignoir et le lâcha sur le sol, les yeux fermés quand elle écarta ses deux mains.

Après quelques secondes d'hésitation, elle se força à regarder – il y avait tellement de peau sur ses bras et ses jambes épaisses, des bourrelets mous autour de sa taille, et des monts de chair laiteuse perchés sur son torse ample. Elle se rappelait s'être regardée quand elle avait douze ans, fascinée par la taille énorme qu'avaient ses seins par rapport au reste de son corps. Maintenant, après des années à prendre du poids, elle était énorme de partout. Mais tout ce qu'elle voyait, c'étaient les marques et les croûtes qui marquaient sa peau, la plupart déjà blanchies, traversant la chair de poule qui se formait à mesure que la vapeur de la douche se dissipait et que le froid l'envahissait.

Des zigzags dentelés et des lignes en croix la regardaient de ses épaules à ses poignets, et tout le long de ses jambes – les plus récentes étaient sur sa hanche, rouges et boursouflées.

Elle toucha les lignes sur sa hanche doucement, tressaillant au souvenir de la lame de rasoir, son cœur s'emballant dans sa poitrine. Pas à cause de la douleur, mais à cause du souvenir de l'acier qui ouvrait sa peau comme des sourires remplis de sang. Elle regarda son doigt dessiner des motifs au hasard sur le haut de sa cuisse. Elle respirait de plus en plus vite.

Avant de sortir de la salle de bains, Jazz hésita sur quoi porter, si elle devait montrer toutes ses cicatrices ou pas, et espéra qu'il voudrait toujours les embrasser, et non lui tourner le dos, ou pire, s'enfuir. Elle enfila un débardeur lâche sans soutien-gorge. Les marques sur ses épaules et ses bras la regardaient depuis le miroir. Comment on pouvait supporter de les regarder ? Finalement, elle renonça pour ses jambes, et décida de mettre un jogging sur son boxer.

Jazz prit une profonde inspiration et ouvrit la porte. Elle entra dans sa chambre et vit Hunter roulé en boule sur son lit, le dos tourné vers elle, des sanglots violents secouant tout son corps, ses yeux fermés et crispés. Il serrait ses bras contre lui, et il avait l'air si petit et vulnérable que ça lui fendait le cœur.

— Je me suis rappelé, Jazz.

Elle s'assit à côté de lui, le touchant lentement, sentant son corps s'agiter de spasmes.

— Qu'est-ce qu'il s'est passé ?

— Ma mère est rentrée ivre à la maison, après avoir essayé de séduire des hommes au bar. Elle s'est déshabillée devant moi. Elle a dit que j'étais le seul homme de la maison qui voulait la toucher ou la regarder. J'ai bu avec elle, et on a dansé. Elle voulait que je sois excité et elle m'a demandé de dormir avec elle. Elle a essayé de coucher avec moi, mais j'ai dit non.

Il s'assit, et regarda vers le mur.

— Après ça, tout a changé entre nous. Elle a dit à mon petit frère de dormir avec elle. Je ne sais pas ce qu'il s'est passé après.

— Je suis désolée.

Elle se sentait vulnérable et serra ses bras contre elle.

Il se tourna vers elle.

— Elle a essayé de me séduire, mais j'ai dit non. Peut-être que ça s'arrête là.

— Peut-être.

Elle le prit dans ses bras.

— Je buvais avec elle. Des vodka-tonic. Mais je buvais plus quand elle m'a rejeté.

Il se leva.

– Elle t'a embrouillé la tête, Hunter. Elle aurait pu faire semblant, comme si rien ne s'était jamais passé parce qu'elle avait honte, et décider de ne plus jamais te séduire, mais elle a choisi de te tourmenter et de te rendre jaloux de ton frère. Elle continuait à te manipuler. Je ne pense pas que ce soit la dernière fois qu'elle a essayé de coucher avec toi.

– Super. Voilà de quoi me réjouir.

Il s'approcha d'elle et toucha les marques sur ses épaules. Jazz tressaillit légèrement.

– Merci de me faire confiance et de me laisser les voir.

– J'ai toujours peur que tu t'en ailles, dégoûté.

– Je ne ferai jamais ça.

Il toucha encore son épaule, mais cette fois Jazz ne tressaillit pas, et elle sentait le doux contact de ses doigts avancer lentement le long de ses cicatrices.

– Je peux voir tes jambes ?

Jazz prit plusieurs profondes inspirations et enleva son jogging. Elle voyait les marques sur ses cuisses, certaines étaient fines, un peu plus claires que sa peau. D'autres étaient rouge foncé, certaines tranchaient à travers d'anciennes cicatrices.

Hunter se laissa tomber sur ses genoux et bougea lentement le bout de ses doigts vers le bas de ses cuisses.

– C'était quand, la dernière fois ? demanda-t-il.

Elle avait le tournis.

– Il y a deux semaines, je crois.

– Où ça ?

Elle déglutit et leva le bas de son boxer, à gauche, près de sa hanche. Hunter toucha les deux lignes de croûtes. Il leva les yeux vers elle.

– Pourquoi ?

– J'ai fait des cauchemars.

Elle leva les mains à ses oreilles.

– J'entendais les amants de Maman me tourmenter, essayer d'entrer dans la maison.

Elle fit une pause pour essayer de calmer sa respiration.

– J'arrivais pas à dormir.

– On va faire en sorte que ce soient les dernières que tu feras jamais.

– Je l'espère.

Il l'embrassa. Elle avait l'impression qu'elle allait s'évanouir.

– Hunter, ça ne te dégoûte pas ?

– Non. Ça me fait juste beaucoup de peine. Et ça me donne envie de te protéger.

Il lui embrassa les cuisses.

Jazz laissa échapper un gémissement.

Hunter leva la tête vers elle.

– Dans cette maison, on ne cache pas ses cicatrices. On ne cache rien.

Elle se sentait prise de vertiges.

– Merci, Hunter.

Pour la première fois de sa vie, elle se sentait bien dans sa peau. Elle n'avait pas besoin de se cacher de Hunter. Ses vêtements l'avaient toujours protégée des autres qui pourraient se moquer de son corps, de sa peau. Elle s'était battue contre tout le monde derrière son bouclier de mystère, n'avait jamais laissé passer le moindre signe de vulnérabilité. Avec Hunter, elle pouvait montrer son aspect physique et ses cauchemars, en sachant qu'il les accepterait, qu'il s'en occuperait, qu'il les aimerait même.

Il se leva.

– Je suis crevé.

– Où est-ce que tu veux dormir ?

– J'adorerais dormir avec toi, mais je pense qu'il faut d'abord que je m'occupe de mon passé.

– Ça me va.

– Je vais chercher les couvertures dans le placard. Tu peux m'amener un verre ?

– Bien sûr.

Ils quittèrent la pièce tous les deux. Quand Jazz revint avec deux verres de vodka-coca, elle vit Hunter assis sur les couvertures, appuyé contre le mur, le couteau du Mont Rainier qu'il avait trouvé la veille dans la maison.

Elle s'assit à côté de lui quand il sortit le couteau au manche en os de son fourreau de cuir.

– Il est affûté ? lui demanda-t-elle en lui tendant un verre.

Il prit la boîte d'allumettes et passa la lame sur le carton, en le tranchant facilement.

– Il a l'air.

– Je peux voir le fourreau ?

Il le lui tendit et but une gorgée.

Le cuir était finement ouvragé, avec une représentation de la montagne. La présence de perles et de franges dans le cuir laissaient penser à un artisanat amérindien. Elle regarda à l'intérieur du fourreau et vit ce qui semblait être du sang séché.

– C'était le tien ? demanda Jazz.

Elle porta son verre à ses lèvres.

– Je sais pas.

– Il y a du sang séché dedans. Regarde.

Elle le porta à la lumière pour qu'il puisse voir l'intérieur.

– C'était peut-être mon sang.

Il posa la lame contre certaines de ses cicatrices.

– Pourquoi Papa garde ça plutôt que de le brûler avec le reste ?

– Demande-lui. Peut-être qu'il acceptera de te donner des réponses au téléphone, sans avoir à s'inquiéter de te montrer ses souvenirs.

Il rangea le couteau dans son fourreau et le jeta dans son sac de voyage. Ils burent tous les deux en silence jusqu'à ce que les verres soient vides.

– J'espère que j'arriverai à dormir, dit Hunter.

– Si tu n'y arrives pas, je ne serai pas loin.

Il sourit.

– Et je suis là pour toi aussi.

Elle se pencha en avant et l'embrassa doucement sur les lèvres.

– C'est pour avoir quelque chose à quoi penser quand j'essaierai de m'endormir.

Hunter posa ses doigts sur sa bouche.

– Tes lèvres sont trop douces.

Il l'embrassa, lentement et tendrement, en appuyant à peine.

– Merci.

Jazz se leva et lui sourit d'en haut.

– Bonne nuit, Jazz.

Hunter s'allongea sur le côté et regarda Jazz éteindre les lumières et grimper dans son lit.

– Bonne nuit, Hunter.

* * *

À un moment de la nuit, Hunter ouvrit les yeux et vit son ancienne chambre dans la maison de ses parents. Il entendit un bruit qui venait du couloir et s'assit. Il vit un deuxième lit de l'autre côté de la pièce – vide. Où était Frankie ? Quand est-ce qu'il était sorti de la chambre, cette fois-ci ? Sur l'horloge, il était deux heures du matin.

Il se leva, s'étira et entendit un gémissement. Sa mère ?

Il ouvrit la porte et passa la tête dans le couloir. Encore des gémissements. Que faisait sa mère ?

Il se tint devant sa porte et écouta. Il entendit le bruit trembler, sa mère grogner, puis son frère crier :

– Maman ! Qu'est-ce que tu fais ?

Elle continua à grogner.

– Maman, arrête !

Hunter ouvrit la porte et alluma la lumière. Frankie était debout à côté du lit, les mains sur ses yeux.

Hunter voyait le corps de sa mère s'agiter sous les couvertures ; elle avait les mâchoires serrées. Elle ouvrit les yeux.

– Frankie. Qu'est-ce qu'il se passe ? demanda-t-elle.

– Tu m'as réveillé, dit Frankie. Tu faisais un cauchemar, je crois.

Elle se leva et regarda Hunter, les yeux écarquillés de surprise.

– Frankie, dit Hunter, retourne dans ton lit.

Son frère fixa sa mère, en plissant les yeux comme s'il avait du mal à la voir.

– Maman ?

– C'est bon, Frankie. Retourne dans ta chambre. Je suis désolée de t'avoir réveillé.

Frankie sortit de la pièce, et Hunter ferma la porte.

Hunter essayait de maintenir sa colère sous contrôle.

– Dis-moi que tu étais en train de rêver et que tu n'avais pas conscience de ce que tu faisais.

Savannah sourit.

– J'étais en train de rêver et je n'avais pas conscience de ce que je faisais. C'est la vérité, Hunter. Tu sais ce qui est vrai, aussi ? Je rêvais de toi.

Elle se lécha les lèvres et sourit.

– Tu veux savoir ce qu'on faisait ?

– Tu es soûle.

– Oui. Enfin, je l'étais.

Elle repoussa les couvertures. Hunter se détourna, parce qu'il ne savait pas ce qu'elle portait en dessous .

– Je suis habillée, mon bébé. Mon Dieu, est-ce qu'il peut y avoir un seul homme dans cette maison qui accepte de me regarder ?

Elle sortit du lit et s'avança vers sa commode. Hunter lui jeta un œil pour s'assurer qu'elle avait des vêtements. Il vit sa culotte et sa nuisette en dentelle, et la vit prendre la bouteille de vodka. Elle se tourna vers lui, s'appuyant sur la commode, et but une gorgée au goulot.

– T'en veux ?

Elle lui tendit la bouteille. Il secoua la tête.

– Je te dégoûte ?

– Un peu.

– Juste un peu ?

Elle avança lentement vers lui.

– Je me dégoûte bien plus que ça.

Hunter essayait de regarder son visage, mais il continuait à baisser les yeux involontairement.

– Parfois je me dis que je devrais prendre la voiture et foncer dans un arbre.

Elle était tellement près de lui. Il sentait son odeur et sa chaleur émaner de sa peau.

– Tu crois que je suis si dégoûtante que ça ?

– T'es pas dégoûtante.

Allait-elle vraiment se tuer ?

– Je veux pas que tu meures.

– C'est bien. Qu'est-ce que tu veux que je fasse, mon bébé ?

Hunter n'arrivait pas arrêter de fixer ses seins à travers la dentelle. Il respirait tellement vite qu'il avait la tête qui tournait.

– Je sais pas.

Elle se rapprocha et le serra tendrement contre lui, en ronronnant dans son oreille.

– Tu veux qu'on arrête de faire ça ?

Elle lui caressa doucement le dos.

– Je peux arrêter de te toucher, mon bébé. C'est ce que tu veux ?

La chaleur envahissait son corps et lui envoyait de petits éclairs dans les doigts et les orteils.

– Non.

Elle recula un peu.

– Je peux m'assurer que tu ne me vois jamais habillée comme ça.

Là encore, il n'arrivait pas à ne regarder que ses yeux. Il sentait son pénis pousser la paroi de son slip. Elle le vit, et un sourire sournois s'étira sur ses lèvres.

– Tes yeux ne mentent pas, mon bébé. Tu aimes me regarder.

Elle posa ses doigts sur le bas de sa nuisette.

– Dis-moi stop.

Elle la leva lentement.

Le cœur de Hunter cognait dans sa poitrine. Il gémit et essaya de détourner la tête.

– Tu ne m'as pas dit stop, mon bébé.

Elle continua à soulever sa nuisette jusqu'à ce que le bas de ses seins soit visible.

Il grogna :

– S... stop.

– T'es sûr ?

Il n'arrivait pas à regarder son visage.

– Non.

– Tu veux que je la baisse ?

– Oui.

– Ou que je l'enlève ?

Lentement, taquine, elle enleva entièrement sa nuisette.

Elle attira son visage contre ses seins.

– Je pourrais te rendre tellement heureux, mon bébé, exactement comme tu l'étais dans mon rêve. Tu veux être heureux ?

Elle tira son bassin contre le sien, et glissa ses deux mains dans son dos, puis sous son slip.

– Oui.

– Comme dans mon rêve ?

– Comment ?

Elle soupira profondément, avec un petit gémissement.

– Je vais te montrer.

Elle éteignit la lumière et le tira dans l'obscurité.

Hunter gémit et se tortilla sous la couverture jusqu'à ce que le bruit lui fasse ouvrir les yeux. Il était sur le côté, dans la chambre de Jazz, nu, et tenait son érection. Il sentit un froid soudain le pénétrer jusqu'aux os.

Une petite lumière s'alluma derrière lui.

– Hunter ? Qu'est-ce qui ne va pas ?

Il entendit Jazz sortir du lit et s'approcher de ses couvertures. Il avait l'impression d'avoir la gorge enflée, et de pouvoir à peine respirer. Elle lui toucha l'épaule.

Il tressaillit. Jazz retira sa main.

– Où sont tes vêtements ?

– Par terre dans la chambre de ma mère, cracha-t-il avec dégoût.

Jazz le recouvrit d'une couverture.

– Tout va bien, Hunter. C'était toi la victime. Tu avais treize ans. Qu'est-ce que tu aurais pu faire d'autre ?

– J'aurais pu dire non. J'aurais pu sortir de sa chambre, mais je l'ai pas fait. J'arrivais pas à arrêter de la regarder.

– Elle le savait. Elle t'a manipulé, Hunter. Elle t'a séduit. Je sais ce que tu ressens.

Il se retourna et observa son visage.

– Avec Micah ?

Elle tressaillit.

– Oui, et la culpabilité reste pour toujours, sauf si quelqu'un t'aide à oublier. Comme ton père l'a fait. Tu t'es rappelé la relation sexuelle avec elle ?

– Non.

– Quand tu t'en souviendras, tu te diras que tu ne voulais pas t'en rappeler.

Il serra un oreiller contre sa poitrine.

– Il faut que je sache ce qui lui est arrivé. Pourquoi elle est morte.

– Je serai là pour toi quand tu sauras la vérité. Je retourne au lit. Je vais m'allonger du côté du mur. Mets tes vêtements et viens dans le lit avec moi.

– Je pense pas...

– Si tu ne le fais pas, je resterai avec toi toute la nuit, et j'aime pas dormir par terre.

Elle se leva et se glissa dans son lit. Hunter mit ses vêtements, éteignit la lampe, et grimpa à côté d'elle. Il mit son bras autour d'elle, sur son ventre. Elle prit sa main et la serra dans la sienne.

– Envers et contre tout ? demanda-t-il.

– Envers et contre tout, et plus encore, Hunter. Bonne nuit.

Chapitre 21

Le matin suivant, Hunter se réveilla sans voir Jazz. Il s'assit, essaya de respirer calmement, la tête pulsante. Puis il l'entendit chanter dans la cuisine, ou peut-être à la salle de bains.

Il soupira profondément. Après les visions de sa mère, il avait dormi comme une souche toute la nuit. Jazz entra dans la pièce.

– Je t'ai manqué ?

– En fait, oui.

– Bien. J'ai dû forcer pour enlever ton bras, tu t'accrochais tellement fort à moi.

– Pourquoi tu t'es levée ?

– J'ai dû appeler Patty et lui dire que j'étais malade, que j'avais attrapé ton truc. Je lui ai dit que j'avais vomi toute la nuit. Je suis pas sûre qu'elle m'ait crue, parce qu'elle a rigolé un peu, mais bon. J'espérais que tu puisses me voler quelques souvenirs aujourd'hui.

– Je vais essayer. Tu as bien dormi ?

– Comme un bébé.

Elle l'embrassa sur le front.

– Je me suis réveillée dans la même position que quand je me suis endormie. Je ne pense pas que l'un de nous deux ait bougé du tout. Et toi ?

– C'était parfait. Je n'ai pas eu d'autres visions.

– Je pense qu'on devrait faire pareil ce soir, si ça te va.

Il regarda ses lèvres s'étirer en un sourire et en oublia de respirer.

– J'aimerais bien.

– Cool. Allez viens, le petit-déjeuner est prêt.

Elle le tira par la main et le guida vers la cuisine.

Jazz fit couler du sirop d'érable sur ses œufs au fromage ; Hunter la regarda faire en grimaçant.

– Beurk, dit-il en enfournant une bouchée de saucisse et gaufre.

– Tu as des œufs dans ton assiette, où il y avait déjà du sirop d'érable. Chaque bouchée d'œufs que tu avales est couverte de sirop d'érable.

Elle avala une grosse bouchée d'œufs.

– Oui, mais c'était par accident. Je mets pas du sirop d'érable exprès sur mes œufs. Tu les manges toujours comme ça.

– Toujours. Essaie.

Elle lui tendit sa fourchette pleine d'œufs au sirop.

– C'est pour *toi* que j'essaie.

Il ouvrit la bouche et enfourna. Quel délice ! L'épais sirop recouvrait la langue de douceur sucrée, pendant que ses dents s'enfonçaient dans les morceaux d'œuf moelleux.

Jazz haussa les sourcils.

– Alors ?

– Hmm. C'est bon.

Il versa du sirop d'érable sur ses œufs à lui, et les dévora sous le rire de Jazz.

– On a encore des œufs ?

– Non. Désolée.

Il leva la bouteille de sirop d'érable et ouvrit la bouche pour faire couler le sucre directement dans sa bouche.

Jazz se mit à rire et se couvrit la bouche.

– Le sirop, c'est le meilleur. Pourquoi utiliser les œufs et les gaufres comme une excuse pour avoir le goût ?

Il tint la bouteille au-dessus de ses lèvres à elle.

Elle ouvrit la bouche et tira la langue. Hunter appuya sur le flacon.

– Miam ! dit Jazz en se léchant les lèvres. Demain, le petit-déjeuner, c'est une bouteille de sirop d'érable.

Elle joua avec ses sourcils et se tortilla sur sa chaise.

– On peut trouver d'autres moyens de satisfaire nos bouches sucrées. Attends. T'as une goutte au coin des lèvres.

Elle se pencha par-dessus la table et l'embrassa.

– Je crois que je l'ai eue.

– T'es sûre ?

Hunter fit couler un peu de sirop sur son doigt et l'étala sur ses lèvres.

– Je crois que t'en as manqué une partie.

Elle se pencha à nouveau par-dessus la table, lui prit le visage entre les mains et appuya ses lèvres contre les siennes.

– Doublement miam !

Elle aspira sa lèvre intérieure puis passa sa langue sur sa lèvre supérieure.

– C'est la meilleure façon de manger du sirop d'érable. J'ai tout eu, cette fois ?

– Oui, mais tu en as sur le menton.

Il lui embrassa le menton.

– Et aussi sur ton nez.

Il lui embrassa le nez.

– Et sur tes lèvres.

Ils s'embrassèrent.

Enfin, ils se lâchèrent. Hunter sourit en passant le bout de ses doigts tout autour de son visage.

– Tu as combien de bouteilles de sirop ?

– Plein. Je pense qu'on peut prendre le petit-déjeuner au lit demain.

Elle contourna la table et le serra contre elle.

– On peut le faire, Hunter. On peut s'affranchir de nos passés.

– J'espère, Jazz. Ouah, t'es trop agréable.

Jazz se sentait toute chaude et légère, comme si elle flottait dans le bonheur. Mais elle savait que ça ne durerait pas très longtemps. Elle avait toujours ses souvenirs. Il y en avait un qui venait tirailler sa conscience, même si elle essayait de l'ignorer.

Micah s'était collé contre elle plusieurs fois. Comment est-ce qu'elle pouvait sentir Hunter sans sentir Micah ?

Ils avaient du travail à faire. Elle allait devoir revivre ses souvenirs ce matin, pour que Hunter puisse les lui enlever.

Elle serra Hunter encore une fois avant de le relâcher.

— Tu m'aides à nettoyer ?

— Bien sûr.

Ils rassemblèrent les assiettes et les couverts de la table et les posèrent dans l'évier, bien plus propre que la première fois que Hunter était venu.

Jazz fit tomber le reste de nourriture dans la poubelle.

— J'en sais un peu plus sur la fusillade. Le garçon s'est suicidé. Ceux qui ont survécu disent qu'il n'y avait aucune expression sur son visage quand il s'est tiré dessus. Il n'a rien dit, il n'avait même pas l'air en colère. Il est sorti des toilettes avec un Glock et un chargeur et a commencé à tirer dans tous les sens. Quand le premier chargeur a été vide, il en a sorti un autre de son pantalon.

— Putain. Mais pourquoi ?

— Il y a beaucoup d'hypothèses, mais apparemment il était traité pour un syndrome de stress post-traumatique depuis un an.

— Qui avait été déclenché par... ?

Hunter rinça les assiettes et les mit sur l'égouttoir.

— Quelque chose en rapport avec ses chiens tués par des coyotes, et son grand-père. Mais il y avait aussi des rumeurs comme quoi il avait été battu quand il était enfant.

— Comment ça peut pousser quelqu'un à tuer des lycéens ?

— Je ne sais pas. Ses parents accusent le docteur de leur avoir menti sur les progrès que faisait leur fils, en ce qui concerne sa santé mentale. Et écoute bien. Le docteur s'appelle Ru.

— Mon docteur ?

— Peut-être. J'ai pas vérifié combien de Dr. Ru il y avait à Washington. Mais j'ai trouvé un Hongyan Ru à Bremerton qui est spécialisé dans la pédopsychiatrie et les traumatismes.

— Il a dit quelque chose ?

— Jusqu'ici personne ne l'a retrouvé.

Jazz pulvérisa du produit nettoyant sur la gazinière et l'essuya.

– Je me demande si je devrais appeler Papa. Il a le numéro du docteur.

– C'est peut-être un autre docteur qui s'appelle Ru. Peut-être qu'il est en vacances. Ou qu'il est parti en vacances pour éviter la presse.

– Ou il est coupable de quelque chose et a fait exprès de disparaître.

Hunter lâcha les couverts dans l'égouttoir.

– C'est pas ce qui semble le plus probable. Je suis sûre qu'ils vont trouver des posts Facebook, ou autre chose, qui leur donneront des indices sur la vie sociale du tireur et permettront de comprendre pourquoi il a tué ses camarades. Les docteurs n'essaient pas de provoquer des tueries.

– Peut-être que son idée de réinitialisation est fallacieuse. Je me demande si le tireur avait un implant. Peut-être qu'on devrait contacter la police de Bremerton.

– C'est pas une bonne idée. On a déjà trois personnes qui savent pour toi. Tu veux risquer que plus de monde soit au courant.

Hunter soupira.

– Non.

Il accrocha le torchon à la porte du four.

– Tu veux encore du café ?

– Oui. Je vais chercher mon ordinateur.

Hunter sortit de la cuisine et alla dans la chambre de Jazz. Jazz mit une capsule de café dans la machine et rinça la tasse de Hunter. Elle savait avec quels souvenirs elle allait commencer, ceux qu'elle n'avait pas envie de revivre. Ce qui s'était passé entre eux était entièrement de la faute de Micah, mais elle aurait voulu agir autrement dès le début. Toutefois, elle avait douze ans, et elle venait de découvrir sa sexualité.

* * *

Exactement au moment où Hunter avait dit à Jazz à quel point elle était agréable contre lui, il s'était souvenu quand il dansait avec sa mère, et qu'elle le tirait à lui. Il avait essayé de ne penser qu'au corps de Jazz et de respirer son odeur, mais il n'arrivait pas à se débarrasser du souvenir de sa mère. Quand Jazz avait demandé qu'il l'aide à nettoyer, il avait été soulagé. C'était horrible, non ? Est-ce qu'il serait toujours hanté par son passé ? Est-ce qu'il arriverait un jour à serrer Jazz dans ses bras sans penser à sa mère ?

Il regarda le lit dans lequel il avait dormi, et réalisa qu'il n'avait pas pensé à sa mère en dormant avec Jazz. La différence, c'était qu'il n'avait pas été excité. Peut-être que c'était ça, son futur : un contact amical était sans danger, mais un contact sexuel lui rapportait ses cauchemars.

Il se demanda si Jazz ressentait quelque chose de similaire. C'était possible. Mais il pouvait arranger ça en lui prenant ses mauvais souvenirs. Il était certain qu'il y en avait d'autres avec Micah.

Il ramassa son ordinateur et revint à la cuisine. Jazz avait posé sa tasse de café sur la table et était partie au salon. Il en but une gorgée et s'approcha d'une chaise en face de Jazz. Elle avait croisé les jambes et les bras.

– Tu es prête ? demanda-t-il en s'asseyant.

Elle secoua la tête.

– Non. Et toi ?

– J'ai peur que ton souvenir soit atroce.

Il avait les épaules contractées, et frissonna.

– Je vais essayer d'en visualiser autant que possible. Hunter, tu es la meilleure chose qui me soit jamais arrivée, pas parce que tu prends mes mauvais souvenirs, mais pour qui tu es.

– À côté de ce que j'ai vu dans ta tête jusqu'ici, c'était pas difficile. Mais je comprends ce que tu veux dire. C'est ce que j'essaie d'être.

Elle ferma les yeux.

Le martèlement commença immédiatement. Il était devant la chambre de sa mère et s'entendait haleter, puis « Aaaah ! Aaaah! » Exactement comme Plant au milieu de « Whole Lotta Love ». Il entendit sa mère gémir, puis « Oui ! Oui ! Oui ! » Le couloir sombra dans l'obscurité. Il erra, désorienté, vers le mur, mais il ne voyait rien.

Une jeune Jazz, bien plus fine, se tenait devant la porte d'une chambre, les yeux écarquillés, l'oreille appuyée contre la porte. Elle entendait le lit bouger et Micah grogner en rythme.

– Oh mon Dieu, Micah, ne t'arrête pas ! T'arrête pas! criait sa mère à travers ses lèvres serrées.

– Han ! Han ! Han ! Putain ! cria Micah.

Puis le silence.

Puis des rires. Jazz sourit, levant la tête.

– Ouah, Claire ! C'était spécial.

– Spécialement, incroyablement bon !

Ils rirent encore. Jazz rit et glissa, cognant son genou au mur.

– C'était quoi ? demanda Micah.

Les yeux de Jazz s'ouvrirent brusquement. Elle entendit des bruits de pas. Elle s'enfuit de la porte, vers la cuisine, puis dans son couloir, aussi silencieusement et aussi vite qu'elle le pouvait. Elle se glissa dans son lit, tourna le dos à la porte, et essaya désespérément de ralentir sa respiration.

Elle entendit ses pas s'approcher de sa chambre. Les yeux à moitié ouverts, elle vit la lumière éclairer son mur et sut qu'il était debout dans l'encadrement de la porte.

– Jazz ? chuchota-t-il. Tu es réveillée ?

Elle ne bougeait pas, ne respirait pas.

– Tu nous écoutais ? C'est pas grave si tu le faisais. J'ai donné beaucoup de plaisir à ta mère ce soir. Souviens-toi de ça.

Jazz inspira lentement. Pourquoi est-ce qu'il était venu dans sa chambre ? Qu'est-ce qu'il voulait ?

Elle se repassait le bruit de leurs ébats dans sa tête.

La journée suivante apparut par éclairs. Micah faisait particulièrement attention aux regards que lui lançait Jazz, essayait de la faire sourire quand Claire ne regardait pas. Il frottait sa main sur sa braguette, captait son regard, et lui faisait un clin d'œil en la montrant du doigt. Après le déjeuner, sa mère sortit fumer une cigarette. Micah s'approcha très près d'elle et essaya de la regarder dans les yeux.

Quand elle lui rendit son regard, elle sourit.

– Tu l'as fait ?

Jazz sentit la chaleur sur son visage, elle savait qu'elle était en train de rougir.

– Tu l'as fait ?

– Fait quoi ?

– Tu nous écoutais à la porte ?

Elle essaya de se détourner. Il prit gentiment son bras.

– Je sais que tu l'as fait. C'était bien ? Tu as aimé ça ?

Elle regarda le sol.

– Allez, Jazzy. Je vais pas te mordre. Tu sais ce qu'on faisait, au moins ?

Jazz lui fit un regard comme pour lui demander « tu me prends pour une imbécile ? » mais ne répondit pas.

– Tu viens de l'admettre sans rien dire, rit-il. T'es plutôt maligne, Jazz. Et t'es vraiment mignonne, aussi.

Elle le regarda et ne put empêcher son sourire de s'étirer sur son visage.

– Tu t'es touchée ?

Jazz sentit sa peau picoter. Elle regarda ailleurs.

– Alors ?

Son cœur battait la chamade quand elle se détourna et courut jusqu'à sa chambre.

Comment il savait ? Elle avait la tête qui tournait, et de la sueur perlait à son front.

Elle entendit un bruit de pas, puis la porte grinça.

– Tu sais quoi ? Je vais en ville tout à l'heure. Je vais ramener une surprise. Juste entre toi et moi. Tu vas adorer .

Il s'en alla.

Une autre scène apparut.

Elle venait de prendre un bain et entrouvrait la porte pour regarder dehors. Elle essayait de l'éviter depuis le début de la soirée. Chaque fois qu'elle croisait son regard, il souriait et lui faisait un clin d'œil. Elle ne le vit pas dans le couloir, donc elle marcha vite vers sa chambre et ferma la porte.

Plus tard, en tirant ses couvertures, elle trouva un magazine rempli d'hommes nus, et une tablette. Avec un petit mot : Amuse-toi bien, Jazz ! Tu me diras demain si tu as aimé mes cadeaux. Il avait aussi écrit des adresses de sites web.

Elle avait envie de tout ranger dans son placard et de n'avoir rien à faire avec ça. Mais elle n'arrivait pas à arrêter de regarder le magazine, et elle avait la respiration qui s'emballait. Son cœur lui donnait l'impression qu'il allait sortir *de sa poitrine. Elle ouvrit lentement la porte pour guetter dans le couloir. Il était vide.*

Elle ramassa le magazine et l'ouvrit. Oh, mon Dieu ! Elle regarda. Tourna la page. Regarda encore.

Elle avait le visage en feu quand elle se glissa sous les couvertures, chacun de ses nerfs à vif.

D'autres scènes apparurent du reste de la nuit, pleine de sons et de sensations incroyables. Elle s'endormit juste avant l'aube, le corps collant de sueur, étouffant sous les draps. Elle avait mal à la tête.

Quelques heures plus tard, sa porte s'ouvrit en grinçant.

— Jazz, dit Micah d'une voix douce et presque chantante. C'est l'heure de se lever, jeune fille.

Ses yeux s'ouvrirent sous la couverture. Elle essaya de ne pas bouger.

— Tu as de la chance que ce soit l'été et que tu puisses dormir tard. Et veiller tard... à faire ce que tu veux.

Il se mit à rire.

— Je sais que tu es réveillée. Montre-le-moi maintenant, ou je t'enlève tes couvertures. Un, deux, trois...

— Je suis réveillée ! Tu veux quoi ?

Elle restait cachée sous les couvertures.

— Comment c'était, ta nuit ? Sympa ?

— J'ai dormi.

— Le magazine était par terre, donc j'imagine que tu l'as feuilleté.

Son ventre se serra.

— Ne t'en fais pas. Je l'ai ramassé. Je ne voudrais pas que Claire le trouve.

Jazz essayait de décider quoi faire. Elle se mordit le poing.

— J'imagine que la tablette est sous les couvertures avec toi ? J'ai dépensé de l'argent pour ça, Jazz. Je me suis dit que ça te plairait.

Jazz baissa lentement la couverture jusqu'à son cou, et cligna des yeux dans la lumière. Il était debout contre sa porte, qu'il avait refermée, sans chemise, en boxer. Et il était évident qu'il avait une érection. Elle se surprit en train de regarder et détourna vivement le regard.

— Est-ce que tu peux dire « Merci, Micah » ?

Jazz sentait ses lèvres trembler et n'arrivait pas à le regarder. Elle avait l'impression d'avoir une pierre au fond de l'estomac. Qu'est-ce qu'il voulait ? Pourquoi est-ce qu'il avait acheté ça pour elle ? La nuit dernière, elle avait été excitée, mais maintenant elle avait honte. Et elle était inquiète. Qu'est-ce qu'il fallait faire ? Et dire ?

– Merci, Micah, dit-elle faiblement.

Il sourit.

– De rien, Jazz. Je veux te faire plaisir. Je veux juste que tu sois heureuse. Si tu penses à autre chose que tu voudrais avoir, dis-le-moi . Au fait, Claire est allée chez le coiffeur. Elle revient dans deux heures. Je lui ai dit que je te laisserais dormir, mais tu es réveillée. Donc je vais te faire un truc à manger. Tu veux t'habiller ? Ou tu veux rester un peu au lit ?

– Non, je vais me lever.

Son cœur s'emballait à l'idée d'être seule avec lui dans le mobile-home pendant deux heures. Ce n'était jamais arrivé. Est-ce qu'elle était excitée ou effrayée ?

Il était toujours à la porte.

– Va faire à manger pendant que je m'habille.

Il sourit.

– Oui.

Il se gratta le ventre et quitta la chambre.

Jazz sortit du lit et s'habilla rapidement. Elle cacha la tablette sous son matelas. Elle se dit qu'elle devrait montrer ses cadeaux à sa mère. C'était ce qu'il fallait faire, mais ce serait trop gênant. Elle les avait gardés toute la nuit.

Et elle les avait écoutés coucher ensemble devant leur porte. Comment expliquerait-elle ça ? Mais il fallait quand même qu'elle parle à sa mère.

Mais elle ne le fit pas.

Recommencerait-elle ce soir si elle en avait l'occasion ? Peut-être, mais elle savait qu'il ne le fallait pas. Surtout s'il comptait revenir dans sa chambre, sans chemise, et...

Allait-il continuer à poser des questions ? Essaierait-il d'aller plus loin ? Pourquoi ? Elle avait douze ans. Elle ne voulait plus parler de ça avec lui. Elle allait juste l'ignorer.

Mais si luiil continuait à en parler ? Et la forçait, elle, à en parler ?

Peut-être qu'il voulait juste la mettre mal à l'aise. Se moquer d'elle. La faire marcher. Il continuerait à le faire si elle le laissait l'atteindre. Donc il fallait qu'elle arrête d'avoir l'air gênée. Comme avec ceux qui nous harcèlent à l'école. S'ils savent qu'ils peuvent nous atteindre, ils continuent à s'acharner.

Hunter ouvrit les yeux et regarda Jazz. Elle respirait fort, comme si elle courait autour d'un stade depuis une heure. Il voulait lui crier de fuir de la maison, d'appeler sa mère. Il savait ce qui allait lui arriver, parce qu'il n'était pas parti de la chambre de sa mère au moment où il aurait pu. Ils avaient fait les mêmes erreurs et les payaient avec des années de doute et de haine envers eux-mêmes.

Chapitre 22

Elle longea le couloir jusqu'à la cuisine. Il avait fait une assiette avec une tranche de pain grillé et un œuf au plat. Il y avait un verre de jus d'orange à côté.

Il était assis de l'autre côté de la table, le visage caché par un magazine, toujours torse nu.

Oh mon Dieu ! Il était en train de lire le magazine de nus qu'il lui avait donné.

Elle faillit s'enfuir en courant. Elle devait s'enfuir en courant.

Mais elle n'arrivait pas à quitter des yeux ces corps nus. Les hommes étaient superbes. Elle devait se concentrer pour respirer.

Il ne fallait pas qu'elle le laisse l'atteindre.

Avec autant de sarcasme que possible, elle lui demanda :

– Tu l'as acheté pour moi ou pour toi ?

Elle s'assit et planta un morceau de pain grillé dans son œuf.

Il retourna le magazine.

– Je crois que c'est ce gars que tu as le plus regardé.

Jazz tressaillit et regarda son œuf. C'était vrai. Comment le savait-il ?

Il posa le magazine à plat sur la table entre eux deux.

– Il y a une tache ici et là. Je pense que tu as embrassé la page plusieurs fois.

Il se mit à rire.

Elle but une gorgée de jus d'orange et grimaça.

– Il y a quoi là-dedans ?

– Tu le sais bien. Tu as piqué plusieurs fois dans la bouteille. Ça dure depuis des semaines. Je t'ai fait un Screwdriver. Puisque ta mère ne veut plus boire avec *moi, je me suis dit qu'on pouvait trinquer ensemble.*

Il leva son verre et attendit qu'elle fasse de même.

– Maman est enceinte. Elle peut pas boire.

– C'est ce qu'elle me dit. Mais toi, tu peux. On peut peut-être boire un verre ensemble avant que tu ailles au lit ce soir. Ça rendrait peut-être ta soirée plus sympa.

Ils se regardèrent dans les yeux ; son verre était toujours levé au-dessus de la table.

– T'inquiète pas. Je le dirai pas à ta mère. Ce sera notre petit secret.

Il lui sourit en passant sa langue sur ses dents.

Elle respirait vite. Elle aurait dû quitter le mobile-home, mais elle n'arrivait pas à faire fonctionner ses jambes. Juste aller dehors, attendre que Maman rentre et lui dire ce que Micah avait fait. Elle avait mal à la poitrine.

Mais comment est-ce qu'elles pourraient manger ? Où est-ce qu'elles dormiraient ? Elles retourneraient chez Mamita et Papita ? Maman ne voulait pas faire ça. C'était la maison de Micah. Il leur avait tout acheté. Maman était enceinte de six mois.

– Jazz, en réalité je ne t'ai rien acheté hier.

Quoi ? Elle fronça les sourcils en le regardant.

– C'est le magazine de ta mère. Elle l'a depuis deux mois. Tu l'as pris sur sa table de nuit.

Sous son regard sarcastique, Jazz sentait tout le sang quitter son visage.

– Et la tablette est à moi. Tu l'as piquée dans notre chambre hier. Je l'ai trouvée sur ton lit quand je me suis levé ce matin.

Elle hoqueta. Sa main tremblait, alors elle posa sa fourchette et serra ses mains entre ses genoux.

– Tu sais que c'est un mensonge, s'étouffa-t-elle. Tu m'as écrit un mot !

Il sortit le mot du magazine.

– Oui, mais maintenant, il n'existe plus.

Il le froissa.

– Alors, on garde notre petit secret ?

Il agita un peu son verre à son intention.

– Si on fait ça, ce sera beaucoup mieux pour ta mère. Je pense pas qu'elle ait

envie d'une grosse dispute en ce moment.

Le cœur de Jazz battait la chamade. Que devait-elle faire ?

– Qu'est-ce que tu veux que je fasse ?

– Là, tout de suite, je veux qu'on boive un verre ensemble. Tu peux faire ça ?

Elle essayait de penser à d'autres solutions, mais elles aboutissaient toutes au fait de quitter Micah. Peut-être qu'il fallait qu'elle le supporte pour le moment. S'il essayait quoi que ce soit, elle le dirait à Maman. Elle prit son verre et trinqua avec lui.

Micah hocha la tête et sourit ;

– Cul-sec !

Il fit couler son verre dans sa gorge. Jazz but le sien à petites gorgées et grimaça. Il était fort.

– Pas de bébé qui tète dans ma maison. Bois-le ! commanda-t-il tandis que son sourire se changeait en un regard lubrique.

Jazz prit de plus grandes gorgées et sentit sa tête tourner.

– Bois tout, Jazzy ! rit-il. C'est bon pour toi. Tout le monde a besoin de vitamine C le matin.

Jazz finit son verre et ferma les yeux. Elle avait la tête dans du coton. Elle s'appuya à sa chaise et essaya de respirer. La chaleur envahissait sa nuque et son visage. Sa peau la picotait.

Elle sentit des doigts lui caresser les cheveux et frotter sa nuque. C'était agréable. Elle pencha la tête en avant et sentit les doigts descendre dans son dos, frôler ses côtes, puis remonter, puis passe sur ses épaules et le long de ses bras. Elle se sentait tellement détendue.

Sa chaise s'écarta de la table. Des mains l'en soulevèrent et la serrèrent contre...

Elle ouvrit les yeux et vit la poitrine de Micah. Ses mains passaient dans son dos, puis descendaient. Elle essaya de s'écarter, mais elle était trop faible.

– Quoi... quoi ? essayait-elle de dire.

– Il faut que tu ailles t'allonger, Jazz. Je crois que ton verre était un peu trop fort.

Il rit, puis la souleva et la porta jusqu'à sa chambre. Il l'allongea doucement sur son lit.

La vue de Jazz était trouble. Que voulait-il ?

Quelque part derrière le bourdonnement, les picotements et le brouillard dans son cerveau, elle réalisa qu'elle avait fait le mauvais choix.

Hunter s'essuya les yeux et regarda Jazz. Ses joues étaient mouillées de larmes. Sa respiration était rapide et saccadée et elle secouait lentement la tête.

Des scènes lui apparurent rapidement, la plupart dans sa chambre. Les doigts de Hunter passaient vivement sur le clavier. Jazz ne se rappelait plus des histoires, seulement des événements. Et des émotions.

Parfois, Jazz suppliait Micah d'arrêter, parfois elle riait. Souvent, elle gémissait. Micah ordonnait, grondait, riait. Parfois il parlait tendrement pendant que Jazz pleurait.

Jazz entendait de plus en plus de disputes entre sa mère et Micah – des verres qui se cassaient, des poings qui frappaient les meubles. Jazz se bouchait les oreilles et pleurait. Il lui criait dessus pour son apparence, et parce qu'elle se sentait souvent mal. Il la giflait souvent, puis il venait voir Jazz. Plus la dispute était bruyante et plus il était probable que Micah vienne dans sa chambre.

Sa mère se sentait terriblement mal et ne quittait que rarement son lit. Elle s'en excusait auprès de Jazz, qui s'occupait d'elle quand elle le pouvait.

Sa mère avait dû voir que Jazz était épuisée, à quel point ses cernes étaient sombres.

– *Ça va, Jazz ?*

  – *Oui, Maman. Je vais bien.*

  – *Est-ce que Micah est gentil avec toi ?*

Jazz regarda sa mère en essayant de s'empêcher de pleurer, en se mordant violemment la langue. Pourquoi est-ce que Maman lui demandait maintenant ? Est-ce qu'elle se doutait de quelque chose ? Est-ce que Micah avait dit quelque chose ?

  – *Oui, pourquoi il le serait pas ?*

Elle tapota son oreiller.

  – *Tu as l'air tellement triste ces derniers temps. Et tu as l'air ailleurs. Tu dors* bien ?

Sa mère lui toucha la joue.

Non, je ne dors pas. Je fais tout ce que Micah me demande de faire, sauf le baiser. Il n'a pas encore essayé, mais je sais que ça va venir. *C'est ce qu'elle voulait dire, mais tout ce qu'elle réussit à articuler fut :*

– Ça va. J'ai hâte d'avoir une petite sœur.

Maman sourit et l'embrassa sur le front.

– Dans plus très longtemps.

Une nuit, après que Micah eut quitté sa chambre à trois heures du matin, Jazz courut jusqu'à la salle de bains et vomit ses tripes. Elle regarda le liquide qui s'écoulait de sa bouche et glissait dans la cuvette des toilettes. Un autre spasme lui tordit les entrailles, mais tout ce qui sortit fut un grognement du fond d'elle-même, un râle de son âme salie, dépravée.

Elle pleura et se tira les cheveux jusqu'à ce que quelques-uns lui restent dans la main. Mais elle ne ressentait pas la douleur – juste du soulagement. Elle en tira d'autres et poussa un cri étouffé quand elle vit les mèches dans son poing. Les quelques secondes pendant lesquelles elle tirait, elle ne s'était pas sentie sale. Elle ne sentait plus Micah.

Elle vit le rasoir sur le bord de la baignoire. Les petites lames l'hypnotisaient. Il y en avait trois. Elles étaient brillantes. Propres. Acérées.

Elle porta la main à sa poignée. Elle se demanda ce que ça ferait de passer les lames sur sa cheville.

Dans sa tête, elle n'arrêtait pas de voir Micah, elle sentait son odeur, son goût. Mais ses yeux regardaient les lames au moment où elle les posa sur sa peau et les passa lentement. Le picotement brûlant ferma son esprit, et tout ce qu'elle vit fut le sang gouttant sur le sol.

Elle serra les dents et relâcha tout l'air de ses poumons.

Elle posa la lame plus haut et appuya plus fort, cette fois. Plus profondément. Plus longtemps. Jusqu'à ce que la douleur lui fasse lâcher le rasoir.

Elle regarda le sang couler en minuscules petites flaques.

Son esprit était vide, engourdi par la douleur de sa cheville. Elle resta assise là pendant plusieurs minutes, apaisée par sa conscience qui se concentrait intensément sur son sang, les vagues de douleur et sa peau mutilée.

Enfin, elle essuya sa cheville avec du papier toilettes et nettoya le sol avec un gant de toilette. Elle regarda le sang couler lentement de sa peau coupée, puis se rappela qu'elle avait un demi verre de vodka dans sa chambre. Elle retourna précipitamment le chercher et ferma la porte de la salle de bains. Le cœur battant la chamade, elle s'assit au bord de la baignoire et versa lentement l'alcool sur ses coupures en serrant les dents.

La douleur contracta ses muscles comme une décharge électrique et finit de lui vider la tête.

Elle retourna lentement à sa chambre et se glissa sous ses couvertures, le cerveau endormi avant même que sa tête ne touche l'oreiller.

Hunter appuya ses poings sur ses yeux, pour essayer de retenir ses larmes. Il connaissait les scènes qui allaient venir, et il ne voulait pas les voir.

Jazz ouvrit les yeux comme si elle se réveillait d'un rêve. Les coins de sa bouche se soulevèrent en un demi-sourire.

– Encore un petit peu, Hunter. Tu pourras le supporter ?

Il murmura :

– À peine.

– Tu veux que j'arrête ?

– Je veux que tu te sentes réparée . Serre-moi juste dans tes bras quand tu auras fini.

– Je te lâcherai jamais.

Jazz ferma les yeux, et Hunter entendit sa mère crier.

– *Micah ! Je t'en prie, non.*

Jazz se tenait dans le couloir et entendit la gifle, et sa mère pleurer.

– *Micah. S'il te plaît, ça fait mal !*

– *Sale chienne !*

Il la gifla encore.

– *Je suis désolée, Micah. Je peux pas. Je suis désolée.*

Elle se mit à pleurer.

Jazz tremblait. Elle savait ce qu'elle allait lui dire, mais il fallait qu'il quitte la chambre de sa mère. S'il la frappait encore, elle irait à la porte et lui dirait que le robinet était cassé – ou autre chose. Elle attendit et n'entendit rien. Elle allait s'approcher de leur porte quand Micah sortit brusquement et avança lourdement vers la cuisine. Il mit de la vodka et du jus d'orange dans un verre et en avala la moitié.

Jazz avança de quelques pas jusqu'à ce qu'elle sache qu'il la voyait.

Il la regarda de façon appuyée quand il vit qu'elle lui faisait signe. Sa langue passa sur ses dents, et il tangua vers elle.

– Tu veux quoi, Jazzy ?

– Je te donnerai ce que tu veux si tu arrêtes de frapper Maman.

Son sourire s'étira et il hocha la tête en regardant son corps de haut en bas.

– C'est ça ton excuse, alors que tu sais que tu me voulais depuis le début ?

Il finit son verre.

– Il faut que tu promettes que tu ne la frapperas plus. La seule raison que tu as de la frapper, c'est parce qu'elle baise pas avec toi. Le bébé va naître dans quelques jours. Laisse-la tranquille. Laisse-la avoir le bébé. Et tu pourras...

Jazz ferma les yeux et respira profondément.

Micah commença à défaire les boutons de la chemise de Jazz.

– Et je pourrai quoi ?

– Je m'allongerai et je te laisserai faire.

Elle lui prit les mains.

– Tu acceptes le marché ?

– Bien sûr, Jazzy. J'accepte le marché.

Elle lâcha ses mains et il recommença à lui enlever ses boutons.

– Ça fait longtemps que j'attends ça.

Il lui enleva sa chemise. Jazz se retourna et alla dans sa chambre où elle retira le reste de ses vêtements. Elle s'allongea et vit Micah qui la regardait tout se déshabillant.

Hunter se tint la tête et tira sur ses cheveux. Il avait l'impression qu'il allait exploser de douleur. Mais sa colère bouillait dans son ventre. Ça n'arriverait plus. Plus. Jamais.

Micah grimpa au-dessus d'elle.

– Me fais pas mal, Micah, s'il te plaît.

Elle avait l'impression que ses entrailles tombaient dans un trou, en tournoyant lentement.

– Je te ferais jamais de mal, Jazzy.

Quelques secondes plus tard, Jazz essayait de retenir ses cris.

D'autres scènes apparaissaient dans le cerveau de Hunter. Plus de coupures sur ses chevilles, plus de visites de Micah tard le soir, plus d'alcool.

Trois jours après le premier viol, Jazz se rappelait que Papita avait un pistolet dans le tiroir de la commode de sa chambre. Elle l'avait trouvé deux jours plus tôt en allant chercher de l'argent dans la maison de ses grands-parents. À ce moment-là, sa mère n'avait presque plus rien et ne voulait pas demander de monnaie à ses parents. Jazz avait trouvé quelques dollars ici et là, mais le pistolet était sa plus grosse trouvaille. Elle avait pensé à le voler et le donner à sa mère pour qu'elle le mette au clou, mais elle avait décidé de le laisser. Peu de temps après, Maman avait rencontré Micah, et elle et Jazz avaient déménagé.

Jazz démarra sur son vélo pour aller rendre visite à ses grands-parents, avec un petit sac à dos et une bouteille d'eau. Ils étaient surpris de la voir et la supplièrent de lui donner des nouvelles de leur fille, et du bébé. Jazz se glissa en dehors de la cuisine pendant que ses grands-parents préparaient un déjeuner tardif, et fonça dans leur chambre. Elle trouva le pistolet et le fourra dans son sac. Paniquée, de peur d'être découverte, ou retenue, elle courut dehors, sauta sur son vélo et fonça vers la maison. Elle cacha l'arme sous son matelas et se jura qu'elle le tuerait s'il faisait encore du mal à Maman.

Les jours passaient et Claire n'avait toujours pas accouché de sa fille. Micah grommelait en permanence que leur marché ne suffisait pas pour tout ce temps en plus. Que Jazz devait le satisfaire une fois de plus.

Elle ne s'attendait pas à ce qu'il déboule ce soir-là, ivre, sans rien sur lui à part son boxer. Il arracha les couvertures et lui dit d'enlever ses vêtements.

Elle ne pouvait pas attraper le pistolet.

Son estomac se contracta et de la bile remonta dans sa gorge.

Elle le laissa faire une fois de plus en essayant très fort de contenir ses cris derrière ses dents serrées. Il se moqua d'elle et lui dit qu'elle était une vraie comédienne.

Elle ne devint plus que qu'une coquille vide, engourdie, avec des yeux qui ne voyaient pas le monde, juste Micah en bouche qui grognait au-dessus d'elle, lui déchirant les entrailles.

Même les coupures à répétition sur ses jambes ne la ressuscitaient pas.

Deux nuits plus tard, elle se surprit en train de fixer un couteau de boucher, qui semblait lui faire des clins d'œil alors que la lumière de sa lampe de chevet clignotait dessus, pendant qu'elle passait la lame au-dessus de son poignet.

Tirer juste un peu sur la lame suffirait.

Elle se mit à sourire et compta : un, deux, trois, quatre, cinq, coupe. Elle appuya légèrement en passant la lame.

Le sang afflua rapidement, par gouttelettes. La lame était affûtée. Mais la douleur n'était rien.

Plus fort, la prochaine fois. Plus profond.

Un, deux, trois, quatre...

Sa mère se mit à crier.

Jazz releva violemment la tête.

– Micah ! Non !

Elle sortit de son lit et prit l'arme sous son matelas, et le mit sous son oreiller.

Sa mère se remit à crier.

Jazz se faufila dans le couloir.

Le souvenir s'arrêta. Hunter savait ce qu'il s'était passé ensuite, mais Jazz ne s'en souvenait pas.

Ses entrailles se contractèrent et se tordirent, et un sanglot lui tordit la gorge et le fit presque suffoquer. Il se tint la tête et se laissa glisser sur le sol en pleurant.

– Hunter ! cria Jazz.

Ses cris lui remplirent la tête, et tout l'univers, un hurlement guttural qui personnifiait toute sa douleur.

– Jazz ! Jazz !

Il frappa sur le sol jusqu'à ce qu'il sente des mains lui attraper les bras.

– Hunter ! Je suis là ! Viens contre moi.

Elle l'attira contre elle et le berça.

– Je serai toujours là pour toi, Hunter. Je te laisserai jamais partir.

Plusieurs minutes plus tard, il ouvrit les yeux et sentit sa main qui caressait ses cheveux mouillés. Il enfouit sa tête contre sa poitrine en gémissant.

– Comment t'as pu survivre à ça ?

– Survivre à quoi ?

Elle attira son visage à hauteur du sien.

– Je ne sais pas ce quoi tu parles, Hunter. Tu as tout effacé.

Elle lui embrassa le front puis les yeux.

– Je suis libre, Hunter.

Elle l'embrassa sur une joue.

– Grâce à toi, je peux respirer.

Puis sur l'autre.

– Grâce à toi, je peux aimer.

Elle l'embrassa sur les lèvres.

Hunter sentit sa langue s'avancer dans sa bouche, sentit la chaleur de son haleine, et le doux élixir de son âme. À ce moment-là, il se déconnecta des souvenirs qui hurlaient dans son cerveau et se détendit dans ses bras.

Il sentait ses doigts qui dessinaient chaque ligne et courbe de son visage tandis qu'elle le regardait, fascinée.

– Merci, Hunter. J'aimerais pouvoir faire la même chose pour toi.

Après quelques minutes de repos, Hunter se leva.

– Combien d'autres filles souffrent comme tu souffrais, et continuent à souffrir ? Et comment est-ce que personne n'est au courant ? Est-ce que la police attrape les merdes qui font ça ? Et comment ça se fait qu'on n'en entende pas parler ?

– On n'en entend pas parler parce que les enfants sont mineurs. Leurs noms sont protégés, comme les détails de ce qui leur est arrivé.

– Il faut que ces histoires sortent d'une façon ou d'une autre. La mienne aussi. Si les gens savaient la vérité, ils feraient quelque chose. Je peux pas croire qu'ils ne feraient rien.

Il fit quelques pas et s'arrêta.

– Pourquoi ma mère a pu me séduire sans que quelqu'un l'en empêche ? Parce qu'elle était la mère, avec un contrôle complet sur ses enfants. Elle nous faisait l'éducation à la maison, apparemment. Peut-être qu'on n'avait pas d'amis, alors à qui on aurait parlé ? Et même si on avait eu des amis, on leur aurait dit, ou on aurait eu trop honte ?

Il fit les cent pas autour de la pièce.

– Combien de jeunes se tailladent sans que leurs parents le sachent ? Il doit y en avoir des milliers. Qui est au courant que Tatiana se purge ?

Jazz se leva.

– Personne à part nous, autant que je sache, alors que maintenant, ça paraît évident qu'elle le fait.

Elle lui fit un câlin.

– Est-ce que te mettre en colère t'aide à gérer les souvenirs ?

– Oui. D'une façon ou d'une autre, il faut que je trouve un moyen de me défendre.

Il secoua la tête, tous ses muscles tendus.

– En plus, chaque fois que je prends un souvenir à quelqu'un d'autre, j'en vois plus de mon passé. Le seul moyen pour que je connaisse la vérité sur ma mère, c'est de faire ça.

Quelqu'un frappa à la porte d'entrée.

Chapitre 23

Hunter regarda Jazz avec surprise. Eric ne serait sûrement pas revenu si vite.

– C'est qui ?

– Ça doit être Tatiana. Je lui ai dit de passer pendant le déjeuner. Tu veux que je lui dise de revenir après les cours ?

– Non, fais-la entrer. Je vais mettre mon tee-shirt.

Jazz toucha les cicatrices de sa poitrine.

– Je me rappelle quand j'ai fait la plupart de mes cicatrices, mais je me rappelle pas pourquoi j'ai commencé. Je crois que j'en ai encore plus honte, maintenant.

Hunter embrassa quelques cicatrices sur ses épaules.

– Je t'ai vu te faire les premières. Personne n'avait plus de raisons que toi d'en faire. La plupart dans ta situation se seraient suicidés, ou ils se seraient entièrement éteints. Elles montrent ta force, pas ta faiblesse.

Jazz le serra fort.

– Merci. Peut-être que tu devrais faire une pause ?

– Non ! dit-il en sachant qu'il avait parlé trop fort. Désolé, Jazz, mais je peux le faire. Tu as enduré tout ça. Tout ce que j'ai à faire, c'est regarder. Je veux pas arrêter.

Elle lui tint la tête.

– D'accord. Je vais la faire entrer.

Hunter retourna dans sa chambre et se tint devant le miroir pour regarder ses cicatrices. Elles avaient l'air plus grandes, plus apparentes. Comment est-ce qu'il avait pu savoir qu'elles avaient été causées par un accident de vélo ? Pourquoi s'était-il tailladé ? Quand ? Quelle douleur avait pu être si envahissante dans sa tête pour qu'il la recouvre avec une lame ? Sa culpabilité d'avoir cédé aux avances de sa mère ou autre chose ?

Il enfila un tee-shirt et alla à la cuisine où il trouva Tatiana dans les bras de Jazz.

– Tu as toujours l'air si heureuse, disait Tatiana entre ses larmes.

– Comme toi, dit Jazz en lui tenant les épaules. Qui d'autre sait que tu te purges ?

– Je sais pas. Je croyais que ça se verrait tout de suite. Et comme personne n'a rien dit, je me suis dit qu'ils n'en avaient juste rien à faire.

Tatiana regarda Hunter.

– Jazz a dit que tu pouvais m'aider.

– Je vais essayer.

– Est-ce que vous en avez parlé à quelqu'un ?

– On va même pas t'en parler, dit Hunter. Quand j'aurai vu ton souvenir, tu ne te rappelleras pas que tu l'as eu.

Tatiana baissa ses grands yeux noisette.

– Hunter... tu vas voir... voir mon corps... je suis désolée. Je suis vraiment nerveuse.

– Je comprends. Mais quand j'aurai fini, tu ne sauras pas que je l'ai vu. Ne t'en fais pas, s'il te plaît.

Jazz prit le bras de Tatiana et l'emmena au salon.

– Assieds-toi là.

Tatiana s'assit sur le canapé.

– Tu vas devoir revivre l'événement. Ça va faire mal au début, mais ça devrait être la dernière fois que tu vas y penser.

Hunter se sentait si fatigué et vidé qu'il aurait pu s'écrouler sur le lit de Jazz et se rouler en boule, mais sa colère lui donnait de la force. Pourquoi est-ce qu'une fille comme elle souffrait tellement qu'elle devait se faire vomir tous les jours ? Personne n'essayait de l'aider, alors il le ferait. Il ouvrit son ordinateur et regarda Tatiana.

Elle lui rendit son regard et fronça les sourcils.

– Donc, si j'ai bien compris, je pense à ce qui m'est arrivé, et ensuite il se passe quoi ?

– Je verrai ce à quoi tu penses, dit Hunter.

– Comment ?

Jazz s'assit à côté d'elle.

– On ne sait pas encore comment ça marche, mais ce que tu vois dans ta tête, il le verra dans la sienne.

Tatiana secoua la tête.

– Comment c'est possible ? C'est de la magie ?

– Pas de la magie, dit Jazz. De la science. Tes souvenirs ne restent pas dans ton cerveau. Ils sont comme un halo autour de toi, en lien avec ton cerveau. Quand tu te rappelles un événement, le souvenir envahit ton cerveau en stimulant tous les neurones qui étaient actifs quand tu l'as créé. Sauf que cette fois-ci, Hunter pirate le souvenir.

Elle écarquilla les yeux en regardant Hunter.

– Et ensuite ?

Jazz lui tint la main.

– Il écrit ce qu'il voit, comme s'il vivait le souvenir.

– Comme s'il était moi ? demanda-t-elle en tournant la tête vers Jazz.

– En quelque sorte.

– Ça va faire mal ?

– J'avais la tête qui tournait un peu quand il a pris les miens.

– C'était un mauvais souvenir ?

Jazz sourit.

– Il dit que oui, mais je n'en ai aucune idée parce que je ne me rappelle de rien.

Jazz lui toucha la joue.

– Fais-nous confiance, Tatiana. Tu te sentiras tellement mieux.

Tatiana baissa la tête.

– Ça va te faire mal, Hunter ?

– Pas autant que ça t'en a fait, à toi. Ne t'inquiète pas pour moi. Je veux le faire.

Jazz sourit.

– Il transpire beaucoup après.

Elle lui serra la main.

– Tu es prête ?

– Jazz, tu peux rester à côté de moi ? demanda Tatiana.

– Oui, bien sûr.

Tatiana tira la main de Jazz contre sa poitrine et commença à respirer rapidement.

Hunter entendit un martèlement dans l'obscurité. Il sentait des mains sur son corps. Lui et sa mère étaient nus, serrés l'un contre l'autre.

Le martèlement continuait.

– Maman ? Où est Hunter ?

La voix de Frankie. Il frappait à la porte de la chambre.

Hunter chuchota :

– Maman. Frankie est à la porte.

Il dut la repousser pour se détacher d'elle, avant de courir se cacher dans la salle de bains.

– Maman !

Frankie frappait à la porte.

– Quoi, Frankie ?

– Où est Hunter ?

– Mon Dieu, ferme la porte. Je sais pas. Retourne dormir, Frankie. Je suis sûre que Hunter sera dans son lit dans un petit moment.

La lumière disparut. Hunter se faufila dans la pièce et essaya de trouver ses vêtements.

– Reviens au lit, Hunter.

– Il faut que j'y aille.

– Cinq minutes. Juste cinq minutes.

Hunter enfila ses vêtements.

– Je reviens plus tard.

Il mit son oreille contre la porte et écouta. Comme il n'entendait rien, il l'entrebâilla lentement, et jeta un œil par l'ouverture. Le couloir était vide. Il se glissa hors de la chambre et vit de la lumière au bout du couloir. Il s'avança vers elle.

Une Tatiana plus jeune faisait du vélo dans le parc, vers la rivière. Elle sortit des arbres et tourna à gauche, là où la route bordait des terrains de camping. Elle était censée voir Molly, mais son amie avait été punie. Tatiana s'ennuyait à la maison, alors elle était partie toute seule. Elle roula jusqu'au bout de la route, pensant que le camping serait vide, mais elle vit un van blanc garé sur le bord. Elle ralentit pour voir un homme endormi sur le siège conducteur, et décida de le dépasser.

Au moment où elle passait devant la portière, elle entendit l'homme grogner. Elle leva les yeux et le vit se tenir la poitrine, qui tressaillait. Il grogna puis éructa :

– Aaaah ! Oh mon Dieu. Ça fait mal !

Il s'arrêta soudain et se laissa retomber sur son siège.

Tatiana freina.

– Monsieur ? Ça va ?

L'homme gémit :

– Aide-moi.

Elle descendit du vélo et s'approcha de la porte.

– Qu'est-ce qui ne va pas ?

– Je crois que je fais...

Sa voix dérailla.

Elle se rapprocha.

– Vous avez dit quoi ?

Il se tint la poitrine et grogna. Elle s'approcha encore.

– Vous avez besoin d'aide ?

Elle était à un mètre de sa portière quand il braqua un pistolet par la fenêtre et arma le chien.

Tatiana se mit à trembler. Elle regarda le canon du pistolet, puis son visage. Elle eut froid au ventre et oublia de respirer.

– Tu ne bouges pas et tu ne cries pas, sinon je tire dans ta jolie petite gueule. Compris ?

Tatiana hoqueta et hocha la tête. Ses lèvres se retroussèrent sur ses dents, et elle sentit de la sueur couler dans ses vêtements.

Les cheveux de l'homme étaient attachés en queue de cheval. Son visage était marqué, et sa barbe épaisse pendait de sa mâchoire et cachait son cou. Il ricana, révélant une incisive en argent. Il ouvrit la porte et descendit de son siège, tout en la visant avec son pistolet.

Tatiana hoquetait, elle manquait d'air.

– S'il vous plaît. Me faites pas de mal.

Il s'approcha.

– Tu es toute seule ?

– Oui.

Elle aurait peut-être dû dire non.

– Non. Ma famille est juste de l'autre côté des arbres.

– Vraiment ? demanda-t-il avec un regard lubrique.

Il tendit la main gauche et lui toucha la poitrine. Elle recula en protégeant son torse avec ses bras.

Il s'approcha d'elle et posa le canon du pistolet dans son cou.

– Je t'ai pas dit de bouger.

Il lui attrapa le poignet.

– Rentre dans le van.

– S'il vous plaît.

Elle avait les larmes aux yeux. Elle ne voulait pas mourir.

Il la gifla.

– Tais-toi ! Rentre dans le van.

Elle se laissa tomber sur les genoux. Il la releva en la tenant par les cheveux. Elle cria de douleur.

Il s'approcha tout près de son visage.

– Si tu te débats, je te découpe. T'auras des cicatrices plein la gueule. Sois gentille, et je te ferai pas de mal. C'est compris ?

Elle hocha la tête. Il la tira vers la portière arrière en tenant ses cheveux et en appuyant le pistolet entre ses côtes.

– Ouvre la portière.

Tous ses muscles tremblaient. Elle tendit la main vers la poignée mais ne réussit pas à l'attraper.

— J'ai dit : ouvre.

Elle tira la poignée à deux mains. La portière glissa sur le côté, et il la poussa à l'intérieur.

L'espace derrière les sièges était vide, et le sol couvert d'un matelas fin. Il claqua la porte, les plongeant dans l'obscurité.

L'air était imprégné de la puanteur des cigarettes, de la sueur et de la bière. Il se pencha et tira sur une ficelle qui alluma une lumière.

Tatiana regarda autour tout autour d'elle. Un rideau séparait l'arrière de la cabine du conducteur, et toutes les fenêtres étaient masquées.

Tatiana n'arrivait plus à respirer. Chacun de ses nerfs était à vif, et elle tremblait. Il allait la violer et la tuer. Elle ne pouvait plus s'arrêter de trembler.

Il sortit un couteau de chasse et prit un rouleau d'adhésif renforcé. Après en avoir coupé un morceau de vingt centimètres, il lui dit :

— Approche-toi.

— J'arrive à peine à respirer. Me le mettez pas sur la bouche. S'il vous plaît. Je crierai pas. Je crierai pas.

Il ricana.

— D'accord, mais si tu fais le moindre son, je te découpe.

Il approcha la lame de sa joue.

— T'as un si beau visage. Ce serait dommage de le recouvrir de cicatrices.

Elle regarda la lame en gémissant, puis leva les yeux à son visage.

— Je crierai pas. Promis.

— Allonge-toi, grogna-t-il.

Elle écarquilla les yeux.

Il approcha la lame.

— Allonge-toi.

Elle étendit les jambes vers lui et s'appuya en arrière, sur ses coudes.

— Couche-toi complètement. Et tends les bras.

Sa poitrine montait et descendait ; elle éloigna ses bras de son corps. Il s'approcha de chacun de ses bras et posa des poids ronds et lourds sur chaque avant-bras.

Elle n'arrivait pas à bouger, et ses bras commencèrent à picoter, privés de sang.

– *Voyons ce qu'on a là.*

Il souleva sa chemise par-dessus son ventre et passa le couteau dessous, la lame vers le haut, avant de trancher les boutons.

Elle poussa un petit cri. Il posa le couteau sur sa peau.

– *Pas de bruit.*

Il remonta le couteau le long de sa chemise et coupa encore.

Et encore.

Il écarta les pans de la chemise.

– *Tu as quel âge ?*

– *Qua... quatorze ans.*

Il gloussa et glissa le bout du couteau sous son soutien-gorge. Elle tressaillit et serra les dents.

– *Oups. Je t'ai un peu esquintée.*

Il gloussa encore.

Tatiana sentait du sang lui couler sur le flanc.

Il tira vivement la lame vers le haut et coupa son soutien-gorge.

Elle sentit le plat de la lame s'approcher de sa hanche gauche. Elle attendit la coupure et tressaillit. Mais elle n'eut pas mal. Il tourna la lame et coupa le tissu.

Elle sentit la lame glisser vers sa hanche droite et la déshabiller.

Tatiana sentait sa peau exposée quand il tira son short et sa culotte pour les écarter.

– *Eh bien, eh bien, eh bien. Je crois que je vais prendre des photos.*

Tatiana essayait de respirer régulièrement en regardant le plafond du van, tout en voyant les flashs et en entendant les déclics.

Peut-être que c'est tout ce qu'il veut, se dit-elle. Des photos.

Il commença à fredonner. Elle entendit un bruit de vêtements et le vit debout au-dessus d'elle, enlever son pantalon et l'écarter d'un coup de pied.

– *Tu vas adorer ça.*

Il se pencha sur elle et posa son visage sur son ventre, passant sa langue sur sa chair.

Tatiana trembla et essaya de ne pas bouger.

Hunter sentit une main se poser sur son bras. Il leva les yeux et vit Jazz, son téléphone à la main. Elle chuchota :

–C'est ma mère.

Il hocha la tête et regarda Tatiana qui était allongée sur le sofa, un coussin serré contre son visage.

–C'est grave ? demanda Jazz.

Hunter hocha la tête une fois, puis reporta ses yeux sur l'écran.

Jazz lui embrassa le haut du crâne et sortit de la pièce.

* * *

Jazz glissa son doigt sur le téléphone pour décrocher.

– Salut Maman, ça va ?

Elle espérait qu'elle n'était pas sortie de cure.

– Ça va bien, Jazz. J'ai fini !

Sa voix était joyeuse, excitée.

– Ils me laissent sortir demain. J'ai fini mes six semaines.

Jazz soupira et secoua la tête. Elle mentait.

– Je croyais que la cure durait huit semaines.

– Ça dépend de ceux qui la font. Ils ont dit que je m'en sortais très bien, alors je peux partir.

Jazz se laissa tomber sur son lit.

– Il y a pas une maison de convalescence où ils veulent que tu ailles ?

– Une quoi ?

– J'ai regardé leur site, Maman. Tu es censée passer un mois en convalescence après avoir quitté la cure.

Jazz l'entendait tenir une cigarette entre ses dents.

– Personne m'a parlé de ça.

Jazz se pinça entre les yeux.

– Tu t'es fait virer ?

Elle eut l'air tellement vexée.

– Pourquoi tu dis ça ? Putain, Jazz, tu peux pas me faire confiance, une seule fois ?

– Parce qu'il n'y a rien sur leur site qui parle d'un programme de six semaines.

Jazz soupira et sentit ses espoirs s'anéantir.

– Qu'est-ce qu'il s'est passé ?

– Mais rien, je...

Elle sauta du lit.

– Ne me mens pas, à moi ! Tu as bu ?

Silence.

–Tu as bu ?

Sa mère essaya de se défendre en se mettant elle-même en colère.

– Pourquoi tu n'es pas à l'école ?

La gorge de Jazz se serra.

– Il est midi ! Je suis à la maison pour déjeuner. Tu as bu ?

Jazz l'entendit souffler sa fumée de cigarette.

– Quelqu'un m'a donné une bouteille de vodka comme dans les avions.

Jazz se sentit rougir.

– Laisse-moi deviner. C'était un homme.

– Oui, un éducateur. Lui aussi il a des problèmes.

– Pourquoi est-ce qu'il t'a donné ça ?

–Parce qu'on s'embrassait et...

Jazz donna un coup de poing dans le mur.

– Putain, Maman ! Pourquoi tu as dragué un des éducs ?

– C'est lui qui m'a draguée ! Manifestement, il a l'habitude de faire ça. Il échange des bouteilles contre du sexe. J'ai pas été la seule.

Elle sentit ses entrailles remuer.

– Tu l'as baisé pour une toute petite bouteille ?

– Je l'ai pas baisé. On s'embrassait seulement.

– Et il est où, maintenant ?

– Au chômage.

Jazz donna un coup de pied dans une pile de vêtements sur le sol.

– Il ne viendra pas à la maison !

– Est-ce que j'ai dit qu'il allait venir ?

– Putain, Maman. T'as été clean pendant six semaines. Pourquoi tu pouvais pas tenir deux de plus ?

– Vas-y, essaie de passer huit semaines sans boire, Jazz. T'en serais capable ?

– Maintenant, oui.

Elle s'assit sur son lit.

– Ah, vraiment ?

– Oui, j'en serais capable.

Elle se vit en train de dormir contre Hunter. Elle n'aurait plus jamais à voir ces souvenirs. Oui, elle en avait encore, mais les pires étaient partis.

– Quand est-ce que je suis censée venir te chercher ?

– Ils veulent que je sois partie demain à dix heures.

– D'accord. Je serai là.

Il y eut quelques secondes de silence avant que Jazz entende sa mère pleurer.

– Jazz, je suis désolée. J'ai vraiment essayé.

Jazz se laissa tomber en arrière sur les couvertures.

– Je sais, Maman. Je serai là demain matin.

Est-ce qu'il fallait qu'elle lui parle de Hunter ? Il le fallait, parce qu'elle allait être avec lui.

– Il y a... il y a un garçon avec moi.

– Un garçon ? C'est qui ?

– Il s'appelle Hunter. On est amis. Il m'a beaucoup aidée.

– T'as un petit copain ?

La réaction choquée de sa mère aurait pu énerver Jazz, mais l'idée de voir Hunter comme son petit copain tempéra cette réponse. Au lieu de ça, elle sentit de la chaleur envahir tout son corps. Elle sentait sa peau rayonner.

– C'est plus qu'un petit copain. Il m'a sauvée. Et peut-être qu'il peut te sauver aussi. Je t'expliquerai demain. Au-revoir, Maman.

– Au revoir, Jazz.

Sa mère allait vivre avec eux dès le lendemain soir. Qu'est-ce que ça changerait ? Hunter verrait ses souvenirs. Quelle quantité de merdes est-ce qu'il pouvait supporter ? Peut-être qu'il fallait qu'ils s'en aillent et qu'ils soient seuls un moment. Elle pourrait le tenir dans ses bras quand il dormirait sur ses genoux, et le protéger. Mais elle savait qu'il ne serait jamais d'accord. Il était en colère contre le monde entier parce que ces choses avaient pu arriver. Il n'accepterait jamais de les fuir.

Jazz regarda au salon. Hunter tapa quelques mots de plus et ferma son ordinateur. Il s'appuya en arrière et regarda le plafond. Tatiana s'était endormie, roulée en boule sur le canapé. Elle avait l'air en paix.

— Je la réveille ? demanda Jazz.

Hunter secoua la tête.

Jazz s'approcha de lui et prit sa tête entre ses bras. Hunter s'accrocha à elle, mais cette fois il ne pleura pas. Jazz sentait son corps tendu et noué. Elle sentait une rage brûlante à l'intérieur qui essayait de s'enfuir. Il se redressa et se tint la tête, appuyant furieusement contre ses tempes.

— Hunter, qu'est-ce qui va pas ?

— Ma mère.

Chapitre 24

L'esprit de Hunter se remplit de scènes avec sa mère ivre, du sexe, des danses, nus sur « Whole Lotta Love », des après-midis entiers pendant lesquels ils fermaient la maison à clé après avoir forcé Frankie à aller jouer dehors. Les scènes qui clignotaient dans son esprit s'étendaient sur une période de plusieurs semaines.

Hunter n'hésitait plus devant les avances de Savannah. Ils prenaient plus de risques. Ils buvaient tous les deux, de plus en plus. Certains matins, Hunter n'arrivait pas à la réveiller. Quand elle se levait enfin, elle buvait deux verres d'alcool avant le petit-déjeuner, et sirotait des mélanges à la vodka toute la journée.

Elle prit du poids et passa de moins en moins de temps à s'occuper de ses cheveux et de son visage.

Le pire, c'était quand Joe rentrait à la maison et que Hunter ne pouvait pas se glisser dans le lit de sa mère la nuit. Hunter entendait ses parents se disputer. Elle accusait son mari d'avoir une liaison et exigeait de regarder l'intérieur de son téléphone.

Hunter avait fait des menaces à Frankie pour lui interdire de dire quoi que ce soit à leur père sur le fait qu'il avait surpris Hunter au lit avec sa mère. Les menaces avaient fonctionné, mais Hunter savait que Frankie allait finir par dire quelque chose. Il souhaitait presque qu'il le fasse. Devoir endurer ses propres mensonges quand son père était à la maison était de plus en plus difficile. Il comptait les secondes avant que son père ne retourne à Prudhoe.

Après une dispute particulièrement bruyante, son père partit deux jours plus tôt que prévu, ce qui était une bonne chose, parce que Hunter avait dit à sa mère qu'il comptait dire la vérité à son père, et lui demander de déménager. À quoi leur était-il utile, de toute façon ? Tout ce qu'il faisait, c'était interférer dans sa relation avec sa mère.

Savannah lui dit que la prochaine fois qu'il rentrerait à la maison, elle lui demanderait le divorce.

Ils laissèrent Frankie seul à la maison en prétendant qu'ils allaient au magasin le plus proche.

Au lieu de ça, ils trouvèrent un coin tranquille dans les bois et couchèrent ensemble dans la voiture.

Hunter ouvrit les yeux et essaya de chasser la vision de son esprit. Tatiana le fixait depuis le canapé, les épaules affaissées mais les yeux écarquillés. Elle regardait autour d'elle comme si elle ne savait pas où elle était.

– Il s'est passé quoi ?

Elle avait la voix rauque et hésitante, comme les premiers mots du matin, empreints de sommeil. Elle regarda ses bras comme si elle ne les avait jamais vus.

– Il est quelle heure ?

– Presque deux heures, dit Jazz. On s'est dit qu'il fallait que tu dormes. Ça va ?

Elle hocha la tête lentement, sans bouger le reste de son corps.

– J'ai des fourmis dans les bras et les jambes, comme si j'avais eu la respiration coupée.

Jazz sourit et se pencha pour toucher son bras avec un doigt.

– Non, lâche-moi, gloussa-t-elle.

Elle pencha la tête en arrière, respira doucement, et bougea doucement les doigts. Puis elle frissonna, poussa un petit cri, et serra ses bras contre elle. Elle regarda Hunter.

– Tu m'as fait quoi ?

– J'ai pris ton mauvais souvenir.

– Quel souvenir ?

Les yeux de Tatiana avaient l'air perdus, mais ni honteux ou terrifiés comme ils l'étaient avant.

Jazz s'assit à côté d'elle et la serra dans ses bras.

– Exactement. Quel souvenir ?

Elle prit le visage de Tatiana entre ses mains.

– Tu te sens bien ?

–Super bien ! Mais j'ai faim. Tu as un truc à manger ?

– Oui, dit Jazz, je vais nous faire des sandwiches.

Elle frotta la tête de Hunter puis retira sa main mouillée.

– Mon Dieu, Hunter, tu es trempé. Ton tee-shirt est collé à ton dos.

Il ricana.

– Désolé.

– C'est pas grave, dit-elle en lui embrassant le front. Ta sueur a bon goût. Je peux vous laisser tous seuls quelques minutes ?

– Oui. J'ai faim aussi.

Jazz le serra une fois de plus et alla à la cuisine. Hunter se leva et s'étira.

– C'était grave ? demanda Tatiana.

Hunter regarda Tatiana en essayant d'ignorer le souvenir d'elle qui essayait de rester silencieuse et immobile, pendant que cet homme la violait deux fois.

– Très. Mais tu n'as plus à t'en inquiéter.

– Tu vas... tu vas le dire à Jazz ?

– Pas tout.

– Tu as une mauvaise image de moi, maintenant ?

– Non. Je sais pas comment tu as survécu à ça. Tu es quelqu'un d'incroyable.

Un sourire naquit sur son visage.

– Merci.

Quand ils entrèrent tous les deux à la cuisine, Jazz jeta un tee-shirt propre à Hunter. Il enleva son tee-shirt trempé et vit Tatiana se couvrir la bouche avec ses mains.

– T'as des cicatrices aussi ?

Hunter glissa ses bras dans les manches.

– Oui, mais je me rappelle pas comment je les ai eues.

Il baissa son tee-shirt.

– Jazz pense que je vois des souvenirs qui ont un lien avec ceux que j'ai perdus.

– Mais je me suis jamais scarifiée, dit Tatiana.

– Non.

Il faillit dire « toi, tu te fais vomir » mais il ne voulut pas le lui rappeler.

– Des choses graves te sont arrivées, et des choses graves me sont arrivées aussi. Mais je vais bientôt me rappeler de tout.

– Tu veux te rappeler ?

– Il faut que je sache la vérité. Chaque fois que je vois le souvenir de quelqu'un d'autre, je vois un morceau de mon passé.

– Tu prends les mauvais souvenirs de Jazz pour pouvoir souffrir à nouveau de ton passé ? Je comprends pas pourquoi tu fais ça.

– Parce que je vois deux jeunes femmes à qui on a fait du mal alors qu'elles n'avaient rien fait, et maintenant elles sourient, heureuses qu'on les ait libérées de leur douleur. Et ça, c'est plutôt cool.

– Oui, c'est clair, dit Jazz en lui souriant et en brandissant un couteau couvert de mayonnaise. Dis-moi ce que tu veux dans ton sandwich.

Pendant qu'ils mangeaient, Tatiana demanda :

– Je pourrais revenir ici ? J'aime bien traîner avec vous.

Jazz sourit.

– C'est bon pour moi. Hunter ?

– Oui, bien sûr.

Tatiana sourit.

– Ce sera sympa d'avoir des amis qui connaissent le pire de moi et veulent encore être mes amis.

– Oui, c'est sympa, dit Hunter. Peut-être que la prochaine fois je te parlerai de tout mon passé et on verra si tu veux encore nous rendre visite.

– Après ce que tu as fait pour moi et pour Jazz, dit Tatiana, rien ne pourrait me faire fuir. Tu acceptes de prendre les pires souvenirs des gens. C'est plutôt génial.

Jazz attrapa la main de Hunter.

– Oui, ça l'est.

Tatiana se pencha pour faire un câlin à Jazz.

– Merci, Jazz.

– De rien.

Tatiana tendit les bras vers Hunter.

– Je peux ?

Hunter s'approcha d'elle.

– Évidemment.

Ils s'enlacèrent brièvement.

– À plus !

Elle avait les yeux brillants de joie quand elle recula vers la porte, en leur souriant à tous les deux, puis elle se tourna pour partir.

Jazz regarda la voiture de Tatiana s'en aller, par la fenêtre de la cuisine.

– Tu crois qu'elle va se purger du déjeuner ?

– Peut-être pas. Après le viol, elle a eu peur d'être enceinte. Elle regardait son ventre tout le temps pour vérifier s'il gonflait. Elle a commencé à se faire vomir pour s'assurer de ne pas grossir. Et elle avait l'impression de le recracher lui, de le chasser. Cet homme devrait être dépecé vivant.

Hunter débarrassa la table et emmena la vaisselle à l'évier.

– Elle pensait que c'était sa faute à elle ?

– Oui, évidemment. Elle se disait qu'elle aurait pu s'enfuir quand il avait sorti le pistolet. Qu'elle n'aurait jamais dû se faire avoir par une fausse crise cardiaque. Qu'elle n'aurait pas dû aller au parc toute seule. Tout ce qu'elle a fait après s'être fait violer, c'est se le reprocher.

– Est-ce que quelqu'un d'autre est au courant ?

– Je sais pas trop, mais je pense pas.

Il mouilla une éponge et l'approcha de la table pour l'essuyer.

– Tu as vu d'autres scènes avec ta mère ?

– Oui, plusieurs.

Il jeta la serviette vers l'évier.

– Je couchais avec elle tous les jours et toutes les nuits, au moins une fois, pendant plusieurs semaines, sauf quand mon père rentrait du travail. On baisait comme des putains de lapins.

Il donna un coup de pied dans une chaise et secoua la tête. Il se mit à rire et pinça son nez, entre ses deux yeux.

— Et mon petit frère était au courant, un peu. J'ai commencé à détester Frankie, et je voulais que mon père déménage de la maison. Je pense que la prochaine fois que je le vois revenir, je vais découvrir le grand secret.

Jazz s'approcha de lui et l'embrassa sur la joue.

— Sois pas si dur avec toi. Quand il nous arrive des merdes, on s'en veut. Pourquoi ? Parce que la plupart des gens ne se font pas violer ou maltraiter, alors on doit se dire que c'est de notre faute de nous être retrouvés dans ce genre de situations. Mais rien de tout ça n'était de notre faute.

— Je sais, mais c'est quand même difficile à accepter.

— D'un autre côté, c'est en partie de la faute de ma mère. Tu vas sûrement le découvrir.

— Comment ?

Elle passa sa main dans ses cheveux.

— Ma mère s'est fait virer de sa cure. On va la chercher demain à Fairbanks.

— Qu'est-ce qu'il s'est passé ?

— Encore un homme qui lui a donné de l'alcool en échange de sexe avec elle. L'histoire de sa vie.

Elle l'embrassa sur l'autre joue.

— Peut-être qu'elle aussi, tu peux la réparer.

— Tu te rappelles de ce que je t'ai dit la première fois qu'on s'est rencontrés ?

— Que le sexe était responsable de tous les problèmes du monde.

Jazz l'embrassa sur les lèvres. Il s'écarta légèrement.

— Tu n'es toujours pas d'accord ?

Elle passa ses doigts autour de ses oreilles.

— Le bon sexe, ça doit exister quelque part.

— Eh bien je l'ai pas encore vu.

— Dis-moi si ça, c'est pas bon.

Elle l'embrassa encore.

Il sentit sa langue et l'attira dans sa bouche. Son esprit se vida de toute pensée, il se concentrait seulement sur sa chaleur et son goût. La moindre terminaison nerveuse qui la touchait vibrait de chaleur, avait envie d'elle. Il voulait se fondre en elle.

– On pourrait se faire l'amour de façon incroyable, Hunter. Quand je t'ai senti contre moi ce matin, je me rappelle que j'ai paniqué. Mais tu m'as enlevé ça. Et tout ce que je ressens, maintenant, c'est un profond désir. Je sais que tes sentiments sont encore compliqués. Peut-être que quand tu apprendras la vérité, tu voudras juste me sentir contre toi. Ou peut-être que tu ne le voudras jamais. Mais on peut s'embrasser comme ça de temps en temps, ça me va.

Il la serra contre lui.

– On peut aller s'allonger un peu ?

– Oui.

Elle l'emmena à sa chambre.

– Quand est-ce que Eric va venir ?

– Dans une heure, peut-être deux.

Elle s'agenouilla à côté de son sac et sortit sa pochette avec les Trémariens. Puis elle monta sur le lit.

– Blottis-toi contre moi et fais une sieste. Je vais lire tes histoires. Tu as commencé à les écrire à l'époque où tu couchais avec ta mère, ou après ?

Il secoua la tête.

Elle tapota le lit à côté d'elle.

– Viens. Je te réveillerai quand il appellera.

Hunter s'allongea en serrant son corps tout contre elle. Elle était appuyée sur son flanc gauche, les histoires sur des feuilles devant elle. Elle attira son bras contre son ventre. Hunter glissa sa main sous son tee-shirt et s'endormit.

* * *

Jazz se souvenait de la dernière histoire que Hunter lui avait montrée neuf ou dix semaines plus tôt. Elle parcourut les pages vers la fin, pour la trouver. Elle voulait savoir ce qu'il avait écrit juste avant que les visions ne commencent. Elle se rappela sa première vision – un garçon et une fille qui se masturbaient en s'appelant sur Face-Time, pris sur le fait par la mère du garçon. Après l'avoir lue une première fois, Jazz pensait que le garçon et la fille représentaient les choses répréhensibles, que Hunter et sa mère avaient faites, qui étaient ensuite jugées et condamnées par une figure adulte. Mais peut-être qu'il y avait une autre façon d'interpréter ça.

Le garçon n'avait pas éjaculé avant que sa mère entre dans la pièce. De ce que Jazz savait, Hunter et sa mère avaient souvent eu des relations sexuelles. Il semblait logique que sa première vision parle, quoique de façon détournée, de sexualité entre une mère et son fils. C'était le nœud des problèmes de Hunter, les souvenirs qui avaient dû être effacés.

Qu'est-ce qui les avait fait revenir ?

Elle commença à lire la dernière histoire de la pochette des Trémariens.

La femme et un adolescent fuyaient sur le plateau rocailleux, vers le bord d'une falaise, poursuivis par un escadron de soldats Trémariens qui se battaient pour Roine, l'entité dirigeante au genre neutre qui avait démarré une guerre dix ans plus tôt contre le seul pays qui distinguait encore les genres masculin et féminin. Roine (une contraction de roi et reine) pensait que les Dumariens étaient une menace envers l'éradication des sexualités masculine et féminine, ce qui avait menacé la survie même de la planète Marian des années plus tôt, avant que la majorité de la société n'exige la neutralité genrée.

Pourquoi ? Parce que le nombre toujours croissant de meurtres, d'attaques, de maltraitance, d'oppression, et surtout, la destruction de fœtus par l'avortement et par des vies malsaines, exigeaient que quelque chose change. La reproduction était maintenant une procédure faite en laboratoire. Les différences physiques selon le sexe, et les actes sexuels n'étaient plus nécessaires. La plupart des dirigeants et citoyens avaient choisi la manipulation génétique, pour eux et pour les générations futures. Chaque Trémarien avait maintenant des organes similaires. La véritable égalité avait été établie. Ils n'étaient plus contrôlés par des instincts primaires et animaux, qui ne pouvaient que mener à la pornographie, au trafic humain, à la prostitution, et pire encore. Ils n'étaient plus des esclaves de l'orgasme.

Mais les Dumariens avaient résisté. Leur pays était un refuge pour ceux qui étaient encore dépendants de la sexualité. Certains Trémariens avaient déserté, simplement pour aller s'adonner à toutes sortes de plaisirs hédonistes avec des Dumariens masculins et féminins.

Roine savait que l'existence de Dumaria allait finir par éroder la domination des Trémariens. Il y avait trop de gens qui ne pouvaient résister au sexe, si on leur en donnait la possibilité.

Après des années de guerre, la population des Dumariens avait été décimée et isolée, sous forme de vagabonds comme cette femme et ce garçon.

Mais certains pensaient que des groupes conséquents de Dumariens vivaient encore dans des endroits secrets, peut-être sous terre, ou dans des grottes.

– Vous ne pouvez plus fuir, cria le dirigeant Tré. Vous devez vous rendre, ou mourir.

L'escadron leva ses armes, dont les extrémités brillaient d'une boule tournoyante d'énergie, qui envahissait l'air d'un bourdonnement électrique. Les têtes de chaque soldat étaient rasés d'un côté, et l'autre côté avait de longs cheveux attachés en une tresse.

La femme et le garçon s'arrêtèrent et se tournèrent vers les soldats, dos à l'abîme, leurs longs cheveux blonds fouettant l'air derrière eux.

Maintenant qu'elle était immobile, il était évident qu'elle était enceinte.

– Ouvrez vos manteaux ! cria le dirigeant Tré.

La femme sourit.

– Avec plaisir.

Elle défit la ceinture à sa taille, révélant son corps nu.

Plusieurs soldats hoquetèrent, n'ayant jamais vu le corps d'une femme nue. Des armes se baissèrent.

Le dirigeant Tré se tint devant les soldats.

– Concentrez-vous sur votre devoir !

Toutes les armes se levèrent.

– Aujourd'hui, on en tue trois pour le prix de deux. C'est une affaire !

Le dirigeant s'approcha de la femme et du garçon.

– Est-ce que le sexe est tellement important pour vous que vous acceptez de vivre en cavale comme des animaux ? Quel futur est-ce que vous imaginez ?

Elle se tint le ventre.

– *C'est lui mon futur, le futur des Dumariens.*

– *Où est le père ? Vous avez une idée de qui c'est, au moins ?*

– *Vous avez tué mon mari.*

La femme tendit le bras vers le garçon et le tira contre elle.

– *C'est mon fils, le père.*

Le dirigeant cracha de dégoût et plusieurs soldats crièrent sur elle.

Elle se mit à rire et embrassa son fils sur les lèvres.

– *Chacun d'entre vous paierait pour prendre la place de mon fils. Mais aucun n'a les couilles de le faire.*

Le garçon ricana.

La femme serra son fils contre elle.

– *Vous vous demanderez toujours ce que fait le plaisir que vous avez refusé.*

Elle rit encore et embrassa son fils sur les lèvres.

– *Nous vous quittons maintenant.*

Ils sautèrent du bord.

Le dirigeant cria un ordre, et plusieurs soldats coururent vers le bord. Après avoir regardé au-delà, l'un d'entre eux recula et parla au dirigeant.

– *Ils ont disparu.*

À ce moment-là, l'air se remplit de cris aigus, – wouhouhou, wouhouhou – et une centaine de Dumariens foncèrent sur les Trémariens par-derrière, en tirant avec des mitraillettes et des fusils d'assaut. Tous les Trémariens furent tués en quelques instants.

Ils étaient tombés sur une place forte Dumarienne.

Soit les souvenirs de Hunter avaient commencé à poindre dans son esprit, en influençant ses histoires de Trémariens, soit ce qu'il se passait dans ses histoires avait touché son passé par inadvertance. Ou les deux.

Dans l'histoire il n'y avait aucun dégoût envers l'inceste entre la mère et son fils, si ce n'était par les soldats au genre neutre. Est-ce que c'était parce que cette mère et son fils avaient été « forcés » de le faire à cause de la destruction des hommes Dumariens par les soldats ? De la même façon que Hunter et sa mère avaient été « forcés » par l'homosexualité de son père, et par l'isolation de Hunter d'autres jeunes de son âge ?

Les premières histoires qu'avait lues Jazz montraient les Trémariens sous un jour plus favorable, tandis que les Dumariens étaient les antagonistes, la raison pour laquelle les femmes et les enfants étaient maltraités, le mal qui devait être éradiqué pour que le monde soit plus vivable. Ce chapitre compliquait la chose. L'auteur avait l'air de se mettre du côté de la mère et son fils. Ils étaient chassés, ils s'étaient enfuis, et leurs amis avaient tué les ennemis.

Et pourquoi était-elle enceinte ?

Est-ce que Hunter avait mis sa mère enceinte ?

Le téléphone de Hunter vibra. Jazz le sortit de sa poche arrière. Eric voulait savoir s'il pouvait venir.

– Hé, Hunter.

Elle se retourna pour l'embrasser sur le front.

– Réveille-toi, marmotte. Eric a besoin de toi.

Hunter gémit et s'étira. Il s'assit.

– Je suis pas pressé qu'il arrive.

Chapitre 25

Hunter prit son ordinateur au salon, inquiet de ce qui allait sortir de l'esprit de Eric. Il allait revoir les deux filles, peut-être même d'autres. Hunter entendit la porte d'entrée s'ouvrir et vit Jazz guider Eric vers le salon.

– Un de vous deux veut boire quelque chose ? demanda Jazz.

Eric fixa Jazz, manifestement intrigué par ses cicatrices. Il pâlit.

– Qu'est-ce qui t'est arrivé ?

– Je me scarifiais, Eric. La plupart d'entre elles sont arrivées il y a des années. Mais je ne me rappelle pas pourquoi je les ai faites, grâce à Hunter. Elles te gênent ?

Il leva les yeux vers elle.

– Ouais. Qui est-ce qui serait pas gêné ?

– Tu veux toujours que je me change pour le cours de sport ? Tu vas toujours m'insulter parce que je passe l'après-midi dans ma propre sueur ?

– Non. Pardon.

Il s'assit.

Jazz croisa les bras sur sa poitrine.

– Les gens te regardent différemment quand tu sais quelque chose sur leur passé, hein ?

– Oui.

– Du genre combien c'était dur pour toi de vivre avec ton frère.

Eric tressaillit.

–T'es au courant ?

Il fronça les sourcils à l'intention de Hunter.

– Je ne connais pas les détails. J'en sais juste assez pour savoir que je me trompais sur toi. Tu vis toujours avec lui ?

Il secoua la tête.

– Non. Il est en prison. Détention de pornographie infantile. Son patron l'a surpris au travail.

– Il y a longtemps ?

Il regarda le sol.

– Environ six mois.

– Tu en as, toi ? demanda Hunter.

Mal assuré, Eric leva les yeux vers Hunter.

– Plus maintenant. Je me suis débarrassé de tout ce que j'avais hier soir.

– Hier soir ? demanda Jazz.

Eric rougit.

– Oui. Tu te disais que je l'aurais fait quand Buddy s'est fait arrêter, hein ? Mais j'ai pas pu.

– Je suis contente que tu fasses des efforts, Eric.

Elle lui serra l'épaule en passant à côté de lui.

– Tu sais quoi faire, lui dit Hunter.

Eric ferma les yeux. Comme la fois précédente, le martèlement commença immédiatement.

Hunter entendait le bruit de la douche couler derrière la porte de sa mère entrebâillée. Il l'ouvrit et entra. Sa mère pleurait dans la salle de bains.

– Maman ?

– Pas maintenant, Hunter !

– Qu'est-ce qui va pas ?

– J'ai dit pas maintenant ! Va-t'en.

Elle pleura encore un peu, puis la porte de la salle de bains claqua. Hunter alla dans le couloir et vit une route couverte de graviers de l'autre côté du mur. Il alla vers elle.

– *On va où ? demandait Eric, à l'avant du pick-up de Buddy.*

– *On va voir les deux filles sur lesquelles tu te touches.*

Buddy fit tomber la cendre de sa cigarette par la fenêtre. Eric sourit à moitié. Ce n'était pas tout à fait ce qu'il s'était passé. L'image qu'il n'arrivait pas à sortir de sa tête, c'était la tête de son frère entre ses jambes. Ensuite il avait dû faire la même chose à Buddy.

– On va juste les voir ? demanda Eric.

– Et faire des choses avec elles. J'ai dit à Wesley que tu venais. Tu as leur âge. Il va faire des vidéos avec toi et les filles.

Buddy tira sur sa cigarette et regarda son frère.

Eric sourit et essaya de comprendre ce que Buddy était vraiment en train de dire. Il était certain qu'il allait encore avoir l'air d'être stupide.

– Quoi, comme choses ?

– Ce que voudra Wesley. Tu vas adorer.

Buddy se mit à glousser.

Eric regarda Buddy quitter la route principale de Parks et bifurquer vers une route de gravier qui s'enfonçait dans les arbres, avant de descendre presque au niveau de la rivière Nenana, qui coulait vers le Nord, à travers le Tanana. Les clairières étaient ouvertes d'épilobe, une fleur dont seuls les pétales les plus hauts, d'un rose éclatant, étaient encore éclos en ce début du mois d'août.

– Ils vivent ici ? demanda Eric.

– Cachés entre les arbres. Wesley ne veut personne autour de lui. Il gère ses affaires ici.

– Quelles affaires ?

– De la pornographie. Des photos et des vidéos. Et de la prostitution, pour certains clients.

– Comme qui ?

– Comme moi.

Eric écarquilla les yeux.

– Avec qui ?

– Les filles. Soit avec Danielle, ou Destiny, ou les deux.

Il se mit à rire.

– Je préfère Danielle. Tu me diras après si j'ai raison, quand tu auras fini.

Eric sentit son estomac se contracter.

– Fini quoi ?

– Mon Dieu, mais t'es débile ? Tu vas coucher, petit frère. Plusieurs fois. Et tu auras une vidéo que tu pourras garder pour toujours. T'as tellement de chance. Ma première c'était Emily, en troisième. Une vraie truie.

Eric se gratta la tête pour se débarrasser des picotements qu'il sentait à la base de ses cheveux. Il vit les filles dans sa tête – fines, avec des cheveux bruns ondulés, et la peau pâle. Et tellement jeunes. Comment est-ce qu'elles pouvaient coucher avec lui ?

– C'est qui, les filles ?

– Comment ça, c'est qui ?

– C'est les enfants de Wesley ?

– Évidemment que non !

Il jeta à Eric son regard spécial qui voulait toujours dire la même chose – comment est-ce que tu peux être aussi bête ?

– Alors où est-ce qu'il les a eues ? Et pourquoi elles font... Ces choses ?

– Il les a achetées il y a deux ans.

– Achetées ?

– Ouais. À Anchorage. Il y a plein de clodos, là-bas. Il a trouvé une famille avec plusieurs enfants. Il a dit qu'il allait s'occuper des filles, que son église allait leur trouver une bonne famille, dit-il en ricanant. Il a donné aux parents de l'argent pour qu'ils achètent à manger pour eux et leurs autres enfants, et ensuite il a emmené les filles. Les gens sont tellement bêtes.

Après encore cent mètres de nids de poule et d'ornières, Buddy ralentit devant un portail entre deux rangées d'arbres. Il appuya sur un bouton au-dessus d'un boîtier.

– C'est toi, Buddy ?

Hunter s'arrêta et regarda Eric qui se tenait la tête entre les mains, les coudes sur les genoux. Il connaissait cette voix. Plutôt haut perchée, pour un visage qui avait l'air si méchant.

Le souvenir continua dans sa tête.

– Salut, Wesley. J'ai amené mon frère.

– Super ! Les filles sont en train de se laver. Tape le 673.

Buddy appuya sur les touches et entendit le déclic du verrou.

— Eric, va ouvrir le portail et ferme-le derrière moi quand je serai passé.

Eric s'exécuta et remonta dans le pick-up.

— Quel maboul ! Il utilise toujours les trois mêmes chiffres. 673. 376. 736.

Buddy se mit à rire.

— Il doit pas avoir très peur des intrus inattendus. En plus, il a des caméras partout.

L'allée passait entre des arbres pendant cinquante mètres puis arrivait sur une sorte de parking, devant une maison recouverte de contreplaqué vieilli sur la gauche, un trampoline au milieu, et un bâtiment en métal sur la droite.

Un homme assez petit, avec une queue de cheval, un visage marqué et une barbe épaisse qui pendait de sa mâchoire sortit sous le porche. Il fit signe à Buddy.

— Va te garer derrière le bâtiment. On va d'abord tourner dehors.

Eric vit qu'une de ses incisives était en argent. Le corps de l'homme grossissait au-dessus de sa taille. Dessous, ses jambes étaient très maigres. Quand il se tourna pour rentrer, Eric vit que Wesley n'avait quasiment pas de fesses.

Hunter voyait le violeur de Tatiana.

Les deux frères quittèrent le véhicule et s'avancèrent vers la maison. Eric vit une échelle qui menait vers une plateforme à deux niveaux, de l'autre côté du trampoline.

— Je pense qu'elles vont te baiser là.

— Sur l'échelle ?

— Non, andouille. Sur le trampoline.

Eric essaya de ralentir sa respiration. Il allait être dehors, nu, filmé avec deux filles nues ? Il avait la nausée et devait se contenir pour ne pas retourner en courant dans le pick-up.

Buddy ouvrit la porte de la maison, et ils entrèrent.

La première chose que Eric vit était une cage de métal sur le côté droit de la pièce. Elle faisait trois mètres par trois, et peut-être deux mètres de haut. Dans la cage, il vit deux filles debout nues sur une serviette, à côté d'un seau de vingt litres. Elles trempaient des chiffons dans l'eau puis se lavaient avec. Elles se frottaient le dos l'une à l'autre, chacune leur tour.

Eric regarda les filles, incapable de fermer la bouche. Elles ne faisaient pas attention à lui.

– Ne vous lavez pas les cheveux, dit Wesley aux filles. Je les veux pas mouillés pendant la vidéo.

– Ça, c'est Eric.

Buddy poussa son frère vers Wesley. Eric tendit la main pour la lui serrer.

– Retire ta chemise, aboya Wesley.

Eric regarda son frère.

– Fais comme il te dit.

Eric déboutonna sa chemise et l'enleva. Il eut froid et frissonna.

– Maintenant, ton pantalon, grogna Wesley. Et ton slip. Je veux m'assurer que tu n'as pas l'air trop vieux.

Eric enleva son slip en essayant de ne pas pleurer.

– Merde ! Trop de poils.

Wesley marcha lourdement vers une table, attrapa une paire de ciseaux, et s'approcha d'Eric, dont les yeux faillirent sortir de sa tête quand il le vit ouvrir les lames. Il se couvrit les organes génitaux.

– Bouge tes mains, mon garçon. Je vais juste tailler tes poils pubiens.

Eric fixa son frère, la bouche ouverte, prêt à crier. Buddy alluma une cigarette et gloussa. Wesley passa les ciseaux sur la peau de Eric et fit tomber les poils coupés avec quelques gestes brutaux, puis observa son propre travail.

– Ça ira, pour l'instant.

Eric ramassa ses sous-vêtements et leva un pied pour les enfiler.

– Pas besoin, mon garçon. Reste comme tu es.

Eric regarda la cage et vit une des filles assise sur une sorte de pot – un couvercle de toilettes posé sur un seau de vingt litres. Elle s'essuya avec du papier toilette et se leva.

– Destiny, aboya Wesley, tu es censée faire ça avant de te laver. Lave-toi encore une fois. Peut-être qu'être privée de dîner t'aidera à t'en rappeler.

Elle se précipita vers le seau d'eau et se frotta avec le chiffon.

Eric remarqua le pistolet que Wesley avait glissé dans sa ceinture, en bas de son dos.

Wesley se tourna vers Buddy.

– Elle est vraiment stupide.

Buddy ricana.

– Viens là, Eric, *exigea Wesley.*

Eric marcha lentement vers Wesley, les mains tenues devant ses parties intimes.

– Les filles, venez voir Eric. Vous allez bien vous amuser avec lui sur le trampoline.

Elles s'approchèrent toutes les deux des barreaux. Bien qu'elles étaient jumelles, Danielle était légèrement plus grande et plus développée que Destiny. Aucune des deux n'avait l'air de manger à sa faim.

Elles n'avaient pas du tout l'air heureuses, comme dans les vidéos de Buddy. Eric essaya de continuer à regarder leurs visages.

– Enlève tes mains, *aboya Wesley. Montre-leur ce que t'as.*

Eric ôta ses mains tremblantes de son entrejambe.

– Tu penses quoi des filles, Eric ? Tournez-vous, les filles. Qu'il vous voie.

Les épaules affaissées et les yeux vides, elles se tournèrent.

– Alors ? *aboya Wesley.*

Eric déglutit.

– Elles sont belles.

– Buddy, t'es sûre qu'il veut le faire ? Il a pas du tout l'air intéressé par elles.

Buddy s'approcha lourdement de son frère et le tira de l'autre côté de la pièce.

– T'as intérêt à changer d'attitude, Eric, *cracha Buddy. Et tout de suite. Il me donne un accès aux vidéos gratuitement pour toujours si tu fais ça bien. Tu m'entends ?*

Eric hocha la tête, le cœur battant la chamade.

– Si tu ne te sers pas de ça, *dit-il en montrant son entrejambe, je te le coupe.*

– D'accord, d'accord.

Eric s'approcha de la cage et regarda les filles dans les yeux.

– Vous êtes vraiment bonnes. J'ai hâte de vous baiser.

Danielle roula des yeux et Destiny ricana.

Wesley sortit un joint de marijuana de sa poche.

– On se croirait à un enterrement ici, on a besoin d'un peu d'ambiance.

Il alluma le joint et le tendit à Eric.

246

– Prends une taffe, mon garçon.

Eric prit le joint et regarda Buddy.

– C'est comme une cigarette, Eric. Tu aspires la fumée et tu la gardes dans tes poumons, dit Buddy. T'es vraiment con.

Eric inhala et sentit la fumée lui chatouiller la gorge, jusqu'à ce qu'il se mette à tousser.

Danielle tendit la main à travers les barreaux.

– Donne.

Eric lui tendit le joint. Elle tira dessus et le donna à sa sœur. Après quelques autres tours, Eric se sentait étourdi, la tête qui tourne.

– Les filles, il faut souhaiter la bienvenue au jeune homme.

Elles le fixèrent avec les expressions les plus tristes qu'il eût jamais vues.

– Maintenant ! gronda Wesley.

Les filles devinrent immédiatement joueuses et séduisantes, les lèvres tendues. Elles avaient l'air lubriques et vulgaires. Le changement le désarçonna. Danielle tendit un doigt à travers les barreaux et lui fit lentement signe de s'approcher.

Eric en oublia de respirer quand il s'approcha d'elles dans un nuage brumeux, jusqu'à ce qu'il sente les morceaux de métal froids contre sa peau. Danielle tira son visage contre le sien et l'embrassa sur les lèvres. Il sentit les mains de Destinée le toucher. Son cœur se mit à battre la chamade quand Danielle grogna et l'embrassa encore.

– On est prêts, je crois, ricana Wesley. Lâchez-le, les filles.

Danielle et Destiny revinrent instantanément à leur expression triste, tirée.

Eric recula de la cage et baissa les yeux sur son érection.

Wesley prit une clé dans un tiroir près de l'évier et attrapa un fusil à canon court sur le plan de travail. Il fourra la clé dans le verrou de la cage et l'ouvrit.

– On va dehors, ordonna Wesley.

Buddy ouvrit la porte et fit signe de sortir à Eric ;

Wesley attrapa sa caméra sur une table près de la porte et s'avança vers le trampoline, les filles marchant devant lui.

– Eric, monte sur le trampoline.

Eric monta les marches et se tint sur le bord. Wesley donna le fusil à Buddy.

– Ça tire des sacs à haricot. Tire sur les filles si elles essaient de s'enfuir.

Buddy hocha la tête.

Les filles restèrent en bas des marches pendant que Wesley montait sur l'échelle et installait sa caméra.

– Eric, je veux que tu sautes tout seul, avec le sourire, en t'amusant. À mon signal, les filles, vous vous approchez du bord, avec des rires et des regards appuyés. Vous avez trop envie de l'atteindre. Quand vous monterez là-dessus, vous sautez avec lui et vous vous amusez avec lui. Compris ? Eric, commence à sauter.

Eric se mit à sauter en petits cercles.

– Hé, Eric ! cria Wesley. Les gens veulent voir ta bite, pas ton cul. Tourne-toi vers la caméra, bordel.

Eric se tourna et continua à sauter.

– Maintenant, les filles, gronda Wesley.

Les filles se mirent à rire et lui lancèrent des œillades. Elles montèrent les escaliers en courant et sautèrent quelques secondes avec Eric, avant de le faire s'allonger.

Hunter sentit son téléphone vibrer. Il le sortit de sa poche et vit que l'appel venait de son père. Il appuya sur l'application des messages et envoya un texto à Jazz. *J'ai besoin que tu viennes.* Après quelques secondes, Jazz entra dans le salon, et Hunter lui tendit le téléphone. Elle s'approcha.

– Parle-lui. Je peux pas m'arrêter maintenant.

Chapitre 26

Jazz prit le téléphone et alla dans la cuisine, en glissant son doigt pour décrocher.

– Bonjour Joe, c'est Jazz. Hunter est occupé. Je peux vous aider.

– Salut, Jazz. Est-ce que Hunter a écrit d'autres histoires, depuis que vous êtes partis hier soir ?

Elle alla dans sa chambre et ferma la porte.

– Oui. Et il a eu d'autres souvenirs de sa mère.

Joe laissa planer un silence, puis :

– De quel genre ?

– Des relations sexuelles avec elle. Elle, essayant de le séduire, lui qui résistait, et elle utilisait son frère pour le rendre jaloux, puis il lui a cédé.

– Et ensuite ?

– Rien d'autre que de nombreuses relations sexuelles avec elle. Dans la dernière scène, il était prévu que vous reveniez à la maison, et il se disait qu'une énorme dispute allait arriver.

– Il a raison sur ce point, soupira Joe.

Jazz s'assit sur son lit et lui parla doucement.

– Joe, pourquoi vous ne lui dites pas ce qu'il s'est passé, pour vous débarrasser de tout ça ?

– Parce que j'ai vu comment il a réagi la dernière fois. Ça a failli le tuer.

– Il est plus vieux, maintenant. Il a vu tellement d'autres enfants se faire maltraiter que les histoires ne lui font plus le même effet qu'avant. Il est plus en colère que détruit. Il veut aider les autres personnes comme lui. Il veut que le monde sache ce qui arrive à ses enfants pendant que tout le monde regarde ailleurs.

– Quels enfants ? aboya Joe. À qui il parle ? Et qu'est-ce qu'il compte révéler au monde entier ? C'est quoi, son plan absurde ?

Jazz essaya de ne pas s'énerver et de garder une voix calme et persuasive.

– Il essaie de sauver les autres, de la même façon qu'il m'a sauvée. Il a pris plusieurs de mes souvenirs ce matin, et je me sens tellement mieux. Je n'ai pas honte de mes cicatrices. Vous n'avez aucune idée de ce que ça fait.

– Il va se faire du mal s'il ne réinitialise pas sa puce !

Elle prit plusieurs inspirations profondes . Pourquoi cet homme était-il aussi têtu ?

– Il sauve des gens, Joe. Une de nos amies a été violée, à quatorze ans. Maintenant elle ne s'en rappelle plus. Comment est-ce que l'aider pourrait lui faire du mal ?

– Parce qu'elle va le dire à d'autres, et le gouvernement va finir par le kidnapper et lui faire interroger des terroristes. Ou un autre pays va le prendre et lui faire identifier des traîtres. Beaucoup de gens mal intentionnés voudront le contrôler. Il perdra toutes ses libertés.

Les soupçons de Jazz s'éveillèrent en même temps que le sang lui monta aux joues. Il faisait beaucoup trop d'efforts pour la convaincre d'une calamité à venir.

– Vous avez peur pour lui, ou vous voulez protéger le secret que vous lui cachez ?

– Son docteur est d'accord avec moi ! Il m'a appelé il y a quelques jours et m'a dit de faire la réinitialisation.

– Vraiment ?

Les nerfs de Jazz la chatouillaient. Elle venait de lire une mise à jour sur Ru et la fusillade, pendant que Hunter était avec Eric. Les parents du tireur accusaient Ru de ce qui était arrivé à leur fils, et comptaient lui faire un procès.

– Pourquoi il vous a appelé ?

– Il voulait savoir si Hunter avait montré des signes de comportement violent.

L'esprit de Jazz fonctionnait à toute allure. Il devait y avoir un point commun entre le tireur et Hunter. Les parents disaient que Ru avait souhaité voir leur fils et que, quand ils le lui avaient interdit, Ru leur avait dit qu'il avait un implant qu'ils devaient réinitialiser. On ne leur avait jamais parlé d'un implant, disaient-ils. Puis, il semblait que Ru avait nié leur avoir parlé d'implant.

Jazz ouvrit son ordinateur.

— Vous avez entendu parler de la fusillade dans un lycée, près de Bremerton, dans le Washington ?

— Oui. Pourquoi ?

— Le tireur était un patient de Ru. Est-ce que Ru a peur que Hunter tue quelqu'un ?

L'article était toujours affiché sur son écran.

— Il a dit qu'un de ses autres patients avait commencé à entendre des voix et à avoir des visions dans sa tête. Que ce patient avait reçu un traitement similaire à celui de Hunter. Ru n'a pas dit qui était ce garçon.

— Qu'avez-vous dit au docteur ?

Jazz fit défiler l'article jusqu'à ce qu'elle trouve les déclarations des parents.

— Je lui ai dit que je lui donnerais des nouvelles. Puis j'ai appelé Hunter.

— Ru ment à propos de la puce électronique. Les parents n'ont jamais su qu'il y aurait un implant. Est-ce que Ru vous avait dit qu'il aurait un implant ?

Joe réfléchir.

— Seulement hier. Mais il m'a dit qu'il me l'avait dit il y a des années. J'ai pu oublier.

— Ou peut-être qu'il ne vous l'a jamais dit, ou qu'il n'en a jamais mis. Ru a dit aux parents que le garçon s'améliorait, et soudain il a eu des épisodes de colère, a cassé des choses dans sa chambre. Ils ont appelé Ru pour lui parler de ce changement. Il voulait lui parler, mais ils lui ont dit non, parce qu'ils avaient été mal informés, et ils ont décidé de changer de docteur. C'est là qu'il leur a parlé de la puce et de sa réinitialisation.

Joe semblait s'étouffer avec ses mots.

— Ils ne l'ont pas écouté, et le gamin a assassiné un tas de lycéens et de professeurs !

— Hunter essaie d'aider les autres. Il n'y a aucune raison pour qu'il tue quelqu'un. Pourquoi est-ce qu'on devrait écouter Ru, de toute façon ?

— Parce que Hunter était suicidaire et catatonique avant que Ru ne le traite. Et pendant presque une année entière après son traitement, Hunter allait bien.

Jazz descendit de son lit, les muscles tendus.

— Bien ? Vous et Ru vous lui avez tout pris, tous ses souvenirs, les bons comme les mauvais.

— Parce que les mauvais, il ne pouvait pas les supporter.

— Il a déjà vu beaucoup de ce que lui a fait sa mère. Et les souvenirs d'autres jeunes, de leur viol ou d'horribles maltraitances. Il n'est pas suicidaire du tout. En fait, il est vraiment déterminé à aider ceux qui ont eu des expériences similaires à ce qu'il a traversé.

Jazz entendait l'exaspération dans sa voix.

— Peu importe ce qu'il croit savoir de son passé maintenant, l'histoire entière va le remettre dans le même état que celui dans lequel il était : il se scarifiait, il criait et pleurait tout le temps. Je t'en prie, crois-moi sur parole. Il faut qu'on essaie la réinitialisation.

— Est-ce que Ru a voulu parler à Hunter ?

— Oui. J'ai dit non parce que j'ai eu peur que sa voix ne déclenche ses souvenirs.

— Ensuite il a parlé de la puce électronique. C'est ça ?

— Oui.

— C'est comme pour les parents du tireur. Pourquoi est-ce que vous ne me donnez pas son numéro, pour que Hunter puisse l'appeler ?

— Hors de question que je te le donne ! Hunter a besoin d'être réinitialisé !

Jazz se rappela de l'histoire des Trémariens qu'elle venait de lire.

— Dites-moi, Joe. Est-ce que Hunter a mis sa mère enceinte ?

Joe hoqueta et ne dit rien pendant quelques secondes.

— C'est lui qui vous a dit ça ?

— Non. Je l'ai lu dans une des histoires qu'il écrivait avant que les souvenirs ne lui envahissent l'esprit. Mais vous venez de me le confirmer, vu votre réaction. Comment est-ce que sa mère est morte, Joe ?

Presque comme un robot, Joe répondit :

– Dans un accident de voiture sur une route...

– C'est des conneries. Vous l'avez tuée ? Hunter l'a tuée ?

Elle l'entendit respirer lentement plusieurs fois, puis dire calmement :

– Non.

Jazz n'arrivait plus à retenir sa colère.

– Si Hunter était mon fils, je viendrais tout de suite ici pour être avec lui et le réconforter. Mais vous ne le faites pas, parce que vous trouvez plus important de protéger son secret que de l'aider. Vous préférez lui effacer la mémoire une fois de plus, peu importe ce que ça lui coûte. Vous avez peur qu'il vous déteste, s'il apprend la vérité ? Vous êtes si inquiet de ce qu'il pense de vous ?

– Non. De ce que je pense de moi-même. Désolé, Jazz.

Elle le supplia.

– Il peut vous aider à oublier, Joe. Votre esprit sera net. Vous serez léger. Je sais de quoi je parle. Vous ne pouvez pas savoir à quel point c'est bon de se débarrasser de ce fardeau. Laissez Hunter vous aider.

– Je suis désolé.

Il raccrocha.

Elle jeta le téléphone sur le lit. *De quoi cet homme avait-il aussi peur ?* Est-ce qu'il voulait vraiment que Hunter perde la mémoire, une fois de plus ? Pourquoi est-ce qu'il ne voulait pas que son fils affronte son passé et essaie de le surmonter ? Et comment ne pouvait-il pas se rendre compte de ce que Hunter faisait pour les autres ?

Mais elle réalisa qu'elle n'avait pas eu à s'occuper d'un Hunter suicidaire, qui se tranchait les poignets. Et bientôt, Hunter revivrait ces moments. Elle était déterminée à l'aider autant qu'elle le pouvait, parce qu'elle savait que la pire chose qui pouvait arriver avec les scarifications, c'était d'être isolé, de se sentir entièrement seul, avec pour seul ami : le couteau. Et la peur d'être découvert rendait cette isolation encore pire. Elle avait besoin que quelqu'un embrasse ses blessures, sans être dégoûté par elles, sans fuir devant cette folie comme si c'était la peste.

Et qu'est-ce qui était vrai, au sujet de Ru ? Est-ce qu'il y avait un implant ou pas ? Elle avait fait des recherches à ce sujet et savait qu'un implant avait besoin d'énergie provenant d'une batterie de taille conséquente. Où est-ce que Ru avait pu implanter ça ? Ça n'avait pas de sens.

Est-ce que le tireur avait eu des visions, lui aussi ? Peut-être qu'il ne savait pas ce que c'était, et qu'il avait paniqué.

Elle essaya de déglutir, mais elle avait comme des brûlures dans la poitrine. Ru avait appelé Joe parce qu'il avait peur que Hunter devienne violent. Est-ce que ça risquait d'arriver ?

Elle ouvrit la porte de sa chambre et passait par la cuisine quand elle entendit la voix de Hunter s'élever.

– Les filles sont encore avec Wesley ?

Elle s'approcha du salon.

– Oui.

Eric baissa les yeux sur le sol en prenant de grandes inspirations.

– Depuis tout ce temps ? Elles sont encore dans une cage ?

– Oui.

Hunter se leva.

– À quoi est-ce qu'elles ressemblent ?

Son visage ressemblait à celui d'un fantôme, avec des ombres noires sous les yeux et des lignes profondes qui lui marquaient le front.

– Elles sont plus grandes. Maigres. Il ne leur donne pas assez à manger parce qu'il veut qu'elles ressemblent à des gamines, pas à des ados. Il fait plus d'argent si elles ont l'air d'avoir douze ans, et non seize.

Jazz s'approcha de Hunter.

– Comment tu sais ça, Eric ?

Hunter jeta un œil à Eric.

– C'était quand, la dernière fois que tu y es allé ?

Eric passa sa main dans ses cheveux.

– Il y a deux semaines, gémit-il.

– Tu les baises encore ?

Hunter lui fonça dessus et le repoussa sur le canapé.

Le visage de Eric rougit et des larmes coulèrent sur ses joues.

– Je suis désolé.

Les veines dans le cou de Hunter palpitèrent quand il se pencha sur Eric.

– Toutes ces années tu t'es plus intéressé à ta bite qu'aux vies de deux filles qui ont vécu dans une cage, pendant quoi... quatre ans ? Cinq ? Tu n'as pas eu pitié d'elles ?

Eric le fixa, les yeux écarquillés, essoufflé.

– Non. Elles aimaient coucher avec moi. Elles me l'ont dit.

Hunter lui cracha les mots à la figure.

– Espèce de petite merde ! Elles faisaient comme si elles aimaient ça parce que Wesley ne leur donnait pas à manger si elles ne le faisaient pas. Je l'ai vu dans ton putain de souvenir. T'aimerais être à leur place, Eric ?

– Il faut que tu m'enlèves ses souvenirs, supplia-t-il. J'arrête pas de penser à elles. J'arrête pas d'avoir des pensées malsaines. J'arrive pas à m'en empêcher.

– Je te prends pas un autre souvenir tant que tu ne trouves pas un moyen d'aider ces filles. Il faut que tu parles à la police.

Eric se leva.

– Je peux pas faire ça, Hunter. Wesley filme tout. Il a des caméras partout.

Il leva les bras et son visage s'empourpra.

– Si j'y envoie la police, ils verront plein de fichiers de moi en train de commettre des crimes. Je peux pas aller en prison. Buddy se fait violer en permanence. Les prisonniers détestent les pédophiles. J'irai pas en prison !

– Alors tu as intérêt à trouver un autre moyen de faire sortir ces filles de là. Si je dois rouler sur toute la route principale et essayer tous les chemins de graviers pour trouver celui qui mène à la maison de Wesley dans les bois, je le ferai. Et je suis certain que la police m'aidera.

– Ne fais pas ça. Je trouverai quelque chose.

– Il faut que tu partes, Eric. Reviens demain.

Eric se tourna et regarda Jazz. Elle pensa qu'il voulait qu'elle le rassure, et qu'elle lui dise encore qu'elle savait qu'il essayait de faire amende honorable, mais Jazz supportait à peine de le regarder.

– Rentre chez toi, Eric, dit-elle. Trouve un moyen d'aider ces filles.

Il hocha la tête et partit.

Jazz tira Hunter contre elle.

– Je suis si fière de toi.

Il s'écarta d'elle et la regarda dans les yeux.

– Celui qui garde les filles, c'est le violeur de Tatiana.

Jazz sentit un frisson lui glacer l'estomac.

Chapitre 27

La seule chose qui empêchait Hunter de vomir de dégoût, après avoir vu les souvenirs d'Eric, était sa colère contre Wesley, Buddy et Eric, et sa détermination à libérer les filles. Si chaque client était filmé pendant qu'il couchait avec les filles, les clients ne voudraient pas dénoncer Wesley – sauf s'ils avaient l'occasion de faire un marché avec la police avant. Est-ce que Eric accepterait d'essayer ? Probablement pas, parce qu'il était impliqué depuis des années, et ce, même après l'emprisonnement de son frère.

Et Buddy ? Peut-être qu'il pouvait témoigner contre Wesley en échange d'une peine plus courte ? Peut-être que Eric allait lui demander.

Qu'est-ce que Hunter devait faire ? Trouver un policier et lui dire... quoi ? *J'ai lu des souvenirs et j'ai vu deux filles se faire maltraiter, mais je suis pas sûr d'où se trouve leur maison* ?

– Qu'est-ce que tu as en tête ? demanda Jazz, serrant toujours Hunter.

– J'arrive pas à me sortir ces filles de la tête. Comment est-ce que des gens peuvent avoir des relations sexuelles avec des enfants de douze ans ? Comment est-ce qu'ils peuvent risquer leur travail, leur famille et leur liberté pour ça ?

– Parce que c'est comme prendre de la drogue. La sensation doit être chaque fois plus forte que la précédente, sinon ça n'amuse plus. Si tout ce qui t'intéresse c'est l'orgasme, alors le sexe doit être plus sauvage ou pervers ou sale chaque fois, sinon ça t'ennuie. Le bondage, la pornographie, les fétiches, les partenaires multiples – tout ça, c'est plus populaire que jamais, maintenant. Tous les copains de Maman l'ont poussée vers des formes de sexe de plus en plus extrêmes. Le sadisme de Leon, ce n'était pas le pire exemple. Qu'est-ce qu'on peut faire de plus pervers et d'obscène que coucher avec de petites filles – ou de petits garçons ?

– Comment est-ce que ces filles vont pouvoir guérir un jour ? Je pourrais passer des mois à leur voler leurs souvenirs et je ne ferais pas la moindre différence.

– Tu essaierais si tu en avais l'occasion ?

– Oui. Mais comment je fais pour en avoir l'occasion ?

– On va trouver.

– Il faut que je prenne une douche. Je me sens vraiment sale.

– D'accord. Je te fais quelque chose à manger pour quand tu auras fini.

Hunter ouvrit son ordinateur et envoya les histoires de Eric et Tatiana à son imprimante.

– Tu devrais lire ces histoires.

Il les tira de l'imprimante et les posa sur la table.

– Peut-être que tu verras quelque chose que j'aurais manqué.

Il lui tendit les feuilles.

– Au fait. Qu'est-ce que mon père voulait ?

– Il essaie à tout prix de réinitialiser ta puce.

– C'est pour lui, pas pour moi.

– Ru l'a appelé.

Hunter se figea.

– Pourquoi ?

– Il voulait te parler. On dirait qu'il y a un rapport entre toi et le tireur du lycée.

– Lequel ?

– Je sais pas. Il a dit aux parents qu'il avait un implant, et ensuite il a nié. Le garçon se plaignait d'entendre des voix. Peut-être que Ru a supprimé ses souvenirs comme il l'a fait avec les tiens.

– D'accord, mais comment est-ce que ça l'aurait transformé en tueur ?

– Je sais pas. Il faut que je fasse d'autres recherches. Va prendre une douche. Tu te sentiras mieux.

– Ouais. J'ai trop de choses à penser.

Il avait la tête qui tournait.

Hunter alla jusqu'à la chambre de Jazz et sortit des vêtements de son sac de voyage. Il ramassa aussi le couteau du Mont Rainier. *À qui était-ce ? Est-ce mon sang dans le fourreau ?*

Il lâcha le couteau sur le sol, puis alla à la salle de bains, où il ferma la porte et se déshabilla. Il alluma l'eau du robinet pour trouver la bonne température avant d'appuyer sur le levier pour l'envoyer dans la pomme de douche. Pendant que l'eau coulait dans la baignoire, il se regarda dans le miroir et observa ses cicatrices. Est-ce qu'il avait utilisé des rasoirs comme Jazz, ou un couteau ?

Son esprit s'égara et il se revit entrer dans la chambre de sa mère pendant qu'elle pleurait, assise dans la salle de bains.

— Maman, qu'est-ce qui va pas ?

— Hunter. Pas maintenant.Va-t'en, s'il te plaît.

Il l'entendit gémir les dents serrées. Puis pleurer.

Il se précipita vers la porte de la salle de bains.

— Maman ?

Il ouvrit la porte et la vit assise sur les toilettes, en sous-vêtements. De l'eau coulait dans la baignoire. Elle tenait le couteau du Mont Rainier dans sa main droite, la lame juste au-dessus d'une plaie sanglante à l'avant-bras gauche. Hunter tomba à genoux, la bouche ouverte, l'estomac retourné, incapable de comprendre ce qu'il se passait.

La respiration lourde, elle se tourna vers lui, quelques larmes sur les joues.

— Je pensais que ça ferait plus mal que ça.

Elle serra les dents et appuya rapidement la lame sur son bras, une deuxième fois, un peu plus bas. Cette fois-ci son grognement s'accompagna d'un petit cri, et elle lâcha le couteau. Plus de sang se mit à couler. Sa respiration s'emballa.

— C'était plus profond.

Elle ferma les yeux et se balança d'avant en arrière.

Hunter avait la tête qui tournait, et il fixait les coupures, incapables de s'en détacher. Après quelques secondes, il se pencha vers une serviette et l'appuya contre le bras de Savannah. Il remarqua la bouteille de vodka et le verre posés sur le bord du lavabo.

— Maman, pourquoi tu fais ça ?

Elle le regarda comme si elle venait de réaliser sa présence. Il sentait l'alcool dans son haleine.

— Parce que cette douleur, je peux la gérer. Je peux soigner mon bras, et il va guérir. Je ne peux pas guérir ce qui ne va pas à l'intérieur de moi.

— Qu'est-ce qui ne va pas à l'intérieur ?

Hunter avait envie de crier. Que se passait-il ?

Ils entendirent tous les deux le coup de klaxon dehors.

Ses lèvres se retroussèrent en un début de sourire.

— Ton père est rentré. Tu devrais aller l'accueillir.

— Je veux pas qu'il soit ici. Tu as dit que tu allais divorcer de lui. Il n'a plus le droit de vivre avec nous. Je ne veux pas qu'il couche avec toi.

Elle renifla en essayant de rire.

— Je pense pas que tu aies à t'inquiéter de ça. Trouve-moi des compresses et du sparadrap dans le placard.

Hunter se leva, fouilla sur les étagères, et lui tendit nerveusement ce qu'elle avait demandé.

— Et des ciseaux. Non, le couteau. Je vais utiliser le couteau. Donne-le-moi, Hunter.

Il prit la lame.

— Je devrais le garder.

— Sois pas idiot. Je veux juste couper le sparadrap.

Elle apposa des compresses sur ses coupures et tira une bonne longueur de sparadrap.

— Coupe-le, toi, alors.

Il trancha le sparadrap avec le couteau.

— Maintenant, sors. Il faut que Frankie et toi soyez dehors pendant que je parlerai à ton père.

— Tu vas lui dire de partir ?

— Oui, Hunter. C'est de ça dont on va parler.

Hunter se leva.

— Prenez le lecteur et mettez-vous de la musique. Je veux pas que vous entendiez ce qu'on se dit.

Hunter recula en s'apprêtant à sortir de la salle de bains, inquiet à l'idée de la laisser seule.

Elle lui sourit.

— Vas-y. Il faut que je m'habille.

Hunter se retourna, prit le lecteur de CD sur la commode, et quitta la chambre. Frankie et Joe étaient en train de rentrer dans la maison quand Hunter arriva dans la cuisine.

— Hunter a beaucoup dormi avec Maman, disait Frankie. Presque toutes les nuits.

Frankie vit le regard de Hunter et se pétrifia.

Joe lui jeta un œil en passant la porte d'entrée.

— C'est vrai ?

Hunter rendit son regard à son père.

— J'ai fait des cauchemars. Frankie aussi. On a regardé plusieurs films d'horreur.

— Han ! Menteur ! cria Frankie.

Hunter s'approcha de son frère.

— Faut qu'on aille dehors, Frankie.

— Pourquoi ?

— Parce que Maman et Papa ont besoin de parler.

— C'est vrai, ça ? demanda Joe.

— Demande-lui, dit Hunter. Elle m'a dit de faire sortir Frankie.

— Sortez, les garçons, dit Savannah depuis le couloir.

Ils la regardèrent tous tandis qu'elle essayait d'accrocher son peignoir en tenant un verre de vodka dans une main, les cheveux ébouriffés, puis de [GP1] s'avancer vers la cuisine, lentement et en hésitant. Hunter voyait un peu de sang qui avait traversé sa manche gauche. Il allait s'approcher d'elle, mais elle le chassa d'un geste de la main.

— Vous. Sortez. Maintenant.

Hunter se tourna, attrapa le bras de Frankie et le tira par la porte d'entrée.

— Pas besoin de me traîner ! dit-il en se dégageant.

La porte claqua derrière eux quand ils s'avancèrent dans l'allée.

Hunter poussa son frère.

– C'est quoi ton problème, Frankie ? Je t'avais dit de rien dire.

– Papa m'a demandé s'il y avait eu quelque chose de bizarre pendant qu'il était parti, quelque chose de pas habituel entre toi et Maman, alors je lui ai dit. Qu'est-ce que tu fous dans sa chambre tout le temps, de toute façon ?

– Je te donnerai une leçon plus tard. Va chercher la balle.

Hunter posa le lecteur sur le bord du faux puits du jardin et appuya sur play. « Whole Lotta Love » sortit en rugissant des baffles tandis qu'il montait le volume à fond. Frankie tenta trois tirs, et il en réussit un. Hunter en réussit deux de suite, donc il était le premier à jouer pour la partie de TRAIN.

Il regardait la porte d'entrée, en se demandant ce qu'il se passait dedans. Il tenta un tir loin du panier, de face ; le ballon heurta le cadre, rebondit sur le cercle métallique et roula dans l'allée, vers la route. La maison était à cinquante mètres d'une route principale à deux voies, en haut d'une montée à quatre cents mètres de la maison la plus proche. Frankie courut après le ballon qui roulait et rebondissait, et s'arrêta contre le grillage. Il le ramassa, pendant qu'une voiture passait rapidement, à une dizaine de mètres de lui.

Frankie revint en trottinant.

– C'était assez naze, comme tir.

Il en lança un du bord de la zone, et réussit. Hunter l'imita et réussit également.

Hunter se demandait ce qu'ils se racontaient, à l'intérieur, et si son père allait enfin quitter la maison pour toujours. Il ne supportait pas l'idée que ça se passe autrement – l'idée de son père qui dormirait avec sa mère ce soir.

– Tire ou passe ton tour, lui cria Frankie.

Même si Papa partait, Hunter aurait toujours Frankie pour l'espionner. Quel petit con. Hunter devrait toujours se faufiler en cachette dans la chambre de sa mère. Lui et Maman s'amuseraient tellement plus si Frankie était parti. Peut-être que Papa pourrait l'emmener quand ils divorceraient.

Hunter fit tourner la balle dans ses mains.

– Pourquoi est-ce que t'es allé raconter des trucs à Papa ? Ça te regarde pas, où je dors. Papa en a rien à faire de Maman, en plus. C'est la plus belle femme que j'aie jamais vue et il la regarde même pas.

Il lança le ballon le plus fort possible contre le cadre, et le rattrapa quand il revint vers lui. Il le lança encore, contre le mur du garage, cette fois, et le rattrapa.

– Hé, t'as déjà joué ton tour ! lui cria Frankie.

Hunter le lança encore une fois contre la maison, de toutes ses forces. Et encore. Frankie essaya de l'intercepter, mais le manqua.

– Tu le veux ? demanda Hunter en le lançant encore et en le rattrapant une nouvelle fois.

– C'est mon tour !

Hunter le lança encore, et se décala, de façon à ce que le ballon parte rouler sur l'allée. Frankie se mit à le poursuivre.

Joe sortit de la maison, furieux.

– Arrêtez de le lancer sur les murs ! Hunter, qu'est-ce qu'il se passe ?

Hunter montra du doigt Frankie courant après le ballon, qui continuait à rouler vers la route. Hunter riait.

– Frankie ! cria Joe en dévalant les marches du perron.

Il se prit les pieds dans l'escalier et tomba par terre.

– Frankie ! Hunter, arrête-le !

– Fais-le toi-même !

Joe essaya de se lever mais son genou se déroba sous lui. Il grimaça et s'assit sur la marche.

– Hunter, rattrape-le et fais-le s'arrêter !

Hunter vit Frankie courir après le ballon et un camion arriver au coin de la route, s'apprêtant à passer devant la maison. Une voiture arrivait dans l'autre direction.

– Hunter ! cria Joe.

– Il est pas débile ! cria Hunter à son père.

Le ballon roula sur la route. Le camion klaxonna et passa en trombe. Frankie s'arrêta sur le bord, à trois mètres de la route environ. Le ballon la traversa et se fit percuter par la voiture. Il s'éleva dans les airs, revenant vers la maison, et frappa de plein fouet le pare-brise de la voiture qui suivait le camion. Le conducteur pila sur les freins et dévia de sa trajectoire, en fonçant droit sur Frankie.

Le garçon se mit à crier et essaya de s'enfuir vers la maison, mais la voiture s'écrasa sur la cage thoracique de Frankie, l'envoya contre le grillage qui s'aplatit, et il disparut sous le véhicule qui continuait de klaxonner. D'autres voitures ralentirent et s'arrêtèrent sur les bords.

– Non ! cria Joe en essayant de boiter vers la route.

Hunter fixait la scène, tous les muscles contractés. Il n'arrivait plus à respirer et ses entrailles étaient pétrifiées. Il ne s'attendait pas à ça. Vraiment, il ne s'y attendait pas.

Sa tête lui sembla si lourde qu'il ne put plus la tenir froide.

Joe passa à côté de lui en trébuchant et en criant le nom de Frankie.

Hunter essaya de le suivre, mais il ne sentait plus le sol sous ses pieds.

Il hoqueta, se pencha et vomit sur ses chaussures.

Joe s'arrêta, se tourna et cria à Hunter :

– Va vite voir ta mère !

Hunter essaya de se redresser et avala de la bile. Il se boucha les oreilles. Le klaxon et la chanson en boucle sur le lecteur lui envahissaient le cerveau. Il se tourna et s'approcha de la maison en trébuchant.

Au moment où il atteignit les escaliers du perron, l'adrénaline fit effet, et il bondit à l'intérieur.

– Maman ! hurla-t-il en ouvrant la porte. En ne voyant personne dans la cuisine, il courut vers la chambre.

– Maman !

Il ouvrit la porte ; la pièce était vide.

– Maman ?

Il entendit un gémissement dans la salle de bains. Il ouvrit la porte. Il ne la voyait pas, mais il entendit une petite éclaboussure.

– Maman ?

– Hunter.

Le son s'échappait à peine de ses lèvres.

Il vit son corps nu dans l'eau rouge de sang, la tête appuyée contre le mur. Le couteau sanglant du Mont Rainier était tombé sur le carrelage sous son poignet droit, qui était tranché et saignait.

Il se laissa tomber à genoux en sanglotant.

Elle le regarda d'un air vide, les lèvres remuant à peine, elle avait du mal à parler.

– Pourquoi tu n'es pas venu ? Je... je t'ai appelé.

Elle frissonnait.

– Maman. Pourquoi ? Pourquoi tu as fait ça ?

– Parce que... tu m'as m-mise enceinte, Hunter.

– Tu es enceinte ?

– T'aurais pas dû, mon bébé. T'aurais pas dû...

Sa tête tourna lentement vers lui, mais ses yeux ne regardaient plus rien.

– Maman ?

Il serra ses genoux contre sa poitrine et se mit à se balancer.

– Maman ?

Ses lèvres se retroussèrent sur ses dents, et la douleur dans son cœur le força à ouvrir la bouche en grand. Les cris qui lui lacérèrent le cerveau firent écho dans sa tête pendant les trois années suivantes, jusqu'à ce que le Dr. Ru plonge ses souvenirs dans l'oubli par électrochocs.

– Hunter ?

La porte de la salle de bains s'ouvrit violemment.

– Hunter ! cria Jazz en le tirant vers elle. Je suis là. Sors du cauchemar, Hunter. Je suis avec toi.

Hunter ouvrit les yeux. Il était nu sur le sol, les jambes serrées contre lui, les yeux fixés sur la baignoire et sur l'eau qui s'écoulait dans les canalisations.

Il voyait encore l'eau pleine de sang et ses yeux sans vie.

– Elle s'est suicidée parce que je l'ai mise enceinte. Elle s'est tranché les poignets dans la baignoire. Elle m'a dit que j'aurais pas dû, comme si c'était moi qui l'avais violée.

– Non, Hunter. Elle ne savait pas ce qu'elle disait. Son corps était en train de lâcher.

– C'est ma faute si Frankie est mort. Il a dit à mon père que j'avais dormi avec ma mère, et je ne voulais plus qu'il nous embête. On était dehors pendant que Maman et Papa parlaient. J'ai lancé le ballon sur la route. Ils sont morts tous les deux à cause de moi.

– Non, Hunter. Ton père cache quelque chose qu'il a fait lui. Tu ne connais toujours pas toute l'histoire.

– Je les ai tués.

Il se mit à pleurer et cacha sa tête dans ses bras.

– Ils seraient tous les deux encore en vie si je n'avais pas violé Maman. Je ne vaux pas mieux que Wesley.

– Hunter, regarde-moi. Tu avais treize ans. Tu n'as pas décidé toi-même d'avoir des relations sexuelles avec ta mère. T'énerver contre ton frère ne veut pas dire que tu l'as tué. Il faut qu'on voie ton père. Il faut que tu trouves ce que Joe a dit à ta mère.

Elle se leva et ferma le robinet.

Elle se pencha et l'aida à se lever, puis prit son visage dans ses mains.

– Hunter, ce n'est pas ta faute, rien de tout ça. Tes parents ont fait des erreurs. Ta mère a profité de toi. Maintenant, tu sauves des gens. Tu ne peux pas sauver Danielle et Destiny si tu passes ton temps à te morfondre.

– Tu as lu les histoires.

– Oui. Je tuerai Wesley moi-même si j'en ai l'occasion.

Chapitre 28

J oe était assis dehors et buvait une bière, en pensant à la conversation qu'il avait eue avec Jazz. Est-ce qu'il devait faire confiance à Ru ? Est-ce qu'il y avait une puce électronique qu'il pouvait réinitialiser, ou est-ce que c'était un mensonge ? Il voulait faire confiance à Ru parce qu'il avait sauvé la vie de Hunter un an plus tôt. Mais le tireur de Washington lui faisait repenser à toutes les conversations qu'il avait eues avec lui. Joe savait qu'il n'aurait pas oublié si on lui avait parlé d'un implant dans le cerveau de Hunter. Si la réinitialisation n'était plus une option, alors quoi ? Il espérerait que Hunter resterait avec Jazz, loin de ses souvenirs.

De nombreuses fois, il avait failli abandonner Hunter, le laisser enfermé dans l'un des hôpitaux psychiatriques où il avait essayé de le faire soigner. Mais il n'avait pas pu. Comme il n'avait pas pu abandonner Savannah quand elle lui avait dit qu'elle était enceinte. Si elle ne l'avait pas été, il ne l'aurait jamais épousée.

Il l'avait rencontrée un vendredi soir, pendant l'*happy hour* d'un Hooters, où elle était serveuse. Les autres gars l'avaient défié de la draguer. Après plusieurs verres, il l'avait fait, et il l'avait ramenée chez lui quand elle avait eu fini de travailler. Elle aimait le sexe. Beaucoup. Il avait toujours été plutôt timide avec les filles, et ses performances sexuelles n'avaient jamais vraiment impressionné les quelques-unes avec lesquelles il était sorti. Mais Savannah prit les devants et créa son amant idéal, celui qui dirait toujours oui à tous les scénarios fous qu'elle imaginait. Pendant un moment, il crut que sa vie était à son apogée. Aucun de ses amis n'arrivait à la cheville des histoires que racontait Joe de sa vie sexuelle avec Savannah. L'une des rares fois où ils se parlèrent vraiment, il apprit qu'elle avait quitté sa famille en Californie. Ses parents s'étaient moqués d'elle quand elle avait accusé ses frères de l'avoir violée plusieurs fois. Alors elle s'était enfuie à dix-sept ans, avait menti sur son âge, avait trouvé du travail comme strip-teaseuse et n'avait jamais regardé en arrière. Elle avait tourné des films pornographiques à côté, et se targuait d'être celle qui trouvait la plupart des rebondissements du scénario. Elle se vantait d'avoir eu presque tous les rôles – sœur, mère, fille, lesbienne, maîtresse, esclave – dans toutes les combinaisons imaginables. Elle faisait aussi de la messagerie instantanée avec webcam, ce que Joe la surprit en train de faire le jour où il rentra plus tôt de l'usine, avec sa prime de licenciement.

Il avait prévu de rompre avec elle le jour où elle lui annonça qu'elle était enceinte. Mais il n'en fut pas capable. Ils avaient fait un bébé, et elle voulait le garder. Peut-être qu'elle espérait qu'avoir un bébé lui donnerait une autre obsession que le sexe, son corps et exciter des hommes. Elle lui dit une fois que savoir que des centaines de milliers d'hommes se touchaient en la regardant dans ses films lui donnait plus de plaisir qu'un orgasme.

Pendant un moment, s'occuper de Hunter améliora vraiment sa vie. Puis l'arrivée de Frankie la combla, et emplit ses jours et ses nuits d'un véritable but. Mais l'excitation d'être une mère s'évapora quand elle commença à s'inquiéter du fait qu'elle vieillissait, grossissait, et que Joe ne montrait plus le même intérêt pour elle qu'autrefois. Elle se remit secrètement à tourner des films pornographiques jusqu'à ce que Joe perde son emploi.

Ils déménagèrent au milieu de nulle part, là où Joe pouvait trouver de petits boulots pour quelques billets, et Savannah se mit à élever les enfants à temps plein. Ils eurent à peine assez d'argent, jusqu'à ce qu'il trouve du travail à Prudhoe Bay. Ensuite, ses absences prolongées érodèrent un peu plus leur relation.

Il avait réfléchi plusieurs fois à sa décision de l'épouser. Il aurait pu s'enfuir, mais il se sentait coupable à l'idée d'abandonner ce bébé. Il était inquiet de la vie que Hunter aurait eue sans un père. L'ironie de cette inquiétude le prenait aux tripes, maintenant. Comment est-ce que la vie de Hunter aurait-elle pu être pire que ce qu'elle était devenue ? Et Frankie n'avait vécu que pour se faire renverser par une voiture.

Il avait fait semblant d'être hétérosexuel, il avait fait semblant d'être amoureux de sa femme, et maintenant il faisait semblant de s'inquiéter que les souvenirs de Hunter allaient revenir, alors qu'en fait, il était inquiet que Hunter en découvre de nouveaux.

Il voulait, de tout son cœur, cesser de faire semblant – être honnête et sincère, pour une fois dans sa vie. Il sirota sa bière, en regardant la route, dans l'attente que Stanley arrive. Ils n'avaient pas été vraiment ensemble depuis le jour où il était rentré chez lui, quatre ans plus tôt. Il avait passé la nuit dans la maison de Stanley à Fairbanks, puis il avait attrapé un vol matinal pour Seattle. Joe savait qu'il y aurait une dispute avec Savannah quand il rentrerait. Il avait déjà consulté un avocat pour parler de la garde des enfants, avait déjà regardé les emplois auxquels il pourrait postuler à Fairbanks. Mais il n'était pas prêt pour ce qu'il avait vécu en rentrant ce jour-là.

Une fois que les garçons étaient sortis dans l'allée, Savannah avait sorti un morceau de papier de la poche de son peignoir.

– Stanley Collins. Détective au département de police de Fairbanks. Trente-huit ans. J'ai aussi sa photo. Un bel homme. D'après le détective privé que j'ai engagé, tu as passé la nuit plusieurs fois chez lui.

Joe ne s'attendait pas à ça. Il avait le visage brûlant, et un frisson lui remontait dans la nuque.

– Voilà qui explique pourquoi tu t'es désintéressé de moi depuis plusieurs mois. T'es une pédale.

Elle renifla.

– Attends que les garçons l'apprennent.

Joe s'était contracté, en essayant d'empêcher la peur de le noyer. Il ne pouvait pas la laisser l'humilier devant les garçons.

– Il n'y a pas de loi contre l'homosexualité. En revanche, il y a des lois contre l'inceste et les agressions sexuelles. Tu vas aller en prison, Savannah.

Elle serra son peignoir contre elle et leva le menton. Elle secoua la tête et gémit. Joe tressaillit quand le ballon cogna la maison.

– Ah oui ?

Elle s'approcha de la porte d'entrée.

– Les garçons ! Venez. J'ai quelque chose à vous annoncer.

Joe la dépassa et la poussa par les épaules.

– Depuis combien de temps est-ce que tu baises Hunter ?

Savannah lui fit un clin d'œil et lui prit le bras.

– De quoi tu parles, petit pervers ?

– La première chose que Frankie m'a dite quand je suis arrivé, c'est que Hunter dormait avec toi. Il m'a dit qu'il avait entendu des bruits dans la chambre, quand Hunter était dedans. Il m'a dit qu'il avait entendu « Oh oui, Hunter » et « Baise-moi, Hunter ».

Elle chassa ses paroles d'un revers de main.

– Quelle imagination il a.

Puis elle vit du sang sur sa paume et le rapprocha de ses yeux.

– Frankie est trop jeune pour inventer ce genre de choses...

Joe remarqua, lui aussi, le sang qui sourdait de sa manche.

Savannah fixait sa main ensanglantée, la respiration lourde.

Joe la pointa du doigt.

– Pourquoi tu saignes ?

Le ballon cogna la maison une fois de plus.

Elle tituba vers la table et se laissa tomber sur une chaise.

– J'ai eu un accident à la salle de bains.

Elle tira sa manche pour montrer les compresses imbibées de sang et avala le reste de son verre.

– En fait, je me suis tailladée exprès.

Elle sortit le couteau du Mont Rainier de sa poche.

– Tu te rappelles de ce couteau ? Tu l'as acheté pour moi, la première fois qu'on est partis camper ensemble.

Elle enleva la lame du fourreau.

– Tu m'as baisée au moins six fois pendant cette sortie. J'étais impressionnée.

Elle passa lentement la lame sur sa peau, au-dessus des autres coupures. Son expression changea à peine. Le sang se mit à couler des deux côtés de son bras, sur le sol.

– Maintenant, tu baises Stanley à ma place.

Elle se trancha la peau une fois de plus, gémissant légèrement.

– C'est ta faute si je suis enceinte.

L'estomac de Joe se serra et sa tête se mit à tourner. Il avait de la bile au fond de la gorge.

– Tu es enceinte ? De Hunter ?

Le ballon frappa la maison.

Elle ricana.

– Je pense que Hunter est en colère parce qu'on parle tous les deux. Il est jaloux.

Elle se mit à rire.

– Ça faisait longtemps que personne n'avait été jaloux pour moi.

Joe soupçonnait depuis des semaines qu'elle ne se comportait pas de façon appropriée avec Hunter, mais il n'avait jamais pensé qu'ils pourraient vraiment coucher ensemble – jusqu'à ce que Frankie lui dise ce qu'il avait entendu. Il posa ses mains sur la table, en face d'elle, les muscles contractés par la colère.

– Tu te rends compte de ce que tu as fait à ce garçon ?

– Oui. Je l'ai rendu heureux. Il m'a rendue heureuse.

– Tellement heureuse que tu te scarifies. Tu n'es rien qu'une pédophile soûle. Une violeuse d'enfants ! Regarde-toi. Soûle. Pleine de sang. Et enceinte de son fils !

Les larmes embrumèrent ses cils et coulèrent sur ses joues.

– J'étais tellement seule. Tu ne voulais plus me toucher.

– Ne me rejette pas la faute pour ton comportement dégoûtant. Hunter a treize ans, il est à peine assez vieux pour savoir ce qu'est le sexe. Tu l'as brisé ! Pour toujours !

Savannah se mit à pleurer.

– Je veux mourir !

Le ballon frappa la maison.

Il jeta ses mains en l'air et aboya :

– Alors meurs ! Ce serait le mieux à faire pour toi, et pour les garçons !

Le ballon frappa le mur une fois de plus.

– Merde ! C'est quoi leur problème ?

Il regarda par la fenêtre.

Savannah se leva, le couteau à la main.

– Tu veux que je meure? Tu t'en fiches ?

Joe se tourna vers elle, lui planta un doigt dans la poitrine et se rapprocha d'elle.

– Tu vas finir soit en prison, soit dans un hôpital psychiatrique. Ou les deux. Et ensuite, en enfer. Dans tous les cas, tu seras hors de ma vie et de celle des garçons, pour toujours. Donc si tu préfères te tuer, ne te gêne pas, tue-toi.

Savannah se leva, les yeux écarquillés et tremblants. Elle serrait le couteau. Elle ouvrit son peignoir et se tint nue devant lui.

– Regarde-moi ! S'il te plaît, regarde-moi !

Les yeux de Joe s'agrandirent quand il la regarda. Il n'avait pas vu son corps depuis des mois. Du sang coulait de son bras gauche, et elle le tendait vers lui. Elle essuya sa main sanglante sur son ventre, comme pour la laver, puis la lui tendit à nouveau.

– S'il te plaît. Joe.

– Personne ne veut te regarder, Savannah. Personne.

Elle trembla et porta sa main à sa bouche, les yeux suppliants. Elle secoua la tête en voyant que Joe ne faisait aucun effort pour cacher le dégoût qu'il avait d'elle.

Elle gémit :

– Au revoir.

Puis courut dans le couloir.

Le ballon cogna une fois de plus.

– Merde !

Joe courut vers la porte, l'ouvrit et hurla :

– Arrêtez de le lancer sur les murs !

Il courut dans les escaliers et tomba.

Plus tard, il trouva Hunter dans la salle de bains, tremblant sur le sol, couvert de son propre sang. Il s'était tailladé les bras avec le même couteau que Savannah avait utilisé pour s'ouvrit les poignets.

Quatre semaines plus tard, Joe s'était dit qu'il était coupable d'avoir pensé d'abord à lui et à son envie d'être avec Stanley, plutôt que de s'occuper de sa famille et d'essayer de trouver de l'aide pour Savannah. Il n'avait parlé à personne du dernier sujet de conversation avec elle. Ni de sa relation avec Stanley. Ni du fait qu'il détestait Hunter, et qu'il le rendait responsable de la mort de Savannah et de Frankie, de l'avoir condamné à passer des années avec un fils fou, qui hurlait et se scarifiait continuellement.

Mais ce n'était pas la pire chose que Joe avait faite. Le reste, c'était ce qu'il ne voulait pas que Hunter découvre, en aucun cas.

Une Ford Explorer noire s'avança dans l'allée de Joe – celle de Stanley. Joe se leva et essaya d'écarter de sa tête les images de Hunter et Savannah. Il voulait profiter de ces retrouvailles. Il espérait que Stanley avait apporté une valise.

* * *

Hunter regardait à travers le pare-brise, pendant que Jazz roulait sur la route principale, vers le Sud. Il se rejouait les derniers souvenirs qu'il avait eus avec sa mère, et cherchait ce qu'il avait pu manquer, un détail qui aurait pu expliquer qu'elle s'était suicidée. Il tenait le couteau dans son fourreau.

Pourquoi est-ce que son père avait gardé ce couteau ? Est-ce qu'il était à lui ou à elle ? Ou à Hunter ?

Et pourquoi est-ce que sa mère l'avait utilisé pour se suicider ? Est-ce qu'elle avait déjà décidé de le faire avant que son père ne rentre ? Est-ce qu'elle s'était scarifié le bras pour voir si elle pouvait s'ouvrir les poignets ? Elle lui avait dit que la douleur était quelque chose qu'elle pouvait gérer, contrairement à ce qui n'allait pas dans sa tête. La même raison dont Jazz lui avait parlé pour expliquer pourquoi elle se coupait. Si c'était ça, les coupures n'étaient pas un prélude au suicide. Elles essayaient de l'empêcher.

De quoi est-ce qu'elle et son père avaient parlé quand il était dehors ? Il était évident que son père ne l'avait pas réconfortée. Dès qu'il avait couru dehors, elle avait dû courir à la salle de bains. Combien de temps s'était-il passé entre le moment où Papa était sorti de la maison et celui où Hunter y était entré ?

Maman disait qu'elle l'avait appelé, mais qu'il n'était pas venu. Qu'est-ce qu'elle voulait ? S'il était arrivé plus tôt, est-ce qu'elle serait morte ?

Puis il se rappela que son père lui avait dit d'aller vite voir sa mère, plutôt que de venir près de la route. Pourquoi ? Savait-il qu'elle était suicidaire ? Pourquoi, si ce n'était pas ça ? Pourquoi est-ce qu'il ne s'attendait pas à ce qu'elle sorte ?

Tout son corps frémit quand il comprit – il savait qu'elle allait se suicider. Il le savait forcément ! Et il l'avait laissée faire.

Il ouvrit son ordinateur et commença à taper.

– À quoi tu penses ? demanda Jazz.

– Papa savait que Maman était suicidaire, mais il a quand même quitté la maison. Il m'a dit d'aller vite la voir, après que Frankie a été tué. Il savait.

– Pourquoi il ne l'en a pas empêchée ?

– Parce qu'il voulait qu'elle meure.

– Pourquoi ?

– Elle était enceinte de mon enfant. Il ne voulait pas avoir à gérer ça.

– Elle aurait pu avorter.

– Il ne voulait pas qu'elle le fasse.

– Il y avait quelqu'un d'autre ?

Ils virent tous les deux la deuxième voiture devant la maison de Joe quand Jazz quitta la route pour s'approcher de son allée.

– Peut-être, dit Hunter.

Son coeur battait la chamade quand Jazz se gara. Il savait qu'il allait bientôt connaître la vérité.

Joe ouvrit sa porte d'entrée et sortit.

– Vous pouviez pas prévenir que vous arriviez ?

– Pourquoi ? T'as quelque chose à cacher ? Ou quelqu'un ? renifla Hunter en s'approchant de la porte.

Joe posa son bras en travers de l'encadrement.

– Pas maintenant, Hunter.

Hunter tendit le couteau devant le visage de son père.

– Tu reconnais ce couteau ?

Les yeux de Joe s'agrandirent et il entrouvrit la bouche.

– Je me demande pourquoi tu as gardé ça. De tous les potentiels déclencheurs que tu as brûlés, c'est ça que tu as décidé de garder. Pourquoi ?

Joe fixait le couteau, la respiration s'accélérant.

– Il faut qu'on parle, dit Hunter.

Les yeux de Joe passèrent de Hunter à Jazz, puis sur Hunter à nouveau.

– Joe, dit Jazz. Vous saviez que Savannah allait se tuer. Hunter peut vous aider.

Joe enleva lentement son bras. Hunter poussa la porte violemment, et entra pour voir un homme debout près de l'évier, une bière à la main.

Joe ferma la porte après l'entrée de Jazz.

– Voilà le détective Stanley Collins, l'un de mes amis. Stanley, voilà mon fils Hunter, et sa petite-amie, Jazz.

Stanley sourit et tendit la main à Hunter, qui ne fit pas un geste pour la serrer.

– Depuis combien de temps est-ce que vous connaissez Papa ?

Stanley regarda Joe.

Hunter tira le couteau de son fourreau.

– N'essaie pas de me mentir, parce que je verrai tes souvenirs, Papa ;

Il tourna le fourreau, l'ouverture vers son père.

– Tu savais qu'il y avait du sang dedans ? C'est celui de Maman ? Le mien ? Ou de nous deux ?

Joe s'approcha de son fils.

– Hunter, il faut que tu partes. Ce n'est pas le bon moment pour ça.

Hunter brandit le couteau à l'attention de son père.

– Recule ! Je vais te dire ce que je sais, Papa, jusqu'à ce que tu ne puisses plus t'empêcher de penser à ce qu'il s'est passé ce jour-là. Ensuite je saurai la vérité. Stanley, est-ce qu'il vous a dit comment sa femme était morte ?

Stanley s'éclaircit la gorge.

– Elle s'est suicidée.

– Oui ! Avec ce couteau. Et quand est-ce qu'il vous l'a dit ? Récemment, ou il y a quatre ans ?

Cette fois-ci, Stanley regarda Hunter dans les yeux.

– Il y a des années.

Joe tira une chaise et se laissa tomber dessus.

– Mais est-ce qu'il vous a dit qu'il savait qu'elle allait le faire, et qu'il n'a pas essayé de l'arrêter ?

Joe prit sa tête dans ses mains.

– Comment tu sais... ?

Cette fois-ci, Hunter n'entendit pas de martèlement. Juste la voix de ses parents qui se hurlaient dessus pendant qu'un ballon frappait le mur de la maison. Il vit son père la pointer du doigt, puis sa mère ouvrit son peignoir, pleura, et se précipita hors de la pièce.

Par les yeux de Joe, Hunter se vit, prostré sur le sol de la salle de bains, les bras en sang. Sa mère était morte dans la baignoire.

Son père ne cria pas en voyant Savannah. Il ne la regarda qu'une fois. Joe s'était agenouillé et avait tendu la main vers le cou de Hunter, pour placer ses doigts le long de sa carotide. Quand il avait senti un pouls faible, il avait dit :

– Merde !

Il s'était levé et avait essuyé ses mains sur une serviette. Son père semblait réfléchir à la possibilité de quitter la maison et de laisser Hunter se vider de son sang. Qui serait au courant ? Au moment où il allait sortir de la salle de bains, Hunter gémit et bougea sa tête. Ses yeux s'ouvrirent et il vit Joe.

– Putain. Tu essayais de te suicider, ou juste de foutre le bordel ?

– M. Williams ? Il y a quelqu'un, M. Williams ?

La voix venait du salon.

– Je suis l'agent Lawrence. Je voudrais parler avec vous.

Merde, avait pensé Joe.

– Je suis là, avait-il hurlé en prenant une voix brisée. Il y a une urgence !

Il jeta des serviettes sur le sol, vit les compresses et le sparadrap au bord du lavabo, les attrapa et s'agenouilla pour s'occuper des blessures de Hunter.

Joe entendit des bruits de pas.

– Où êtes-vous ?

– Dans la salle de bains. Traversez la chambre.

Après quelques secondes, l'agent apparut dans l'encadrement de la porte.

– Oh, mon Dieu.

Il appela une ambulance à la radio.

Joe s'essuya les yeux avec son bras.

– Elle s'est ouvert les poignets, sûrement il y a trois quarts d'heure. Le garçon l'a trouvée il y a vingt minutes, et je viens d'arriver et de les voir tous les deux.

Après quelques minutes, Joe et l'agent avaient bandé toutes ses blessures. Ils aidèrent Hunter à s'asseoir et lui donnèrent de l'eau.

– Tu peux marcher ? demanda Joe. Je veux vraiment qu'on sorte de là.

Hunter hocha la tête. Les deux hommes l'aidèrent à se lever et à marcher vers la cuisine, où ils l'assirent sur une chaise.

– Qu'est-ce qu'il s'est passé ? demanda l'agent.

Joe, la respiration lourde, fit sortir l'homme sur le perron.

– Je suis rentré à la maison il y a une heure. Les garçons jouaient dehors, et ma femme m'a dit ce que Hunter lui faisait les dernières semaines. Elle était très ivre. Hunter a un problème avec la pornographie. On pensait que c'était résolu, mais il n'a jamais arrêté, manifestement. Il lui a dit qu'il dirait aux services de protection de l'enfance qu'elle le maltraitait si elle refusait d'avoir des relations sexuelles avec lui. Il l'a violée et l'a menacée de recommencer. Elle a toujours un peu bu, mais elle s'y est mise bien plus quand tout ceci a commencé à arriver. Il l'a obligée à coucher avec lui jusqu'à la mettre enceinte. Je pense que c'est la raison pour laquelle elle s'est tuée. Elle avait commencé à se scarifier. Elle venait de me montrer des coupures sur son bras quand j'ai entendu un accident devant. J'ai couru dehors et j'ai vu que Frankie s'était fait tuer.

Il appuya ses poings contre ses yeux et gémit.

– Hunter n'a même pas approché de la route pour voir son frère. Il a dû disparaître dans la maison. Je l'ai trouvé sur le sol, couvert de sang et inconscient. Ce garçon est malade. Je pense qu'il a fait exprès de jeter le ballon sur la route pour que Frankie essaie de le rattraper. Il vient de détruire toute ma famille.

Joe éclata en sanglots.

L'agent lui serra l'épaule et lui dit :

– Je suis terriblement désolé.

Hunter ouvrit les yeux et se vit étalé sur le sol, retenu par Jazz. Il leva les yeux et vit son père. La rage se mit à couler dans ses veines, et il la relâcha en un cri. Il se jeta sur ses pieds, tint le couteau au-dessus de sa tête et fonça sur Joe.

– Je vais te tuer ! Hurla-t-il.

– Hunter ! cria Jazz.

Stanley bougea rapidement et attrapa le bras de Hunter, le tordant dans son dos jusqu'à ce qu'il puisse lui prendre le couteau. Hunter essayait encore d'attraper Joe.

Jazz se précipita sur Hunter, essaya de les séparer. Stanley et Jazz tenaient Hunter tous les deux.

– Hunter, je t'en prie, calme-toi, supplia Jazz.

Joe prit son téléphone dans sa poche arrière, le déverrouilla, et s'approcha de Hunter en tenant le téléphone devant lui.

– Tiens-le bien, Stanley.

– Qu'est-ce que vous faites ? hurla Jazz.

– Ce que j'aurais dû faire hier.

Hunter se débattait dans les bras de Stanley.

– Nooon !

Jazz se jeta sur Joe en le poussant de toutes ses forces.

Joe la projeta sur le sol et donna le téléphone à Stanley, qui tenait Hunter d'une main ferme.

– Tiens ça au-dessus de son oreille droite.

Stanley prit le téléphone et le tint contre le côté de sa tête. Jazz sauta sur ses pieds en hurlant, essaya d'atteindre Hunter, mais Joe la retint.

Hunter entendit un étrange rythme de percussions qui se répétait. Après quelques secondes, il se sentit calme. Ses muscles lui paraissaient lourds, et sa respiration s'apaisa. Il se laissa tomber dans les bras de Stanley.

– Qu'est-ce que vous avez fait ? pleura Jazz.

– Ce que le Dr. Ru m'a dit de faire. J'ai réinitialisé sa puce.

Stanley assit Hunter sur une chaise.

Tout au fond de son esprit, Hunter entendit une voix qui lui disait quoi faire.

Chapitre 29

Avec un regard vers Jazz, Hunter attrapa son téléphone dans sa poche arrière. Il tapa les numéros qu'il avait entendus dans sa tête, et attendit.

– Qui est là ? demanda un Dr. Ru très nerveux.

Hunter reconnut sa voix amicale.

– Bonjour, Dr. Ru. Je suis Hunter Williams.

Joe pâlit et il s'appuya contre le mur.

– Merci de m'avoir appelé, Hunter. Comment vas-tu ? Et où es-tu ?

Hunter se leva et bougea pour s'éloigner de Joe et de Stanley. Jazz le suivit.

– Je suis en Alaska. Je pense que mon père s'est dit qu'il allait réinitialiser ma puce et que ça allait juste effacer mes souvenirs une fois de plus. Il ne voulait pas que je voie ce qui s'est vraiment passé il y a quatre ans.

– J'ai menti à ton père pour la puce. Je suis désolé. À la fin de ton traitement, je t'ai hypnotisé et j'ai planté une suggestion profonde dans ton esprit, pour que tu te calmes et que tu m'appelles si tu entendais une séquence musicale précise. Il n'y a pas de puce dans ton cerveau, Hunter.

– Dr. Ru, je vais vous mettre en haut-parleur, dit-il en appuyant sur une touche. Je n'ai jamais eu d'implant ?

Joe se redressa sur sa chaise, le visage mou et la bouche ouverte.

– Non. Et je n'avais pas parlé de puce à ton père avant qu'il m'appelle hier. Je voulais te parler, mais je pense qu'il a eu peur que tes souvenirs reviennent si tu entendais ma voix.

– Et maintenant, je sais pourquoi il a eu peur que ça arrive. Est-ce qu'il vous a dit que j'avais violé ma mère ?

Ru hésita.

– Oui, Hunter.

Stanley jeta un regard interloqué à Joe. Joe le fixa en retour et secoua la tête.

– Vous l'avez cru ?

– Au début, oui, mais ce n'est pas ce que tu m'as expliqué pendant nos sessions.

– Est-ce qu'il vous a dit que j'étais accro à la pornographie, et que je forçais ma mère à coucher avec moi en la menaçant de la dénoncer aux services de protection de l'enfance ?

Comme à contre-cœur, il répondit :

– Oui.

Est-ce qu'il vous a dit qu'il avait dit à ma mère de se suicider, et qu'il avait quitté la maison en sachant que c'était ce qu'elle comptait faire ? Et que quand il m'a trouvé en sang, sur le sol de la salle de bains, il a voulu que je meure ?

Tout le monde regarda Joe qui avait l'air de ne plus rien comprendre.

– Non, Hunter. Comment est-ce que tu le sais ?

– Parce que j'ai vu les souvenirs. Et maintenant, il ne se rappelle plus ce qu'il a dit, ni pensé, à ce moment-là.

La voix de Ru se fit pressante.

– Explique-moi, s'il te plaît. Joe m'a dit que tu voyais des souvenirs, mais il n'a pas parlé de les supprimer.

– Quand je vois un souvenir, la personne qui était en train d'y penser l'oublie. Toujours. J'ai pris les mauvais souvenirs de ma petite-amie Jazz. Et de deux autres personnes au lycée.

– Ils savaient que tu faisais ça ?

– Oui, ils voulaient que je le fasse. Ils pensent à ce qu'il s'est passé, je le vois et je l'écris, et ensuite ils ne rappellent plus qu'ils se sont fait violer ou maltraiter, ou quoi qu'il leur soit arrivé.

– Je n'ai jamais rien entendu de pareil, Hunter. Il y a un autre garçon qui a eu un traitement similaire au tien. Ses parents m'ont dit qu'il commençait à entendre des voix. Peut-être qu'il voyait des souvenirs aussi.

Jazz prit le téléphone des mains de Hunter.

– Dr. Ru, je m'appelle Jazz. Hunter m'a pris beaucoup de souvenirs. Il m'a sauvée, et je ne pourrai jamais assez le remercier. Je veux vous poser les questions sur le tireur de Washington, si vous acceptez ? La presse le fait passer pour un monstre.

– Oui, c'est ce qu'ils font. Ses parents me font un procès. La presse me court après. Certains essaient de me faire porter la responsabilité des meurtres du garçon.

Jazz regarda Hunter.

– Est-ce que vous avez dit à ses parents que vous lui aviez mis un implant ?

– Oui. Je n'avais pas d'autre choix pour parler au garçon. Mais les parents ne me laissaient pas le faire. Je lui avais fait une suggestion hypnotique, comme pour Hunter.

Il s'arrêta pour prendre de grandes inspirations rapides.

– Je suis désolé. Je n'arrête pas de penser à ce pauvre garçon qui tire sur ses amis. Je sais que si j'avais pu lui parler, j'aurais pu l'empêcher de le faire.

Jazz leva les yeux vers Hunter et approcha le téléphone de sa bouche.

– Les médias disent qu'il a été traumatisé par un accident chez son grand-père. Ils ont parlé d'une attaque de coyote. C'est ce qui s'est passé, ou il a été maltraité ?

Ru s'éclaircit la gorge.

– Je ne devrais pas parler d'un autre patient. Si Hunter avait parlé à ce garçon, je suis certain qu'il serait encore en vie, comme bien d'autres enfants.

Stanley s'approcha de Jazz et parla au téléphone.

– Dr. Ru, mon nom est Stanley Collins. Je suis détective au département de police de Fairbanks. Est-ce que vous avez caché des informations à la police de Bremerton ?

Hunter sentit ses muscles se tendre. Il grimaça à l'attention de Jazz.

– Je suis désolé, Dr. Ru. J'aurais dû vous dire qu'il y avait un détective dans la pièce.

– Ce n'est pas grave, Hunter. Non, détective Collins, mais j'ai eu besoin d'embaucher un avocat avant de parler avec eux. Comme vous venez d'être témoin du talent particulier de Hunter, vous pouvez m'aider. Les souvenirs du tireur avaient été effacés grâce à l'électroconvulsivothérapie, d'une façon similaire à ce que j'ai fait à Hunter. Les souvenirs des deux garçons ont dû commencer à revenir, mais contrairement à ceux de Hunter, les siens concernaient de la violence physique envers lui et ses animaux de compagnie. Il a pu ne pas reconnaître qu'ils étaient ses propres souvenirs, et croire qu'il devenait fou. Ou il a pu voir les souvenirs de violences qu'ont subies les autres. J'aurais voulu pouvoir parler avec le garçon. Je n'ai aucune idée de la raison pour laquelle Hunter ou cet autre garçon peuvent puiser dans les souvenirs des autres.

Hunter prit le téléphone des mains de Jazz.

— Jazz a une théorie, Dr. Ru. Elle peut vous l'écrire ou vous appeler plus tard, si vous voulez.

— Oui, s'il vous plaît, répondit Ru. Hunter, tu veux continuer à supprimer des souvenirs ?

— Oui, répondit Hunter. Au début, je voulais que ça s'arrête, mais maintenant, je sais combien les autres ont souffert, comme Jazz, et je veux en aider autant que je peux. Il y a deux filles pas loin d'ici qui sont des esclaves sexuelles depuis des années, qu'on force à vivre dans une cage depuis qu'elles ont douze ans, ou moins. Je ne les ai pas rencontrées, mais je veux les sauver et supprimer tout ce qu'elles ont vécu.

— Des esclaves sexuelles ? demanda Stanley.

—Oui. Je les ai vues deux fois dans le souvenir d'un ami, mais je ne sais pas où elles sont.

— Hunter, dit Ru, tu as bon coeur, malgré ce qui t'est arrivé. Ta mère a profité de toi, Hunter. Tu n'as rien fait de mal, malgré ce que ton père veut que tu croies. Et tous ceux que tu as aidés et que tu comptes aider n'ont rien fait de mal non plus. Ce sont des enfants que l'on a forcés à vivre dans leur propre enfer, souvent géré par des adultes égoïstes. Parfois j'ai du mal à dormir, quand je pense à tous les souvenirs que j'ai entendus.

— Hunter et moi, on sait ce que ça fait, dit Jazz en tenant le bras de Hunter, mais on s'en sort mieux ensemble.

– Oui, je ne sais pas comment je pourrais m'en sortir sans mon mari.

– Dr. Ru, dit Hunter, il faut que les gens connaissent ces histoires. Je ne pense pas que la plupart des gens aient la moindre idée du nombre de gamins qui souffrent.

– Je suis d'accord, Hunter. Je sais que tu ne veux pas en entendre parler maintenant, mais les scientifiques adoreraient avoir l'occasion d'essayer de comprendre pourquoi cela t'est arrivé.

– Ou utiliser mon talent pour leurs recherches, dit Hunter. Je préfère aider d'autres gamins qu'être utilisé par quelqu'un d'autre.

– Je comprends, dit Ru. Hunter, il faut que je te dise que je ne voulais pas utiliser les électrochocs sur toi. Je pensais qu'on progressait lors de nos sessions, mais...

– Je comprends.

Les yeux de Hunter jetaient des éclairs vers Joe.

–Je suis certain que Papa a préféré tout supprimer de ma tête. Je vous reparlerai. Bientôt.

– Donne mon numéro au détective Collins, s'il te plaît. Il faut qu'on parle de ce qu'il a vu ce soir. Au revoir, Hunter.

Hunter raccrocha et continua à fixer son père.

– Si j'étais mort, tu aurais emménagé avec Stanley et tu n'aurais plus eu à t'inquiéter que quelqu'un découvre ton secret, alors que ça n'aurait rien changé pour moi et Frankie si tu nous en avais parlé. Mais ce qui m'intrigue, c'est pourquoi tu as continué à rester loin de Stanley, en me haïssant parce qu'à cause de moi, tu ne pouvais pas être avec lui ? Pourquoi tu as raconté que j'avais violé Maman ? Pourquoi as-tu raconté ça à tout le monde ?

– Parce que, dit Jazz, il veut que personne ne l'accuse de la mort de ta mère. Il ne voulait pas être accusé de l'inceste de sa femme. Dans ce qu'il racontait, Hunter, tu étais la raison de tous ses problèmes, et lui, c'était le père dévoué qui faisait de son mieux pour aider son fils psychotique.

La scène de l'incendie avec Anthony surgit dans la tête de Hunter. Le père du garçon avait accusé son fils. C'est pour ça que Hunter avait vu ce souvenir, pas parce qu'il y avait eu une relation sexuelle entre les parents, ce qui n'était même pas arrivé, finalement. La vérité était là, mais à l'époque, il n'était pas prêt à la comprendre.

Stanley secoua lentement la tête vers Joe puis se tourna vers Hunter.

– Tu as parlé de deux filles dans une cage ? Il faut qu'on les trouve.

– Oui, dit Hunter. Tout ce que je sais, c'est qu'elles sont dans une maison près de la rivière Nenana, au Sud d'ici, dit Hunter, mais je ne sais pas si je peux la trouver seul. Il faut que je persuade un ami de venir m'aider.

– Tu ne peux pas les sauver toi-même. Je peux t'aider, Hunter.

Il lui tendit son téléphone pour que Hunter puisse voir son numéro.

– Appelle-moi quand tu en sauras plus, et je t'en prie, n'essaie pas de faire ça tout seul.

Hunter entra son numéro dans sa liste de contacts.

– Merci. Peut-être que j'en saurai plus demain. Voilà le numéro de Dr. Ru.

Il le montra à Stanley. Puis Hunter ouvrit un placard et en sortit deux grands sacs poubelle.

– Jazz, aide-moi à prendre le reste de mes vêtements.

– Oui.

Ils se rendirent dans sa chambre et commencèrent à remplir les sacs des objets qui se trouvaient dans son armoire et dans sa commode. Après quelques minutes, ils entendirent une voiture s'en aller. Quand ils revinrent dans la cuisine, ils trouvèrent Joe qui regardait par la fenêtre.

– Je me fiche de ce dont tu veux m'accuser, dit-il avec amertume, c'est toi qui as tué ton frère.

Hunter sentit son estomac se retourner et de la bile monter au fond de sa gorge.

– C'est ma faute s'il a couru après le ballon. À ce moment-là, j'étais en colère contre lui parce qu'il t'avait dit pour Maman et moi. J'étais un gamin de treize ans, jaloux, perdu, qui n'a aucune excuse pour ce qui est arrivé à Frankie. Je devrai vivre avec sa mort pour le reste de ma vie. Mais tu savais qu'il se passait quelque chose de mal entre Maman et moi, et tu n'as rien fait. Tu aurais pu lui avouer tes sentiments pour Stanley. Tu aurais pu l'emmener voir un médecin. Tu aurais pu m'emmener trouver de l'aide, au lieu de me torturer avec tes mensonges. Mais tu ne l'as pas fait. Tu as préféré te protéger, à la place. Et où est-ce que ça t'a mené ? Stanley est parti, et je m'en vais. Profite bien du reste de ta vie, Papa.

Hunter et Jazz fourrèrent les sacs sur les sièges arrière du pick-up et démarrèrent.

– Tu penses que tu vas revenir un jour ? demanda Jazz.

– Pas pour lui.

Il la regarda et ajouta :

– Je crois que j'aurais dû te demander avant. Désolé.

– T'avais pas besoin de demander.

Elle fronça les sourcils.

– Je te laisserai partir nulle part, Hunter.

Il sourit.

– Tu veux te débarrasser de tous tes souvenirs de coupures avant, hein ?

– Oui. Je veux qu'on fasse ça, c'est vrai.

– Et ensuite ?

– Je veux faire de nouveaux souvenirs avec toi, des souvenirs que je n'aurai pas envie d'oublier.

Elle se pencha vers lui et lui prit la main.

– Je suis ta petite-amie, ou c'était juste pratique de me présenter comme ça ?

Malgré toute l'angoisse qu'il avait vécue pendant l'heure qui venait de passer, son contact le remplir de chaleur et d'espoir.

– J'ai envie que tu le sois.

Jazz se mordit les lèvres.Elle et Hunter se regardèrent dans les yeux, tandis que son pick-up roulait sur les bandes rugueuses.

– Oups, dit-elle en corrigeant sa trajectoire. Tu me distrais beaucoup, Hunter.

– Pardon. Alors, tu vas le faire ?

– Faire quoi ? demanda-t-elle pour le taquiner. Il faut que tu me le demandes encore une fois, s'il te plaît.

– Rho. Tu vas me la jouer minette ?

– T'aimes pas les minettes ?

– Non. J'aime la Jazz qui porte une arme dans son sac et l'utilise en cas d'urgence. Qui se battrait avec Eric, ou avec mon père pour me protéger.

Qui ne panique pas quand elle me trouve nu par terre en train de hurler ou de pleurer à cause de choses qu'elle ne voit pas. Qui a les lèvres les plus pulpeuses, les plus douces, et le corps le plus chaud du monde.

– Tu peux pas le savoir, ça, gloussa Jazz. Du monde ?

– Du putain de monde entier ! Tu peux me prouver le contraire, miss scientifique ?

– Non, et je n'en ai pas envie. Et pour répondre à ta question, oui, je veux être ta petite-amie... et ton amante, quand ce sera le moment. Je sais que ce n'est pas le moment... pour l'instant.

– Pas pour l'instant.

Il voyait sa mère tituber dans le couloir, en peignoir, pour plus tard, l'ouvrir et supplier son père de la regarder. Et tout ce qu'il avait fait, c'était lui dire de se tuer. Il essaya de chasser l'image de sa tête et se moqua de lui-même. Maintenant qu'il avait obtenu ce souvenir, il ne voulait pas le voir.

Mais sans lui, il ne pouvait pas se connaître, savoir qui il était, comment il en était venu à être le jeune homme assis à côté de Jazz qu'il suivrait partout. Il se rappelait que son père avait dit « un de nous deux doit savoir qui on est ». Jusqu'à ce soir, il ne savait pas qui il était, et il se battait toujours pour le découvrir.

Elle lui jeta un regard et sourit.

– Comment va ta tête ?

– Comme si je venais de me réveiller. Comme si je m'étais promené dans du brouillard sans savoir pourquoi j'y étais.

– Tu as besoin de tes souvenirs pour être tout à fait conscient.

Il haussa les sourcils à son intention.

– Tu ne peux pas savoir qui tu es sans contexte, dit Jazz. Être conscient nécessite d'avoir des souvenirs. Tu ne peux pas penser à ce que tu as fait, ou ce que tu veux faire dans le futur, ou pourquoi ta vie est nulle ou merveilleuse, si tu ne te rappelles pas de ton passé. Nous sommes des êtres conscients qui ont besoin d'être ancrés dans un contexte.

– Donc, je n'étais pas entièrement conscient avant ce soir ?

– Pas vraiment.

Il s'appuya contre la portière pour mieux la regarder.

– J'étais quoi, alors ? Inconscient ?

– Hunter, on n'arrive même pas à se mettre d'accord sur ce qu'est la conscience. Cherche sur Google.

Elle lui lança un regard.

– Il y a des centaines de définitions. Personne ne sait ce que c'est, ou comment on l'a obtenue.

Elle tourna son visage à nouveau vers la route.

– Mais je pense qu'être conscient dépend de notre faculté à se connecter à une autre dimension, celle qui détient nos souvenirs. Que quand cette connexion est coupée, on ne peut pas fonctionner. On tombe dans le coma, ou dans la démence. Peut-être que l'autisme est causé par des connexions coupées.

– C'est trop compliqué.

– Ouais. Il y a trop de choses qu'on ne comprend pas en ce qui concerne le fonctionnement de notre tête. Et ceux qui font des hypothèses sur une autre dimension dans laquelle se trouvent nos souvenirs se font souvent ridiculiser. Comment est-ce que la science peut vérifier cette théorie-là ? Découper des vers ne donne pas toutes les réponses.

– Je suis certain que certains scientifiques voudraient mettre la main sur moi.

Elle lui sourit malicieusement.

– Il y a une scientifique qui a déjà mis la main sur toi, et qui ne risque pas de te laisser partir.

Elle sortit son téléphone de sa poche et le donna à Hunter.

– Quelqu'un m'a envoyé un message.

Hunter le lut.

– C'est ta mère. Qui te rappelle qu'il faut que tu viennes la chercher avant dix heures.

– Réponds-lui : *je viendrai te chercher à dix heures.* Et mets le « te » en majuscules.

– D'accord.

Il envoya le message.

– Pourquoi ?

– Parce que je pense qu'elle veut ramener à la maison le type qu'elle a fait virer.

Hunter lâcha le téléphone de Jazz sur le siège puis prit le sien.

– Faut que j'appelle Eric.

Il tapa son numéro.

– Ouais, dit Eric.

– Tu as pensé à un moyen de sauver ces filles ?

Clairement frustré, il répondit :

– Non.

– Tu as essayé ?

– Oui, j'ai essayé.

– Je connais un détective qui veut bien aider.

– Tu lui as dit quoi ?

Hunter entendait la peur dans sa voix.

– Je lui ai pas parlé de toi. Que des filles. Je suis pas sûr d'où elles sont. J'ai besoin de toi pour m'indiquer l'endroit.

– Écoute, Hunter. Peu importe que ce soit une armée ou quoi que tu envoies là-bas, il a des vidéos de moi, donc je me ferai découvrir. Je peux pas faire ça.

– Et les filles, Eric ?

Hunter l'entendit respirer.

– Elles resteront là-bas... jusqu'à ce qu'elles soient trop vieilles.

– Et ensuite ?

– Je sais pas, mais la dernière fois que j'y étais, il a dit quelque chose sur le fait qu'il avait besoin de nouvelles filles.

– Il les laissera pas partir. Tu le sais.

Eric s'arrêta et respira plus fort.

– Non.

– Eric, il faut qu'on les fasse sortir. Wesley doit être mis hors d'état de nuire.

– Mec, je sais pas quoi faire.

– Si on les fait sortir, on peut brûler la maison et détruire tous ses disques durs ou tout ce qu'il utilise.

– Ça changera rien. Il met tout sur un cloud. Je ne sais même pas s'il garde des cartes mémoire ou des clés USB dans la maison, à part celles qui lui servent à filmer.

– D'accord. Alors on détruit son ordinateur et on prend les cartes mémoires des caméras. Wesley ne donnera pas à la police un accès à son cloud. Comment est-ce qu'il a internet ?

– Avec une parabole.

– On peut pas couper le fil qui la relie à la maison et désactiver la connexion de son téléphone ?

– Si, mais pas quand il est là-bas.

– Tu peux pas faire semblant de vouloir voir les filles, pour entrer ? Et ensuite on le prend au piège avec des armes ?

– Qui ça, on ?

– Jazz et moi.

– Vous déconnez ? Vous allez nous faire tous tuer. Il a une arme en permanence.

– Je sais. Je l'ai vue à sa ceinture.

– Wesley n'hésitera pas à nous tirer dessus. Trouve autre chose, Hunter.

– Non ! *Tu* trouves autre chose. J'appelle la police demain, que j'aie de tes nouvelles ou non. Peut-être que tu te fiches qu'il tue ces filles, mais pas moi.

Il raccrocha.

– On va avoir besoin d'une équipe du SWAT, dit Jazz en bifurquant vers son allée. Enfin à la maison.

Elle se gara, et ils prirent chacun des affaires à amener à l'intérieur. Jazz prit un des sacs de vêtements dans sa chambre.

– Où est-ce que tu veux ranger ça ?

Hunter la suivit avec un autre sac.

– Tu as des tiroirs vides, ou de la place dans ton armoire ?

– Un peu. On va tout faire rentrer.

Ils lâchèrent les sacs sur le sol.

– Ça sera gênant, de m'avoir ici pendant que ta mère sera de l'autre côté du mur ?

– Ça lui fera du bien d'être un peu gênée, après toutes les fois où j'ai dû les écouter, elle et le trou du cul du mois, se crier dessus ou taper le lit contre le mur.

Hunter se rappela de la petite Jazz de douze ans qui écoutait sa mère et Micah devant leur porte.

– Je suppose qu'on fera pas tant de bruit, dit Hunter.

Il tendit son bras vers elle. Elle se précipita pour le prendre dans ses bras.

– Merci de m'aider. Je suis certain que mon père ne m'a jamais serré contre lui, pendant toutes ces années. J'ai dû être un gamin perdu, effrayé, qui n'arrivait pas à sortir les cauchemars de sa tête et que personne ne prenait dans ses bras.

– T'as plus à t'inquiéter pour ça.

Elle passa sa main dans ses cheveux et fronça le nez.

– Une douche te ferait du bien. Et changer de vêtements.

– Je sais. Je me sens sale. Mais ça me stresse un peu de me retrouver tout seul dans la salle de bains.

Elle se mit à jouer avec ses oreilles.

– Prends une douche, et j'irai m'asseoir là-bas avec toi. On continuera à parler. Ça ira.

– Tu regarderas pas ?

– Je promets rien. En plus, je t'ai déjà vu nu. Comme tu m'as vue.

– Dans d'horribles situations pour nous deux. C'était pas très fun.

– Attrape tes affaires, je vais faire couler l'eau.

Elle quitta la pièce, et Hunter entendit bientôt l'eau de la douche gicler sur le rideau plastifié. Il trouva un boxer et un tee-shirt et enleva ses habits, à l'exception de ses sous-vêtements.

Jazz le retrouva à la porte avec une serviette pliée sur le bras. Avec un mauvais accent anglais, elle lui dit :

– J'espère que la température conviendra à vos désirs, monsieur.

– Je vais m'attendre à me faire servir comme ça, maintenant.

– Cool. Vos désirs sont des ordres.

Elle pendit la serviette au rideau de douche et s'assit sur les toilettes. Hunter posa ses vêtements sur le bord de la baignoire. Être debout en sous-vêtements devant elle le gênait un peu.

– Comment je rentre dedans ?

Elle gloussa.

– Je ferme les yeux pendant que tu enlèves ton boxer. Tourne-toi et regarde le rideau. Les fesses, c'est pas si sexy, de toute façon. C'est bon. J'ai fermé les yeux.

Hunter enleva son boxer et attrapa le rideau.

– Hunter, Hunter. Je résiste pas bien à la tentation.

Hunter entra dans la baignoire et ferma le rideau.

– Tu peux les ouvrir, maintenant.

– Je l'avais déjà fait, et oublie ce que j'ai dit sur les fesses. Les tiennes sont très mignonnes.

Il sortit la tête du rideau.

– T'as pas fait ça !

– Tu sauras jamais. Si je l'ai fait, c'est pas un mauvais souvenir, alors tu le verras jamais.

Elle le chassa d'un geste de main.

– Continue à te doucher. Dis-moi si tu as besoin d'aide avec quoi que ce soit.

– Tu vas faire des blagues tout le temps où je serai là ?

– Si ça t'empêche de penser au passé, alors oui. Alors, tu laves quoi ?

– Mon torse.

– D'accord. Et là ?

– Mon ventre.

– Oooh ! Et là ?

– Mes aisselles ?

– Pourquoi t'es remonté ? T'as un circuit particulier pour te laver ? La plupart des gens développent leurs habitudes de toilettes très jeunes et en changent rarement.

– C'est vrai ? Au fait, tu as raté ce que tu cherchais.

– Quoi ? Oh, zut !

– D'où tu sors cette théorie de circuit ?

– Je l'ai lue. Ce que tu laves en premier en dit long sur toi.

– Et ce que tu laves en premier, c'est... ?

– Mes cheveux, bien sûr. Pourquoi se laver le corps puis laisser toutes les saletés de ses cheveux lui couler dessus ?

Après quelques minutes, Hunter éteignit l'eau. Jazz tira la serviette qui était accrochée à la barre du rideau.

– Jazz, j'ai besoin de ma serviette.

– Je te la tiens ouverte et je cache mes yeux avec. Ouvre juste le rideau et je l'enroule autour de toi. Fais-moi confiance, Hunter.

– Pourquoi est-ce que j'ai l'impression d'être Charlie Brown ?

Il passa la tête par le rideau pour voir la serviette suspendue entre les mains de Jazz, lui cachant le visage. Il sortit de la baignoire.

– Au fait, mon deuxième prénom c'est Lucille. Oups !

Elle fit tomber la serviette.

– Oulala, Hunter. Tu es complètement nu.

Elle se couvrit les yeux mais ouvrit les doigts pour l'épier.

– Je suis si gênée.

Elle se retourna en riant.

Hunter ramassa la serviette et se sécha rapidement. Il enfila son boxer.

– C'est vraiment ça ?

– C'est vraiment quoi ?

– Lucille, c'est vraiment ton deuxième prénom ?

Elle se retourna.

– Oui, vraiment. Jasmine Lucille Williams. Et toi, qu'est-ce que c'est, ton deuxième prénom ?

– Charles.

Elle éclata de rire.

– Vraiment ? C'est pas possible !

– J'ai bien peur que si.

– Eh bien, ce fait va influencer de nombreuses interactions futures.

– D'accord. C'est ton tour.

– De quoi ?

– De prendre une douche. Je m'assois là et je me tiens bien. Promis.

Elle posa ses coudes sur ses épaules et joua avec ses cheveux mouillés.

– Mes sens de Spider-man me disent que tu prévois de te venger.

Il plissa les yeux et lui fit un sourire ironique.

– Exactement, comme tu dis.

Elle l'embrassa sur le front.

– Tu es incroyable ! Je reviens dans une seconde.

Chapitre 30

Le matin suivant, Hunter roula à travers les collines, à l'Est de Nenana, sous un ciel bleu turquoise, et un soleil éblouissait qui imitait les jours du milieu de l'été. Mais les bouleaux nus étaient toujours entourés de petits tas de neige à leur base. À cette époque de l'année, tout le monde à l'Intérieur attendait impatiemment la douceur de l'été. Le fait que l'hiver s'attarderait encore quelques semaines était une raison bien suffisante pour avoir des pensées dépressives, même quand le soulagement semblait si proche.

Hunter s'était senti bien, en dormant avec Jazz, blotti contre elle après la joie d'avoir joué ensemble dans la salle de bains. Ils avaient barboté au bord de l'idée de sexe, gardant tout ça léger et joueur, en sachant que le passé de Hunter n'était pas loin et se tenait prêt à le transpercer à nouveau. En effet, ses rêves étaient imbibés d'inquiétude pour les filles dans la cage, d'images sanguinolentes de sa mère, et l'inquiétude sous-jacente contre son père qui lui avait caché la vérité. Le son de la mort de son frère le réveilla trois fois pendant la nuit.

Il savait que le sommeil de Jazz était paisible. Chaque fois qu'il s'était réveillé en sursaut, elle était en train de ronfler doucement, presque avec un sourire. Il savait qu'il ne dormirait pas comme ça tant que les filles seraient prisonnières, dans l'attente d'être supprimées comme de mauvais souvenir, seulement pour être remplacées par une autre fille prépubère ou deux, en provenance d'Anchorage.

Il lui fallait trouver un moyen de dire à Claire que sa fille ne se rappelait plus de Micah, ni du meurtre, ou de la raison pour laquelle elles avaient abandonné Rosie. Il ne voulait pas qu'elle lui dise quoi que ce soit qui puisse rendre ces souvenirs à la mémoire de Jazz.

Ils avaient bu un shooter chacun avant de dormir, la nuit précédente. Ils avaient tous deux décidé d'arrêter de boire de la vodka, mais savaient que Jazz avait besoin de le faire progressivement. Et ils avaient caché les bouteilles restantes dans le mur du placard de Jazz derrière un panneau bancal, qu'ils avaient ensuite scotché pour le maintenir fermé.

Jazz s'attendait à ce que sa mère ait une bouteille ou deux dans sa valise. Ils s'occuperaient de ça plus tard.

Après avoir bu leurs verres, ils s'étaient embrassés sur leurs cicatrices, doucement, en connaissant la douleur qu'il y avait derrière chacune d'elles, en sachant combien les choses auraient été différentes s'ils avaient été réunis à l'époque comme ils l'étaient maintenant. Ils avaient bu les larmes de l'autre et s'étaient liés avec une force de solidarité dont aucun adolescent ne devrait avoir besoin.

Ce matin, tandis qu'ils roulaient, Jazz regardait par la fenêtre.

– J'aimerais bien que les feuilles des arbres poussent plus tôt, cette année, dit Jazz. Je cherche des bourgeons. J'ai trop hâte que le premier lupin sorte de terre. À côté de mon allée, il y a un endroit où je vois toujours le premier lupin. Et les jacinthes sauvages arrivent une semaine plus tard. Et ensuite, les primevères. J'adore les primevères ! C'est quoi ta couleur préférée pour elles ? Moi, c'est les fuchsia.

– J'en ai jamais vu. Je suis arrivé en juillet dernier, et les primevères étaient parties à ce moment-là. Il n'y avait plus que des épilobes.

– Quand l'épilobe fleurit, je commence à penser à l'hiver qui arrive, surtout quand les pétales du bas commencent à tomber. L'hiver est vraiment trop long. Le printemps et l'été sont plus longs chez Mamita et Papita.

– Tu veux toujours y retourner ?

– Oui. Je veux vraiment partir d'ici. Mais seulement si tu viens avec moi.

– Je ne voudrais pas faire autrement.

Il quitta la Mitchell Freeway, pour prendre la direction de South Cushman, vers le centre de cure.

– Par là, dit Jazz.

Il tourna sur le parking et s'approcha du bâtiment.

– Merde ! Elle est là avec un mec, pile comme je le craignais. Je vais le brusquer, alors ne sois pas choqué.

– Toi ? Brusquer quelqu'un ? Pourquoi ça me choquerait ?

Elle lui sourit, puis se mit à grogner.

Hunter ralentit près de la courbe à côté du banc sur lequel étaient assis Claire et l'homme, en train de fumer des cigarettes. L'homme, d'âge moyen, portait un béret et une veste de cuir, et s'était fait pousser un bouc irrégulier. Claire avait l'air d'une Jazz plus fine, en legging bleu éclatant. Jazz sauta du pick-up et affronta le gars.

– C'est toi, le connard qui a donné de l'alcool à ma mère ?

– Jazz, il faut juste le déposer, dit Claire.

– Il trouvera quelqu'un d'autre, dit Jazz en lui plantant son doigt sur le torse. Tu ramasses ton sac, connard, et tu dégages de là. Maintenant !

– Écoute, Jasmine, je m'appelle...

– J'en ai rien à foutre de ton nom, parce que j'en aurai jamais besoin. Ma mère est venue ici pour décrocher de l'alcool, pas pour se faire filer à boire par un éduc de merde, en échange de quoi, une pipe ? C'est ça, ton tarif ? Combien de filles et de femmes est-ce que t'as foutues en l'air avant de te faire prendre ?

L'homme ramassa son sac et recula devant une Jazz enragée, qui continuait à lui crier dessus.

Hunter prit le sac de Claire.

– Bonjour, Claire. Je m'appelle Hunter. Votre fille est quelqu'un de spécial à mes yeux.

Claire essaya d'attirer l'attention de l'homme puis abandonna, jeta sa cigarette par terre et la piétina.

– Elle peut vraiment se transformer en pétasse. T'as intérêt à espérer qu'elle ne se mette jamais en colère contre toi.

– Elle essaie de s'occuper de vous. Écoutez, il faut que je vous explique quelque chose rapidement, pendant que Jazz est partie.

Hunter vit les yeux de Claire, d'un vert légèrement plus pâle que ceux de Jazz, s'arrêter sur lui.

– Jazz ne se rappelle pas qu'elle a été violée par Micah, ni qu'elle l'a tué.

Ses yeux s'écarquillèrent.

– Je lui ai pris ces souvenirs, alors s'il vous plaît, ne lui parlez pas de lui.

– Comment ça, tu as pris ses souvenirs ?

Une scène passa rapidement dans l'esprit de Hunter.

– *Ça va, Jazz ?*

– *Oui, Maman. Ça va.*

– *Micah s'occupe bien de toi ?*

Elle avait entendu des bruits, la nuit précédente, qui venaient de l'autre côté du mobile-home. Elle s'était levée pour voir ce qu'il se passait, mais elle avait décidé qu'elle n'avait pas besoin de plus de problèmes avec Micah qu'elle n'en avait déjà, et elle était retournée se coucher.

– Vous saviez, dit Hunter sous le choc. Vous saviez que Micah la violait.

Les sourcils de Claire se froncèrent et son visage s'empourpra.

– Je ne savais pas. Je le jure.

– On monte dans la voiture, Maman, dit Jazz en revenant vers eux. Je veux qu'on soit partis d'ici avant qu'il ressorte.

Elle se mit à rire :

– Il est rentré en courant en disant qu'il allait appeler la police.

Hunter et Claire se fixaient en respirant à peine.

– Qu'est-ce que vous avez, tous les deux ? demanda Jazz.

– Rien, dit Hunter. Il ramassa son sac et le posa à l'arrière du pick-up.

– Maman, voilà Hunter…

– Il s'est déjà présenté. Il a l'air d'être un bon jeune homme.

Elle continuait à regarder Hunter avec méfiance.

– Il dit que tu es spéciale à ses yeux.

Jazz l'attrapa par-derrière et l'embrassa sur la joue.

– C'est le meilleur.

Elle ouvrit la porte passager pour sa mère.

– Va à l'arrière. On va chez Fred pour faire des courses.

Claire monta dans le pick-up, puis Hunter et Jazz.

Tandis que Hunter sortait du parking, Claire dit :

– Cet homme s'appelle Robert. C'était un patient, pas l'éduc. Il voulait juste que quelqu'un le ramène chez sa fille.

Jazz se tourna vers le siège arrière :

— Et bien maintenant, il peut appeler Uber ou un taxi.

Elle se rassit face à la route.

— Tu sais quoi, ça m'a fait du bien. C'était sympa ! Tu penses quoi de mon numéro de brute, Hunter ?

Hunter se rejouait la scène dans sa tête, en se demandant pourquoi Claire n'avait pas insisté auprès de Jazz pour avoir des réponses.

— Qu'est-ce qui va pas ?

Jazz lui toucha le bras.

— Désolé. J'ai eu un flash-back. Mais ça va.

Il se tourna vers elle et lui sourit.

— T'es une brute d'enfer. Rappelle-moi de rester dans tes bonnes grâces.

— Si tu es près de moi, tu es dans mes bonnes grâces. Maman, Hunter a emménagé avec moi à la maison.

— D'accord. Vous voulez peut-être m'en dire un peu plus ?

Pendant le court trajet pour retourner au magasin Fred Meyer, sur l'Avenue de l'Aéroport, Jazz raconta à sa mère que Hunter n'avait aucun souvenir de son passé, avant ces derniers temps, et ce qui l'avait conduit à lui prendre son souvenir de quand elle avait chassé Leon de la maison.

— Tu te rends compte d'à quel point ça a l'air étrange, n'est-ce pas ? demanda Claire.

— Oui, mais je l'ai vu et je l'ai senti se passer plusieurs fois. Il m'a pris tellement de mes mauvais souvenirs, Maman, je me sens vraiment mieux maintenant. Il peut faire la même chose pour toi.

Hunter regarda dans le rétroviseur et vit les yeux de Claire fixés sur lui.

— Tu ferais ça pour moi, Hunter ?

— Il y a des souvenirs que vous voulez oublier ? demanda Hunter en soutenant son regard dans le rétroviseur, en se demandant encore comment elle avait pu être aussi aveugle devant ce qui arrivait à Jazz.

— Je pense que tu connais déjà la réponse.

Claire se mit à regarder par la fenêtre.

Le parking de Fred était bondé, comme tous les samedis. C'était le premier magasin que les voyageurs croisaient quand ils quittaient Fairbanks pour aller vers l'ouest. À part la nourriture, le magasin vendait des vêtements, ainsi que des articles pour la maison, le jardin, et pour le sport. C'est pourquoi les gens venaient d'un peu partout y faire leurs courses.

Ils entrèrent dans le magasin, attrapèrent un panier, et suivirent la liste que Jazz avait faite à l'aller. Pendant un moment, alors que Jazz était partie chercher de la viande, Claire et Hunter se retrouvèrent seuls.

– Est-ce que Micah était le père de Rosie ? demanda Hunter. Je n'ai pas demandé à Jazz parce qu'elle ne se rappelle pas de lui.

– Non. C'était un autre de ces connards, comme Jazz les appelle. Micah ne savait pas que j'étais enceinte quand on a commencé à coucher ensemble. Je n'avais pas d'argent ni de travail, comme d'habitude. Quand il a su pour le bébé, ça l'a mis en colère et il a menacé de partir. Il ne voulait pas élever le gosse de quelqu'un d'autre. Je le soupçonnais de l'embêter, mais Jazz a tout nié. Je... j'avais pas suffisamment envie de le savoir. Je suis une mauvaise mère, Hunter. Autant que tu le saches tout de suite.

– Ma mère m'a séduit quand j'avais treize ans, avant de se suicider, enceinte de notre... faute. On a tous des regrets, Claire. Il faut que vous trouviez un moyen de vous rattraper auprès d'elle. Je serais sûrement encore un cas désespéré, qui essaierait de recommencer à se taillader, s'il n'y avait pas Jazz. Vous avez vu ses cicatrices ?

Un air terrifié lui passa sur le visage.

– Des cicatrices ? De Micah ?

– Symboliquement, je suppose que oui, mais elle se les est faites seule. J'en ai quelques-unes, aussi, mais pas autant qu'elle.

Claire se couvrit la bouche avec une main et prit celle de Hunter dans l'autre.

– Tu dois me détester.

Elle avait les yeux embués.

– Non. On doit soutenir Jazz, tous les deux. Il y a déjà suffisamment de haine et de maltraitance dans le monde. Je veux pas en rajouter.

Claire l'enlaça.

– Merci d'être avec elle.

Jazz revint avec des boîtes de poulet et de steaks hachés. Elle vit le câlin et fronça les sourcils.

– J'ai raté quelque chose ?

Elle sourit et lâcha les boîtes dans le caddie.

– Non, c'est moi qui ai raté quelque chose, dit Claire en tendant le bras vers Jazz pour l'attirer dans le câlin. Jazz, t'es une fille bien. Je te l'ai jamais assez dit. Je suis désolée.

Du coin de l'œil, Hunter vit une silhouette familière. Sa mâchoire se décrocha quand il se retourna et vit Wesley pousser son caddie vers le rayon du pain. L'estomac retourné, il s'écarta de quelques pas, comme dans du coton, incapable de croire ce qu'il était en train de voir.

– Hunter ? demanda Jazz. Qu'est-ce qui va pas ?

Chapitre 31

Tout ce qu'il y avait d'autre dans le rayon disparut aux yeux de Hunter, qui ne voyait plus que le pantalon lâche et la queue de cheval du violeur et pornographe qui s'arrêtait pour acheter quelques miches de pain. Hunter aurait pu le plaquer à terre, même l'étrangler. Sa peau était parcourue de haine alors qu'il fixait son regard sur le mal incarné, chacun de ses muscles était tendu.

Wesley se pencha pour attraper des pains à hamburger, et Hunter vit le pistolet qui était fourré dans sa ceinture.

Puis Hunter réalisa que les filles étaient seules. Il fallait qu'ils montent dans le pick-up et qu'ils partent. Maintenant. Il se retourna et trouva Jazz avec leurs courses.

– Qu'est-ce qu'il se passe ? demanda-t-elle.

Hunter se rapprocha.

– Derrière moi. Ce mec dans le rayon du pain, c'est Wesley.

– Tu es sûr ?

– Affirmatif. Il faut qu'on parte d'ici et qu'on trouve sa maison avant lui.

Jazz hocha la tête et tira le panier le long du rayon de la nourriture pour animaux, vers l'avant du magasin.

– Où est ta mère ? demanda Hunter en panique.

Elle avait disparu.

– Au rayon shampoings ! lui cria Jazz. Je vais faire la queue.

Hunter se pressa devant les rayons viande et surgelés, jusqu'à arriver aux vêtements, et tourna vers la gauche. Claire tenait une bouteille de shampoing et lisait l'étiquette.

– Il faut qu'on parte.

Il lui attrapa le bras.

– Quoi ?

– Maintenant.

Il l'entraîna vers l'avant du magasin.

– Jazz fait la queue à la caisse.

– Pourquoi ?

– Parce que deux filles vont mourir si on ne part pas maintenant.

Hunter tomba sur des files d'attente interminables à chaque caisse, et ne vit pas Jazz. Il revint sur ses pas et la vit attendre à une caisse automatique.

– Je pensais que ça irait plus vite, dit Jazz en avançant vers une des machines.

Ils se mirent tous les deux à scanner leurs courses rapidement jusqu'à ce que la voix de la machine leur demande d'enlever le dernier article. Puis :

– Une assistance va arriver.

Hunter regarda autour de lui pour trouver un employé du magasin, et le vit en train d'aider une femme et ses enfants. Hunter s'approcha de lui et lui tapota l'épaule.

– Quand vous aurez fini, j'ai besoin d'aide.

L'homme hocha la tête.

Quand Hunter se retourna, il vit Wesley qui marchait vers eux depuis les rayons.

– Il faut qu'on parte.

– Pourquoi ? demanda Jazz.

Hunter tourna la tête rapidement vers Wesley. Jazz le vit et se retourna.

– Merde !

Le coeur de Hunter manqua un battement quand il vit Wesley avancer son caddie dans la deuxième ligne de caisses automatiques et s'installer à une machine juste en face d'eux. L'employé du magasin arriva près de Hunter et scanna sa carte.

– Voilà, allez-y, dit-il.

– Merci ! Dit Hunter en attrapant les bras de Jazz et Claire et en les poussant vers la sortie.

— Hé ! hurla l'employé. Et vos courses ?

Hunter se retourna :

— J'ai oublié mon portefeuille.

Il vit Wesley le regarder avant de se détourner et de pousser les autres vers la sortie.

— Qu'est-ce qu'il se passe ? demanda Claire.

— Cet homme, qui était en face de nous, a deux filles dans une cage chez lui, dit Jazz. Il faut qu'on les sauve pendant qu'il est en ville.

Hunter démarra le pick-up.

— Merde, j'ai besoin d'essence, gronda Hunter.

Il roula vers les pompes sur le côté du parking.

— Jazz, surveille s'il sort du magasin.

— D'accord.

Jazz sortit du véhicule et guetta l'arrivée de Wesley.

Après avoir inséré l'embout dans son réservoir, Hunter sortit son téléphone et appela Eric. Il tomba sur son répondeur.

— Eric, c'est Hunter. Il faut que tu m'appelles. Wesley est à Fairbanks. On peut aller chercher les filles.

Il raccrocha et remit le tuyau sur la pompe à essence.

Bientôt, ils furent sur la route, dans la direction de chez Jazz. La maison de Wesley était plus loin au Sud, mais Hunter ne savait pas le numéro de la route qui allait vers les filles.

Pendant que Hunter conduisait, Jazz expliqua à Claire l'histoire de Wesley et des filles. Il essaya de rappeler Eric, mais il ne réussit qu'à tomber sur sa messagerie.

Puis il se rappela de Stanley. Il regarda dans ses contacts et trouva son numéro. Après quelques sonneries, Stanley décrocha.

— Allô ?

— Stanley, c'est Hunter. L'homme qui a ces filles est en ville, là maintenant. Je viens de le voir, alors il n'y a personne dans sa maison. J'y vais pour libérer les filles. Vous pouvez nous aider ?

— Où est sa maison ?

— Quelque part près de la rivière Nenana, sûrement près du pont de Coghill.

Je ne suis pas sûr du numéro de la route pour le moment, mais je devrais en savoir plus bientôt. Je vous appellerai. Vous pouvez envoyer des gendarmes pour nous aider ?

— C'est quoi, le nom de cet homme ?

— Wesley. Je connais pas son nom de famille.

— Laisse-moi voir ce que je peux faire, et je te dirai. Je vais vous envoyer de l'aide. Attends qu'on arrive, Hunter, s'il te plaît.

L'intérieur du véhicule était silencieux tandis que Hunter accélérait dans les virages des collines. Hunter n'arrêtait pas de regarder dans son rétroviseur pour voir si quelqu'un le suivait. Il essaya de se rappeler quel genre de véhicule était garé à côté de la maison de Wesley dans le souvenir de Eric, mais tout ce qu'il voyait, c'était le trampoline et la plateforme.

Le téléphone de Hunter sonna. Il fit glisser son doigt pour décrocher.

— Ouais ?

— Hunter, dit Eric. Tu es sûr d'avoir vu Wesley ?

— Oui, la dent en argent et tout. Il n'était pas encore sorti du magasin quand on est partis. C'est quoi, le numéro de sa route ?

— C'est celle qui est juste au Sud de la borne 274. Il y a un morceau de tissu rouge accroché à un arbre sur la droite. Même s'il n'est pas là, il vous verra devant le portail. Son téléphone vibre quand quelqu'un sonne.

— Et alors ? On fera toutes les combinaisons de 673 jusqu'à ce que la porte s'ouvre.

— Je suis sûr qu'il peut fermer le portail.

— Le portail ne bloque que la route. On peut le contourner par la forêt et désactiver sa parabole. Et là, il ne nous verra pas emmener les filles.

— La caméra vous verra si vous êtes sur la route devant le portail.

— Et il peut faire quoi, à part nous crier dessus au téléphone pendant qu'on rentre dans sa maison ? Il n'est pas là, Eric. Je peux aplatir le portail avec le pick-up. Écoute, je vais chercher les filles. Si ça t'inquiète de savoir ce qu'il y a sur son ordinateur et ses clés USB, alors t'as intérêt à venir les chercher.

— Qu'est-ce que vous allez faire des filles ?

— Les ramener chez Jazz et faire ce que j'ai fait pour toi !

— Il va vous retrouver.

– Qui lui dira où on est, Eric ? Toi ? Il sera en prison, d'ici-là. Je suis en train de quitter Nenana, alors je devrais être là dans une demi-heure. Tu viens ou pas ?

– Merde ! D'accord, je serai là. Je devrais arriver avant vous.

– Apporte une arme.

Hunter raccrocha.

– Jazz, tu as ton pistolet, hein ?

– Toujours.

Elle montra son sac.

– Vous allez me déposer avant ? demanda Claire. Ça a l'air dangereux.

– On a pas le temps, Maman.

Hunter tapa le numéro de Stanley.

– Allô ? répondit Stanley.

– C'est la route après la borne 274. Il y a un morceau de tissu rouge sur un arbre à l'embranchement. On est à une demi-heure.

– D'accord. Il y a un agent qui est en route depuis le parc McKinley. Elle est partie il y a dix minutes, donc elle devrait arriver juste après vous. Je suis dans un hélicoptère. On est partis de Fairbanks il y a dix minutes. On arrive. Attends-nous, Hunter.

– Je suis dans un pick-up bleu avec une valise à l'arrière. Je ne sais pas quelle voiture à Wesley.

– Appelle-moi quand tu arrives près de sa maison.

Ils raccrochèrent. Hunter accéléra.

Après vingt-cinq minutes, Hunter traversa le pont de Coghill au-dessus de la rivière de Nenana et ralentit pour s'arrêter au bord de la route.

– Cherchez un tissu rouge autour d'un arbre, dit-il.

– Il y a le pick-up de Eric, dit Jazz.

Hunter alla se garer à côté et descendit la vitre de Jazz. Eric avait attaché une lame de chasse-neige à l'avant de son véhicule.

– Tu viens d'installer ça ?

– Non, j'étais en train d'enlever de la neige des allées. Il y était déjà. Le portail de Wesley est lourd. Je pense que tu bousillerais ta voiture si tu essayais de l'aplatir.

– C'est quoi, le plan ? hurla Hunter.

– Tu me suis jusqu'à ce qu'on arrive au dernier virage avant son portail. Je passe devant et j'appuie sur la sonnette. S'il répond, je lui dis que je veux une séance avec les filles et je le persuade de me laisser entrer. Je pourrai aussi me rendre compte de s'il est loin de chez lui. S'il me laisse pas entrer, je fonce dans le portail et je vous fais signe de me suivre.

– Passe devant, dit Hunter.

Eric s'avança, Hunter juste derrière. Après cinq minutes, Eric s'arrêta, sortit son bras par la fenêtre et leur fit signe de rester où ils étaient. Eric repartit. Après quelques minutes, ils entendirent tous le bruit du métal arraché et surent que Eric avait dû aplatir le portail.

Eric les appela.

– Il est que vingt minutes derrière, il faut qu'on se dépêche !

Hunter avança en appelant Stanley.

– On vient de passer son portail. Wesley est à dix minutes derrière nous. Quand est-ce que vous arrivez ?

– L'agent a été retardé à cause d'un accident sur la route. Je suis à dix minutes. Attendez-nous !

– Je peux pas ! S'il arrive avant vous, il va tuer les filles.

Hunter raccrocha et traversa le portail brisé. Eric roula autour de la maison et renversa la parabole satellite, puis recula et tourna son pick-up vers la route. Hunter fit le tour du trampoline et s'arrêta à côté de Eric, prêt à filer. Tous deux laissèrent les moteurs allumés.

– Il est furax ! hurla Eric.

– T'as une arme ? demanda Hunter.

– Non. Et toi ?

– Jazz a un flingue. Eric, est-ce que les filles ont des vêtements ?

Eric secoua la tête.

– Il les garde nues en permanence. Il pense qu'elles risquent moins de s'enfuir si elles en ont l'occasion.

Hunter attrapa la valise de Claire à l'arrière du pick-up, pendant que Claire et Jazz en descendaient.

– Claire, les filles sont maigres et n'ont pas d'habits. Trouvez quelque chose dans votre valise pour elles.

Il porta le sac vers le porche et le posa. Claire s'agenouilla et l'ouvrit. Eric ouvrit la porte, et ils entrèrent.

– Destiny ? hurla Eric. Danielle ? On va vous sortir de là.

Jazz s'approcha de la porte de la cage pendant que Eric cherchait la clé. Les filles s'accrochaient l'une à l'autre et restaient au fond de la cage, méfiantes.

– Je m'appelle Jazz. J'ai votre âge. On va vous amener chez moi, et vous serez en sécurité. Ma maman est dehors et elle vous trouve des vêtements. Il faut qu'on se dépêche parce que Wesley sera là dans quelques minutes.

Danielle s'approcha de la porte de la cage. Elle était plus grande que la dernière fois que Hunter l'avait vue. Ses côtes et son bassin avaient l'air prêts à déchirer sa peau. Destiny était derrière, son ventre était creusé presque jusqu'à sa colonne vertébrale.

Eric les fixa.

– Il a arrêté de les nourrir. Elles étaient pas si maigres il y a deux semaines.

Il déverrouilla la porte.

– Faut qu'on se dépêche, dit Hunter.

Claire arriva avec un tas de vêtements. Elle vit les filles et s'arrêta net.

– Mon Dieu.

Après quelques secondes, elle s'approcha des filles.

– Eric, toi et Hunter vous sortez. Elles n'ont plus besoin que des gars les fixent.

Les garçons se dirigèrent vers la porte.

– Viens m'aider, Jazz, dit Claire.

Quand ils eurent fermé la porte de devant, Eric dit :

– Je te jure, Hunter, elles n'étaient pas si maigres quand je suis venu.

– Elles ressemblent plus à des gamines. Il les fait crever de faim. Pas de blessure par balle ou de plaie pour montrer qu'elles ont été tuées.

Hunter regarda Eric qui fixait le sol.

– Tu savais que c'est comme ça qu'il comptait le faire ?

– Tu me croirais pas, si je disais que non.

– Effectivement, je te croirais pas.

Eric leva les yeux vers la route.

– Merde ! Il arrive ! Il y a un nuage de poussière là-bas.

Il courut à la porte.

– Dans les voitures ! Maintenant !

Ils entendirent tous les deux l'hélicoptère.

– C'est Stanley, hurla Hunter, le cœur battant la chamade.

Les filles sortirent en leggings et débardeurs qui pendaient sur elles.

– Vite ! cria Eric.

Il ouvrit la porte arrière de son pick-up.

– Mettez-les là-dedans.

Jazz et Claire coururent à l'autre véhicule. Hunter sauta sur le siège conducteur et enclencha le levier de vitesses sur Drive. Eric démarra devant lui, et freina brutalement. Hunter écrasa la pédale de frein, mais le heurta quand même à l'arrière.

Ils entendirent tous la détonation. Claire cria.

Hunter essaya de reculer mais fonça dans le trampoline.

Wesley passa devant le pick-up de Hunter en pointant une carabine sur lui.

– Vous sortez de la voiture ! Les mains en l'air ! Maintenant !

Hunter avait tous les nerfs à vif quand il ouvrit la porte.

– Jazz, prends ton sac.

– Je l'ai. Allez, Maman. Sors.

Jazz ouvrit la porte et leva les mains.

Claire ouvrit sa porte et sauta sur le sol, tremblante de peur.

Wesley tira sur la porte de Eric. Ils sursautèrent tous.

– Les filles, vous retournez dans la cage !

Hunter vit le visage de Eric couvert de sang, et le pare-briseen miettes en face de lui. La portière passager de l'autre côté du véhicule s'ouvrit, et les filles retournèrent dans la maison en courant.

Wesley s'approcha de Hunter.

– C'était toi, le garçon dans le magasin. Je savais qu'il y avait quelque chose de louche avec toi. T'avais l'air bien trop pressé de partir.

Le bruit de l'hélicoptère enfla et sembla tourner au-dessus de la maison.

– Posez votre arme et allongez-vous sur le sol, dit une voix d'en haut.

— Je vous emmerde !

Wesley visa l'hélicoptère et tira. L'hélicoptère s'éleva et recommença à faire des cercles.

— Entrez dans la maison ! aboya Wesley. Maintenant ! Allez ! Allez !

Hunter et Claire commencèrent à avancer vers Jazz, les mains toujours levées.

— Tiens-toi prête à tirer, Jazzy, chuchota Claire les dents serrées.

— Maman ?

Elle s'arrêta pour la regarder.

— T'arrête pas, Jazz. Tourne-toi. Tu sauras quoi faire.

Claire traînait légèrement derrière eux quand Hunter et Jazz commencèrent à monter les marches du perron. Hunter vit Jazz défaire son sac et plonger sa main à l'intérieur.

Claire trébucha sur la dernière marche.

— Merde ! Ma cheville !

Wesley s'approcha d'elle et la poussa dans le dos avec la crosse de son arme.

— On bouge, madame !

Claire plongea du perron sur Wesley, le faisant tomber à la renverse.

— Maintenant, Jazzy !

Claire et Wesley grognèrent tous les deux en tombant sur le sol.

Jazz sortit son arme et sauta des marches.

En utilisant un bras pour repousser Claire, Wesley leva sa carabine avec l'autre et tira sur Jazz.

— Non !

Claire plongea sur son bras au moment où il pressait la détente, et la balle partit sous la maison.

Jazz tendit son pistolet en face du visage de Wesley et tira. Son corps fut projeté et du sang lui coula de la bouche.

Haletante, Jazz regarda Wesley et arma une deuxième fois son pistolet.

— Maman, ça va ?

— Oui. Des bleus. Il est mort ?

Jazz poussa sa tête du bout de sa botte.

– Ouais.

Danielle et Destiny hurlèrent en se jetant du porche sur le corps de Wesley. Elles lui donnèrent des coups de pied dans la poitrine et le ventre, en hurlant et en pleurant. Leurs visages avaient des expressions animales, leurs dents étaient découvertes, tandis qu'elles s'acharnaient sur sa poitrine et son ventre.

Claire passa un bras autour de chacune des deux filles et les éloigna de la maison.

– Les filles. Il est mort.

Elle les serra contre elle.

– Vous n'aurez plus jamais à le voir.

Elles se laissèrent aller contre sa poitrine en pleurant. Claire leur frotta le dos, regarda vers Jazz et lui fit un signe de tête.

– Merci, Maman, dit Jazz.

Elle s'agenouilla près du bras de Wesley et détacha ses doigts de la détente de sa carabine.

Hunter descendit des marches et retourna le corps de Wesley pour prendre le pistolet dans sa ceinture. Il se précipita au pick-up de Eric et ouvrit la porte passager, pour trouver Eric affaissé vers Hunter, avec plusieurs trous dans le cou.

Hunter essuya ses larmes. Eric était venu parce qu'il s'en voulait de ce qu'il avait fait, mais aussi parce que Hunter l'y avait poussé. Il s'attendait à être découvert et envoyé en prison. Peut-être qu'il se disait que ça aussi, ça pouvait arriver. Hunter sortit son téléphone pour appeler Stanley.

– Wesley est mort. Mon ami aussi. Les autres vont bien.

Hunter vit l'hélicoptère revenir.

– Il n'y a pas de place pour qu'on atterrisse, dit Stanley. J'ai appelé une ambulance, et un agent va arriver sur place. Est-ce que vous pouvez bouger le pick-up qui bloque le portail ?

Hunter approcha du véhicule de Wesley et entendit le moteur en marche.

– Ouais.

Hunter monta dans le pick-up et le fit avancer vers la maison. Il trouva Jazz, Claire et les filles sous le porche, enlacées.

Hunter essaya de se calmer.

– L'agent arrive. Stanley nous retrouve à l'intersection.

Danielle leva son visage couvert de larmes et regarda Hunter.

– Où est-ce qu'on va ?

– Dans une nouvelle maison, dit Hunter.

– Dans ma maison, les filles, dit Claire. Jazz et moi on s'occupera bien de vous.

– Jazz, dit Hunter, allons voir dans son frigo s'il y a de l'eau et à manger.

Ils entrèrent dans la maison.

– Ta mère nous a sauvé les miches.

Il ouvrit le réfrigérateur et sortit de la nourriture et du jus de fruits.

– Je crois que je sais d'où tu tiens tes gènes de brute.

– Je sais. C'était tellement courageux de sa part. Elle a dit qu'elle m'en devait une. Tu veux me dire pourquoi ?

– Je pense pas qu'elle parlait de quelque chose en particulier. Peut-être à toutes les fois où elle a ramené des connards à la maison.

Hunter se leva et mit les articles dans un carton, en évitant de la regarder.

– Tu me diras pas, c'est ça ?

– Oui.

– Et on est quittes, elle et moi, maintenant ?

– Elle aura toujours une dette envers toi, mais elle fait de son mieux, alors tu peux en tenir compte.

– Eric est mort ?

– Oui. Il essayait de s'affranchir de ses dettes, lui aussi.

– Tu penses qu'il a réussi ?

– Qu'il ait réussi ou pas, il a voulu essayer. Peut-être qu'il avait peur que les gens sachent ce qu'il avait fait aux filles, mais il avait plus peur de vivre avec la vérité de n'avoir rien fait pour les sauver. Il savait que Wesley allait laisser les filles mourir de faim puis lâcher leurs corps quelque part.

– Je suis contente d'avoir tué Wesley. Je n'ai aucun remords.

Hunter se rappela de la Jazz de douze ans qui pleurait pendant que sa mère quittait le mobile-home en feu et laissait le corps de Micah derrière elles. Mais elles n'avaient pas laissé la douleur, ni la culpabilité, ni la honte.

Celles-ci l'avaient suivie, en lui attaquant les bras, les épaules et les jambes.

– Bien, dit Hunter en fermant le réfrigérateur. On va peut-être pouvoir partir d'ici sans emporter de cicatrices en souvenir. Ramenons les filles à la maison.

Ils sortirent et tendirent de l'eau et du jus aux filles. Elles ouvrirent vite les bouteilles et se mirent à boire.

– Faites doucement, les filles.

Un véhicule de police passa sur le portail. Une femme en sortit et s'avança vers eux.

– C'est toi, Hunter ?

– Oui, Madame.

– Le détective Collins m'a informée. Vous avez tous été très courageux. Comment vont les filles ?

Elle rejoignit Danielle et Destiny qui serraient Claire entre elles deux.

– Mieux, maintenant, dit Claire.

– Je m'appelle Helen. Une équipe de secours va nous retrouver au pont pour s'assurer que vous allez bien toutes les deux.

Les filles enfouirent leur visage contre Claire.

– Vous les connaissez ? lui demanda Helen.

– On vient de se rencontrer. Je veux m'occuper d'elles. Elles n'ont personne d'autre.

Helen sourit.

– On dirait qu'elles vous aiment bien.

Helen fit quelques pas pour examiner le corps de Wesley.

– Voilà son fusil, dit Hunter en montrant l'arme appuyée au porche. Et voilà le pistolet qu'il tenait dans sa ceinture.

Il lui tendit l'arme.

– Qui l'a abattu ? demanda Helen.

– Moi, dit Jazz. J'avais une arme dans mon sac. Il nous forçait à rentrer dans la maison. On allait être pris en otage dans la cage des filles. Ma mère a sauté sur lui et l'a poussé par terre. Il a pris son fusil et a tiré. Ensuite je lui ai tiré dessus.

– Je sais, dit Helen, le détective Collins a vu tout cela depuis l'hélicoptère.

Comment vous saviez que les filles étaient là ?

– Eric me l'a dit, dit Hunter. Il voulait qu'on les aide à s'échapper. On allait fuir quand Wesley lui a tiré dessus à travers le pare-brise.

La voix de Stanley sortit de la radio.

– L'ambulance est là. Vous pouvez monter.

– Bien reçu, répondit Helen. Vous, vous montez vers le pont. Il faut que je vérifie tout ce qu'il y a ici.

Elle toucha le bord de son chapeau.

– Merci d'avoir sauvé les filles.

Ils hochèrent la tête et se dirigèrent vers le pick-up. Jazz s'assit à l'avant. Claire était au milieu de la banquette arrière, les filles toujours accrochées à elle. Jazz leur passa deux œufs durs et des pommes.

– Mangez doucement, les filles, leur dit Claire.

Après avoir écalé son œuf et bu de l'eau, Danielle regarda Hunter dans le rétroviseur.

– Comment tu t'appelles ?

– Hunter.

– Jazz nous a dit que tu voulais nous sauver. Pourquoi ?

– Parce que je sais ce qu'on ressent quand on a été maltraité, et j'aurais voulu que quelqu'un nous sauve, Jazz et moi, et même Eric. Mais vous deux, vous avez plus souffert que nous trois réunis. J'aurais pas pu continuer à me regarder dans le miroir si j'avais su que vous étiez encore dans une cage.

Elle approcha sa main du siège.

– Merci, Hunter.

Il lui tint les doigts.

– C'était quand, la dernière fois que quelqu'un t'a tenu la main ?

Il vit son visage s'assombrir, et elle se mordit la lèvre.

– Je me rappelle pas.

– Ça va changer aujourd'hui. On va vous donner de bons souvenirs, à Destiny et toi, à partir de maintenant.

Claire les serra contre elle :

– On va s'occuper de vous.

En conduisant, Hunter réussit enfin à se calmer. Les cris et les coups de feu tournaient dans sa tête comme des souvenirs lointains. Puis il se sentit fier – fier de lui et de Jazz. Ils avaient été brisés, mais ils avaient réussi à se guérir suffisamment pour sauver d'autres personnes. Qu'est-ce que c'était bon !

Quand il sortit des buissons, il vit Stanley qui attendait avec l'hélicoptère sur une aire de repos près du pont. Une ambulance était garée à proximité.

Il roula vers elle et s'arrêta. Ils sortirent tous du pick-up de Hunter.

– Les secouristes vont examiner les filles, dit Stanley.

Danielle et Destiny étaient toujours accrochées à Claire.

– Je veux rester avec elles.

– Vous pouvez, répondit Stanley.

Claire et les filles entrèrent dans l'ambulance.

Hunter commença à raconter à Stanley ce qui s'était passé, mais Stanley dit qu'il en avait vu la plupart.

– Apparemment, dit Hunter, Wesley avait des caméras partout, donc vous devriez trouver des vidéos de tout ce qu'il s'est passé. On veut les emmener dans la maison de Claire, à Clear Creek, si c'est d'accord. Les nourrir, qu'elles se lavent. L'ordinateur et les fichiers de Wesley sont dans la maison, donc peut-être que vous n'aurez pas besoin de les interroger trop longtemps. Elles ont vécu nues dans une cage pendant quatre ans, et elles n'ont pas mangé depuis un moment. Si elles n'ont rien de très grave, est-ce qu'on peut les emmener à la maison, puis les ramener à Fairbanks dans quelques jours ?

– Désolé, Hunter. Je dois les emmener en ville.

La mâchoire de Hunter se crispa.

– Elles dormiront où ? Une autre cellule ? Enfermées dans une chambre ?

– Je suis désolé.

Après quelques minutes, les secouristes relâchèrent les filles, qui tenaient toujours Claire. Stanley et Hunter s'approchèrent.

Claire embrassa les filles sur le front.

– Jazz a des vêtements à la maison qui vous iront. Et j'ai un bon lit douillet pour vous deux.

– Madame, dit Stanley.

– Je m'appelle Claire.

– Claire, je dois les ramener avec moi au poste.

Claire serra les filles.

– Pourquoi ?

– Parce que... c'est la procédure. Je suis désolé.

– Vous allez les interroger aujourd'hui ? Où est-ce qu'elles vont dormir ? Qui va rester avec elles ?

– Je suis désolé, mais je dois les emmener.

Il tendit la main vers Danielle.

– Non ! crièrent les deux filles.

Hunter s'interposa entre Stanley et Claire.

– Vous allez les faire monter de force dans votre voiture, alors qu'elles crient et qu'elles pleurent ? On les a sauvées. Elles veulent rester avec nous. Envoyez quelqu'un plus tard dans la journée, et demain, pour vérifier qu'elles vont bien. On les ramène lundi. Où est le problème ?

Les filles pleuraient dans les bras de Claire, qui les serrait fort contre elle.

– Elles n'ont pas eu de mère pendant des années, Stanley, dit Claire. Il leur en faut une maintenant. Laissez-nous les ramener à la maison.

– Elles ont suffisamment souffert, dit Hunter. Pourquoi les faire crier et pleurer plus encore ? Elles ont déjà subi plus de blessures que vous durant toute votre vie.

Stanley hocha la tête.

– D'accord. Je vais envoyer Helen chez vous dans la journée.

Jazz et Claire emmenèrent les filles au camion de Stanley.

– Merci, Stanley, dit Hunter.

Il hocha la tête.

– J'ai appelé ton père et je lui ai dit ce que vous aviez fait. Il s'est mis à pleurer et m'a dit de te dire qu'il était désolé. Peut-être que tu pourras lui passer un coup de fil.

– Peut-être. Merci d'être venu, Stanley.

– Ces filles te doivent la vie. Merci de les avoir sauvées.

– J'aurais pas dû avoir à le faire.

Malgré ses efforts pour garder le contrôle sur ses émotions, Hunter avait le visage rougi, et la gorge douloureuse.

– Où étiez-vous il y a quatre ans pour moi, Jazz, et Eric et Tatiana ? Il faut que tout cela s'arrête.

Il se détourna, puis s'arrêta.

– Je suis désolé, Stanley. Ce n'est pas votre faute. J'en ai juste assez de voir tous les pires souvenirs de tout le monde.

– Quand tu ne les verras plus, tu sauras qu'ils sont toujours là quelque part, et tu ne pourras plus rien y faire.

– C'est faux. Je peux toujours m'impliquer. Je peux toujours aider. Tout ce dont elles ont besoin, c'est que je fasse passer leur bonheur avant le mien. Tout le monde peut faire ça.

Ils se serrèrent la main, et Hunter retourna à son pick-up.

– On rentre à la maison.

Il intégra la voie rapide et roula vers le Nord.

Chapitre 32

Jazz regardait sa mère sourire dans le rétroviseur; elle tenait les deux filles endormies, une sur chaque épaule, et elle avait l'air fière. Sa mère ne s'était pas laissée faire, elle s'était défendue et avait défendu Jazz aujourd'hui. Quand est-ce que Jazz avait déjà vu ça ? Quand est-ce qu'elle avait ressenti de la fierté pour sa mère ?

– Elles n'ont pas eu de mère depuis des années, et peut-être qu'à l'époque non plus. Tu veux t'occuper d'elles, Maman ?

– Oui. Ça t'embêterait ?

– Pas du tout. Je pense que ce serait génial.

– Je ne t'ai jamais assez tenue dans mes bras. Je suis désolée.

– Je suis sûre qu'on peut encore se rattraper, Maman. Et puis, j'ai Hunter pour me serrer contre lui, maintenant. Où est-ce qu'elles vont dormir ?

– Dans ma chambre. Je dormirai par terre.

– Peut-être qu'elles seront mieux avec toi.

Claire les serra un peu plus fort.

– J'ai tellement de peine pour elles. Tout ce qu'on fait les gens, c'est les utiliser. Comment est-ce qu'elles ont survécu à tout ça ?

Et comment avait survécu Jazz ? Ou Hunter ? Ou Eric ? Ou Tatiana ?

Jazz ne comprenait pas pourquoi certains, comme la mère de Hunter, abandonnaient et mouraient, tandis que d'autres s'accrochaient à la vie. Hunter se serait suicidé des années plus tôt si la police n'était pas arrivée exactement au bon moment, après que Joe l'avait trouvé se vidant de son sang sur le sol. Maintenant, en connaissant tout son passé, il n'envisageait plus le suicide. Pourquoi ? Parce qu'il avait vu les souffrances des autres et voulait les faire cesser. Est-ce que Jazz se sentait mieux parce que Hunter avait supprimé ses mauvais souvenirs, ou parce qu'elle avait trouvé la paix et un but dans le fait d'aider Hunter, puis les filles ?

Sa mère avait eu une vie misérable, noyée dans l'égoïsme des hommes qu'elle espérait capables de la sauver, sombrant dans l'alcool, se reprochant d'avoir perdu Rosie. Maintenant, elle était forte et heureuse. Quand est-ce que Jazz avait vu cette expression paisible qu'avait sa mère, maintenant qu'elle tenait Danielle et Destiny ? C'était ça qui avait changé – elle avait sauvé les filles.

Ils auraient tous pu mourir chez Wesley. Ils avaient accepté de tout donner pour aider les filles. Quand est-ce que quelqu'un avait fait passer le bonheur de ces filles avant le sien ?

Destiny et Danielle sauraient toujours, maintenant, qu'elles avaient été sauvées par ceux qui avaient accepté de donner leur vie pour elles. Savoir cela allait les aider à guérir, comme ça les avait sauvées.

Quand ils arrivèrent à la maison, les filles aidèrent Jazz à chercher dans ses anciens vêtements, des choses qu'elles pourraient porter. Elles faisaient comme si elles avaient eu l'accès exclusif à tout un magasin, elles gloussaient et s'exclamaient en essayant les tenues. Claire fit un bon dîner pour tout le monde. Jazz avait oublié que sa mère cuisinait plutôt bien, quand elle s'en donnait la peine.

Puis les filles prirent une douche, ce qu'elles n'avaient pas fait depuis des années. Le bruit de leurs rires et de leurs gémissements de plaisir remplissait la maison, et faisait sourire tout le monde. Comment une simple douche pouvait rendre si heureux ?

Danielle et Destiny n'eurent pas l'air de vouloir répondre aux questions concernant leur passé. Elles voulaient seulement profiter du présent, vivre dans l'instant, et explorer une nouvelle maison, sans cage de métal nulle part.

Quand elles s'endormirent dans son lit, Claire vint frapper à la porte de Jazz.

– Entre, dit Jazz qui était allongée à côté de Hunter, au-dessus des couvertures, tous les deux en boxer et tee-shirt.

– Vous dormez ensemble ? demanda Claire, les yeux écarquillés et la bouche ouverte.

– Oui, dit Jazz. Mais on ne couche pas ensemble. On se fait juste des câlins.

Claire ouvrit les yeux encore plus grands et s'approcha.

– Tes cicatrices.

Elle tendit la main pour toucher l'épaule de Jazz, puis se couvrit la bouche.

– Quand ?

– Ça a duré des années, mais ça va mieux, maintenant.

– Et Hunter ?

Claire lui toucha le bras.

– On va bien, Claire. C'est du passé. Elles vont s'atténuer. Les filles se sont endormies ?

Elle s'assit dans la chaise de bureau de Jazz.

– Oui. Je les adore, dit-elle à travers ses larmes. Je sais que j'ai été une mère nulle auprès de toi, Jazz, et j'essaie vraiment de me rattraper. Mais ces filles n'avaient personne pour s'occuper d'elles. Et j'ai aidé à les sauver. Elles me donnent une deuxième chance d'être une mère. Est-ce qu'elles peuvent rester ?

– Où est-ce qu'elles iraient, de toute façon ? demanda Jazz.

– Les services sociaux voudront les placer avec quelqu'un d'autre, dit Claire.

– Pourquoi ? grimaça Jazz.

– Parce que je me suis fait virer d'une cure de désintox, parce que j'ai pas d'argent, pas de travail. Parce que tu as tué Wesley.

– Je parlerai à Stanley, dit Hunter. Il peut peut-être nous aider.

– Tu devrais appeler ton père, dit Claire.

– Je le ferai demain. Il a fait des erreurs parce qu'il ne pensait qu'à lui. Il faut qu'il essaie de changer.

– Jazz, il y a de l'alcool dans la maison ? demanda Claire.

Jazz sentit son estomac s'alourdit. Juste au moment où elle pensait que sa mère se montrait plus responsable, comme une véritable mère, cette pensée avait été balayée.

– Un peu, soupira-t-elle.

– Il faut qu'on s'en débarrasse. Je ne veux pas que ces filles soient exposées à l'alcool.

Jazz sentit ses yeux s'écarquiller.

– Je pensais...

– Je sais ce que tu pensais, mais j'ai été sobre pendant six semaines, puis j'ai bu deux gorgées. Je n'en veux plus, pas tant qu'on a les filles. Tu bois toujours ?

Jazz déglutit et prit la main de Hunter dans la sienne.

– Hunter et moi avons décidé de ne boire qu'un verre, le soit avant de dormir, pour voir comment mon corps réagit au manque.

Claire fronça les sourcils.

– Tu bois, Hunter ?

– J'ai commencé il y a trois jours. Je n'en ai pas besoin, mais je voulais aider Jazz à décrocher. Je ne pense pas qu'elle devrait le faire brutalement.

– D'accord. Un verre par jour pendant une semaine, puis plus rien. S'il faut que tu fasses une cure à l'hôpital, tu le feras. Jazz, comment tu as payé la nourriture qu'on a achetée aujourd'hui ?

– Mamita et Papita m'ont envoyé des cartes prépayées. C'est ce qu'ils font depuis qu'on est parties.

Les yeux de Claire s'embuèrent.

– Tu leur as parlé ?

– Quelques fois. J'ai envie de les voir... et de voir Rosie.

Claire essuya ses larmes.

– Ils nous laisseraient faire ?

– Peut-être. Si on est sobres. Si on leur explique ce qu'il s'est passé ?

– Ils ne voudront pas de Danielle et Destiny, dit Claire.

– Comment on peut le savoir ? On va attendre une semaine, voir comment vont les filles, et on leur parlera ensuite.

– D'accord.

Claire s'approcha de Jazz. Elle tendit les bras à sa fille, qui se leva et se serra contre elle.

– Je t'aime, Jazzy. J'espère que tu peux m'aimer aussi.

– Je n'ai jamais arrêté de t'aimer, Maman. Envers et contre tout. Je t'aime.

Claire tendit la main vers Hunter. Il se leva et rejoignit le câlin.

– Je sais que tu m'as vue sous le pire angle, Hunter, mais j'espère qu'on peut reprendre sur de bonnes bases.

– C'est déjà fait. J'ai besoin qu'une mère tienne à moi, donc si vous pouvez…

Claire lâcha Jazz et prit Hunter plus près d'elle.

– J'essaierai de toutes mes forces, Hunter. Pour toi, et Jazz, et les filles.

Elle le lâcha et essuya ses larmes.

– Quand j'avais seize ans, je suis tombée amoureuse d'un garçon qui s'appelait Daniel, et il m'aimait aussi. On s'est donnés l'un à l'autre. On a vécu notre première fois ensemble. Ensuite, sa famille a dû déménager, et tous les garçons avec lesquels j'ai couché après, c'était différent. Ce n'était que du sexe, comme le fait de se rendre ivre pour se sentir bien un petit temps. Ça ne voulait rien dire. Et c'est tout ce que ces filles ont vécu. Mais je pense que vous pouvez ressentir quelque chose de différent l'un avec l'autre. Vous avez quelque chose de spécial. Vous donneriez votre vie l'un pour l'autre.

– Comme tu l'aurais fait pour nous aujourd'hui, dit Jazz.

Claire hocha la tête.

– Comme on l'aurait tous fait pour les filles.

Jazz embrassa sa mère sur la joue.

– Bonne nuit, Maman.

Hunter embrassa Claire sur l'autre joue.

– Bonne nuit, Maman.

– Je vous aime tous les deux, dit Claire, en s'essuyant les yeux avant de quitter la pièce.

Jazz monta sur le lit et tendit les bras vers le poster d'Alessandro.

– Rattrape-moi si je tombe.

Hunter lui tint les mollets pendant qu'elle déchirait l'affiche.

Elle sauta du lit et froissa les morceaux.

– Je reviens quand j'aurai mis ça dans la poubelle.

Hunter lui ouvrit la porte.

Quand elle revint, Hunter était nu dans la pièce, la lumière éteinte. Ses yeux s'agrandirent, elle sourit et se couvrit les yeux avec les mains.

– Je peux regarder ?

– On ne joue plus, Jasmine Lucille Williams.

Il s'approcha d'elle et l'embrassa sur les lèvres, en glissant ses doigts sous le bas de son tee-shirt pour le soulever.

Jazz s'écarta légèrement.

– Je peux t'aider ?

Il hocha la tête, et elle enleva son haut, puis défit son soutien-gorge. Il l'aida à faire tomber son pantalon et ses sous-vêtements. Ils s'approchèrent tendrement l'un de l'autre.

– Ouah, t'es tellement agréable, Jazz.

– Au cas où tu te poserais la question, je prends la pilule.

Il bougea ses mains le long de ses côtes, puis de ses hanches et de ses fesses, pendant qu'elle jouait avec les lobes de ses oreilles. Il l'embrassa dans le cou.

– Je pense que ce soir, je t'embrasserai pas seulement sur tes blessures.

– Tu vas devoir chercher un moment pour trouver de la peau intacte.

Il se pencha et embrassa ses seins.

– J'en ai trouvé. J'en ai même trouvé beaucoup.

– Mmmh.

– Je t'aime, Jazz. Plus que tout. Plus que moi-même.

– Malgré tout le reste ?

– Grâce à tout le reste.

Epilogue

Pendant qu'ils faisaient l'amour, Hunter ne vit que Jazz, ne sentit que sa peau, et n'entendit que ses gémissements de plaisir. Elle était son présent et son futur, elle repoussait son passé à une période encore plus lointaine que la planète Marian.

Claire dormit avec les filles toutes les nuits, pas parce qu'elles faisaient des cauchemars, mais parce qu'elles voulaient une mère pour les aimer.

Claire leur apprit à cuisiner et à lire, ainsi qu'à compter. Jazz trouva de vieilles fournitures d'arts plastiques et elles créèrent des tableaux et des collages qu'elles accrochèrent dans la maison. Mais ce que les filles aimaient le plus, c'était les démonstrations scientifiques de Jazz et les marches dans la nature.

Quand les filles finirent par être hospitalisées dans une clinique, elles avaient gagné un peu de poids. Les médecins leur donnèrent des médicaments pour plusieurs petites maladies, mais à part ceci, rien ne laissait suggérer ce qu'elles avaient enduré pendant des années. Les voyages à Pioneer Park pour faire du vélo et prendre le train pour voir des films au Regal Cinema avec du pop-corn supplément beurre repoussaient les mauvais souvenirs pour de bon. Le bonheur et l'amour les guidèrent vers un rétablissement rapide.

Danielle et Destiny refusèrent de répondre aux questions de la police. Elles ne voulaient pas parler du passé. Stanley dit qu'ils avaient suffisamment de preuves sans leur témoignage. Les vidéos de Wesley permettaient d'identifier de nombreux clients, dont Leon, qui fut arrêté et accusé. Il leur dit également que tous leurs échanges avec Wesley avaient été enregistrés sur ses caméras de surveillance et qu'il n'y aurait ni charges ni complications pour aucun d'entre eux.

Hunter demanda si Stanley avait une raison de rester dans la région.

– J'ai pas entendu Hunter. Qu'est-ce que tu disais ?

Hunter sourit.

– Rien du tout. C'était pas important.

Hunter parla à son père et lui dit qu'ils comptaient déménager en Oregon.

– Quand je t'ai proposé de te prendre tes souvenirs, je voulais te prendre ta douleur et ta culpabilité. Je le pensais. Alors j'espère que tu comprendras ça, un jour.

– Merci, Hunter. Je le sais, maintenant.

– Peut-être que tu trouveras quelqu'un pour qui tu auras envie de le faire.

– Stanley me donne une autre chance, alors peut-être que...

– Bonne chance, Papa.

Hunter n'avait pas vu d'autre souvenir de son passé depuis cette nuit chez Joe, et il n'avait pas non plus essayé d'en prendre de Claire ou Jazz. Tout le monde était trop occupé à profiter de la nouvelle liberté des filles pour regarder en arrière.

Mais l'esprit de Hunter captait des aperçus de la douleur des filles quand ils passaient en voiture près d'enfants jouant sur un trampoline, ou qu'ils voyaient un homme barbu dans un magasin. Danielle et Destiny se détournaient rapidement, ou se mettaient à rire, et les images disparaissaient. Quand, un jour, elles ne disparaissaient pas, il ajoutait leurs souvenirs aux centaines qu'il avait en tête, protégé par l'amour de Jazz et son désir de sauver les autres.

Est-ce qu'il avait vu tout son passé ? Non. Les années de visites chez différents docteurs et d'automutilation qui s'étaient passées avant qu'ils déménagent en Alaska lui étaient toujours inconnues. Mais Hunter n'avait pas hâte de revivre ces instants. Il avait trop à faire avec sa vie qui avançait. À part les filles, Claire et Jazz, il savait qu'il y en avait beaucoup d'autres qu'il pourrait aider s'il en avait l'occasion.

Joe, ainsi que les parents de Claire, partagèrent le prix des billets d'avion pour tous les cinq pour aller à Portland, où ils retrouveraient Mamita, Papita, et Rosie.

Avant qu'ils ne partent, Hunter compila toutes ses histoires, y compris celles sur sa mère et Frankie, en changeant les noms des personnes et des lieux, et les envoya à Dr. Ru.

Il les accompagna de ce mot :

« Supprimer les mauvais souvenirs ne soigne rien. Les gens commencent à guérir quand quelqu'un tient suffisamment à eux pour accepter leur souffrance. Ils finissent de guérir quand ils embrassent les blessures de quelqu'un d'autre. Mais avant, il faut qu'ils ressentent la souffrance des autres. Utilisez ces souvenirs, Dr. Ru. Aidez les gens à voir les blessures. »

FIN

Remerciements

J'ai connu trop d'adolescents et d'adultes qui ont vécu des événements similaires à ceux décrits dans ce livre, beaucoup qui serraient les dents et se relevaient, et beaucoup qui n'ont jamais trouvé la force ou le soutien des autres pour soigner leurs corps et leurs esprits. Ils sont tous un témoignage des façades derrière lesquelles la plupart d'entre nous vivent.

Bien que j'aie publié ce livre moi-même, j'ai reçu beaucoup d'aide et de conseils des autres. De nombreux bêta-lecteurs et éditeurs y ont contribué, y compris Marni Macrae, Corrine Sosa, Sarah Abiz-Strugala, et surtout Elisann Grant, qui comprend ce que j'écris mieux que je ne le fais. Jerrica McDowell a été la première à lire les chapitres initiaux, après quoi elle m'a ordonné d'écrire la suite et de la terminer. L'histoire était trop pressante dans son esprit pour ne lui laisser qu'un aperçu, et la faire attendre des mois avant une autre bouchée. Tous les écrivains ont besoin d'un soutien aussi enthousiaste.

Et un remerciement particulier à Barbara Kuzic, qui a refusé de se laisser bercer par des « choqué » ou « fatigué » ou d'autres adjectifs qui ne signifiaient rien pour elle sans réponses physiques et émotionnelles détaillées. Elle a fait de moi un meilleur écrivain – non, je n'ai pas le droit d'utiliser simplement le mot « meilleur ». Elle m'a forcée à vivre chaque moment à travers les yeux de chaque personnage et dans leur peau, et à partager les détails.

Cette histoire défie les limites du genre de la littérature jeunesse et *young adult*, et la capacité du lecteur à encaisser. J'étais très inquiète de la façon donc mes premiers critiques répondraient et je considérais la possibilité que l'histoire de Hunter et Jazz ne soit jamais racontée. Mais Jamie Michele, K.C. Finn, et Jack Magnus de *Reader's Favorite* ont balayé mes peurs et m'ont donné confiance en le fait que mon message valait la peine d'être partagé.

Cherie Chapman et une incroyable artiste graphique. Chaque choix qu'elle m'a donné pour la couverture était original, superbe et fidèle à l'histoire. Il est toujours difficile de choisir la meilleure de ses créations car ce sont toutes les meilleures.

Et à mes deux personnages favoris – Hunter et Jazz. Quand est-ce qu'un auteur a la possibilité de créer un personnage féminin, armée, buveuse de vodka, scientifique géniale et avec le plus grand coeur de l'Alaska ? Et un garçon qui voit le joyau qu'elle est, « envers et contre tout » ? Bien que tous les deux aient failli être détruits quand ils étaient adolescents, ils ont trouvé la résilience, et le sacrifice pour les autres. Pour eux, la suite est à venir.

About the Author

Brooke Skipstone vit en Alaska, où elle regarde depuis son balcon la montagne changer de couleur avec les saisons. Où elle ressent la course constante vers l'hiver, tandis que la lumière du jour s'enfuit pendant six mois de l'année, ne revient que sept minutes à la fois, avec un froid écrasant qui s'attarde même quand le soleil remonte dans le ciel. Où l'explosion de vie de l'été, sous une lumière qui brille vingt-quatre heures sur vingt-quatre, se presse, douce et décadente. Où les poissons nagent des centaines de kilomètres pour remonter des rivières, évitant les filets, les griffes des ours, les roues et les pièges des pêcheurs, pour arriver épuisés et tordus, mourant en donnant la vie. Où le danger qui vient de la terre et de ses animaux réveille ses sens, et la force à apprécier la différence entre la vie et la mort. Où la frontière entre les deux est parfois aussi attrayante que terrifiante.

You can connect with me on:

🌐 http://www.brookeskipstone.com

www.ingramcontent.com/pod-product-compliance
Lightning Source LLC
Chambersburg PA
CBHW031439240626

47154CB00001B/325